Assia Djebar

Nirgendwo im Haus meines Vaters

Roman

Aus dem Französischen
von Marlene Frucht

S. Fischer

Die Arbeit der Übersetzerin am vorliegenden Text wurde vom Deutschen Übersetzerfonds gefördert.

2. Auflage November 2009

Die Originalausgabe erschien 2007 unter dem Titel
»Nulle part dans la maison de mon père«
bei Librairie Arthème Fayard, Paris

Satz: Pinkuin Satz und Datentechnik, Berlin
Druck und Bindung: GGP Media GmbH, Pößneck
Printed in Germany
ISBN 978-3-10-014500-0

Für Gayatri,
mit Zuneigung

Von weit her komme ich und weit muss ich noch gehen …

Kathleen Raine, »The Journey«,
The Pythoness, 1949

Erster Teil

Kindheitssplitter

Die Kindheit, ist das vielleicht ein unhörbares Geheimnis,
Staub aus Schweigen?

1

Die junge Mutter

Ein kleines Mädchen taucht auf: Sie ist zweieinhalb, vielleicht drei. Die Kindheit, ist das vielleicht ein Tunnel aus Träumen, leuchtend dort auf einer Theaterbühne, auf der sich alles noch einmal abspielt, aber nur für dich mit deinen weit aufgerissenen Augen? Deine Kindheit, in wem lebt sie fort, in welcher Freundin für einen Tag oder in welcher Cousine, die vorbeischaute und deine Tränen sah, die du eines Tages mitten auf der Straße vergossen hast, oder dein Schluchzen, das dich immer noch erschüttert?

Ein Anker bleibt: Meine Mutter lebt, Gott sei Dank, und könnte erzählen, wie es war. Nur neunzehn Jahre trennen uns. Als ich laufen lernte, genoss sie in Caesarea, wo das Leben immer noch unverändert den andalusischen Bräuchen folgte, als »frisch Vermählte« gewisse Privilegien, bei den Festen der Frauen stand ihr ein besonderer Ehrenplatz zu und sie trug all den wertvollen Schmuck, der mittlerweile verschwunden ist – wie jene goldenen Vögel und Rosen, die über ihrer Haube aus schimmerndem Satin befestigt waren, sich langsam hin und her bewegten und ihre Stirn umstrahlten – sie, lächelnd, ein ideales Bildnis, mit den dunkel geschminkten Augen und dem silbernen Flitter, der ihre Wangenknochen betonte.

Jetzt strecke ich, ihre kleine Tochter, im Flur des Erdgeschosses meine Hand nach ihr aus. Wir befinden uns im Haus von Mamané, ihrer Mutter. In dieser kleinen Stadt braucht jede junge Frau, will sie sich nachmittags, von Kopf bis Fuß in einen Schleier aus weißem Satin gehüllt, zu einem Besuch aufmachen, ein Kind an ihrer Seite. Mit langsamen Bewegungen legt meine Mutter im Eingangsbereich den makellosen Haik mit Fransen aus Seide und Wolle an. Mir ist, als hörte ich noch heute das Rascheln des Stoffes, der sich in fließenden Falten um die Hüften und Schultern meiner Mutter legt, während wir einen Moment im Halbdunkel vor der schweren Tür verweilen.

Gleich geht es los: Meine ausgestreckte Hand bekommt einen Zipfel des Schleiers zu fassen, ganz nah am verhüllten Körper der jungen Frau. Wird es mir gelingen, sie zu führen, wenn wir gleich draußen sind und uns auf den Weg machen?

Die Frau, die ich begleite, trägt über der Nase ein Dreieck aus Organza, das ihre Augen frei lässt – ein Privileg der Frauen in dieser Hafenstadt, in der sich einst, dreihundert Jahre zuvor, Flüchtlinge aus Andalusien angesiedelt haben. Sobald wir die Straße betreten, heftet die weiße Dame den Blick auf den Boden und schreitet mit vor Anstrengung flatternden Lidern voran: Ich fühle mich nicht nur als ihre Begleiterin, sondern als Beschützerin, die über ihre Schritte wacht.

Meine Mutter, die einer angesehenen, maurischen Familie entstammt und kaum älter ist als zwanzig, benötigt, will sie die ehemalige antike Hauptstadt durchqueren, meine Hand. Und ich, mit ungefähr drei Jahren, dann mit vier und später mit fünf: Ich spüre, dass ich außerhalb des Hauses die Aufgabe habe, sie an den Blicken der Männer vorbeizuführen. Wir laufen zunächst durch ein paar Straßen, die hinter der Kirche liegen, dann entlang der römischen Arena, bis wir schließlich eine Reihe alter Häuser passieren – alle mit grün und blau gestrichenen Holztüren und einem bronzenen, schweren Türklopfer in Form einer Hand.

Die Frau, die da geht, verschwindet fast vollständig unter der makellosen Seide, nur ihre Knöchel schauen heraus, außerdem lässt der kleine Schleier aus Organza, der über ihren Nasenrücken hinweg gespannt ist, die schwarzen Augen frei. Meine Hand berührt leicht den Stoff ihres Schleiers; ich bin so stolz, an ihrer Seite zu erscheinen! Ich führe sie, als wäre sie ein geheimnisvolles Objekt der Anbetung: Ich bin zwar ihr Kind, sehe mich aber eher als ihr Diener oder sogar als ihr Bürge, der ihr das Geleit gibt, während sie langsam den Weg vom Heim ihrer Mutter zum Haus anderer Verwandter geht.

Es ist der Beginn eines sonnigen Nachmittags und die Blicke der Männer – Ladenbesitzer, die herumstehen, Schaulustige auf ihren Stühlen oder einfach nur Neugierige – richten sich auf uns beide und nehmen uns als Einheit wahr.

Obwohl sie beinahe unsichtbar ist, starrt man sie an, denn trotzdem verraten unzählige Details ihrer Verschleierung, das Bauschen des geschmeidigen Stoffes um die Hüften, ihr gesenkter oder in unbestimmte Ferne gerichteter Blick einiges über sie. Ich dagegen, das kleine Mädchen, ich werde überhaupt nicht wahrgenommen!

Ich bin stolz, meine Mutter – die ganz sicher die Schönste und Begehrenswerteste ist – der ganzen Stadt, der gesamten Welt zu zeigen: Ich ahne aber auch bereits, dass diejenigen, die sie bewundernd mustern, uns beurteilen und uns belauern werden, argwöhnisch und wachsam …

Manchmal (doch erst später) ertappe ich mich bei dem Gedanken, ich könnte ihnen die Stirn bieten, diesen Voyeuren – für sie, für uns beide!

Die Mutter und ihre kleine Tochter. Viele Jahrzehnte später noch trage ich dieses Gespann als zarten Schatten in mir: Das Heraustreten aus dem Hausflur in das strahlende Sonnenlicht der ersten Straßen – nein, nicht im Zentrum, sondern ein festgelegter Weg am Rande der Stadt, entlang der römischen Ruinen – wird zu meinem ersten Abenteuer. Meine Kindheit ist Bewegung, aber unter Aufsicht, und es lastet eine ambivalente Verantwortung auf ihr, die ich nicht begreife.

Schließlich erreichen wir das Haus unserer Verwandten. Fröhliche, laute Stimmen empfangen uns bereits im Flur. Die Gastgeberinnen küssen meine Mutter; eine von ihnen nimmt ihr den Schleier ab, faltet ihn zusammen und bewundert dann ihre Aufmachung. Im Innenhof, in dessen Mitte in einem Marmorbassin scharlachrote Fische durchs Wasser gleiten, kommt Leben und Heiterkeit auf.

Vom ersten Stock grüßen über das Geländer hinweg weitere Frauen, sie versprechen herunterzukommen, gleich, wenn auf dem niedrigen Tisch Kaffee und Süßigkeiten serviert werden. Ein paar junge Mädchen heben mich hoch, mich, die Kleine, und überhäufen mich mit Küssen.

Ich tue es meiner Mutter gleich, die sich zunächst vor zwei alten Frauen verneigt, eine ist beinahe blind, die andere kauert auf einem Teppich und hält eine Gebetskette in der zittrigen Hand.

Aus einem halbdunklen Zimmer hört man einen Jugendlichen Laute spielen. Plötzlich drängen mich mehrere kleine Mädchen mit Bestimmtheit in einen langen, dunklen Flur; ich soll mit ihnen spielen … Eine von ihnen lässt durch Bewegungen ihrer Hände Puppen aus farbigen Holzstäben tanzen, *Guaragouz*, das andere Mädchen hockt sich ungezwungen hin, um mich beim Knöchelchenspiel zu schlagen.

Ich wäre lieber dortgeblieben, unter dem Bitterorangenbaum, oder hätte mich neben meine Mutter auf den Beckenrand gesetzt und den Plaudereien ihrer Freundinnen gelauscht.

Ein junges Mädchen umschlingt mich lachend, erstickt mich fast mit ihren Küssen; ein anderes, das auf dem Fliesenboden kauert, streicht über mein kurzes Kleid oder meinen Schottenrock.

»Sie ist angezogen wie eine kleine Französin!«, ruft sie ironisch oder neidvoll zu meiner Mutter hinüber, die lächelt und nichts sagt.

Dann, einen Augenblick später:

»Ich würde so gerne«, seufzt meine kleine Verwandte, »ihren Rock gegen meinen Sirwal tauschen!«

Verächtlich blickt sie auf ihre türkische Pluderhose aus geblümtem Satin.

»Wenn meine Mutter nicht hier wäre«, denke ich im Stillen, »dann würde ich liebend gern tauschen.«

Eine andere verkündet nun ihrerseits laut und für alle vernehmbar, »angeblich hat ihr Vater ihr im Dorf …«.

Ich schweige, ich fühle mich plötzlich eigenartig, ja andersartig, aufgrund ihres belanglosen Geredes.

»Aber ja«, beteuert ein drittes Mädchen mit aufgeregter Stimme, »anscheinend kauft ihr Vater ihr Puppen … nicht solche, wie wir sie uns basteln, aus Stoff und Holzstäben, nein … (sie träumt, schwärmerisch). Richtige Puppen, wie bei den Franzosen!«

Meine Mutter steht auf und geht zu einer anderen Gruppe; für sie ist das alles Geschwätz.

Innerlich aufgeschreckt, bleibe ich stumm, während der ganze Innenhof erfüllt ist vom Gesumm der Stimmen dieser Frauen aller Altersstufen, die sich, sobald sie das Haus verlassen, von Kopf bis Fuß unter Tüchern vergraben. Ich fühle mich plötzlich als »Tochter meines Vaters«.

Ausschluss – oder Segen?

2

Die Tränen

In mir steigt die Erinnerung an ein kleines Mädchen von fünf oder sechs Jahren auf, das gerade sein erstes Buch liest: Mit einem Roman aus der Schulbibliothek in der Hand saust sie in die dörfliche Wohnung, und ohne die Mutter in der Küche zu begrüßen, stürzt sie ins Schlafzimmer der Eltern und wirft sich bäuchlings auf das Bett, das ihr riesig vorkommt (an der Wand gegenüber, in dem großen, alten Spiegel, kann sie undeutlich, ganz weit hinten, ein anderes Mädchen erkennen, ihr Spiegelbild).

Ja, auf dem Bauch, die Knie angewinkelt, die Sandalen von den Füßen gestreift, das Buch aufgeschlagen, liegt sie da und liest: Sie liest, wie man trinkt – oder wie man ertrinkt! Sie vergisst die Zeit, das Haus, das Dorf, ja sogar ihre seitenverkehrte Doppelgängerin in der Tiefe des Spiegels.

Sie liest und beschließt bald: »Ich höre erst auf, wenn ich auf der letzten Seite bin.«

Kurz darauf weint sie, ohne es zu merken, zuerst lautlos, dann wird ihr Körper von leisen Schluchzern erfasst. Ihre Mutter, die wie jeden Nachmittag einen Imbiss vorbereitet hat, hört in der Küche diese von Schluchzen unterbrochene Klage. Besorgt eilt sie herbei, bleibt auf der Schwelle stehen, beobachtet, wie ihre älteste Tochter trotz allem offensichtlichen Kummer begierig weiterliest.

Die junge Frau von vierundzwanzig Jahren – die noch kein Französisch lesen kann, nur Arabisch – malt sich Hindernisse und Feinde aus, die ihrer Kleinen in »ihrer« Schule begegnet sein könnten.

»Was ist passiert?«, fragt sie beunruhigt.

Die Kleine hebt weder den Kopf, noch trocknet sie ihre Wangen, ihre Stimme klingt ungeduldig, sie ist ergriffen von ganz neuen Empfindungen. Ungeduldig blättern ihre Finger eine Seite nach der anderen um.

»Gar nichts! Mma, ich lese!«, ruft die kleine Heulsuse aus, stolz und voller Begeisterung.

Erstmals also ist das kleine Mädchen – bin ich – vom Leben eines so greifbar nah gerückten, fremden Menschen berührt, nämlich von dem Helden aus Hector Malots Roman *Heimatlos*.

Ein kleiner Junge hat seine Eltern verloren. Das Mädchen weint über dieses Schicksal, es liegt gemütlich im elterlichen Bett – riesig groß, mit Pfosten aus Mahagoni, in das sie früher, als Baby, wenn sie in ihrem Bettchen daneben aufgewacht war, immer hineingelegt werden wollte, zwischen Mutter und Vater. Dann kuschelte sie sich in deren Mitte, an beide heran; und sie unterhielten sich über ihren Körper hinweg.

Gaben sie ihr abwechselnd Küsse, spielten sie mit ihr? Daran kann sie sich kaum mehr erinnern. Wohl aber daran, wie gut sie sich dort zwischen den beiden fühlte an jenen Sonntagmorgen, wenn der Vater liegen bleiben durfte, während die Mutter irgendwann aufstand und Frühstück machte!

Sie weiß noch (ich weiß noch), dass ihr Vater anschließend die Zeitung las, während die Mutter das Radio einschaltete – »Radio Algier, arabischer Sender« –, sie hörte leidenschaftlich gern sentimentale, ägyptische Musik und melancholische Lieder in algerischem Arabisch …

Und die Tränen? Viele Jahre später wird das Kind – die kleine Prinzessin – sich fragen, ob jene erinnerten Tränen ihre Süße nicht dem elterlichen Bett verdankten, auf das sie sich geworfen hatte, während es im Buch für den kleinen Jungen mit seinem großen Unglück nirgends, auf keiner der umgeblätterten Seiten, einen Rückzugsort, einen Hafen gab.

Meine Mutter blieb noch eine Weile zögernd auf der Türschwelle stehen und versuchte, mich zu beruhigen:

»Wein doch nicht! Komm in die Küche und iss etwas!«

Und ich erwiderte, völlig verloren in den Wirrungen der Geschichte:

»Du siehst doch, ich lese!« Ob sie sich sorgte, kümmerte mich damals nicht.

Ich weiß nicht mehr, ob ich mir irgendwann die Augen getrocknet habe; der bittere Genuss dieser Tränen, diese Erinnerung bleibt, unauslöschlich.

Hat sie nachgehakt, die junge Mutter? Schließlich ist sie nachdenklich weggegangen: »Wenn man traurige Dinge liest, muss man also weinen, ohne wirklich traurig zu sein«, dürfte sie, das Rätsel entschlüsselnd, gedacht haben.

Sie, die so gern andalusische, melancholische Lieder singt und sich sogar deren in feinstem Arabisch abgefassten Texte aufgeschrieben hat, dürfte sich, als einzige Städterin im Dorf mitunter einsam fühlen, eingesperrt wie sie war in dieser Dienstwohnung für Lehrer.

Auf einmal fiel ihr auf, wie viel Traurigkeit in den Verzierungen, den kunstvollen Schnörkeln der alten Gesänge mitschwang, die sie summte, eine Traurigkeit oder zumindest eine elegische Stimmung vergangener Zeiten.

Nachdem meine Mutter mich kleine Schniefnase eine Weile betrachtet hatte – wie ich da so lag, mit dem Bibliotheksbuch vor der Nase –, hatte sie, als sie in die Küche zurückging, wahrscheinlich den Eindruck, dass es eine zarte Verbindung geben musste zwischen meiner leicht übertriebenen Empathie für diese westlichen Geschichten und ihrer eigenen Ergriffenheit von diesen ihr so besonders erscheinenden andalusischen Versen, die sie bewegt vor sich hin summte.

Aber vor diesen Tränen, hervorgerufen durch mein glühendes Lesevergnügen – Funken einer überschäumenden Phantasie –, habe ich bereits einmal Tränen vergossen, die nicht versiegen wollten und an die ich mich noch sehr gut erinnern kann. Meine allerersten Tränen, die ich in der alten Stadt weinte, aus der meine Familie stammte, noch bevor ich in die Schule kam: Tränen der Verzweiflung, ausgelöst durch einen heftigen Kummer, einen Riss, der endlos schien und der mir die ganze Zeit zusetzte, während eines Laufs, der in meiner Erinnerung kein Ende hat …

Ich laufe durch eine Straße in Caesarea; ich laufe und schluchze dabei, ich bin bestimmt nicht älter als drei; ich schreie fast, aber nur halb, und während ich mich tragen lasse vom Rhythmus der Schluchzer, die nicht hervorbrechen, sondern mir die Kehle zuschnüren, während ich so laufe und laufe, verwandeln sich die Schluchzer in warme, weite, ausladende Flügel des Schmerzes, die mich tragen.

Ich weine und ich laufe, das Herz in meiner kleinen Brust zerspringt fast, ich bin draußen auf der Straße, das kleine Mädchen von drei Jahren, jemand hat mir gesagt, dass meine Großmutter väterlicherseits (Mamma, nicht Mamané) tot ist – ich glaube nicht, dass ich ihre Leiche gesehen habe, ich weiß nicht, ob sie noch da liegt oder ob sie schon weggebracht wurde –, ich laufe, weil ich nicht an diese Trennung glauben will, an dieses Verlassensein (Mamma hat mich verlassen), sie ist gegangen, oder hat man sie gewaltsam fortgebracht, was soll das auch heißen: »Sie ist tot«, wenn nicht, dass ich ihr von nun an nichts mehr bin, dass ich nie wieder die Nacht in ihren Armen verbringen kann, dass mich jetzt niemand mehr lieb hat, dass meine Mutter … Meine Mutter ist nicht da, vielleicht ist sie bei ihrer Mutter und ich muss zu ihr!

Draußen, auf der abschüssigen Straße in Ain-Ksiba laufe ich, ich schluchze, ich schreie beinahe oder ich unterdrücke mein Schluchzen, Knoten in mir lösen sich auf und strömen durch meine Kehle aus, werden zu einem wilden und unkontrollierten Strom. Die Schluchzer wandeln sich zu einem Fluss, der unablässig in der Tiefe rauscht – ein zunächst langsames, dann immer mächtigeres, zunächst klagendes, dann immer wütenderes Ausströmen, denn die ganze Zeit, während dieses schluchzenden, stockenden Gesanges, der in meinem Kehlkopf schmerzende Stacheln überwinden muss, stürzt mein Mädchenkörper vorwärts, raus aus dem väterlichen Haus, ganz oben, bei den Kasernen und den Hügeln. Vor all den Fremden in dieser abschüssigen Gasse (den Ladenbesitzern, den Kindern, einigen neugierigen Frauen, die ihre Nasen aus den Türen strecken), stürze ich einen ewigen Albtraum lang die Straße hinab, atemlos, beinahe schreiend, hin zum Elternhaus meiner Mutter, kurz vor der Kirche, in der Rue Jules César.

Tränen im Wind: Ich bin dazu verdammt, endlos diesen Abhang hinunterzulaufen! Auf einmal ist die Straße voller Kutschen, Zugtiere, Kinder, die vor geschlossenen Türen stehen; auf der rechten Seite erkenne ich den bescheidenen Eingang zur Wohnung meiner Tante väterlicherseits:

Ich sehe die Terrasse mit dem Zitronenbaum vor mir, dort könnte ich Zuflucht suchen, in ihren Armen meine Tränen trocknen, doch nein, sie ist ja oben geblieben!

Ich habe sie gesehen, sie war es, »*'Amti*«, die vor uns allen das weiße Leichentuch mit seidenen Streifen und grünen Fransen ausgebreitet hat! Ich habe die Tote nicht gesehen, »Mamma« die Sanfte, die nun für immer fort ist.

Ich habe so viel Schwung, dass ich am Haus der Tante vorbeilaufe. Ich laufe weiter, meine Tränen gleichen einer sprudelnden Flut, die wie ein schillernder Schleier auf meine Schultern fällt, meine flüchtenden Beine setzen ihren blinden Lauf fort, ich erkenne nichts mehr, jeglicher Schmerz ist nicht mehr da und gleichzeitig ewig, die Hände meiner Großmutter, die mich nachts streicheln, wenn es kalt ist, jene Hände, wo kann ich sie wiederfinden, unter welchem Himmel, ich muss laufen, bis ans Meer, bis zum Hafen, bis ans Ende der Welt!

Auf einmal öffnet sich unten die Tür zum Haus meiner Mutter. Gleich am Eingang laufe ich meiner Mutter in die Arme, oder einer Cousine, oder einer der verschleierten Nachbarinnen, eben einer »von ihnen«, aus dieser Welt, die niemals die Meine sein wird, denn meine Großmutter, da oben, ist verschwunden!

Natürlich werde ich in diesem Haus, in dieser Familie meine weitere Kindheit verbringen. Doch ich werde niemals wieder solch einen Sturzbach von Tränen vergießen, nein! Nie wieder wird mein Herz dort so beben, nie wieder dieser schneidende Schmerz der Hoffnungslosigkeit!

Ich werde überhaupt nie wieder so weinen, glaube ich! Ich werde den anderen künftig so nüchtern zusehen, als würde mich nichts mehr etwas angehen, einzig von dem heimlichen Wunsch erfüllt, nichts zu vergessen. Bei ihnen, in ihrem gesitteten Haus, werde ich nur noch aus Augen bestehen: ein gieriger Blick, kühle Wachsamkeit und stets auf der Hut, als ob ich im Kreise dieser Erwachsenen ein Eindringling geworden wäre.

Immer noch Kind: Vermutlich einige Sommer später. Ich und meine fast gleichaltrige Cousine, während des Fastenmonats, Ramadan, beide in weißen Nachthemden. Alle Verwandten, Tanten und Cousinen versammeln sich flüsternd zu einer zweiten nächtlichen Mahlzeit, damit sie morgen das Fasten besser ertragen können. Nun, auch wir wollten fasten: aus Stolz! Jetzt stehen wir vor ihnen, schlaftrunken, schwankend und voller Vorwürfe, enttäuscht, dass wir für zu klein befunden und von dem nächtlichen Treffen ausgeschlossen wurden!

Die Großen lachen ein bisschen verlegen, aber sie machen uns Platz. Wir sind sehr glücklich, dass wir bleiben und mit den Erwachsenen *Shor* essen dürfen, denn wir wollen versuchen, den nächsten Tag ohne Essen und Trinken durchzustehen. Wir, zwei zierliche Gespenster, die ihre nach-mitternächtliche Mahlzeit beehren, kommen ihnen beinahe wie Störenfriede vor …

So erlebte ich die Szene damals mit meiner etwa gleichaltrigen und mir sehr nahen Cousine. In langen Nachthemden und mit offenem Haar brachen wir mitten hinein in das Familienritual. Den Erwachsenen müssen wir im schwachen Schein der Kerzenleuchter wie zwei Verkörperungen ihres schlechten Gewissens erschienen sein. Sie standen um uns herum, und wir saßen mit geröteten Augenlidern vor unseren Schalen, schlangen den Weizengrieß und das

Gemüse herunter, tranken ein Glas heiße Milch und gingen dann unter Protest zurück ins Bett, um am nächsten Tag vor allem unter dem Durst zu leiden, besonders am späten Nachmittag (in meiner Erinnerung handelt es sich immer um lange Sommertage).

Auch diesmal war ich nur Blick. Wie dem auch sei, niemals mehr werden so viele Tränen über meine Wangen strömen, egal wie verweint die Gesichter um mich herum sein mögen! Ich sehe mich noch in einem jener engen Ferienhäuser, wo wir uns manchmal wie Gefangene vorkamen, wie ich hinter einer zugeschlagenen Tür, einem plötzlich heruntergelassenen Türvorhang die Augen schließe, in beständigem Halbdunkel; mein kindliches Gehör schärft sich, vor allem, um nur ja nichts zu vergessen von dieser Welt, die ich bin und die ich auch wieder nicht mehr ganz bin!

Später, gegen Ende der Kindheit, die in diesen Ländern der Sonne zu früh endet, bin ich immer noch geprägt von diesem Hunger, eine Durchlässigkeit ohne festes Ziel. Vielleicht spürte ich schon damals, ohne dass es mir gänzlich bewusst war, in welchem Ausmaß die Frauen in diesen Medinas von einst zusammengepfercht sind, Frauen, die sich nach nichts anderem sehnen als der Welt draußen, nach diesem ihnen verbotenen Raum. Schon damals (doch jetzt greife ich vor) erspähte ich sie, die Gier dieser Jungfrauen, doch ich verstand weder ihre Erwartungen oder ihre Ungeduld noch ihre Verbitterung …

Und die vielfältigen, ineinander verwobenen oder schläfrigen Stimmen in der stickigen, sommerlichen Mittagshitze während der Siesta, ich hülle mich darin ein wie in die Windeln einer frühkindlichen Erinnerung, immer auf der Suche nach einem Anderswo, nach einer Zukunft.

Seit damals denke ich manchmal: Meine Tränen, all meine Tränen – also die von Trennung und Verlassenwerden –, ich habe den Eindruck, dass ich sie alle auf einmal geweint habe, und das viel zu früh! In Strömen, wie in jenem Wind meines Laufes als Kind, nach dem ersten Kummer, ausgelöst durch den Verlust meiner Großmutter. Jenes Wesens, das mich mit reinster Zärtlichkeit überschüttete.

Nie wieder werde ich solche Tränen vergießen, Tränen absoluten Schmerzes. Meine Trauer wird sich in sich selbst zurückziehen, keine äußeren Anzeichen, kein Beben. Der Blick richtet sich nach innen.

Gewiss, später gibt es Emotionen, die die Gesichtszüge benetzen, Melancholie, die die Augen feucht werden lässt; und dann Träume, Tausende von Träumen! Und schließlich die brutal-sanfte Liebe, das Hin und Her und das Kreuz und Quer mit dieser Liebe! Doch selbst als die erste Liebe sich entfaltet, geschieht das weder mit Tränen der Verzückung noch der Bitterkeit.

Von der Liebe, so wie vom rohen Schmerz, der schnell wieder versiegt, bleibt manchmal ein kannibalischer Blick zurück.

Die Hand dieser Schreiberin, der Frau, die ich heute bin, lässt ein Mädchen wieder aufleben, das seinen ersten heftigen Kummer erlebt. Und schreibt es nieder, mit einem nachsichtigen Lächeln, das nicht ihrem eigenen Spiegelbild gilt, sondern dem einer anderen: dem des kleinen Mädchens aus Caesarea, das die Skizze eines Ichs sein wird, das nicht mehr da ist, auch wenn es auf dem Papier steht, und das mir plötzlich wie ein Gespenst vorkommt.

Manchmal meine ich, dass meine Tränen immer noch fließen, doch sanfter, weil mittlerweile Jahre, ja Jahrzehnte vergangen sind.

3

Das allererste Buch

Nicht lange vor jenem Roman, *Heimatlos*, bei dem ich so weinen musste, hatte ich ein anderes Buch in den Händen gehalten. Jenes Buch habe ich nie gelesen, ich brachte es beinahe triumphierend von der Schule nach Hause und sah es anschließend nie mehr wieder … Obwohl ich nicht darin geblättert habe, weiß ich immer noch, wie sich das dicke, großformatige Werk zwischen meinen Fingern anfühlte. Ich sehe mich vor mir, wie ich eilig aus dem Klassenraum herausgeschossen komme (ich bin in der ersten Klasse, ein Jahr zuvor war ich noch im Kindergarten) und in den Händen halte ich dieses sehr große Buch. Ich höre mich sagen – oh, nur ganz im Stillen, für mich, und dabei versuche ich, meine Eitelkeit zu mäßigen: »Dieses Buch ist ein Preis, ich habe den allerersten Preis bekommen!«

Das Schuljahr ist zu Ende, und ich habe also als Belohnung für meine Leistungen dieses Buch bekommen, das dickste Buch, das schönste!

Die Szene wird wieder ganz lebendig, diesmal ohne Tränen! Der Hof der öffentlichen Schule wird durch einen ziemlich hohen Gitterzaun in zwei Hälften geteilt. Auf der einen Seite befinden sich die Klassenräume der Mädchen, auf der anderen die der Jungen. Ich habe mich weit von den anderen Kindern entfernt, weil ich nur einen Gedanken hatte: »Mein Vater! Ich muss ihm diesen Preis zeigen!«

Mein Vater geht sicher wie gewöhnlich im schwarzen

Kittel allein hinter dem Gitter auf und ab, in einiger Entfernung von den anderen Lehrern. Er bewegt sich zwischen seinen Schülern hin und her, alles kleine einheimische Jungen, die man *Yaouleds* nannte, wodurch das arabische Wort in den Schuljargon Eingang fand. Es sind fast alles Söhne von Landarbeitern oder von Angehörigen der untersten Schichten, die in Espadrilles oder manchmal sogar barfuß zur Schule kommen und die der Lehrer im Hof und anschließend während des Unterrichts mit großer Strenge beaufsichtigt.

»Es geht darum«, pflegte er zu sagen, »dass sie die Möglichkeit bekommen, ihren Rückstand in der französischen Sprache aufzuholen«, denn ihre Eltern sprechen nur arabisch oder berberisch; und vor allem gibt es in ihren Hütten keine Elektrizität, noch nicht einmal einen hohen Tisch, so dass diese Schüler ihre Aufgaben nur in der Schule machen können, nach sechzehn Uhr.

Im Augenblick ist Pause. Im anderen Hof geht der »einheimische« Lehrer, mein Vater, auf und ab und beaufsichtigt seine Schüler, bis der »Unterricht« weitergeht. Die Schüler seiner Klasse setzen sich aus allen Lernstufen, aus allen Altersklassen zusammen. Er hat so viel damit zu tun, sich um diese Bengel zwischen sechs und zwölf Jahren zu kümmern, dass er gar nicht dazu kommt, sich unter seine europäischen Kollegen zu mischen.

Und da komme ich angerannt, in den Händen dieses dicke Buch. Ich steige auf ein Mäuerchen vor dem Gitter, in der Ecke, in der ich am nächsten an meinen Vater herankommen kann, der dort hin und her geht …

Ich sehe mich vor mir, im kurzen Kleid, aus meinen Lackschuhen schauen weiße Söckchen heraus. Meine Mutter hat an diesem Morgen bestimmt besonderen Wert auf mein Aussehen gelegt, da sie wusste, dass es ein wichtiger Tag war: der letzte Tag vor den Sommerferien … Sobald ich das Mäuerchen erklommen habe, mache ich meinem Vater Zeichen, ich bin sogar ein bisschen übermütig …

Das kleine Mädchen schwenkt das besagte Preisbuch: ihr »Prix d'excellence«, Auszeichnung für hervorragende Leistungen.

Endlich kommt der Vater langsam zu ihr herüber. Mit einer Stimme, die wohl gegen Ende der Pause im Gewirr von Schreien und Gelächter unterging, hat sie fast triumphierend verkündet:

»Hier, mein Preis!«

Auf der anderen Seite des Gitters hat der Vater in zwei oder drei Metern Entfernung angehalten. Das Mädchen glaubt alles richtig zu machen, indem sie das Buch hin und her schwenkt, damit der Buchdeckel sichtbar wird, auf dem das Gesicht eines alten Herrn abgebildet ist, mit einem Schnurrbart und einer Mütze auf dem Kopf … einer Militärmütze.

Schließlich kann der einheimische Lehrer den Titel des Buches lesen. Es handelt sich um eine Biographie: Der Kopf jenes französischen Herrn mit der Mütze gehört … Maréchal Pétain, der zu der Zeit das Land (Frankreich mitsamt seiner Kolonien) regiert. Es muss Juni 1940 oder 1941 sein.

Um ehrlich zu sein, versuche ich jetzt, da ich mich nach so langer Zeit erinnere, gar nicht so sehr, die Daten genau zu bestimmen. Ich sehe die Szene vor mir, als hätte sie sich erst gestern oder letztes Jahr abgespielt, und was mich erstaunt, das ist dieses merkwürdige, schiefe Lächeln im Gesicht meines Vaters.

Das Mädchen hält beharrlich weiter das Buch in die Höhe. Es sagt sich wahrscheinlich: »Er ist zufrieden, mein Vater, denn er ist der Lehrer, der einzige arabische Lehrer an dieser Schule, und ich, seine Tochter, ich bin die einzige arabische Schülerin in der Klasse … Und ich bin die Beste!«

Sie hat diese Unterscheidung bereits verinnerlicht und

drückt sie in Worten der Solidarität aus, der Stolz ihres Vater wird fast zu ihrem eigenen …

Doch plötzlich gerät die Szene ins Stocken: Der erwartete Effekt tritt nicht ein. Das Mädchen versteht nicht, was los ist; sie verharrt eine Weile so mit ausgestrecktem Arm, hält weiter dieses Buch hoch, auf dem das Foto eines Maréchals prangt.

Sie weiß noch gar nicht, was das ist, ein Maréchal! Dabei wird zu der Zeit bereits jenes Lied gesungen – jeden Morgen, wenn alle Kinder sich ordentlich in Reih und Glied vor der gehissten französischen Flagge aufstellen: »Maréchal, nous voilà!«

Und jetzt hat das Mädchen, das das ganze Jahr über mit den anderen gesungen hat, »Maréchal, usw.«, es ganz allein, das Buch mit dem Porträt bekommen – und nicht nur das, das Buch enthält außerdem das Leben des Maréchal, des Staatschefs, durchgesehen und überarbeitet für besonders vorbildliche Kinder.

Eine Szene, wie geschaffen für die Presse von damals, ihre Presse … Das kleine »einheimische« oder »muslimische« oder arabische Mädchen, wie auch immer, welches in den Jahren 1940 und 1941 höchstwahrscheinlich das einzige Mädchen dieser Art an der Schule war. (Gewiss, später folgte die Tochter des Bäckers, und dann, ein Jahr später, kam noch die Tochter der Pförtnerin der Schule hinzu. Das war es dann aber auch schon in diesem Dorf, was den arabischen, weiblichen Teil der Bevölkerung anging). Und wie kommt es, dass ich, die an diesem Tag so stolz war, mich nicht an den Inhalt dieser ganz besonderen Biographie erinnern kann, sondern nur daran, wie ich das Buch in die Höhe hielt, damit mein Vater auf der anderen Seite des Gitters sich geehrt fühlen sollte?

Am Blick, aber noch mehr an jenem schiefen Lächeln des Vaters, das künstlich oder ironisch wirkte, konnte das

Mädchen – dasselbe Mädchen, das ein Jahr später zur leidenschaftlichen und weinenden Leserin von *Heimatlos* von Hector Malot wird – dessen unerwartete Reaktion ablesen, die ihr im Gedächtnis bleiben wird. Er nickte, las den Titel und warf seiner Tochter dann ein unbestimmtes, halbherziges Lächeln zu. Ironisch? Sie ist noch zu klein, um diese Nuance wahrzunehmen.

Sie ist vor allem enttäuscht, dass er sich nicht freut.

Ein paar Jahre später (da wird sie acht oder neun Jahre alt sein, also noch bevor sie aufs Collège kommt, ins Internat), und ihr Vater wird bereits damit angefangen haben, sich mit ihr zu unterhalten, mit ihr auf Französisch unter vier Augen zu reden, ihr Dinge zu erklären. Da wird sie mit Verzögerung begreifen, warum ihr Vater das Buch mit seinem Lächeln ablehnte:

»Dieses Buch haben sie mit Absicht ausgewählt. Ich war der Einzige, der kein Pétain-Anhänger war, und das wussten sie! Weißt du noch, ein paar Monate nachdem du diesen Preis bekommen hattest, als ich mit dir die Treppe zu unserer Wohnung hinaufging? Da habe ich von unten ein Geräusch gehört. Ich habe zu dir gesagt: ›Warte hier!‹ und bin vorsichtig wieder hinuntergegangen, und da habe ich unter der Treppe den Dorfpolizisten erwischt. Er war ganz durcheinander.«

Es fällt mir wieder ein: mein Vater, wie er dem verlegenen Polizisten ironisch einen guten Tag wünscht.

»Er hatte den Auftrag«, erzählte mein Vater weiter, »herauszufinden, welchen Radiosender ich abends zu Hause hörte … Das war natürlich *Radio Londres*!«

Dann klärte er seine Tochter über den Kontext auf: »Wir, die Lehrer von der *École Normale d'Instituteurs*, wir sind stolz darauf, Republikaner und Sozialisten zu sein.«

Dann fuhr er fort:

»Sie hatten einen ranghohen Polizeikommissar aus Blida

geschickt, der meine Überwachung einleiten sollte. Was sie aber nicht wussten, war, dass jener Kommissar, namens Gonzalès, mit mir zusammen die *École Normale* besucht hat. Erst danach hat er Karriere bei der Polizei gemacht! Und er war es, der mich heimlich gewarnt hat: »Pass auf, Tahar! Die wollen mit dir das gleiche machen wie mit deinem Vorgänger, Léchani, der, nachdem er nicht mehr unterrichten durfte, als Gemüsehändler arbeiten musste!« … Zum Glück landeten bald darauf die Amerikaner, und Léchani durfte wieder unterrichten. Ich aber, meine Tochter, ich musste danach noch vorsichtiger sein. Ich hatte ja nicht nur für euch hier Verantwortung, sondern auch noch für meine verwitwete Mutter und meine Schwester in unserer Heimatstadt!«

Zwischenspiel

Wer sagt, die »Kolonie«, das ist zwangsläufig ein unberührtes Gelände, ein Gelände, auf dem Pioniere sich niederlassen, die auf Entdeckung gehen, getrieben von der Ungeduld, aus dem Nichts etwas Neues aufzubauen, für alle?

Nein, die Kolonie, das ist zunächst eine zweigeteilte Welt: »Wir, die aufbauen, weil wir zerstört haben« (nicht alles, aber fast alles!) und »was von vorher übrigbleibt« (aus der Zeit vor uns und vor unseren Zerstörungen, während unsere Kämpfe in ihrem Kielwasser ein Andenken hinter sich herziehen, das als ehrwürdig gilt).

»Es« geht uns an und blickt uns an, namenlos, seit dem »Vorher« – denn die Zeit ist zerbrochen, es gibt eine Dauer, eine Geschichte für die einen, eine andere für die anderen.

Seit dem »Vorher« und noch lange danach, für die, die weder die Kinder der einen sein werden, noch die der anderen …

Die Kolonie ist eine Welt ohne Erben, ohne Erbschaft.

Weder die Kinder von der einen, noch die von der anderen Seite werden in den Häusern ihrer Väter wohnen! Und auch wenn sie alle Vorfahren haben, so haben diese ihnen nichts zurückgelassen als den geteilten Groll, im besten Falle das Vergessen, meistens den Wunsch aufzubrechen, zu fliehen, zu verleugnen, nach irgendeinem Horizont zu suchen, um sich dort, in die Tücher der Dämmerung gehüllt, einzugraben …

Die Kolonie, sie bringt die Spaltung in die Welt. Die Spal-

tung ist in ihren Körpern eingeschrieben, die Geschlechter sind gespalten, jeder aus der Nachwelt wird zerrissen, jede ihrer Leichen oder jeder ihrer Vorfahren wird verleugnet!

Dabei erscheint die Kolonie zunächst als eine zweite Chance, als eine Zukunft, als ein Land der Abenteuer, während sie tatsächlich ein Gebiet eröffnet, das keine Grenzen hat, eine Sahara, ein Land der »Reservate« für Ausgestoßene, ein Lager für lebenslänglich Gefangene, in der Verbannung …

In welche Verstrickung und zu welcher Entfesselung werden wir gedrängt? Vielleicht, um wieder zur Kindheit dieses kleinen Mädchens zurückzukehren, das eines Tages in Caesarea jene Gasse hinunterstürzte, von oben auf dem Hügel, bei den Kasernen, bis ganz nach unten, hinter der Kirche, weinend und schluchzend, laut den Tod der Großmutter väterlicherseits beklagend, es, du, ich – ich, die schreibt, die hinsieht und die von neuem weint; ich, die, ach, nicht weinen konnte, am Ende, als der Vater plötzlich im nördlichen Mutterland gestorben war, im Land der anderen, dann schließlich nach Caesarea gebracht und zwischen seinen Schwestern begraben wurde, zwischen all den Frauen, doch nicht neben dir, die das hier schreibt, weil du immer noch durch das Sonnenlicht läufst, von oben nach unten durch Caesarea, mit drei Jahren, Mädchen auf der Straße, weinend.

4

Der Vater und die anderen

Eines Tages trat in Paris ein Mann an mich heran, der etwa so alt wie mein Vater und wie er ein pensionierter Lehrer war, und schien, nachdem man ihn mir vorgestellt hatte, auf eine Gelegenheit zu warten, in Ruhe mit mir zu sprechen – wir befanden uns mitten im Getümmel eines Empfangs, ich weiß nicht mehr genau, wo –, jedenfalls sagte dieser ehemalige Kollege meines Vaters schließlich leise zu mir, so dass es außer uns niemand hören konnte:

»Wissen Sie, ich kann mich noch gut an die Großmutter Ihres Vaters erinnern!«

»Sie meinen meine Großmutter väterlicherseits?«

Und ich wartete gespannt, mein Herz klopfte und ich war sehr ergriffen; tief in mir drin protestierte eine Stimme: »Wer erinnert sich in der heutigen Welt noch an Mamma (ich versuchte, mich zu beruhigen), außer dir selbst – und das auch nur wenn du schläfst? Vielleicht hin und wieder noch mein Vater, ihr Sohn!« (damals lebte mein Vater noch).

Der Mann, der ein freundliches Gesicht hatte und lächelte – er war ein braver Bürger um die sechzig aus unserer Heimatstadt Caesarea –, entgegnete mit sanfter, aber bestimmter Stimme:

»Nein, ich sagte doch: Ich kann mich an die Großmutter Ihres Vaters erinnern!«

Daraufhin entstand eine Pause zwischen uns. So viel Lärm um uns herum – es war (plötzlich fällt es mir wieder ein) während eines Pariser Empfangs in den Räumen eines großen Hotels; ich war eher zufällig dort.

Ich erwiderte ganz leise und wunderte mich dabei über meine Antwort, die so vorschnell aus mir herausgeplatzt war:

»Mein Vater hat nie von seiner Großmutter gesprochen!«

»Es handelt sich um die Großmutter ihres Vaters mütterlicherseits, die Mutter seiner Mutter«, fuhr mein Gesprächspartner noch sanfter fort (erinnern wir uns an seinen Namen, sage ich mir jetzt, ich bin ihm doch so dankbar, er verdient es nicht, anonym zu bleiben!).

Dann wurde Monsieur Sari – so lautete sein Name, ein bürgerlicher Nachname aus Caesarea – gesprächig und rechtfertigte sich dafür, dass er mich so unvermittelt, fast schon überstürzt, mit seiner Erinnerung konfrontiert hatte: »Ich bin in unserer gemeinsamen Heimatstadt groß geworden, Madame! Diese Frau, die Großmutter Ihres Vaters, besuchte uns manchmal, wie es unter Nachbarn üblich ist. Nun, sie war der Mensch, der mich damals in unserer Stadt am meisten beeindruckt hat!«

Und dann erzählte dieser Mann mir von ihr; in wenigen Sätzen ließ er sie wieder aufleben. Und ich versprach, ihn in Algier zu besuchen, wo er seinen Ruhestand verbrachte. Ich sah ihn nicht wieder. Doch wenn ich an jene Großmutter meines Vaters denke, dann höre ich wieder seine Stimme, die sie mir in nur wenigen, aber prägnanten Worten beschrieb.

Sowohl durch ihr Sprechen als auch durch ihr Auftreten, so erzählte mir dieser Mann, durch ihre bissigen Bemerkungen, habe die Großmutter meines Vaters, so scheint es, die Damen der besseren Gesellschaft von damals vor den

Kopf gestoßen, die daran gewöhnt waren, untereinander in Euphemismen zu sprechen, und deren städtischer Dialekt eine Ausdruckweise pflegte, in der mehr angedeutet als ausgesprochen wurde.

»Wie Ihr Vater – der ihr übrigens ähnlich sieht«, fügte Monsieur Sari hinzu, »hatte sie von ihrer Herkunft die grünen Augen einer Berberin behalten und die Eigenschaft, kein Blatt vor den Mund zu nehmen. Sie zog von Haus zu Haus; sie blieb nie lange an einem Ort, den Schleier nahm sie gar nicht erst ab, weil sie immer so schnell wieder verschwand, und die Damen fürchteten ihre Direktheit!«

»Ihre Tochter, meine Großmutter«, sagte ich »war das genaue Gegenteil: klein, recht unauffällig und sanft, eher schweigsam!«

»Ihre Mutter«, entgegnete er, »dagegen war groß und schön, sie hatte rotes Haar; sie sagte laut und vernehmbar, was sie dachte! Sie sagte den bürgerlichen Damen unverblümt die Meinung! Sie war«, und Monsieur Sari lachte, als sähe er sie lebendig vor sich, »sie war eine Rebellin, ja, und sie kam und ging, wie es ihr gefiel, und zwar in fast jedes der kleinen Häuser von Ain-Ksiba, unserem Viertel!«

Er geriet ins Träumen, dieser Mann, sein Bedürfnis, sich mir mitzuteilen, hatte ihn wohl in seine Kindheit zurückversetzt. Und ich konnte – dank ihm – diese Gesellschaft vor mir sehen, in der die Frauen sich nicht verändert hatten, mit Regeln und Gesetzen, die seit mindestens drei Generationen verhinderten, dass sich an ihrer Lage etwas änderte, wahrscheinlich sogar seit der Ankunft der Franzosen in ihrer Stadt, Mitte des 19. Jahrhunderts.

Monsieur Sari wusste ebenso gut wie ich (früher kauerte ich stundenlang zwischen den Knien meiner Großmutter, der Tochter jener Frau, die er soeben beschrieben hatte, die im bescheidenen Haus meines Vaters auf einer Matte saß), wie sehr diese Frauen vor ihren Ehemännern und Söhnen so taten, als glaubten sie, dass jene stets die Herren seien … zumindest im Hof ihrer kleinen Häuschen.

Ich weiß noch, dass der Kollege meines Vaters zögerte, bevor er etwas leiser hinzufügte:

»Aber ihre Großmutter, die Tochter jener Dame, hatte viel Pech. Sie wurde sehr früh Witwe, mit einem kleinen Sohn. Zum Glück nahm ihre Mutter ihr Schicksal in die Hand und verheiratete sie erneut: mit Ihrem Großvater … Anschließend bekam sie vier Kinder. Mein Freund, Ihr Vater, war ihr Jüngster.«

So kam es, dass Monsieur Sari für mich eine Lücke in der Abfolge der weiblichen Ahnen auf der Seite meines Vaters füllte.

Diese Begegnung ereignete sich zu einer Zeit, als das Leben mir, ach, so ruhig dahinzufließen schien! Als ich über zehn Jahre später nach Algier zurückkehrte – Algier, das damals nicht weit von mir weg war –, war Monsieur Sari gestorben und mein Vater wurde immer schwächer.

Ich wagte es nicht, meinem Vater das Bild dieser Großmutter, von der er mir nie etwas erzählt hatte, vor Augen zu führen, als ob ich fürchtete, nachdem bereits so viele gestorben waren, das Schicksal vor ihm herauszufordern, wahrscheinlich, weil ich auf grausame Weise bereits ahnte, dass ich selbst bald Waise werden würde.

In dem Saheldorf, in dem mein Vater die Nachfolge eines anderen, ebenfalls »einheimischen« Lehrers angetreten hatte – welcher sich seiner Meinung nach den Kolonisten gegenüber zu demütig und zu leise verhalten hatte (unser Dorf lag am Fuße des Atlas, in einer ertragreichen Weinbauregion) –, wurde deutlich, dass mein Vater etwas vom Temperament seiner Großmutter geerbt haben musste, denn er bot oft und sich manchmal nur mühsam beherrschend den Europäern, den »Pieds Noirs«, die sich an den reichsten Kolonisten des Landes orientierten, die Stirn.

Als Jugendlicher war er einer der besten Schwimmer seiner Stadt gewesen – er war Meister im Langstreckenschwimmen und hatte das beim alljährlichen Wettkampf unter Beweis gestellt, der jeden Sommer zwischen dem Hafen und dem antiken Leuchtturm stattfand, der ein ganzes Stück vom Ufer entfernt war.

Er erzählte mir – nur ein einziges Mal, und machte sich dabei über den »Übermut« der Jugend lustig –, wie er sich einmal, im Anschluss an seinen sportlichen Erfolg im Ort und in Begleitung seines besten Freundes (der später mein Onkel wurde), am großen Strand vor den Toren von Caesarea erlaubt hatte, den Abschnitt zu betreten, der ausschließlich für Europäer reserviert war, und wie er dann, vor den Augen der jungen Französinnen im Badeanzug, die sich dort in der Sonne aalten, demonstrativ mit dem

Fuß die Schilder umgestoßen hatte, auf denen die Worte »für Araber verboten« standen: Ja, mit seinem Fuß eines Schwimm-Champions hatte er eines nach dem anderen dieser auf Stahl montierten und gut sichtbaren Schilder ganz lässig umgeknickt, bis sie im Sand lagen. Anschließend hatte er sich, nackt bis auf eine enge schwarze Badehose, in die Wellen gestürzt, nachdem er eine Weile vergeblich auf irgendeinen Aufruhr gewartet hatte.

Ich höre ihn noch, wie er uns im Dorf jene Szenen aus Caesarea erzählte, die er mittlerweile »kindisch« fand, weil ihm die Rassentrennung, verglichen mit dem verzweifelten Elend der landwirtschaftlichen Tagelöhner im Herzen der Ebene, in der wir damals lebten und die die reichste des Landes war, plötzlich nicht mehr so gravierend erschien.

Mein Vater war ein ziemlich großer junger Mann mit breiten Schultern. Er hatte die gleichen blaugrünen Augen wie sein Vater, oder vielleicht auch wie eben jene Großmutter mütterlicherseits, die ich nicht gekannt habe.

Eines Abends erzählte er zu Hause (meiner Mutter, die mittlerweile Französisch verstand, und mir) – wenn er französisch sprach, hörte er sich härter an als sonst –, wie der Vater eines Schülers – ein Franzose, Spanier oder Malteser – es sich am Tag zuvor erlaubt hatte, meinen Vater am Eingang der Schule mit »du« anzusprechen, denn »dieser arabische Lehrer« (so dachte sich wohl der Europäer) »scheint ziemlich hochmütig zu sein«. Mein Vater hielt daran fest, den türkischen roten Fes zu tragen. In den 1930er Jahren waren Atatürks modernistische Ansichten bei den jungen Muslimen im Maghreb, die sich selbst als »fortschrittlich« ansahen, immer noch in Mode.

Ein Handwerker aus dem Dorf, oder ein kleiner Kolonist, ich weiß es nicht mehr, herrscht am Ausgang der Schule den »arabischen Lehrer« an, der gerade zusammen mit seinen Schülern herauskommt. Der Unterricht ist gerade zu Ende, nicht um halb fünf, sondern um sechs Uhr abends. Ausnahmsweise hat man meinem Vater wohl zwei Schülergruppen anvertraut – darunter auch französische Kinder.

Ein Junge kam weinend aus dem Unterricht, weil der Lehrer so streng war, wie er sagt.

»Der arabische Lehrer?«, rief der Franzose, vermutlich der Vater des Jungen.

Und sofort wendet er sich in aggressivem Ton an meinen Vater:

»Du da, hast du meinen Sohn zum Weinen gebracht?«

»Du hier«, erwiderte mein Vater prompt, »was glaubst du, mit wem du sprichst? Mit deinem Schafhirten vielleicht? Oder mit deinem Sklaven?«

Der Vater des Schülers (welcher auf einmal aufgehört hat zu heulen) wird wütend und sagt in ziemlich derbem Französisch:

»Was fällt dir ein …?«

Dabei verschluckt der Mann sich vor Wut.

»Er war kräftig und sehr aufgebracht«, erzählte mein Vater beim Essen weiter. »Offenbar wollte er sich prügeln!«

Und nach einer Pause fuhr er in ruhigem Ton fort:

»Ich habe meine Schultasche auf den Boden gestellt und mich vor ihm aufgebaut. Mit einer Hand habe ich rasch meinen Fes abgenommen und ihn einem meiner Schüler gegeben. Da ist der Unruhestifter zurückgewichen. Plötzlich fiel ihm auf, dass ich fünfzehn Zentimeter größer war als er, oder es lag an meinem Blick, der seinem nicht auswich!« Er zögerte.

Der Vater lacht nicht. Er spricht mit lauter Stimme, fast so, als würde er mit sich selbst sprechen. Normalerweise spricht er bei Tisch nicht. Wenn wir abends schweigend in der Küche sitzen und essen, schwebt immer noch etwas von seinem strengen Auftreten als Lehrer im Raum. Wir essen nicht an einem niedrigen Tisch, wie die anderen einheimischen Familien, nein, sondern an einem hohen Tisch, wie die Europäer, und das sogar, als meine Großmutter, die Mutter meines Vaters, die bei uns lebte, noch mit uns aß.

Während des täglichen Rituals wurde geschwiegen. Erst danach, wenn sie in ihrem Zimmer waren und mein Vater sich ausstreckte – nachdem er im Radio die Nachrichten gehört hatte –, konnte ich in meiner Ecke im anderen Zimmer das Raunen ihrer Unterhaltung unter vier Augen hören …

Diesmal hat wahrscheinlich meine Mutter, die dem Bericht ihres Mannes auf Französisch angespannt gelauscht hatte, das Gespräch auf Arabisch wieder aufgenommen:

»Und was geschah dann?«

Der Vater weicht aus. Er hat nicht über die Folgen nachgedacht. Er konnte bloß nicht anders: Das ist alles! Er bereut nichts.

Ich, die diese Szene jetzt noch einmal erlebt, ohne sie zu kommentieren, ich begreife erst jetzt, dass es die weiblichen Vorfahren sind, die ihn anstacheln und ihm Kraft geben. Genau wie seine Großmutter mütterlicherseits, die auf die reichen muslimischen Bürger herabschaute und für die andererseits die zu große Sanftmütigkeit ihrer Tochter ein Problem darstellte.

In meiner Erinnerung an dieses Abendessen in der Familie hat mein Vater ziemlich nüchtern von dem Vorkommnis erzählt, um seine Frau nicht zu beunruhigen … Vielleicht ist sogar seine alte Mutter anwesend, ich bin mir nicht mehr so sicher. Auf jeden Fall möchte er, nachdem er sich schon so weit vergessen hat, von der drohenden Auseinandersetzung mit dem französischen Vater des Schülers zu berichten, seine Frau nicht unnötig in Sorge versetzen.

In dieser Küche habe ich plötzlich den Eindruck, dass meine Mutter, die mir gegenübersitzt, stolz ist; ich – das wird mir jetzt bewusst – verfolge die Szene wirklich aus allen möglichen verschiedenen Blickwinkeln zugleich: aus dem Blickwinkel meiner Mutter, die zuhört und sich wieder beruhigt, vielleicht sogar der Mutter meines Vaters, die, falls sie da ist, versteht, ohne zu verstehen, und warum nicht auch von der Mutter jener Großmutter – sicher, sie ist nicht anwesend und ich kann mich deshalb nur als einen hartnäckigen Schatten an sie erinnern, doch sie hat sich durch ihren Enkel Ausdruck verschafft – Monsieur Sari, der sie so bewunderte, würde das genauso sehen … »Sie ist es«, würde er sagen, »die Ihren Vater zu seinen unvernünftigen Anflügen von Kühnheit verleitet, Madame!« … Und wenn ich meinerseits, einen Schatten nach dem anderen, nach ihrer Tochter, die ebenfalls schon ein Geist ist, die Mutter meiner Großmutter väterlicherseits wieder auftreten lasse, dann geschieht das, da bin ich mir sicher, weil die Toten noch während ein oder zwei Generationen in ihren Nachkommen weiterleben und sie stützen, vielleicht um sie zu beruhigen, vor allem aber, um ihnen Kraft zu geben.

Schließlich sagte mein Vater (jetzt nehme ich die Szene beim Abendessen in der Küche wieder auf), während er vom Tisch aufstand, um die französischen Radio-Nachrichten zu hören:

»Ich sagte zu dem Pied Noir: ›Du hast mich geduzt? Dann duze ich dich auch!‹«

Dann sagte er nichts mehr und verließ den Raum. Meine Mutter und ich blieben in der Küche zurück und stellten uns beide gleichzeitig und ohne miteinander zu sprechen den wütenden »Europäer« vor, der unschlüssig vor der großen Gestalt des arabischen Lehrers stand, welcher ihm in einwandfreiem Französisch geantwortet hatte und dabei nicht einmal das »R« gerollt hatte, wie so viele andere Einheimische.

Meine Mutter, die jetzt die Küche aufräumt, wirkt nun wieder erleichtert: Wäre es zu einem handfesten Streit gekommen, hätte dies für den »arabischen Lehrer« dann nicht zwangsläufig zu einer Verwarnung geführt? Womöglich hätte man ihm sogar »wegen aggressiven Verhaltens« das Unterrichten verboten, denkt sie wahrscheinlich, und dann wäre die kleine Familie gezwungen gewesen, nach Caesarea zurückzukehren und dort in dem bescheidenen Häuschen zu wohnen, in dem meine Mutter sich nicht wohlfühlen würde und wo sie im Übrigen auch nicht mehr die Ferien verbringen wollte, fand sie doch das Haus ihrer Mutter großzügiger und bequemer.

Nun, im vergangenen Sommer hatte ihr Mann ihrem Wunsch zum ersten Mal nachgegeben.

5

Das Fahrrad

Es gibt jedoch eine Szene im Hof des Gebäudes mit den Lehrerwohnungen, die sich mir wie eine Wunde eingebrannt hat, sie ist wie ein Riss in dem idealen Bild, das ich mir, ohne es zu wollen – vermutlich, weil er für immer nicht mehr bei uns ist –, von meinem Vater mache.

Der relativ große Hof ist von der Straße abgetrennt; unser Haus steht mitten im Zentrum des Dorfes, gegenüber vom Rathaus und dem Pavillon, auf einem kleinen Platz, der der Mittelpunkt des öffentlichen »europäischen« Lebens in diesem kleinen Ort ist, der ungefähr hundert Jahre zuvor im Zuge der Kolonisation gegründet worden war (am Fuß der Atlasberge, die, nachdem sie bereits während der französischen Eroberung Schauplatz der Kämpfe gewesen waren, bald, zehn Jahre später, erneut in Flammen stehen würden), in diesem Innenhof also, der aufgrund seiner Friedlichkeit fast ein privilegierter Raum ist und der für uns, die Kinder der Lehrer, ein sicherer Ort für unsere Spiele ist, vergnügten wir uns und vergaßen vorläufig unsere unterschiedliche Herkunft. Dort durfte ich mich jeden Abend bis zu eine Stunde lang aufhalten, und donnerstags und sonntags sogar mehrere Stunden lang.

Manchmal warfen wir ganz einfach einen Ball gegen die Wand, ganz vertieft in einen Wettbewerb, den wir sehr ernst nahmen; manchmal spielten wir auch Himmel und Hölle. Es waren einfache Spiele, von denen mir keine Szene besonders im Gedächtnis geblieben ist, sondern ich erinnere mich lediglich an den Reiz der Wiederholung, hier und da unterbrochen von mal freudigem, mal enttäuschtem Geschrei.

Doch von dem Tag, als ich Fahrrad fahren lernen wollte – mit vier oder fünf Jahren, ich weiß nicht mehr genau, wann –, ist etwas Bohrendes in meinem Gedächtnis zurückgeblieben, das zu einer Verletzung wird, zu einem Kratzer.

Mit Hilfe des Sohnes der Lehrerin, einer Witwe, unserer direkten Nachbarin, bin ich an jenem Tag auf ein Fahrrad gestiegen und fühlte mich nach einigen zaghaften Versuchen schließlich bereit, fast von allein das Gleichgewicht zu halten. Ich kann mich nicht erinnern, dass ich hingefallen wäre oder Angst gehabt hätte. Gewiss, mein Herz klopft, gleich werde ich unabhängig sein; bald schon werde ich, wie die anderen, eine Runde drehen, zuerst hier im Hof, dann durch das Dorf, ich werde frei sein und fliegen, davonfliegen … Doch ich fange schon an zu träumen. Bestimmt bin ich erst einmal hingefallen; aber ich steige wieder auf, ich bin fest entschlossen, hartnäckig … Ich bin mir ganz sicher, dass es mir gelingen wird, dieses Ding unter Kontrolle zu bekommen. Der Junge, der mir mit einem Arm hilft, indem er den Lenker in der richtigen Position hält, macht mir leise Mut.

In dem Moment taucht mein Vater auf, er kommt aus dem Dorf; ich erblicke ihn, ich halte das Rad weiter eingeschlagen, ich … Er tat so, als würde er mich nicht sehen; ging schnellen Schrittes zur Treppe, die zu den Wohnungen hochführt. Als er die Treppe erreicht hat, ruft er, ohne sich richtig umzudrehen, mit metallischer Stimme meinen Namen. Weiter sagt er nichts.

Ich habe gar nicht versucht, ihm zu sagen: »Warte! Ich steige jetzt nicht ab. Ich habe es fast geschafft, du kannst bei meinem Sieg zusehen! Gleich kannst du mir zusehen, wie ich mich ganz alleine oben halte und im Gleichgewicht bleibe!«

Mein Vater rief noch einmal meinen Namen, diesmal lauter. Es war also wirklich ein Befehl! Überrascht und enttäuscht stieg ich vom Fahrrad ab, ohne etwas zu dem französischen Jungen zu sagen, noch nicht einmal »Danke!« oder »Warte, ich bin gleich wieder da!«

Ich sehe mich schweigend hinter meinem Vater die Treppe hochgehen. Er stürmt eilig in die Wohnung, hält mir die Tür auf, schließt sie hinter mir und ruft sofort, als hätte er den Satz, den er jetzt hervorstößt, in sich gehabt, seit er in den Hof gekommen ist:

»Ich möchte nicht, nein, ich möchte nicht«, wiederholt er sehr laut und wendet sich dabei an meine Mutter, die herbeigeeilt ist und schweigend dasteht, »ich möchte nicht, dass meine Tochter aufs Fahrrad steigt und ihre Beine zeigt!«

Dann begibt er sich ohne ein weiteres Wort ins Zimmer der Eltern – das Zimmer, das, wenn er zu Hause ist, ausschließlich dem Paar vorbehalten ist, meinen Eltern, das gilt für mich genau so wie für meine Großmutter, die hier bei mir ist, wie der abwesende Schatten dieser Erinnerung, die mich schmerzt.

In den Augenblicken, die dann folgen, befinde ich mich in einem anhaltenden Nebel, alles scheint so unwirklich. Ich glaube, ich habe mich zum ersten Mal gefragt: »Ist mein Vater noch derselbe? Oder ist er plötzlich ein anderer?« Von dem bebenden Satz, den er gerade geäußert hat, sind bei mir nur zwei Worte hängengeblieben, die wie ein stählerner Pfeil zwischen uns nachklingen, zwei Worte auf Arabisch: »ihre Beine«. Was hat das alles zu bedeuten? Dieser Satz, sein Tonfall, seine Wut, die Tatsache, dass er zum ersten Mal in »ihr« Zimmer, in diese Höhle, stürzt?

Als hätte plötzlich eine dunkle Macht von ihm Besitz ergriffen …

Ich vermute, ich habe versucht, mein Unbehagen zu verdrängen, und auch den Eindruck, dass ein anderer, ein Unbekannter aufgetaucht sei, der das Aussehen meines Vaters angenommen hätte … Ein identitätsloses Wesen, das für diesen unkontrollierten Ausbruch, diese blinde Wut und diesen Tonfall über eine mir bisher unbekannte Stimme verfügte, was aber nicht verhinderte, dass ich trotzdem dabei Scham empfand?

Nein, nicht direkt »Scham«, vielmehr hatte ich das unbestimmte Gefühl, etwas habe sich meines Vaters bemächtigt, etwas, das weder vollkommen menschlich, aber auch nicht wirklich tierisch war; eher eine Art rohe Materie, die durchschimmerte, ein Schlamm, der aus einem unbekannten Boden quoll … Und diese plötzliche Feindseligkeit, die ich noch nie bei ihm erlebt hatte, die nicht zu seinem Wesen passte, auch wenn seine Strenge als Lehrer seine Schüler so einschüchterte? Ich verstand überhaupt nichts.

Dennoch fiel mir auf (hier ist meine Erinnerung ganz deutlich), dass meine Mutter weiterhin schwieg, als ob sie verstanden hätte! Es war zwar nicht, als hätten sie eine geheime Absprache getroffen, doch sie widersprach ihm nicht, also war ihr nicht bewusst, wie verstört ich war.

Ich glaube, ich habe sogar in Erwägung gezogen, dass mein Vater mit irgendeinem Krankheitserreger in Kontakt gekommen war, einem Übel ohne Namen – weil hässlich, weil schwarz. Torf, Unrat!

Nein, ich hatte kein bestimmtes Bild im Kopf: Und dennoch hatte ich das Gefühl, dass meine Mutter meine Verwirrung, meine Scham überhaupt nicht wahrnahm – obwohl mein Vater sich doch, und das war so gut wie sicher, auf einmal in einen anderen verwandelt hatte!

Es war vor allem das arabische Wort für »Beine« in diesem Satz, das mich kränkte, weil ich das Gefühl hatte, dass mein Vater damit bestimmen wollte, wo meine Person aufhörte, dass er etwas von mir abtrennte, das nicht dazugehören sollte; aber das war doch ich! Meine Beine, und weiter? Die brauchte ich doch, um zu gehen. Jedes Kind hat Beine! Das war wirklich ungerecht von ihm! Ich empfand es als verletzend, dass er sie in dieser Weise von meiner Person trennte, doch warum tat er das?

Ich zog mich in eine Ecke zurück, die gegenüber von ihrem Zimmer lag (denn meine Mutter war bereits zu ihm gegangen). Ich wollte so weit wie möglich von ihnen entfernt sein, wenn auch im selben Haus, so suchte ich nach einem Platz nur für mich. Was war los mit ihnen: Handelte es sich um eine ansteckende Krankheit? Denn auch meine Mutter erklärte mir nichts!

Ich kann mich an diese Verletzung erinnern, die er mir zufügte (vielleicht war dies sogar die einzige Verletzung, die mein Vater mir jemals beibrachte), als ob er mich damit tätowiert hätte, und das auch heute noch, während ich dies schreibe, über ein halbes Jahrhundert später! Dieses Erlebnis hat mich anschließend davon abgehalten, Fahrrad fahren zu lernen, selbst als mein Vater schon nicht mehr da war, als ob dieses Unbehagen, dieser Kratzer, diese verbale Beleidigung mich für immer lähmen sollte, während sie mich gleichzeitig von ihnen entfernte – von ihnen, einem Paar, das die andere Gesellschaft doch akzeptierte und bewunderte. Ihre Schulen waren ihnen heilig, ihre Religion war ihnen fremd, doch sie respektierten sie trotzdem, sie sahen alles als beispielhaft an, als wert, nachgeahmt zu werden, kopiert zu werden, außer ... Außer, dass meine Beine, die Beine eines vier- oder fünfjährigen Mädchens, nicht versuchen durften, Fahrrad zu fahren!

Und aus diesem Verbot, das mir auferlegt worden war, stach das Wort »Bein« heraus!

Es war dasselbe, als würde man behaupten, dass jeder Junge, jeder Erwachsene, jeder alte Mann beim Anblick von zwei nackten Mädchenbeinen, die vom Rest des Körpers getrennt in einem Hof in die Pedale treten, unweigerlich zu einem lüsternen Voyeur würde!

Ich nehme an, ja, ich bin mir sicher, dass ich so getan habe, als würde ich zu Abend essen, und mich anschließend in den Schlaf flüchtete, ohne anständig »gute Nacht« zu sagen (die übliche arabische Formel klang doch so warm, so schön, so ...) – weil die Strenge meines Vaters nach seinem Ausbruch, im Anschluss an den besagten Satz, den ich hier beschreibe als ein weißglühendes Eisen, das mir auf den ganzen Körper gedrückt wurde, diese Schroffheit sich ganz natürlich in Verstummen seinerseits und zustimmendes Schweigen vonseiten der Mutter-und-Ehefrau verwandelte, die damit auf ihre Weise zu verstehen gab, dass sie auf seiner Seite stand.

Ich war also die Verstoßene – oder vielmehr jenes Paar Beine, das mir ausschließlich dazu dienen durfte zu gehen!

Jetzt, da ich mich nach so langer Zeit wieder an diese Verwirrung, an dieses Trauma erinnere, stelle ich aber auch fest, dass mein Körper gegen Ende meiner Kindheit und während meiner Jugend – doch nur im Mädcheninternat, einem geschlossenen Raum, einer Art modernem »Harem« – heimlich eine Möglichkeit gefunden hat, sich zu rächen. Von zehn bis sechzehn oder siebzehn Jahren, im Collège, durch besonders ausdauerndes Trainieren im Basketball und in Leichtathletik …

Was das Fahrradfahren angeht, so habe ich mich gewissenhaft an das väterliche Verbot gehalten.

In den folgenden Jahren verspürte ich nicht einmal mehr den Wunsch, mich einem Fahrrad zu nähern – nicht einmal, wenn ich allein war, nicht einmal, wenn außer mir niemand im Hof war –, sei es verstohlen, sei es voller Aufregung angesichts des Objekts der Begierde. Ich verspürte nicht einmal mehr das Verlangen, es zu versuchen, auf die Gefahr hin, umzufallen, es aber dennoch schließlich zu lernen! Als hätte ich mir damals ganz fest vorgenommen, niemals im Leben auf ein Fahrrad zu steigen, weder im Dorf, vor allen, noch in der Schule, selbst dann nicht, wenn die Lehrerin mich dazu aufforderte!

Habe ich mich eigentlich je darüber gewundert, dass meine Mutter, im Gegensatz zu den anderen Lehrerfrauen – anfangs nur Nachbarinnen und nach und nach richtige Freundinnen für sie –, niemals einfach von einem Tag auf den anderen »nackt«, so nannte man das damals auf Arabisch, aus dem Haus hätte gehen können – also ohne den weißen, »islamisch« genannten Schleier –, und dass sie sich aufgrund dessen niemals der Sonne zeigen konnte, so wie die Europäerinnen, die wir auf Arabisch als »Nackte« bezeichneten und die dennoch alle Welt, auch wir, achteten?

Was mich selbst betrifft, so erinnere ich mich nur an den Klang des Wortes »Beine« (denn es ging ja schließlich um *meine* Beine!), das Wort, das die plötzlich so veränderte, so feindliche Stimme meines Vater ausgesprochen hatte, die mich beschmutzte und mich derart abstieß: ja, ich finde kein anderes Wort dafür!

Ich hätte aufbegehren müssen, doch mit höchstens fünf Jahren, und gehemmt durch die Bewunderung für den Vater, konnte ich nicht gegen dieses »schmutzige« Bild ankämpfen, weil derjenige, der es geäußert hatte, voll unkontrollierter Wut war.

Ich sollte hinzufügen, dass es sich bei dem Jungen, der die Lenkstange festhielt, um Maurice handelte, den Sohn der verwitweten Lehrerin – sie war die einzige, die meine Eltern gelegentlich zu uns einluden, entweder aus echter Zuneigung oder aus Mitleid, weil sie Witwe war (so kam es, dass dieser Junge, der drei oder vier Jahre älter war als ich, schließlich sogar auf einem unserer Familienfotos landete) –, und eben der war es, der sich angeboten hatte, mir das Fahrradfahren beizubringen.

Ich sehe mich wieder vor mir. Ich habe Angst, aber ich mache trotzdem weiter, beziehungsweise ich mache weiter, weil ich Angst habe, und ich will siegen, will mich selbst besiegen, das Fahrrad schwankt erst nach rechts und dann nach links, ich halte den Atem an, Maurice hilft mir. Ich fürchte gerade, mitten aufs Gesicht zu fallen, und in diesem Augenblick kommt mein Vater in den Hof, er wirft einen kurzen Blick auf uns, doch er bleibt nicht stehen, und dann, als er den Fuß auf die erste Treppenstufe gesetzt hat, den spielenden Kindern den Rücken zugewandt, ruft er nach mir!

Und auch jetzt ruft er noch nach mir. Er zitiert mich vor das uralte Tribunal, das das weibliche Geschlecht mit einem Bann belegt, der im Alter von fünf Jahren beginnt – oder schon mit drei oder vier – und bis zur Pubertät gilt, bis zur Hochzeitsnacht, bei der das so schwerwiegende Recht dann dem ersten Ehemann übergeben wird, wenn nötig später auch einem zweiten, doch er kann endlich aufatmen, der Vater – jeder Vater –, er kann die dunkle, anstößige Last ablegen, die Pflicht, unsichtbar zu machen – in meinem Fall meine kleinen Beine, die erreichen wollten, dass die Räder eine Fahrrades sich drehten.

Während mein Vater, der immer noch mit dem Rücken zu uns und mit einem Fuß auf der Treppenstufe steht, mit Nachdruck ruft: »Komm sofort hierher!«, höre ich, ja, höre ich noch heute die warme, freundschaftliche, vielleicht auch liebevolle Stimme von Maurice, der mir enttäuscht zuflüstert:

»Bleib doch noch ein bisschen, eben hättest du es fast geschafft!«

Aber ich bin zu meinem Vater gelaufen, ich war weder aufgeregt noch gleichgültig oder furchtsam. Er geht weiter die Treppe hinauf, dreht sich nicht zu mir um und ich folge ihm, ohne etwas zu begreifen, und erst in der Wohnung, als er meiner Mutter diesen schneidenden Satz bezüglich meiner »Beine« entgegenschleudert, merke ich, dass er vor Wut ganz steif ist.

Ich hatte keine Zeit, mich zu fragen: »Warum diese Wut?« Er betritt die Wohnung und ich wiederhole noch einmal seinen Satz, den er im Flur blind meiner Mutter entgegenschleudert, die stumm auf der Türschwelle zur Küche steht: »Ich möchte nicht (er schreit)! Ich möchte nicht, dass meine Tochter vor dem ganzen Dorf ihre Beine zeigt!« Dann geht er und schließt sich in ihrem Zimmer ein.

Ich glaube nicht, dass er an diesem Abend noch einmal herausgekommen ist, um mit uns zu Abend zu essen. Wahrscheinlich hat meine Mutter uns beide, den kleinen Bruder und mich, schweigend versorgt.

Der Ausruf meines Vaters, seine bebende Stimme, sein Verbot: »Ich möchte nicht«, und dann das Ende »vor dem ganzen Dorf!«, diese beiden Satzfetzen fingen in mir zu tanzen an. Ich werde für immer unter dem verletzenden Ton in der Stimme meines Vaters leiden, als er die beiden Worte »ihre Beine« ausspricht.

Meine Mutter merkte gar nicht, wie verstört ich danach war (die Statue des Vaters, die meine Tochterliebe zunächst errichtet hatte, bekam einen Riss), und so hielt sie es wohl nicht für nötig, oder sie hatte ganz einfach keine Zeit, um mir seine Reaktion zu erklären.

Jahre später rief sie mir die Unnachgiebigkeit meines Vaters wieder in Erinnerung, die puritanische Strenge, mit der er ihr gegenüber als Sittenwächter auftrat. Dabei war meine Mutter stets vollständig in ihren traditionellen Schleier eingehüllt, wenn sie als Paar zusammen reisen mussten, in Bussen, die manchmal voller Bauern waren, welche möglicherweise versucht sein könnten, meiner Mutter eine Sekunde zu lang in die Augen zu sehen – ihre schönen Augen, die sie beharrlich niederschlug ... (»Ich hatte während der ganzen Fahrt Herzklopfen, aus Angst vor einem Skandal!«, verriet sie mir später.) Ich erzählte ihr daraufhin jedoch nichts von meiner großen Verwirrung damals. Sie hätte sogleich verschiedene Gründe gefunden, sich zu rechtfertigen, angefangen bei der Zeit. Damals gab es noch kein Fernsehen, noch nicht diese Fülle an intimen oder anstößigen Bildern, noch nicht einmal ganz normale Familienfotos ...

Damals hängte man in muslimischen Wohnungen, selbst bei dem kleinen Teil der Bevölkerung, der in der Stadt lebte und zum Mittelstand gehörte, lediglich Fotos von Männern auf. Niemand kam auf die Idee, das Porträt seiner Schwester – wenn es ein hübsches Mädchen war, warum nicht – zur Schau zu stellen, oder das seiner Ehefrau, auf die Gefahr hin, dass fremde Augen sie begehren könnten. Es gab höchstens einige, die ihre fünf oder sechs Jahre alten Töchter zeigten; doch meistens blieb das Recht, ausgestellt, eingerahmt und auf ein Tischchen gestellt zu werden, dem Bildnis der gerade verstorbenen ehrwürdigen Großmutter vorbehalten … Nun, meine Großmutter väterlicherseits war gestorben (wenn auch nicht in meinem Kinderherzen, nein!), ohne dass sie jemals die Muße gehabt hatte, ein Foto von sich machen zu lassen!

Mittlerweile müsste ich mich eigentlich mit einem Lächeln an diese Anekdote erinnern können. Jedoch: Die ganzen zehn oder zwanzig Jahre, die dann folgten, haben mich, jedes Mal, wenn ich die Gelegenheit hatte, nach dem Lenker eines Fahrrades zu greifen, ob in einem Garten, im Hof eines Hauses oder auf einem Pfad im Dorf, die strenge Stimme meines Vaters und die Erinnerung an mein unbeschreiblich starkes Unbehagen als kleines Mädchen davon abgehalten. Abgehalten wovon? Davon, mich dem Vater trotzig zu widersetzen, im Nachhinein zu seinem Geist zu sagen: »Ich habe recht, ich habe gesiegt, ich kann Fahrrad fahren, und ich kann meine Beine zeigen, meine nackten Füße, meine Waden, meine Knie, ja sogar meine Schenkel!« – und ich kann dabei lachen, die Geschwindigkeit genießen, die Welt vergessen, das Dorf vergessen, sogar Maurice, den Jungen, der mich damals durcheinanderbrachte, ohne dass ich mir dessen bewusst war! O ja, ich bin frei, und meine Beine können mich nicht nur tragen, sie dienen mir nicht nur zum Laufen, sondern sie setzen ein Gerät in Bewegung, ein Fahrrad, und nicht einmal eines für Mädchen, sondern ein Jungenfahrrad, mit dem ich endlich durch das ganze Dorf fahren kann, ich kann die Hauptstraße rauf und runter fahren, vorbei an den sogenannten »maurischen« Cafés am einen Ende und den Brasserien voller europäischer Männer am anderen Ende, ja, ich radele an ihnen allen vorbei, von der Schule zum Rathaus, vom Rathaus zum Bahnhof und, wenn ich schon einmal dabei bin, trete ich immer weiter in die Pedale, jetzt aber auf einem Profifahrrad, ich durchquere ein Saheldorf nach dem anderen, bis ich nach Caesarea komme – bis ich die uralte Stadt erreiche, bis vor die Tür meiner Großmutter mütterlicherseits in der Rue Jules César!

Und wozu das alles? Um den Vater zu vergessen? Nein, sondern, damit er mich am Ende dieses »Jahrhundertrennens« unerwartet in Empfang nimmt und mich in die Arme schließt und stolz auf mich ist. Er soll erkennen, dass es möglicherweise genauso viel wert ist wie alle Preise am Ende des Schuljahrs zusammen, wie alle zukünftigen Erfolge, zumindest die, die dem Vater anscheinend zur Ehre gereichen, wenn man mit den Beinen eines kleinen Mädchens vielleicht, ganz sicher aber mit den Beinen einer Siegerin im Radsport auf diese Weise durch die Welt fährt … Mein Vater, nur verwandelt, ein Vater, der nicht mehr von »meinen Beinen« spricht, sondern schlicht und einfach von mir, von seiner Tochter, die genauso sportlich ist wie er, der einstige Sieger des Wettkampfes seiner Stadt im Langstreckenschwimmen, seine Tochter, die genauso temperamentvoll ist wie er, genauso rebellisch wie er und sogar wie die Mutter seiner Mutter, die er mir gegenüber niemals erwähnt hat!

6

Der Tag des Hammam

Im kühlen Empfangsraum des Hammam gibt es hinten eine dunkle Ecke mit einem Podest; dort stehen bequeme Diwane und liegen Matten auf dem Boden, die mit bunten Teppichen bedeckt sind. Hier nehmen meine Mutter und ich an jedem Donnerstagnachmittag in aller Ruhe Platz (damals bin ich vier Jahre alt, später fünf und dann sechs), wie in einem richtigen Salon.

Wenige Augenblicke zuvor haben wir den ersten, schattigen Vorraum betreten, wozu wir zunächst den Türvorhang mit breiten roten und schwarzen Streifen anheben mussten, der das Innere zur Straße hin abschirmt. Sogleich erschien Lla Aïcha vor uns, die Betreiberin des Hammam, und begrüßte meine Mutter, die noch ihren Schleier trug, indem sie ihre Arme um deren Kopf und Hals schlang (ich spüre, dass diese Überschwänglichkeit meiner Mutter unangenehm ist, aber sie muss es über sich ergehen lassen).

Die Gastgeberin geleitet uns in den Warteraum. Dort ist es kühl und man vernimmt von weitem ein beständiges Rauschen, das sich aus dem Rieseln des Wassers weiter hinten und dem Echo der schrillen Stimmen halbnackter, badender Frauen zusammensetzt, das die inneren Räume erfüllt. Bestimmt ist ihre Haut bereits gerötet von der Hitze, vor der ich mich seit dem Hereinkommen fürchte und in die ich mich gleich ebenfalls hineinbegeben werde.

In der Zwischenzeit versucht Lla Aïcha, ihre Überschwänglichkeit an mir auszulassen, sie hebt mich hoch, liebkost mich, trägt mich auf dem Arm zu meiner Mutter. Ich kann mich noch so sehr sträuben, mit den Beinen strampeln, um mich zu befreien und mit beiden Füßen wieder auf dem ziegelroten Fliesenboden zu landen, es gelingt mir nicht immer. Schließlich setzt die Betreiberin mich lachend neben meiner Mutter ab, die bereits auf dem Podest im sogenannten »kalten« Raum Platz genommen hat.

Kaum, dass sie sitzt, wird sie auch schon von Frauen aus dem Dorf umringt. Ich kauere mitten in einem Haufen aus bunten Kissen, die im Halbdunkel einen beinahe luxuriösen Eindruck auf mich machen, und blicke zu ihr auf. Sie sitzt kerzengerade da und lässt langsam ihren Schleier aus weißem Satin von den Schultern bis zu den Hüften hinabgleiten. Die Betreiberin scheint jedes Mal glücklich und stolz zu sein, dass die Frau des Lehrers so regelmäßig zu ihr kommt. Die anderen Besucherinnen stehen mit entblößten Schultern und tropfend nassem Haar herum, sie sind stumm, man spürt ihre Neugier. Es wirkt, als würden sie schon lange und für alle Zeit dort stehen. Für sie ist der Nachmittag im Bad das wichtigste Ereignis in der Woche. Wahrscheinlich sind sie schon früh dort eingetroffen, mit Beginn der Badezeit für Frauen, gegen elf Uhr morgens. Davor wurden die Räume sicherlich von oben bis unten gereinigt, denn sie dienen oft nachts den Bauern aus der Umgebung als Schlafsaal, die bereits am Vortag wegen des Marktes angereist sind, der in aller Frühe beginnt.

Die Räume im Inneren des Bades, tief wie Gräber, gehen alle von diesem Vorraum ab. Die Badenden stehen weiter im Kreis herum, jede hat eine Horde Kinder dabei, die auf ihre Mütter warten und dabei entweder jammern oder vor sich hin singen. Eine nach der anderen kommt heran und wirft einen Blick auf meine Mutter, deren Eintreffen immer noch gefeiert wird, wie ich naiv feststelle.

Nach und nach gewöhne ich mich an die feuchte Luft und das Halbdunkel des Ortes sowie an das derbe Aussehen der entblößten Badenden, von denen manche meine Mutter mit nicht enden wollenden Höflichkeitsfloskeln begrüßen.

Sie bleibt ganz ruhig und antwortet ihnen mit einer leichten Kopfbewegung, manchmal (diese Geste mag ich besonders) reicht sie ihnen auch zwei oder drei Finger, die sie einen nach dem anderen berühren und anschließend an ihre Stirn heben, dabei murmeln sie geheimnisvolle Segenssprüche.

Als sie sich hinsetzt, hat meine Mutter ihren Satinschleier einfach hinabgleiten lassen. Die Betreiberin ist gleich herbeigeeilt, um ihn sorgfältig zusammenzufalten. Meine Mutter, die immer versucht, sie davon abzuhalten, lässt dagegen zu, dass zwei oder drei dieser Damen ihr die kleine Truhe bringen, die mein Vater schon am Morgen hierher hat anliefern lassen. Sie wird »*Sappa*« genannt, als handele es sich um einen Frauennamen, doch es ist nur das Wort, mit dem die Frauen in unserer Stadt dieses Badeköfferchen bezeichnen; sie besteht aus einfachem Korbgeflecht, ist tief und ziemlich lang, und sobald sie geöffnet wird, kommt rosafarbener Satin zum Vorschein, mit dem das Innere ausgeschlagen ist, verziert mit unzähligen bestickten Taschen und zwei oder drei eingearbeiteten Spiegeln.

Es ist also immer ein spannender Augenblick, wenn die Truhe geöffnet wird. Wenn eine der Frauen aus dem Dorf diese Besonderheit zum ersten Mal erblickt und zu nah herankommt, hält die Betreiberin sie zurück, voller Stolz, als ob sie die Arbeit eigenhändig ausgeführt habe!

Meine Mutter bleibt ganz sie selbst. Sie drückt mich an sich. Nach und nach entfernen sich die Neugierigen wieder und kehren eine nach der anderen in die hinteren Räume zurück. Dabei fasziniert mich jedes Mal der Lärm, der in Wellen durch eine dicke Eichentür hervordringt, die sich gegenüber von uns abwechselnd öffnet, schließt und dann wieder einen Spalt weit öffnet. Ich habe das Gefühl, mich am Rande einer unterirdischen Welt zu befinden, in der unaufhörlich Wasser rauscht. In der Tiefe erklingt das Geschrei von Kindern, die offenbar inmitten des Dampfes mitleidslos abgeschrubbt werden.

Wo bin ich auf einmal, in einem Traum voller Wasserfälle und Dunkelheit, womöglich voller Hexen, die tief in dieser Höhle auf mich warten?

Solche Angst hatte ich also als kleines Kind, doch der Badekoffer beruhigte mich, sobald er geöffnet wurde und man das Innere aus Satin sehen konnte. Diese *Sappa* kam aus unserer Stadt, aus Caesarea, und durch sie wurden wir zu zwei besonderen Wesen. Wir hatten nichts zu befürchten. Wir hatten alle Zeit der Welt.

Während die anderen Frauen zurückgehen, um ihre Kinder zu waschen, die jetzt wieder still sind, genieße ich die üblichen Begrüßungsrituale. Die Betreiberin bringt Limonade und unterhält sich leise mit meiner Mutter. Sie berichtet, was es Neues über die zwei oder drei »bekannten« Familien im Dorf gibt. Die Frau des kabylischen Bäckers (die nicht einmal in das Bad gehen darf), die Frau des Friseurs – ein guter Freund meines Vaters.

Im Flüsterton erzählt Lla Aïcha auch vom Besuch der Familie des Kaïd am Vortag, mit den vielen Töchtern und seiner neuesten Ehefrau …

Meine Mutter wartet, bis die Neugierigen alle wieder in den warmen Bereich zurückgekehrt sind, erst dann spannt die Betreiberin ein Tuch zwischen zwei Säulen aus altem Holz, damit meine Mutter sich heimlich und vor Blicken geschützt entkleiden kann.

Als ich wieder zu ihr aufblicke, trägt sie bereits ihre Badekleidung – eine Art Strandkleid, das ihre Arme und ihren Rücken frei lässt –; und ich mache es ihr nach. Ich bin ein bisschen eitel, auch ich besitze mehrere »Strandkleider«, die gar nicht für den Strand bestimmt sind, sondern nur für das Hammam.

Die ganze Zeit über hat Lla Aïcha uns Neuigkeiten aus dem Dorf erzählt, die von meiner Mutter nur mit gelegentlichen Ausrufen kommentiert werden. In der Zwischenzeit hat sie alles in der *Sappa* verstaut: unsere Stadtkleidung und ihren Schleier. Sie holt eine Anzahl glänzender Kupferschalen in verschiedenen Größen heraus, die ich tragen soll. Dann steht sie auf und holt die Töpfe mit ihrer speziellen Seife und ihre verschiedenen geknüpften Handschuhe hervor. Die Hammamdienerin hat bereits zwei Hocker für sie bereitgestellt und dafür gesorgt, dass der Raum, der für uns reserviert ist, gründlich mit viel kaltem Wasser gereinigt worden ist. Schließlich betreten wir feierlich und vorsichtig den Raum, meine Mutter ermahnt mich mehrmals aufzupassen, dass ich auf dem gefliesten Boden nicht ausrutsche (wir tragen beide leichte Sandalen mit speziellen Holzsohlen für das Bad).

Lla Aïcha geht uns stolz ins Innere voraus, als wäre sie unsere Leibwache.

An dieser Stelle fällt mir das jedes Mal wiederholte, schlichte Ritual wieder ein. Kurz bevor ich die erste Schwelle zu diesem Ort des Schattens und des rauschenden Wassers übertrete, hält meine Mutter mich mit einer Armbewegung zurück. Bevor wir den kleinen Raum betreten, flüstert sie mir zu:

»Beug dich nieder!«

Ich verstehe: Sie will mich segnen oder mich »vor dem bösen Blick bewahren«. Und das tut sie auch. Und ich empfange es wie ein besonderes Zeichen ihrer Liebe – vielleicht, so denke ich jetzt erst, Jahrzehnte danach, nimmt das maurische Bad uns auch all die unausgesprochenen Hemmungen, die gewohnte Zurückhaltung meiner Mutter gegenüber, eine Art Diskretion, die uns Mädchen aus der Stadt damals zu übertriebener Scheu anhielt.

Ja, die Hitze an diesem Ort, in der alles weicher wird, lässt mich so lange danach jenes ungewöhnliche Schweigen, jenes Unausgesprochene meiner Mutter, deutlicher wahrnehmen, wie in einem halbdunklen Korridor.

Jedenfalls ist es meine junge Mutter, die sich an der Schwelle zu diesem Reich des Wassers und des Echos bis zu meinen Knien hinabbeugt und die mir, während sie eine Gebets- oder Schutzformel aus dem Koran für mich murmelt, aus einer verzierten Kupferschale einen ersten Schwall kalten Wassers über den rechten Fuß gießt, den ich ihr instinktiv hinhalte. Ich erschauere, sie erhebt sich, füllt die Schale erneut und besprengt mit dem gleichen kalten Wasser den linken Fuß, den ich ihr nun hinhalte. Dabei summt sie ihre Litanei. Und ich muss lachen, weil das Wasser so kalt ist!

Noch heute kann ich die Stimme meiner Mutter hören, die die heiligen Worte spricht, die mich an diesem Ort voller Dampf und Nebel segnen und beschützen sollen.

»Mma«, flüsterte ich beim ersten Mal, »warum auf die Füße?«

Woraufhin meine Mutter zweifellos dasselbe geantwortet hat wie alle Mütter unserer Stadt:

»Auf dass du beschützt wirst! Zuerst deine Füße, damit du nicht ausrutschst … Und damit dein Bad dir guttut!«

Später erklärte Mutter mir – wenn es nicht stattdessen eine ältere Cousine war – ausführlich den Grund für diese Geste auf jeden Fuß.

Dieser Ort der alten Steine, an dem fortwährend das Wasser rieselte, mit der drückenden Hitze und all den Dämpfen, könnte ebenso gut die Hölle sein, in der man ausrutscht oder sich verbrennt! Die Hölle, oder auch irgendein anderer unterirdischer Ort, nicht unbedingt ein bedrohlicher, wo sich angeblich – war dies eine Legende, die sich junge, heiratsfähige Mädchen erzählten? – Jungfrauen versteckten, die nicht verheiratet werden wollten. Eine Art Zufluchtsort für jene, die sich nicht unterwerfen wollten – das würden mir andere junge Frauen aus meiner Verwandtschaft erzählen, aber erst später …

Diese Bilder fallen mir wieder ein, wenn ich an diesen Rückzugsort mit der niedrigen Decke denke, an das dort herrschende Halbdunkel, in dem hier und da die Stimmen der Dorfbewohnerinnen erklingen, manche heiser, andere klar und fröhlich. Hin und wieder überkommt es eine der Badenden, eine junge oder noch öfter eine alte Frau. Sie will plötzlich ihre eigene Stimme hören – mal ist es eine gebrochene, mal im Gegenteil eine tiefe, kräftige Stimme, ein Fließen, das das Fließen des Wassers übertönt –, ja, manchmal will eine einzelne Frau wissen, wie sich ihre Stimme in den Dampfschwaden anfühlt, die Stimme schwebt, lässt sich treiben, nur die Stimme einer einzelnen Frau, während die anderen, unterwürfig oder gelassen für immer an den Ehemann, an die Kinder, an die Schwiegermutter gefesselt sind – ja, neben denen, die niemals das Dorf verlassen werden, könnte die Stimme einer Einzelnen sich befreien, ein für allemal, neu!

Sobald ich die Schwelle mit der schweren Tür überschritten habe, befinde ich mich mitten in diesem dunklen Reich des rieselnden Wassers: Eine Welt der Schatten, von der ich in der kommenden Nacht intensiv träumen werde, mit ihrem Wogen unzähliger an- und abschwellender Laute, eine Welt, in der so viele Stimmen von unbekannten Frauen erschallen, die oft bereits nackt sind, von denen ich jedoch nur verschwommene Umrisse ausmachen kann.

Meine Mutter und ich sind in einen kleinen Raum geführt worden, der ausgiebig mit kaltem Wasser gespült wurde, mit in den Boden eingelassenen Becken. Dort warten schmale Sitze aus Holz auf uns.

Es ist heiß hier, doch man spürt die Hitze erst nach und nach, während der schimmernde Schatten, der zu einer anderen Welt zu gehören scheint, mich viel mehr fasziniert. Als ob dort Gespenster auf mich warten würden, auf mich, die ich hinter meiner Mutter hergehe.

Meine Mutter aber lässt sich nicht aus der Ruhe bringen in diesem Reich des Schattens und des Wassers, mit den rhythmischen Schreien von Kindern, die weiter hinten jammern oder wie Welpen leise vor sich hin winseln.

Lla Aïcha ist gegangen, nachdem sie mit halblauter Stimme ein paar Worte mit meiner Mutter gewechselt hat. Ich bekomme mit, dass sie aus zwei oder drei Assistentinnen auswählen darf, wer mich waschen soll. Man hat mir erklärt, dass Kinder nur relativ kurz in dieser heißen Umgebung bleiben dürfen. Kurz darauf erscheint eine andere Frau – meistens ist es eine ältere Frau, seltener ein junges Mädchen.

Die »Fremde« aus dem Bad, wie ich sie nenne, setzt sich auf einen der Hocker und zieht mich zu sich heran, sie klemmt mich zwischen ihre nackten Oberschenkel ein und wäscht mir energisch den Kopf, so dass ich kaum noch atmen kann, und spült mich dann mit viel Wasser ab – und ich weine überhaupt nicht dabei? Doch, natürlich!

Ich erinnere mich an den Gesang, der in den ersten Jahren ausdauernd aus meiner Kehle drang. »Gesang?«, wird meine Mutter später ironisch nachfragen, »aber nein, du hast die ganze Zeit geweint, man hatte fast den Eindruck, es würde dir Spaß machen!«

Dieser »Gesang« begleitete also die energischen Hände der Unbekannten, die mir die Kopfhaut massierte und meinen Körper bis in jede Falte abrieb, während ich so tat, als würde ich weinen, weil meine Augen von der Seife brannten … Als ich dann älter als drei Jahre war, weinte ich aus Freude daran, mich weinen zu hören, denn die Hände der Frau, die mich wusch, griffen mir energisch in die langen Haare und massierten mir den Kopf in einem gleichmäßigen Rhythmus, der fast mit dem meines Weinens übereinstimmte, und das während des gesamten Baderituals. Meine Augen brannten, meine Haut wurde so kräftig geschrubbt, dass es sich anfühlte, als würde mein kleiner Körper unter der Kraft der Hände, die mich abrieben, in Stücke zerfallen – ja, schließlich weinte ich aus Vergnügen, einzig und allein in der Hoffnung, dass meine Mutter, deren Stimme ich von weitem durch meine Tränen hörte, mich weiter waschen würde und dabei sanfter wäre.

Bin ich mir vielleicht in diesem Bad mit seinen alten Räumen, wo das Wasser schon seit einer Ewigkeit zu rieseln scheint – für welche nächtlichen Fegefeuer? –, nach und nach meines kleinen Körpers bewusstgeworden? Oder aber hatte ich plötzlich Angst, dass meine Mutter mich dort vergessen könnte?

Nein, ich kann mich nicht an derartige Ängste erinnern. Und doch hat es einen Moment gegeben – aber wie alt mag ich da gewesen sein? –, in dem das magische Gefühl, dass ich mir so klein vorkam, und die Angst, ich könnte mich plötzlich allein in diesem großen, dunklen, tropfenden Raum mit der niedrigen Decke wiederfinden, ihre Wirkung entfalteten …

In meiner Erinnerung finde ich nur noch zerfaserte Überreste aus dieser stehengebliebenen, beinahe untergegangenen Zeit. Irgendwann bin ich nicht mehr zwei oder drei Jahre alt, sondern schon ein großes Mädchen von mindestens fünf Jahren und durchquere regelmäßig in Begleitung meiner Mutter das Zentrum des Dorfes, um ins

Hammam zu gehen. Von nun an ist der kleine Bruder mit dabei. Eine andere Dame kümmert sich um mich. Eine schwarze Frau mit üppigen Formen und einer warmen, herzlichen Stimme.

Sowohl auf dem Hin- als auch auf dem Rückweg vom Hammam gehen wir durch das Zentrum des Dorfes. Meine Mutter ist auf genau die gleiche Weise verschleiert wie in ihrer Heimatstadt. Ich war mir damals nicht bewusst, dass sie aufgrund dieses Schleiers, des Schleiers der Städterinnen, auffallen musste, eine weiße Gestalt mit fließenden Stofffalten, die, auch wenn sie vollständig unter dem Schleier verborgen war, doch solch eine elegante Erscheinung darstellte. Ich hielt mich wie immer an ihrer Hüfte fest, ich, die Kleine, die ihr nicht mehr nur als Bürge diente, sondern vielmehr als Schutz – es ging nicht mehr darum, wie in unserer Stadt, den Blicken der arabischen Männer gegenüberzutreten, sondern hier waren es die Blicke der Europäer, die auf den Terrassen ihrer Cafés saßen, an der großen Allee, die zum Bahnhof führte und die diese spezielle Maurin jeden Donnerstagnachmittag erneut entlangging.

Ihr Vorübergehen fachte stets unweigerlich die Neugier oder Sehnsucht der Männer an, und jeder dieser Schaulustigen, den Blick fest auf die exotische Erscheinung gerichtet, stellte fest:

»Ah, heute ist Donnerstag! Da ist wieder Frauentag im maurischen Bad … In *ihrem* Bad!«

Die Frau des arabischen Lehrers begibt sich also ein bisschen wie eine orientalische, verschleierte Prinzessin zum Bad, die von weit her kommt, sich im Laufen leicht unter ihrem beinahe durchsichtigen Schleier wiegt und von den Blicken der Europäer heimlich beobachtet wird, die in den beiden größten Cafés des Dorfes sitzen: »Diese junge Unbekannte … ach, wenn ihr Schleier einmal durch eine ganz leichte Brise verrutschen und herunterfallen würde, dann könnte man sehen, wie sie gebaut ist, die junge Dame! Wenn das Tuch sich wie ein Fallschirm aufbauschen und davonfliegen würde, dann würde sie bestimmt stehen bleiben, sie würde nicht weitergehen, und dann könnte man sehen, was sie anhat, ob sie wie eine Sultanin angezogen ist mit goldenen Stickereien auf Samt oder ob sie nur spärlich bekleidet ist, wie eine orientalische Tänzerin vor ihrem Auftritt.«

Und die Phantasie jedes französischen Dorfbewohners fängt an, verrückt zu spielen!

Was die arabischen Müßiggänger angeht, die auf den Terrassen der maurischen Cafés Domino spielen: Sie wissen, dass diese Passantin die Frau ihres Landsmannes ist, der mit der Erziehung ihrer Jungen betraut ist; sie geht dort entlang wie eine ganz normale Städterin, die lediglich ins Dorf verbannt wurde, und hält ihre Tochter an der Hand, wie es sich gehört. Aus Respekt für den Lehrer versuchen sie, keine Voyeure zu sein. Sie gehen in ihren Laden hinein oder, wenn es Gäste sind, die bereits draußen Platz genommen haben, dann senken sie den Kopf und vertiefen sich lieber wieder in ihre endlose Partie Domino.

Am Ende ist es egal, wer gewonnen und wer verloren hat. Hauptsache, niemand kann behaupten, dass eine ungesunde Begierde die Neugier dieser Männer aller Altersstufen entfacht hätte, und sei es auch nur, um die Frau ihres »*Sheik*« anzusehen, wenn sie zum Hammam geht, des Mannes, der den »anderen« gegenüber so streng und so stolz auftritt, der ihnen jedoch so nah ist, wenn er kommt, um auf sie einzureden, damit ihre Söhne Fortschritte machen, es bis zum Volksschulabschluss schaffen, oder vielleicht sogar darüber hinaus …

»Nein«, werden sie sich wohl gedacht haben, »senken wir lieber den Blick aus Respekt vor dem Mann, der so viel Mühe mit unseren Söhnen hat!«

Ich hingegen, die Tochter ihres »Herrn Lehrers«, ich stelle lediglich später und mit einiger Überzeugung fest: »Taktgefühl und stille Zurückhaltung findet man vor allem bei den Ärmsten!«

So erreichten Mutter und ich im Anschluss an diesen Spaziergang mitten durch das Kolonistendorf jeden Donnerstag das Hammam, wo Lla Aïcha uns mit einem Lächeln willkommen hieß und bei den Vorbereitungen für unser Bad behilflich war.

7

Der kleine Bruder

Der Tod meines ersten Bruders als sechs Monate altes Baby. Die Erinnerung an diesen Verlust ruht irgendwo im Verborgenen, in der Dunkelheit meiner frühesten Kindheit … Und nun, wie alt bin ich wohl, schon fünf oder noch etwas jünger? Ich weiß es nicht. Doch wir kommen gerade aus Caesarea zurück, es ist Herbst und am nächsten Tag fängt die Schule an.

Warum plötzlich diese Erinnerung? Liegt der zweite Bruder schon in der Wiege oder macht er sogar schon seine ersten Gehversuche in der Wohnung?

Da ziehst du, Vater, mich im Flur ins Vertrauen (meine Mutter kümmert sich wohl weiter hinten um ihren neuen Sohn, und du fängst einfach an zu reden, ohne Vorwarnung beginnst du mit mir ein Gespräch unter vier Augen!). Ich höre deine Stimme, die sich auf Französisch an ein Ereignis erinnert, das bestimmt schon zwei Jahre zurückliegt. Ich blicke dir nicht ins Gesicht, wahrscheinlich wundere ich mich, dass du plötzlich mit mir wie mit einer Erwachsenen sprichst, obwohl ich doch höchstens fünf Jahre alt bin:

»Weißt du, meine Tochter …«

Denn wahrscheinlich ist dir plötzlich mein Alter wieder eingefallen, und du hast in einem väterlichen Ton begonnen, doch anschließend sprichst du mit mir, als würdest du mit einer erwachsenen Frau reden, ich nehme den Unterschied wahr – wie ein Ungleichgewicht, die Vorwegnahme von etwas, das noch kommt (es ist, als wäre die Erinnerung an diese Situation ein kleines Bild, das ich einem anderen gegenüberstelle, dem unermesslichen Schmerz meiner Mutter, sehr viel später, an ihrem ersten Tag als Witwe, als sie sich in meinen Armen ihrer Trauer hingab).

Du aber lässt dich nicht gehen, du hörst dir vielmehr selbst zu, während du behutsam mit deiner Tochter sprichst.

Vor meinen aufmerksamen Augen, die zu dir aufblicken, durchlebst du den Schmerz der jungen Ehefrau für mich noch einmal.

An diesem Tag vor Schulbeginn hast du also zu deiner vier oder fünf Jahre alten Tochter gesagt … (du hast den Eindruck, sie sei gewachsen, und ich bin in der Tat groß genug, um zu begreifen, dass du dich von nun an, wenn wir allein sind, und sicher deshalb, weil ich zu der Zeit die Einzige bin, mit der du Französisch sprechen kannst, mir anvertraust – doch nicht völlig, nein … Auf Arabisch mit mir zu sprechen, in jenem Arabisch, das dich stammeln lässt, wenn du ergriffen bist, das wäre nicht gegangen …).

In diesem vertrauten Gespräch kommt deine Tochter dir älter vor. Sie ist fast schon jemand, dem man sich anvertrauen kann, und stellt eine Verbindung zwischen deiner Frau und dir dar.

Du sagtest zu mir … ach, es erscheint so einfach, vielleicht sogar banal – du lässt dich dazu hinreißen, von meiner Mutter zu sprechen, davon, wie sie hierher zurückkam, im Anschluss an diesen Sommer, der für sie so tragisch war, du wagst es, dich laut an ihren Schmerz zu erinnern.

Ich erinnere mich, oder ich rekonstruiere: Am Anfang ist der Ton meines Vater noch belehrend, dort im Flur unserer Wohnung im Dorf, wo die Koffer einfach abgeladen wurden und zum Teil noch ungeöffnet herumstehen. Die Mutter ist hinter der Tür ihres Zimmers mit dem Säugling beschäftigt, der sie den heftigen Schmerz der jüngeren Vergangenheit vergessen lässt.

Ich höre die Stimme des Vaters, der sich laut erinnert (ist das der Moment, in dem ich zum ersten Mal meine Rolle als sein Alter Ego, sein Gesprächspartner einnehme?).

»Du musst wissen, meine Tochter ... Diese Rückkehr erinnert mich an eine andere Rückkehr hierher, in unsere Wohnung ... Hier, wo ich jetzt stehe, blieb deine Mutter damals stehen und nahm langsam ihren Schleier ab, zog ihn von den Schultern herunter und sagte dann leise: ›O Tahar, als wir am Anfang des Sommers hier aufgebrochen sind, waren wir zu viert ... und jetzt – sie schluchzte – kommen wir zurück und sind nur noch zu dritt!‹ Anschließend ging sie ohne Abendessen ins Bett!«

Dann nahm seine Stimme wieder einen väterlichen Tonfall an:

»Ich sage dir das, meine Tochter, damit du weißt, dass du deinen kleinen Bruder, der gestorben ist, in Gegenwart deiner Mutter niemals erwähnen darfst! Niemals ...«

Ich blickte ihn an. Vielleicht waren ihm Zweifel gekommen, es war ihm plötzlich unangenehm, dass er sich so hatte gehenlassen; dass er die Zärtlichkeit hatte durchschimmern lassen, die er für seine Frau empfand, sowie seinen eigenen Schmerz, verdoppelt noch durch den Schmerz meiner Mutter, »in deren Gegenwart der erste Sohn niemals erwähnt werden darf!«

Es wurde also nicht über den Tod des Bruders gesprochen. Wir drei behielten das Ereignis für uns und begruben es in den folgenden Jahren sehr schnell zwischen uns. Jetzt, in dieser Szene im Flur, am Tag unserer Rückkehr ins Dorf, »von neuem zu viert«, weil der zweite Sohn den ersten ersetzt hat (doch hat er ihn wirklich ersetzt? Er wird oft denken, dass es nicht so ist!), hat mein Vater sich wohl plötzlich wieder an mein Alter erinnert. Hat er deswegen so hartnäckig auf dem Rat bestanden, den er mir gab, weil er selbst überrascht war, dass er die Liebe zu seiner Frau so hatte durchschimmern lassen, er, der für gewöhnlich jede Gefühlsregung unterdrückte, einerseits aufgrund traditioneller Anstandsregeln, andererseits aber auch aufgrund seines strengen Charakters?

Ich verstand noch nicht, dass mein Vater weder die Tränen seiner jungen Frau ertragen konnte noch das eisige Schweigen, das von nicht vergossenen Tränen zeugte, denn sie konnte nicht akzeptieren, dass ihr erster Sohn, ein so schönes Baby mit runden Pausbäckchen, höchstens sechs Monate alt, innerhalb von vierundzwanzig Stunden hatte sterben können, weil der Arzt zu spät gekommen war, so dass er nur noch das Schlimmste hatte feststellen können …

Wo war ich an diesem fatalen Tag, wenn nicht im bescheidenen Haus der Familie meines Vaters, auf den Hügeln unserer Stadt? So war ich verschont geblieben, der schwarze Flügel des Todes hatte mich nicht berührt.

Später würde mir von dieser halblauten, geheimen Unterredung für immer die mahnende Stimme meines Vaters im Gedächtnis bleiben: »Du darfst niemals von dem toten Baby sprechen, deine Mutter würde es nicht ertragen!«

Vermutlich ermahnte er mich, weil er wusste, dass er selbst den Anblick meiner Mutter als verzweifelte junge Frau, die vor lauter Schmerz nicht mehr weiter wusste, nicht noch ein weiteres Mal ertragen hätte.

Später erfuhr ich, dass diese kurze Szene, die mit dem Tod des kleinen Bruders zusammenhing, unerwartete Folgen hatte, ein Nachspiel, das nicht absehbar gewesen war. Und zwar kommt hier meine jüngere Schwester ins Spiel – Jahrzehnte später lebten wir beide, sie und ich, in Paris. Es geschah nur selten, dass wir miteinander Szenen aus unserer gemeinsamen Kindheit wieder aufleben ließen.

Bei einem Treffen jedoch erinnert sich meine Schwester, ganz unvermittelt – habe ich ihr vielleicht gerade von der Ermahnung unseres Vaters erzählt? –, an seine fast panische Angst davor, dass in Gegenwart seiner Frau auch nur die mindeste Andeutung an den plötzlichen Tod ihres ersten Sohnes fallen könnte – der sich während ihrer Sommerferien in Caesarea im Haus meiner Großmutter mütterlicherseits, mit seinen hochgelegenen Terrassen, ereignet hatte.

Als ich ihr vom erteilten Verbot erzählte, wonach ich niemals den toten kleinen Bruder erwähnen durfte – »Niemals!«, wiederholte die fiebrige Stimme meines Vaters, als ob das Bild der Ehefrau, der Ehefrau-und-Mutter sich vor seinen Augen aufzulösen drohte –, da erschien im Gesicht meiner kleinen Schwester (mehr als zwanzig Jahre waren seit dieser Szene zwischen meinem Vater und mir vergangen) ein unendlich müdes Lächeln:

»Das war es also«, sagte sie in einem nüchternen oder bitteren Tonfall, den ich von ihr gar nicht kannte.

Und daraufhin berichtete sie mir eine Szene aus ihrer eigenen Kindheit.

Kehren wir also ins Kolonistendorf zurück, in die Zeit, als die jüngste Tochter des Paares auftritt, um ihre Kindheit wieder aufleben zu lassen, die »freier« ist oder auf jeden Fall von weniger Verboten geprägt als meine – acht Jahre trennen uns, Jahre, in denen zumindest in einigen weniger wichtigen Bereichen rapide Entwicklungen stattgefunden haben. Meine Schwester, lernt, glaube ich, ohne Hindernisse Fahrrad fahren, sie sieht, wie ihre Mutter und deren Nachbarinnen beinahe zu Freundinnen werden und wie diese sogar anfängt, wie eine Europäerin aus dem Haus zu gehen, das heißt ohne den islamischen Schleier, wenn sie sich in die Hauptstadt begibt, um zum Beispiel einen Arzt aufzusuchen – meine Schwester also seufzte kaum merklich:

»Und das Schweigen, um das unser Vater dich gebeten hatte, weil er die Tränen unserer Mutter nicht ertragen konnte, an dieses Gebot der Verschwiegenheit habt ihr euch alle strikt gehalten! Willst du wissen, welche Folgen das für mich hatte?«, fügte sie mit ihrer üblichen Sanftheit hinzu.

Ich zögerte:

»Was willst du mir denn erzählen?«, fragte ich.

Und machte, mit einem Hauch von Ironie, folgende Bemerkung, mein Erstgeburtsrecht ausnutzend:

»Ich war doch immer der Meinung, dass, verglichen mit den anderen muslimischen Paaren in unserer Umgebung, unsere Familie ein so helles und durchschaubares Bild abgab!«

Meine Schwester lächelte mich nachsichtig an, wie sie es oft tat. Sie ist, falls man das dazu sagen sollte, mit Leib und Seele Wissenschaftlerin und übte lange und mit viel Leidenschaft ihren Beruf als Endokrinologin aus.

»Ich bewundere ja«, sagte sie »wie du und die anderen,

wie strikt ihr euch an den väterlichen Wunsch gehalten habt! Aber meistens (sie zögerte), wenn Ereignisse einvernehmlich totgeschwiegen werden, oder bei jedem Familiengeheimnis, muss jemand anderes aus dem Kreis der nahen Angehörigen den Preis dafür zahlen!«

Ich sagte nichts. Ich wartete. Schließlich fuhr sie mit ruhiger Stimme fort:

»Ich werde dir nun von einem Erlebnis aus meiner Kindheit erzählen, das gewisse Spuren bei mir hinterlassen hat. Ich muss es jahrzehntelang verdrängt haben. Doch vor einigen Jahren ist es während einer Analysesitzung wieder aufgetaucht ... Weißt du noch, ich hatte doch fast gleichzeitig mit dir diesen Psychoanalytiker ausgewählt, der auch arabisch sprechen konnte, weil er aus Ägypten stammte.«

Meine Schwester wollte mir also von sich erzählen! Und ich folgte ihr mit meinen Gedanken zurück zu unseren gemeinsamen Jahren: dasselbe Dorf, dieselbe Lehrer-Dienstwohnung.

Ich war damals schon seit drei Jahren auf dem Collège in der Nachbarstadt im Internat. Habe ich mich an den Wochenenden, die ich bei meiner Familie verbrachte, genug mit meiner jüngeren Schwester beschäftigt, die damals sechs Jahre alt gewesen sein muss und die auf dieselbe Dorfschule ging wie ich und die dieselben Lehrerinnen hatte?

Wie dem auch sei, in der Szene, von der sie mir berichtete, komme ich überhaupt nicht vor:

»Weißt du noch«, beginnt die Erzählerin, »kannst du dich noch an den Dorfarzt erinnern? Ein richtiger Familienarzt!«

»Ja, er legte unserem Vater«, erinnerte ich mich lebhaft, »die jährliche Abrechnung seiner Honorare immer erst Ende Dezember vor!«

Dieses Detail bringt mich zum Lächeln. So muss es im

19. Jahrhundert auch in Frankreich auf dem Lande gewesen sein …

Und ich bemerkte, dass mir die Gestalt und die Besuche von Doktor Trainard (selbst sein Name fällt mir wieder ein, weil sie zusammen Scherze darüber machten, mein Vater und er) immer noch präsent waren. An den Namen seines Nachfolgers dagegen konnte ich mich nicht mehr erinnern.

»Und genau vom ersten Besuch des Letzteren will ich dir erzählen«, sagte meine Schwester leise.

Ich wartete, die Erinnerung an den »guten Doktor-Trainard-der-niemals-trödelt!«, wie mein Vater zu sagen pflegte, lenkte mich ein wenig ab. Ich glaube, der Arzt war sein einziger richtiger europäischer Freund im Dorf, er, der übrigens später beschloss, seinen Lebensabend in unserer geschätzten Stadt Caesarea zu verbringen!

»Es geht um den ersten Besuch des Arztes, der den guten alten Doktor Trainard ersetzte«, fährt meine Schwester fort, den Blick in die Ferne gerichtet. »Eines späten Nachmittags brachte mein Vater diesen jungen Arzt mit zu uns nach Hause. Mit strenger Stimme, wie gewohnt, sagte er sofort zu mir: ›Los, geh in dein Zimmer! Stör uns nicht, der Arzt ist wegen deiner Mutter hier!‹ Ich sah, wie mein Vater den Neuankömmling meiner Mutter vorstellte, dann zogen sie sich ins Wohnzimmer zurück … Ich weiß nicht mehr genau, ob ich meine Hausaufgaben machen oder mich einfach nur still verhalten sollte, auf jeden Fall hatte mein Vater mir befohlen: ›Geh in dein Zimmer!‹ Nun, mit der für Kinder typischen Neugier war mir aufgefallen, dass die Wohnzimmertür nur angelehnt war … Flink und auf leisen Sohlen schlich ich mich heran und … (sie senkte die Stimme) ich habe alles mit angehört. Zumindest den Anfang!«

Ich blickte sie an, was war das nur für ein altes Geheimnis, das meine Schwester, damals vierzigjährig, immer noch quälte?

»Die erste Frage, die der neue Arzt meiner Mutter stellte, lautete: ›Madame, wie viele Kinder haben Sie bekommen?‹ Und meine Mutter … (an dieser Stelle wurde ihre Stimme beinahe schrill) ›Vier Kinder!‹ Vier, sie hatte vier gesagt!«, fuhr meine Schwester fort und durchlebte dabei noch einmal ihre Überraschung. »Meine Mutter«, dachte ich erschrocken, »hat vier Kinder bekommen, und wir sind nur drei!«

Sie holte Luft und nahm ihren Bericht jetzt gelassener wieder auf, doch ihre Stimme klang plötzlich hart.

»Diese Enthüllung traf mich so, als ob mir jemand ein Schwert in den Körper gestoßen hätte! Ich war völlig durcheinander und lehnte mich gegen die Wand, dabei sagte ich immer und immer wieder vor mich hin: ›Meine Mutter hat vier gesagt!‹ Sie haben vier Kinder bekommen; das heißt, sie haben eins davon verloren!«

Mit ins Leere gerichtetem Blick fährt sie traurig fort.

»Vor nicht allzu langer Zeit habe ich diese Szene noch einmal durchlebt, sie stellte ein wahres Trauma für mich dar. Ich habe damals, sechs Jahre alt, diese neu entdeckte Wahrheit die ganze Nacht lang wiederholt, vielleicht auch die ganzen folgenden Nächte lang: ›Sie haben eins ihrer Kinder verloren! Das bedeutet, dass sie schlechte Eltern sind. Wenn sie schon eins verloren haben, dann werden sie mich bestimmt auch verlieren! Sie werden mich irgendwo vergessen, sie …‹«

Sie verstummt.

»Jetzt weißt du, wozu die Aufforderung, zu schweigen, die mein Vater allen um sich herum erteilt hat, geführt hat …« Dann fügt sie nachdenklich hinzu: »Es stimmt, damals hattet ihr beide, du als die Älteste und der zweite Sohn unserer Eltern, jeder sein eigenes Leben im Collège, im Internat in der Nachbarstadt … Ich war damals mehr oder weniger ein Einzelkind.«

Anschließend fiel mir wieder ein, wie sich die Gesundheit unserer Jüngsten wenige Wochen darauf, in diesem zarten Alter, verschlechtert hatte. Damals begannen ihre Asthmaanfälle, obwohl es dafür in unserer Familie gar keine Veranlagung gab.

Meine Schwester lächelt ein trauriges Lächeln. Vermutlich hatte sie mit ihrem medizinischen Sachverstand bereits ihre eigenen Schlüsse gezogen.

Damals reagierte meine besorgte Mutter auf die beunruhigenden Veränderungen mit der für sie typischen Energie und wurde mit unserer Jüngsten bei verschiedenen Ärzten in der nahen Stadt und in der Hauptstadt vorstellig. Es wurden alle Hebel in Bewegung gesetzt. Wegen der Gesundheit unserer Jüngsten wurde die Gestaltung unserer Sommerferien komplett geändert.

»Ich kann mich sehr genau an den ersten Sommer erinnern«, sagte ich, »der auf deine gesundheitlichen Probleme folgte. Es kam nicht mehr in Frage, die Ferien bei der Verwandtschaft unserer Mutter zu verbringen, wo wir die gewohnte Atmosphäre mit den Festen der Frauen (Hochzeiten und Taufen) vorgefunden hätten und wo wir wieder in die kultivierte Gesellschaft von Caesarea eingetaucht wären!«

Ich erinnere mich, dass meine Eltern in diesem Sommer, um etwas für die labile Gesundheit unserer Jüngsten zu tun (sie, die das Schicksal unerwartet zum Opfer bestimmt hatte, das gemäß dem väterlichen Wunsch den Seelenfrieden seiner Frau garantieren sollte, da ich ja der Aufforderung zu schweigen nachkam) – in diesem ersten Sommer also mieteten meine Eltern eine Wohnung in Miliana, einer alten Stadt in den Bergen des Ouarsenis.

Soll ich abschließend noch darauf hinweisen, dass der Name, der bei der Geburt unserer Jüngsten ausgewählt wurde, auf Arabisch »Ruhe« bedeutet? Als ob mein Vater auf einmal nur noch eine einzige Sorge gehabt hätte, die sein ganzes Handeln bestimmte, nämlich die innere Ruhe seiner Frau, und als ob der Preis dafür, ohne dass er es wusste, die Gesundheit jenes Kindes mit dem Vornamen »Sakina« war, die so früh schon aus dem Gleichgewicht gebracht wurde.

8

Auf der Straße, mit dem Vater, oder Spiegelungen

Ich bin die kleine Begleiterin meines Vaters auf dem Weg zwischen der französischen Schule und unserer Wohnung im Gebäude mit den Dienstwohnungen der Lehrer. Ich, ein winziger Schatten, und mein Vater, wir gehen mit unsicheren Schritten unseren Weg, zwischen der Gesellschaft der »anderen« und der der Einheimischen sind wir kurz davor, das Gleichgewicht zu verlieren (aber nur ihm, meinem Vater, ist die Gefahr bewusst).

Doch die Sprache der »anderen« dient ihm als Rüstung, auch wenn er sich nach dem Unterricht hin und wieder zum kabylischen Lebensmittelhändler begibt, um dort – donnerstags vielleicht – eine Partie Domino zu spielen, und dann wieder arabisch spricht, jedoch ohne dabei die »R«s zu rollen, manchmal stottert er am Anfang ganz leicht, bekommt sich aber schnell wieder unter Kontrolle.

Im Übrigen ist der Lebensmittelhändler sehr stolz darauf, dass er sein Hinterzimmer dem Koranlehrer zur Verfügung stellt, dem Sheikh, der aussieht wie ein Fürst (schneeweiße Toga über hellgrauer Gandoura und über dem roten, mit Goldfäden durchzogenen Schesch auf seinem Kopf einen leichten, durchsichtigen Seidenschal). In diese behelfsmäßigen *Medersa* gehe ich zwei oder drei Mal in der Woche. Dort sitze ich im Schneidersitz neben der Tochter des Lebensmittelhändlers, Djigdjiga, mit ihrem berberischen Vornamen, der in meinen Ohren barbarisch klingt. Wir zwei kommen uns vor wie stille und aufmerksame Prinzessinnen inmitten von ungefähr zehn kleinen Jungen, von denen manche ziemlich arm aussehen.

Wenn ich mit meiner Schreibtafel unter dem Arm aus dem Laden komme, hört mein Vater auf, Domino zu spielen. Er lässt mich alleine vorausgehen, er läuft hinterher. Er nimmt mich nicht an die Hand, wie am Morgen, oder vielmehr wie in den ersten beiden Jahren, als ich noch kleiner war.

Ich laufe mit gesenktem Blick, wir kommen am Rathaus vorbei, dann laufen wir am Musikpavillon entlang. Auf der Straße befinden sich nur Männer. Die französischen Väter nehmen ihre Töchter auch nicht an die Hand, doch diese schämen sich wenigstens auch noch nicht für ihre Faltenröcke, die ihnen bis zu den Knien reichen. Ich schon.

Die Blicke der arabischen Männer auf der anderen Straßenseite gelten nur mir. Um sie zu vergessen, sage ich die Sure des Tages vor mich hin, damit ich sie meiner Mutter vortragen kann, wenn wir zu Hause sind. Das macht sie stolz. In einer Woche zeige ich ihr meine Tafel, auf der ich den gelernten Text mit meinen Zeichnungen umrahme.

Sie lädt dann die Frau des Kaïd und seine drei Töchter ein, die alle älter sind als ich. Sie kommen komplett verschleiert zu uns und lassen sich dazu hinreißen, Juju-Rufe auszustoßen, um mein gelerntes Wissen zu würdigen.

Am Abend dann sagt meine Mutter mit einem leichten Lächeln zu mir:

»Immer, wenn wir ein Fest feiern, halten die Französinnen hier im Haus uns bestimmt für Wilde!«

Einige Jahre später kommt diese Äußerung wie ein Echo zu mir zurück, als ich als interne Schülerin im Collège der Nachbarstadt wohne. Damals scherzten ein paar arabische, junge Frauen über dasselbe Thema.

»Wenn die Franzosen hören, wie unsere Mütter im Chor

ihre schrillen Juju-Rufe ausstoßen, dann verstehen sie gar nicht, dass das ein Ausdruck von Freude ist!«

»Wonach hört es sich denn dann für sie an?«

»Unsere Jujus klingen ein bisschen wie die Rufe der Indianer in amerikanischen Western!«

Diese abschließende Feststellung prägt sich mir zehn Jahre später ins Gedächtnis ein. Doch für den Moment, im Dorf, bin ich stolz, weil ich meine Mutter stolz mache, während ich vor den mich beneidenden Gästen (ihr Vater hat ihnen weder die französische Schule noch den Koranunterricht erlaubt) die Sure aufsage. Als sie mich sehen, seufzen sie, sie sagen, dass sie mich beneiden. Ihre Mutter – oder ihre Stiefmutter (denn der Kaïd verstößt seine Frauen oft) – hat ihnen gerade genug vom Koran beigebracht, damit sie ihre Gebete herunterleiern können …

Und was ist mit meinem Vater, in den Erinnerungen an jene längst vergangenen Tage im Dorf? Vom Laden des Lebensmittelhändlers aus machen wir uns auf den Rückweg, ich gehe im Faltenrock voran und er hinterher, ich nehme an, dabei grüßt er die Einheimischen, die auf der anderen Straßenseite im maurischen Café sitzen, im Zentrum jenes Saheldorfes. Das Publikum dieser Männer aus seiner Religionsgemeinschaft (Tagelöhner, Handwerker, Arbeitslose) ist der Grund dafür, dass er mich nicht mehr an die Hand nimmt. Ein arabischer Mann, ein Familienvater, muss allein gehen, den Blick auf seine Kinder gerichtet (die in der Regel männlich sind, doch ich bin eine Ausnahme), und er muss wie ein richtiges »Oberhaupt« gemessenen Schrittes voranschreiten.

Und wenn ich ein Junge gewesen wäre? Denn der zweite Sohn, der nach dem Tod des ersten geboren wurde, ist noch zu klein, um Teil dieses Bildes zu sein, aber wäre er dabei gewesen, hätte der Gang meines Vaters dann genauso ausgesehen?

Dich, mein Vater, auf der Hauptstraße im Zentrum des Dorfes, diesmal rufe ich dich mir anhand einer Erinnerung meiner Mutter wieder ins Gedächtnis. Es kommt mir seltsam vor, von dir in der Vergangenheit zu sprechen! Liegt es daran, dass du wirklich tot bist?

Wenn ich versucht hätte, über dich zu sprechen, als du noch lebtest, hätte meine Mutter dann dasselbe Bild meiner Kindheit gezeichnet, sie, damals eine junge, noch nicht dreißigjährige Ehefrau? Ich glaube nicht; es ist deine Abwesenheit, deine unwiederbringliche Abwesenheit, ach, die es ihr ermöglicht, auf meine Erinnerungen an die Vergangenheit einzugehen.

Ich komme nun zu einer Unterhaltung mit meiner Mutter, als sie gerade Witwe geworden war, und es war, als ob ich mit ihr Neuland betreten würde – das für sie, solange du lebtest, tabu gewesen war. Als ob meine Mutter, weil ihr wirklich ein Paar gewesen ward (in dem sie als Ehefrau einen Status innehatte, wie es in ihrem Umfeld niemand kannte, weder ihre Mutter noch ihre älteren Schwestern), da sie nämlich deine »Ehefrau« im wahrsten Sinne des Wortes war, in dem Sinne, wie es die europäischen Nachbarinnen verstanden, die Lehrerinnen oder einfach die Lehrersfrauen, nämlich als die empfindsamere »Hälfte« eines unzertrennlichen Paares. Meine Mutter, die, obwohl sie wie die anderen »einheimischen Frauen« ein eingesperrtes

Leben führte, trotzdem jeden Donnerstagnachmittag, in ihren weißen, weich fallenden Schleier der Städterinnen gehüllt, ins maurische Bad ging, ohne sich darum zu kümmern, dass sie im Dorf eine Ausnahmeerscheinung war, eine Art »weiße Dame«, die sich frei bewegte und einen zumindest überraschenden Anblick bot.

Ich glaube, wenn sie sich auf der Straße zeigte, war sie sich sehr wohl bewusst, die »Frau des arabischen Lehrers« zu sein, gewiss, aber gleichzeitig auch die »Dame aus der altehrwürdigen Stadt«, die sich inmitten so vieler Bauern beiderlei Herkunft ihre schlichte Eleganz bewahrte.

Wenn ich sie Jahrzehnte danach wieder vor mir sehe, ihre Silhouette der »schönen Maurin« wieder das Dorfzentrum durchqueren sehe, ohne den Blicken der Männer – ob Franzosen oder Einheimische – Beachtung zu schenken, dann glaube ich inzwischen, dass sie sich diesem wöchentlichen Ausflug mit der Selbstverständlichkeit einer verschleierten Prinzessin fügte, eine Rolle, die ihr überhaupt nicht schwerfiel, die sie sogar einigermaßen bereitwillig verkörperte (ähnlich wie fast fünfzehn Jahre später, wenn sie sich in eine elegante, westliche Frau um die Vierzig verwandeln wird, die in ihrer Eigenschaft als Häftlingsbetreuerin kreuz und quer das weit entfernte Frankreich bereist).

Wenn ich mir die an Gelassenheit grenzende Unbeirrbarkeit meiner jungen Mutter wieder vor Augen führe, die damals, in meiner frühen Kindheit, die verschleierte Maurin des Dorfes war, die auf meine Begleitung angewiesen war (und die sich später so problemlos in eine westliche Frau auf Reisen verwandelte), dann muss ihr damals bereits bewusst gewesen sein, welche unzertrennliche Einheit mein Vater und sie bildeten.

Sogar mit mir, ihrer ältesten Tochter, sprach sie weder als ich klein war noch, als ich älter wurde, über den Vater als ein von ihr getrenntes Wesen (auch wenn er draußen, auf den arabischen Straßen, sehr wohl von ihr getrennt war). Doch bei uns zu Hause schuf sie nach und nach eine neue gedankliche Verbindung, indem sie, auch wenn sie auf Arabisch von »ihm« sprach, höchstens »dein Vater« sagte, womit sie besonders die Macht betonte, die er unseren Gebräuchen nach über mich hatte, während er in ihrem Herzen immer der Ehemann war und blieb, ihre andere Hälfte.

Später dann diese Szene: Ich bin gerade vom anderen Ende der Welt zurückgekehrt, betrete die kleine Pariser Wohnung und nehme meine Mutter, die seit einem Tag Witwe ist, in die Arme. Sie sinkt in diese Umarmung hinein, die starke Mutter, die Kühle, die Unantastbare, sie lässt sich in die Arme ihrer ältesten Tochter sinken, die, so sagt man, dem Vater am ähnlichsten ist, und flüstert ihr ins Ohr, mit einer auf einmal kindlichen Stimme (es ist das erste Mal in meinem Leben, dass ich meine Mutter so klagen höre), ja, ihre Stimme klingt untröstlich, als sie auf Arabisch, mit ihrem Akzent aus Caesarea flüstert:

»Nun bin ich … (ihre verzweifelte Stimme hält kurz inne und findet dann das einzige Bild, das aus ihr aufsteigt, aus ihrem Herzen, ihrem Körper, ihrer Erinnerung) … ach, meine Tochter, ich bin wie eine Katze ohne … Pfötchen!«

Ja, das war das seltsame Geständnis, das sie mir machte. Vor lauter Trauer hatte sie sich in eine Katze verwandelt, und ihre Hände oder ihre Tatzen, sie sagte nicht etwa, dass sie ihre Krallen verloren hätte, nein: »*bla didates*«, seufzte sie auf Arabisch – »ohne Pfötchen«!

Dieses Bild erschüttert mich zutiefst. »Eine Katze ohne ihre Pfötchen«, als ob die Mutter-und-Ehefrau, von tiefer Trauer überwältigt, zu ihrer ältesten Tochter sagen würde: »Nimm mich auf, mich, die Geliebte deines Vaters, und behandele mich wie ein neugeborenes Baby!«

Ich nahm sie mütterlich in die Arme, ich hätte sie am liebsten gewiegt, um sie zu trösten. Alles kehrte sich um. Sie war wieder zum Kind geworden, fast zu einem Baby, und ich, nachdem ich in einer Nacht von Toronto nach Paris zurückgekehrt war, nehme sie in meine Arme, als wäre ich eine junge Mutter, sie, die sich plötzlich als »Katze« bezeichnet (als ob ihr Körper auf einmal nach dem Abwesenden verlangte, ohne dass sie etwas dagegen tun konnte)! Ich war also von so weit weg zurückgekehrt, um mich für fünf lange Minuten nicht in eine trauernde Tochter, sondern eher in die junge Mutter meiner selbst kaum gealterten Mutter zu verwandeln. Es war, als würde sie durch die Trauer wieder klein und hilflos, als hätte der Tod des Ehemannes sie ihrer Gelassenheit beraubt, und vor allem des ruhigen Vertrauens, das du, mein Vater, ihr bis dahin geschenkt hattest!

Wenn ich mich so lange mit jener Umarmung zweier Frauen am Tag nach deinem Tod aufhalte, mein Vater (nach deinem letzten Atemzug, nachdem du allein in einem Zimmer eines Pariser Krankenhauses eingeschlafen warst), dann liegt das auch daran, dass ich im Anschluss an diesen langen Austausch, in dem wir, die Mutter, die auf einmal Witwe war, und ich, die verwaiste Tochter, den Schmerz miteinander teilten, dass ich erkenne, worin die Neuheit des Weges bestand, den du als Ehemann gegangen bist. Deine unauslöschlichen Spuren …

Nein, es ist nicht das Bild von dir als der Vater, der seiner ältesten Tochter den Weg in die Welt gewiesen hat, das dir (sagen wir am Tag des letzten Gerichts) als wichtigstes Verdienst angerechnet werden wird. Sondern es wird darüber hinaus noch etwas anderes sein. Du hast gemäß der Tradition deiner Heimatstadt die Schwester deines besten Jugendfreundes geheiratet, die Jüngste der angesehensten Familie der Stadt, die dem »Sohn eines Armen«, dem Quasi-Proletarier trotzdem gegeben wurde, denn du konntest ja als Mitgift – in deiner Eigenschaft als Bewerber – deine Kenntnisse des Französischen vorweisen, die eine sichere Zukunft garantierten. Und dann hast du, im Gegensatz zu deinen Kollegen der gleichen sozialen Schicht und trotz deiner Rauheit und Strenge, mehr oder weniger im Verborgenen und ohne dich damit zu brüsten eine wirkliche Gleichberechtigung zwischen dir und deiner jungen Frau entstehen lassen – deiner Frau, die dann später nicht mehr so jung und die nun deine Witwe war, die an diesem Morgen aus Liebe den Ehemann und Geliebten beweinte, ihre »andere Hälfte«, wie die europäischen Nachbarinnen im Dorf es genannt hätten. Diesen besonderen Weg, den du gegangen bist, kann ich aus einem einzigen Bild rekonstruieren – einem Bild, das sich in arabischem Dialekt als poetisch erweist.

Anstatt zu rufen: »Er ist fort, mein Freund, er hat mich zurückgelassen«, höre ich wieder die vier Worte meiner Mutter: »Eine Katze ohne Pfötchen, so fühle ich mich!« Die Sinnlichkeit, die in dem ersten Wort aufblitzt, wird anschließend sofort wieder von dem kargen »ohne Pfötchen« verschluckt. Er hat mich umfangen, er gab mir seine Kraft, und nach seinem Fortgehen bleibe ich nun zurück … »ohne Krallen«? Nein. »Ohne Pfötchen!« Um zu liebkosen?

Etwas schrie aus ihr heraus (aus ihrem Körper, aus ihrem Herzen): »*bla didates*« – keine Hände mehr, um zu streicheln, um zu halten, um sich zu halten! Es hätte mich nicht gewundert, wenn sie anschließend gesagt hätte – und ich spürte, dass ich und nur ich so etwas wie der Schatten ihres noch nicht begrabenen Mannes wurde: »Nimm mich in deine Arme und gib mir, weil du ihm ähnlich bist, ein wenig von seiner Kraft oder sogar von seiner Gegenwart zurück!«

Das hat sie wahrscheinlich nicht gedacht (während der Umarmung, mit geschlossenen Augen, die jedoch tränenlos waren, als sie sich dir entgegenstreckte, dem Einzigen, nach dem sie verlangte):

»Gib mir seine Zärtlichkeit zurück!«, hatte ich geglaubt zu hören.

Denn – und das sage ich jetzt nur zu mir selbst – er muss zärtlich gewesen sein, mein Vater, im ehelichen Schlafzimmer, zärtlich und ernst zugleich!

9

Das Schlafzimmer der Eltern

Aus meinen Kinderaugen betrachtet, bildete die Schlafzimmergarnitur meiner Eltern im Kolonistendorf mit ihren massiven Mahagonimöbeln im Stil der 20er Jahre, bestehend aus einem großen, niedrigen Bett mit hohen Kopf- und Fußenden und zwei Nachttischen sowie einem riesigen Schrank mit drei immens großen Spiegeln, einen festen Bestandteil meiner ersten, noch verschwommenen Träume, die oft Phantastisches zum Inhalt hatten und in denen stets undeutlich die kupfernen Kugeln auf den vier Ecken des Bettes leuchteten, eben jene Kugeln, die ich immer in den Spiegeln gegenüber erblickte, wenn ich kurz vor Morgengrauen in meinem kleinen Bettchen neben dem großen Bett erwachte, und meine Mutter langsam aufstand und barfuß das Zimmer verließ, um uns nicht zu stören, meinen Vater auf der anderen Seite des großen Bettes und mich.

Zu der Zeit bin ich ihr einziges Kind. In diesem Zimmer schlief ich bis zur Geburt des ersten Sohnes, meines kleinen Bruders, der so früh verstarb und an den ich mich nicht mehr erinnern kann.

Mein schmales Bettchen ist tief und wird von einem hellbraun gestrichenen Metallgitter umrahmt. Später, mit achtzehn Monaten, komme ich zu meiner Großmutter, der Mutter meines Vaters, um bei ihr im Wohnzimmer unserer Wohnung im Dorf zu schlafen. Und so kommt es, dass meine erste Erinnerung ein auditives und nächtliches Erlebnis ist.

Ich schlafe. Jeden Abend schlafe ich im Dunkeln vor den großen Spiegeln ein … Kurze Zeit später, wenn eine halbe oder ganze Stunde vergangen ist, manchmal auch mehr, regelmäßig, ich würde sogar sagen, jede Nacht … (so kann die erste Erinnerung eines menschlichen Wesens die Zeit überdauern, selbst wenn es der Sprache noch nicht mächtig ist und wenn sein Bewusstsein noch ein nicht wahrnehmbares Leuchten, eine vor dunklem Hintergrund flackernde Kerze ist, jene Erinnerung überdauert, wie eine beharrliche Tarantel, die sich in meinem zarten Gedächtnis festgebissen hat). Jede Nacht also schlafe ich sofort ein. Ich versinke, gehe unter, ertrinke.

Eine halbe Stunde, eine Stunde vergeht, vielleicht mehr, dann erreichen mich regelmäßig jede Nacht Stimmen, die zugleich weit entfernt und nah klingen.

Ich erinnere mich nicht daran, ganz aufgewacht zu sein, sondern eher an ein Unbehagen, das mich an die Oberfläche zurückholte. So werde ich Nacht für Nacht aus einem Schlummer wie Schlamm geholt, aus dem ich mich nur schwer losreißen kann.

Aufeinanderfolgende Nächte eines Babys von höchstens achtzehn Monaten. Das Einschlafen wird regelmäßig von einer Stimme unterbrochen, vielmehr von zwei Stimmen, einem Flüstern, das gleichzeitig so nah ist, wie von weit oben kommend, und so fern, und das erst Jahre später wieder in meinem Bewusstsein aufgetaucht ist. Dieses Erwachen und die dabei empfundene Verwirrung gingen selbst in diesem frühen Alter schon mit einem Schuldbewusstsein einher, das sozusagen tierisch, instinktiv war. Als ob ich es auf gar keinen Fall hören durfte! Als hätte sich ein enormes Verbot, eine Mauer aus Nebel und Dunkelheit zwischen der elterlichen Schlafstätte und meinem kleinen, kupfernen Bettchen erheben müssen. Ich öffnete niemals die Augen.

Wir befinden uns alle im Dunkeln! Ich weiß nicht, was

los ist. Es ist eine Art Musik, eine verschwommene Klage, aber eine, die von Genuss zeugt (ich kenne das Wort noch nicht, doch so empfinde ich es).

Ich weiß nicht, ob dieses Geräusch – wie fallende Tropfen – von den beiden Eltern ausgeht oder ob es nicht eher eine einzige, verflochtene Klage ist, die das ganze Zimmer erfüllt. Doch der erwachende Säugling, auch wenn er sich nicht die Ohren zuhält (ich wage es nicht, mich zu rühren), ahnt undeutlich, dass er ein Eindringling ist, dass er fehl am Platz ist, dass er jetzt nicht weinen darf, seufzen oder vorgeben, Muttermilch zu brauchen. Eine große Schwere breitet sich überall aus!

Nein, ich darf mich nicht rühren, darf mich auf keinen Fall bemerkbar machen, ich muss alles tun, um in das Dunkel des Schlafes zurückzufinden!

Die Musik der Stimmen geht weiter, entfernt sich einen Augenblick, hört jedoch nicht auf – was mein Unbehagen noch vergrößert. Schließlich gelingt es mir, wieder einzuschlafen, sei es, weil dort, direkt neben mir, wieder Ruhe eingekehrt ist, sei es aus Erschöpfung. Anschließend – Stille. Neben mir das Atmen zweier Menschen, kaum ein Flüstern.

Das Seltsame ist nicht das Erwachen eines Säuglings von zehn, zwölf oder etwas weniger als achtzehn Monaten. Das Seltsame ist, wie mich eines Tages, viel später und als ich selbst bereits Ehefrau geworden war (mit zweiundzwanzig, dreiundzwanzig Jahren), beim Anblick eines Babys (das noch nicht mein eigenes war) Übelkeit überkam:

Mich durchfuhr eine plötzliche Eingebung und ich dachte: »Ein Baby, egal wie klein es noch ist, sollte niemals so nah am Bett seiner Eltern schlafen!«

Und da stieg dieses Erlebnis in meinem Gedächtnis wieder an die Oberfläche Die lange und verschwommene

Qual, als ich damals unfreiwillig zuhören musste! Ich bin überzeugt, dass es, nach all der Zeit, in der mein frühes Bewusstsein verdrängt hatte, dass ich diesen langen Gesang, der vom Genuss der Sinne kündete (eine weibliche Stimme, da bin ich mir sicher), gehört habe, ja, dass nach all der Zeit, die vergangen ist, seit mein Gedächtnis eines Säuglings sich wie eine Auster über dieser verstörenden Nähe geschlossen hat – bei der sogar ich, ein Baby, Scham empfand –, dass es überraschenderweise nicht so sehr ein überempfindliches Schamgefühl war, das diese Erinnerung zwanzig Jahre später wieder auftauchen ließ, sondern dass der Grund vielmehr das unveränderte Fortbestehen der gleich einer unterirdischen Wasserader in mir schlummernden Erinnerung war, der unauslöschlichen Spur der Lust, die einer Frucht gleicht.

Anschließend, in den langen Jahren meiner ersten Ehe, erfuhr ich nach und nach, ohne es zu merken, aber ununterbrochen, eine Übertragung von Frau zu Frau. So reichte meine Mutter, damals eine junge Ehefrau von neunzehn oder zwanzig Jahren, ohne es zu wissen, die heitere Fülle des Liebesvergnügens an mich weiter.

Dafür bin ich beiden, dem jungen Paar von einst, immer noch dankbar.

Zweiter Teil

Das Unsichtbare zerreißen

Wer ist das, in meinem Ohr, der meine Stimme vernimmt?
Wer ist das, der durch meinen Mund spricht?
Wer leiht sich den Blick in meinen Augen?
Wer ist diese Seele, deren Hülle ich bin?

Diwan Schams Tabrisi (12. Jahrhundert)

1

Madame Blasi

Ist es möglich, die Jugend zu schildern, jene Zeit zwischen zehn und siebzehn Jahren, in der sich die Innenwelt plötzlich weitet, dank Büchern, dank der geschmeidig, flüssig gewordenen Phantasie, die zu einem unendlich weiten Himmel wird, Entdeckung folgt auf Entdeckung, endlose Lektüren, jedes Buch zugleich ein Lebewesen (der Autor) und eine Welt (ständig woanders), der innere Aufruhr wird immer wieder von längeren Abschnitten der Ruhe unterbrochen, in denen Lesen bedeutet einzutauchen, sich unendlich weit vorzuwagen, sich zu berauschen, der Horizont reißt auf, weicht zurück, und das sogar im Inneren eines Arbeitsraumes in einem Mädcheninternat, wo alle Schülerinnen blaue Schulkittel tragen. Bei meinem reißen nach und nach alle Taschen ein und stehen ab, ein Buch steckt in der rechten Tasche, eines in der linken.

Und jetzt diese drei Worte aussprechen, nachdem so viele Jahrzehnte vergangen sind: BEAU DE L'AIR.

Langsam, schon nach der ersten Silbe, taucht ein Bild auf. Lange Finger mit ebenfalls sehr langen Fingernägeln, die leuchtend rot lackiert sind, zwei Frauenhände, die in einer Geste zusammenkommen … eine Geste des Gebets? Eine opfernde Geste? Ich blicke darauf, noch nie habe ich solche roten, langen Fingernägel gesehen, am Ende von solch schmalen Fingern. Und eine Stimme kommt hinzu, eine Stimme, die über so viele Jahrzehnte hinweg zu mir dringt, eine sanfte, tiefe Stimme, mit einem Akzent, den ich damals noch nicht einordnen kann, sagen wir, diese große, schlanke Frau hat einen provenzalischen Akzent. Doch es sind ihre Hände, eben jene Hände mit den leuchtend roten Fingernägeln, dieselben, an denen ich sie eines Tages wiedererkennen werde, in Blois, mindestens dreißig Jahre später, und zwar genau eine Sekunde, bevor ich zu ihr aufblicke, zu dieser Erscheinung einer großen Dame, doch nein, es liegt wie schon beim ersten Mal an ihrer Stimme, dass ich ihr Bild für immer in mir trage, denn sie ist es, die mir, ja, sie war die Erste, die mir den allerersten französischen Vers gab, ihn mir zu trinken gab, und sie sprach ihn so aus, wie ich es bis dahin nur von den Versen des Koran gewohnt war. Mit fast majestätischer Langsamkeit, mit einer nur angedeuteten Feierlichkeit, bei der die Worte ruhig, zum Ende hin jedoch immer leidenschaftlicher dahinflossen.

Die Stimme der Dame mit den langen Fingern, die in einem anderen Internat vermutlich während des Ave Maria so gefaltet werden mussten (das vermute ich jetzt nur), oder beim Gebet für die Toten, oder für die Liebenden, falls es das überhaupt gibt, die Stimme von Madame Blasi, der ersten Französin, die mir ein solches Geschenk gemacht hat, durch ihren Schwung und ihre Andächtigkeit, mir und der ganzen, schweigenden Klasse, im Literaturunterricht in der fünften Klasse. Alle Mädchen waren still, vielleicht aufgrund der Geste, oder wegen der Stimme, deren Langsamkeit, dem leichten Akzent. Ich sitze vorne oder in der zweiten Reihe (sicher bin ich mir nur, was diese Geste der gefalteten Hände angeht, als würden sie eine Opfergabe darbringen, als würde plötzlich ein Ritual vollzogen werden), und ich schaue und lausche, mit klopfendem Herzen, ich bin zum ersten Mal ergriffen, mehr noch: erschüttert, aufgewühlt.

Später werde ich die Stimme dieser Frau mit den roten

Nägeln und dem knochigen Gesicht noch so oft hören, die sich plötzlich in eine Priesterin verwandelt hat und predigt, während wir alle schweigen und mein Herz dumpf schlägt.

Meine Schwester, mein Kind!
Denk dir wie lind

So empfing ich völlig unvorhergesehen die *Einladung zur Reise*, mehr noch, die Einladung zur Schönheit der französischen Worte, und noch mehr, zu der geheimen Atmung, die sich unter den Worten verbirgt, zu dem Rhythmus, der diese langsame, feierliche Stimme fast unmerklich zum Schwanken bringt. Diese Verse wurden mir langsam vorgetragen, zunächst wirkte es, als würde sie sie improvisieren, die Lehrerin, wie durch ein plötzliches Wunder, ein sanftes Aufblühen – doch kurz darauf war es wie ein Schlag, ein Schlag mitten auf die Brust ... Ich starrte auf diese langen Finger, diese seltsamen Nägel, und schon wurde ich fortgetragen, so wie früher, mit vier oder fünf Jahren, als an einem eisigen Wintermorgen im arabischen Radiosender eine Tenorstimme erklang, die koranische Rezitative vortrug und sich dann unvermittelt zu sehr hohen Verzierungen aufschwang. Und ich, in dem Klassenraum auf dem Collège, ich vergesse, dass ich in den Augen meiner Mitschülerinnen anders bin, mit meinem langen Nachnamen und meinem Vornamen Fatima, der bei den Meinen eine Auszeichnung ist, mich hier, im Territorium der »anderen« jedoch herabsetzt, so meinen sie, sie, die so tun, als würden sie uns aufnehmen, doch sehen sie nur unsere Schattenseiten – und dann ist es, als könnte ich dieses lange Gedicht von Baudelaire (doch ich greife vor, noch kenne ich den Namen des Dichters gar nicht), würde ich die Hände danach ausstrecken, fast mit den Fingern berühren und mit dem Ohr. Ich bin erschüttert zu erleben, wie sehr die Schönheit zugleich eins und vielfältig ist, und dass selbst der koranische Vers ein Gegenstück besitzt, dass …

Während ich lausche, befinde ich mich gleichzeitig im Klassenzimmer und woanders. Alles hat sich ausgedehnt, ist zerrissen, gewachsen, der Himmel in der Ferne und diese Dame, die das Gedicht beendet, für mich ein langes, ein sehr langes Gedicht, kein Surenvers, sondern eine »Einladung zur Reise«, sagt sie, und dann fügt sie nach einem Augenblick der Spannung hinzu …

»Charles … Baudelaire.«

Zwischen Vor- und Nachnamen hat sie eine deutliche Pause gemacht. Während des Innehaltens ist ihr fast die Luft ausgegangen. Doch nein, im Gegenteil, sie hat ohne zu stocken, ohne abzubrechen den Namen des Dichters in einem einzigen harmonischen Ausströmen ihres Atems ausgesprochen, mit derselben tiefen Stimme, mit der sie die Verse des Sonetts vorgetragen hat. Und ich blickte zu ihr auf. Lange starrte ich sie an, immer noch die Musik im Ohr, dann deren Echo.

Ich erlebe die Szene noch einmal, meinen ersten ästhetischen Schock, der mich deshalb mit voller Wucht trifft. Doch dies geschieht »bei ihnen«, da, wo man am Vortag noch abgelehnt hatte, »nur für mich« einen Arabischlehrer kommen zu lassen. (»Nur für Sie! Für Sie, eine einzige Schülerin!«, rief die Direktorin mit etwas empörtem Unterton aus, die hergekommen war, weil ich meine Verwunderung geäußert hatte, weil ich mich gemeldet und anschließend meine Beschwerde vorgebracht hatte: »Da ich meine erste Fremdsprache wählen kann, möchte ich gerne richtig, also über die Literatur, die Sprache meiner Mutter lernen, die Sprache meiner Vorfahren – anhand der Dichter und der alten Texte, und nicht wie im Dorf, wo ich zur Koranschule gegangen bin und wo man den Koran bloß auswendig lernt, ohne wirklich die Bedeutung zu verstehen!«)

Ich hatte, noch nicht elf Jahre alt, schon in der ersten Stunde der fünften Klasse im altsprachlichen Zweig meine Argumente vorgebracht, im Stehen und mit fester Stimme, weil ich meiner Enttäuschung Ausdruck verleihen wollte (zugegeben, dachte ich, das literarische Arabisch wäre zwar keine richtige »Fremdsprache« für mich, aber …). Die Direktorin der Schule – die wir unter uns »Zehn-nach-zehn« nannten, weil sie so einen merkwürdigen Gang hatte, bei dem sie die Füße nach außen setzte und abgehackte Bewegungen machte –, sie, von der man sich zuflüsterte, sie sei »Kommunistin« und die die Regierung Pétains einige Jahre zuvor von ihrem Posten verjagt hatte, diese Dame also, die ganz und gar vom Glanz ihrer Vergangenheit als Verfolgte lebte, stand nun da und setzte mich mit Nachdruck darüber in Kenntnis, dass mein Anspruch, meine Muttersprache »literarisch« studieren zu wollen, es keineswegs rechtfertige, dass man mir extra, nur für mich, einen Lehrer zuteilte …

»Sie werden Englisch lernen«, entschied sie, »so wie all Ihre Mitschülerinnen auch! Es sei denn, Sie verzichten auf Latein und wechseln in die fünfte Klasse des neusprachlichen Zweiges, da gibt es meines Wissen drei oder vier Mädchen, die wie Sie … literarisches Arabisch gewählt haben!«

Dabei legte sie besondere Betonung auf das Adjektiv, so als habe sie Zweifel daran, dass diese Sprache für »Einheimische« überhaupt über eine solche Variante verfügte.

Und damit grüßte »Zehn-nach-zehn«, die wie immer komplett schwarz angezogen war, mich mit einer militärisch anmutenden Geste, vollführte eine Dreivierteldrehung und verließ den Raum. Ich setzte mich wieder hin, ich war angespannt, weil meine spezielle Anfrage mich immer noch beschäftigte, denn ich spürte, dass ich nicht die richtigen

Argumente gefunden hatte. Doch wie hätte ich in dem Alter auch verstehen sollen, warum meine »europäisch« genannten Mitschülerinnen – obwohl sie wie ich in diesem Land geboren waren – gewillt waren, alle Sprachen der Welt, inklusive der sogenannten »toten« Sprachen, zu lernen (wir wussten bereits, dass die Besten aus der Klasse zwei Jahre später Altgriechisch als Wahlfach nehmen würden – doch ich war die Einzige, die das arabische Sprichwort kannte, das mir noch dazu Verwandte beigebracht hatten, die weder lesen noch schreiben konnten, wonach es heißt »wenn Arabisch die Sprache Gottes ist«, weil Mohammed es von Gabriel in der Höhle gehört hat, so ist Griechisch doch »die Sprache der Engel«), doch dass diese Mädchen absolut kein Interesse daran hatten, die Sprache zu verstehen, die außerhalb der Schule von neunzig Prozent der Bevölkerung gesprochen wurde! Nicht einmal ich selbst hatte mir diese Frage gestellt, als ob die Zeit, in der wir lebten, die Zeit der Kolonie, auch in mir das Erstaunen erstickt hatte, das ich angesichts der Taubheit meiner Mitschülerinnen gegenüber meiner Muttersprache eigentlich hätte empfinden müssen.

Doch kehren wir nun nach diesem langen Exkurs zum Gedicht von »Beau-de-laire« zurück, das Madame Blasi, wie in einer Zeremonie, nicht deklamiert und auch nicht rezitiert hatte, mit dem Ziel, bei uns eine bestimmte Wirkung zu erzielen, sondern das sie, im Gegenteil, hatte langsam herabfließen lassen, wie einen dünnen Strahl Hydromel. Vermutlich war ich – die »Einheimische« – von uns Mädchen die Einzige, die derart ergriffen war, zugleich vom Rhythmus und der Musikalität, von der Klarheit, den verborgenen Bildern, die so nah schienen, dass sie einen fast streiften, und die dennoch von so weit her kamen, ich, das Mädchen, das zur Sprecherin mit den langen, gefalteten Händen und den leuchtend roten Fingernägeln aufblickte. Ich ließ sie nicht aus den Augen und spürte in mir zugleich eine Erregung, eine Ergriffenheit, die ich damals nicht als »ästhetisch« hätte benennen können. Genau dieser Augenblick war es, in dem ich, ganz im Stillen und doch auf so grandiose Weise, meinen Zugang zu einer meditativen Ebene fand –, als ich langsam und unmerklich in eine irreale Sphäre eintrat, die aber so eindrucksvoll war, dass der ganze Körper (die Augen, die Ohren, die Finger, die am liebsten den Rhythmus mitklopfen wollten, die Füße, die jeden Moment unkontrolliert und ziellos drauflosIaufen wollten), der Körper, und selbst das Herz, ohne dass man versteht, warum, atemlos zurückbleiben.

Ich senkte den Blick. Ich hatte weder Worte noch Sätze in mir. Es war nur so, als hätte sich von dieser ersten »Verkündung« an, in dem Moment, als die Stimme dieser Frau mit ihrem Vortrag begonnen hatte, ein stillschweigendes Einverständnis zwischen uns eingestellt. Ein gesonderter Bereich tat sich auf, flüchtig und schillernd –, in dem sich später weitere Dichter und Dichterinnen einfinden würden, verstohlene Schatten, die mir genauso vertraut sein würden wie die Großmutter väterlicherseits, die ich so sehr beweint hatte.

In der Zeit danach gab dies mir Zuversicht: die Gewissheit – und das verdankte ich ganz sicher Baudelaire und Madame Blasi –, dass es in den kommenden sechs Jahren während dieser Schulstunden dem Anschein zum Trotz nicht so sein würde, dass wir, die »Einheimischen« (nicht mehr als ungefähr zwanzig Mädchen unter zweihundert internen Schülerinnen), die sich von den anderen unterschieden, auf der einen Seite standen und auf der anderen die »Europäerinnen«, also Französinnen, Spanierinnen oder Malteserinnen, die aber alle zusammen als zur »anderen Seite« zugehörig angesehen wurden. Nein, innerhalb des Kokons, den meine Jahre als Internatsschülerin – als Teil der Minderheit von arabischen oder kabylischen

Mädchen – ich selbst sprach kein Berberisch, nur Arabisch und Französisch – darstellten, war die Welt nicht in zwei Hälften geteilt.

Und doch existierte diese Zweiteilung (später wurden wir durch einige Szenen im Speisesaal unsanft wieder daran erinnert).

Andererseits spürte ich seit diesem Jahr in der fünften Klasse, seitdem Madame Blasi mir dieses erste Gedicht wie eine Gabe des Lichts überreicht hatte – durch ihre Phrasierung, ihren theaterwürdigen Vortrag, ihre Liturgie –, ja, da verstand ich, dass über uns noch ein anderes Universum schwebte, dem ich mich nähern konnte, indem ich Bücher verschlang, am besten Lyrik – zumindest dann, wenn sie es zulässt, dass man sie einen Moment lang, so unerwartet und flüchtig wie einen am Horizont vorüberfliegenden Vogel, erblickt. Für mich, die sich zu einer extrem einzelgängerischen Schülerin entwickelte, wurde dieser Raum zu einem wunderbaren Äther – einer Sphäre, in der alle Träume nisteten, sowohl meine eigenen als auch die von so vielen anderen …

Dort oben konnte ich mich sicher fühlen, so wie früher, als Mädchen, nachts in meinem Bett, beschützt durch Mammas nächtliche Gebete, Mamma, meine sanfte, nun verstorbene Großmutter, die sich manchmal in mein Bett im Schlafsaal zu stehlen schien, um mich zu streicheln und zu wärmen, eine Wiedergängerin, deren zärtlichen Hände ich nicht vergessen hatte und die jetzt wieder zwischen den Laken meine kalten Füße berührten.

2

Erste Reisen, allein …

In diesem Jahr, meinem ersten Jahr im Internat, verstaute ich jeden Samstag meinen Kittel in meinem Fach in der Schule und verließ um sechzehn Uhr durch das große Portal das Gebäude. Manchmal wählte ich auch den Weg, der durch einen dunklen Flur zu den beiden eindrucksvollen, luxuriösen Empfangsräumen mit ihrer Holzvertäfelung aus Mahagoni führte. Die Farbe des sorgfältig gewachsten Holzes ließ die warmen, wenn auch leeren Räume hell wirken. Sobald ich draußen war, musste ich einfach nur die erste, lärmerfüllte Straße entlanggehen – Lastwagen, hin und wieder Karren oder Kutschen, die von einer Stute gezogen wurden (der Krach, die Rufe des Kutschers, das Gewirr aus Gesprächsfetzen in schlechtem, mit Arabisch oder Berberisch vermischtem Französisch) –, mein Herz klopfte, mein Kopf schwirrte von dem ganzen Radau, aufgeregt ging ich weiter, ich musste aufpassen, mich nicht zu verlaufen, ich hatte nur eine halbe Stunde Zeit, um den Bus zu erreichen. Doch das Geschrei trieb mich stetig voran.

Nach etwa zwanzig Metern warf ich einen Blick auf die andere Straßenseite, wo sich die imposante, gerundete Masse der »Halle aux vins« erhob, um die herum es um diese Zeit still war, fast wie ausgestorben. Ich ging mit den gleichmäßigen Schritten eines braven Mädchens, in einer Hand trug ich meine ziemlich schwere Schultasche. An der Kreuzung angekommen, musste ich mich nur nach links wenden, und schon befand ich mich auf einer größeren, von Kastanien gesäumten Allee. Diese Straße war noch stärker befahren, weil sie zum Bahnhof führte, der auch von großen Lastwagen angesteuert wurde, und jedes Mal fielen mir die bereits verwitterten Gleise einer »Micheline« auf, die man auf dieser Straße noch sehen konnte und die anscheinend bis vor kurzem mitten ins Herz der Stadt hinaufgeführt hatten.

Im Gehen heftete ich den Blick so gut es ging auf den Boden, doch ich war stets auf der Hut. Schließlich näherte ich mich langsam der Busstation, wo die Busse stündlich einer nach dem anderen ihre Motoren starteten und langsam aus der Stadt herausfuhren, um anschließend die Dörfer der Mitidja zu durchqueren, mindestens bis nach Marengo und meistens darüber hinaus.

Nun werde ich wieder ruhiger und bekomme fast Lust, einfach am Rande des Bürgersteigs stehenzubleiben und das Treiben zu beobachten. Wer will zum Bahnhof, wer von den Menschen in den verschiedenen Autos hat ein weiter entferntes Ziel, sprich Algier, die Hauptstadt. Und wer, von den Bauern, die einfache Handwagen hinter sich herziehen oder mit von Maultieren gezogenen Wagen unterwegs sind, wird in der kommenden Stunde vor Höfen anhalten, die ich niemals zu Gesicht bekomme? Dann unterbreche ich meine Überlegungen. Gleich habe ich es geschafft und bin am Ziel, ich darf jetzt nur nicht trödeln!

Mittlerweile ist es halb fünf. Ich habe weniger als zwanzig Minuten für meinen fünfhundert Meter langen Weg als freie, aber vorsichtige Internatsschülerin gebraucht, und ohne es besonders eilig zu haben, freue ich mich darauf, zu meiner Familie zurückzukehren, wo man sich bereits auf meine Ankunft vorbereitet …

Denn während ich jetzt meine samstagnachmittägliche Route rekonstruiere, fällt mir auf, dass ich wirklich ein »braves Mädchen« bin, auch wenn ich mich am faszinierenden Tohuwabohu der Menge nicht sattsehen kann. Sobald ich im Büro der Busgesellschaft angekommen bin (ich nehme an, dass mein Vater mich beim ersten Mal begleitet und unauffällig irgendeinen Bekannten unter den einheimischen Angestellten gebeten hat, ein Auge auf mich zu haben), hole ich mein Geld heraus, murmele kaum hörbar den Namen des Dorfes, in dem ich groß geworden bin, und gehe dann hinaus, wo ich darauf warte, dass ich meinen Platz einnehmen kann (einen »Sitzplatz«, so ist es mir eingeschärft worden, und zwar in den ersten Reihen, denn der hintere Bereich des Fahrzeugs ist den Männern vorbehalten, Bauern oder einfachen Arbeitern – damit die vereinzelten Frauen, oder Mädchen wie ich, sich nicht gestört fühlen ...). Ich warte also noch kurz draußen vor dem Bus – der Bus war etwas zu spät eingetroffen und wurde zunächst im leeren Zustand kontrolliert, nachdem er, vor allem im hinteren Teil, ausgefegt und gesäubert worden war. Als die Türen sich endlich öffneten, ließ man zuerst die Frauen einsteigen – eine Spanierin mit schwarzem Schal und Hut, zwei Damen, die nach Art der Städterinnen verschleiert sind, mit geschminkten Augen, die aber zu Boden blicken, und schließlich ich, ein schüchternes Mädchen, das angespannt wirkt. Sobald ich in der ersten oder zweiten Reihe Platz genommen habe und der Angestellte, der meinen Vater kennt, gekommen ist, um zu überprüfen, wo ich sitze (er spricht mich nie an, verhält sich aber so, dass ich nicht anders kann, als ihn zu bemerken), kann ich mir in Ruhe die anderen Grüppchen ansehen. Es sind berberische Bauern in ihren nicht immer makellos sauberen Gewändern, manche tragen Strohhüte oder Wollmützen. Bei anderen fallen mir die langen, abstehenden Schnurrbärte auf, die ihnen das Aussehen von Kriegern oder verkleideten Banditen verleihen. Sie steigen fast als Letzte und mit majestätischer Gelassenheit ein. Danach kommen noch ein paar Angestellte, die in ihren Anzügen wie Europäer aussehen – sie sprechen mal Arabisch, mal ein gepflegtes Französisch, immer mit gerolltem »R«, sie werden »Emanzipierte« genannt. Ich weiß, dass sie ebenso wie ich in den größeren Dörfern am Ende der Strecke erwartet werden. An manchen Samstagen geben sich einige von ihnen wie »kleine Weiße«. Einer hat seine Mütze schief auf dem Kopf, einen anderen muss der Busfahrer bei der Abfahrt, als er seinen Platz wieder einnimmt, ermahnen, die Zigarette auszumachen. Ich wende mich ab und drücke die Nase an die Fensterscheibe, ich kriege nicht genug von der großen Vielfalt der Gesichter, der Kleidung und der Sprachen in der Menge da draußen, von denen manche nur gekommen sind, um ihre Verwandten zu begleiten.

Auf einmal habe ich gar keine Lust mehr wegzufahren, ich kann mich nicht sattsehen an diesem improvisierten Theater: an den Neugierigen, die dort herumstehen, darunter ein paar Frauen aus dem Volk, die auf andere Busse mit anderen Zielen warten und die so aussehen, als würden sie bereits seit dem Morgen dort stehen, ihr Wollschal bedeckt die ausladende Brust nur halb, Strähnen roten Haares schauen unter der Kopfbedeckung aus Satin hervor. Vielleicht fahren diese Frauen gar nicht weg, denke ich, sie sind einfach nur zum Zeitvertreib hier. Ihr geduldiges Warten und ihre müden Gesichtszüge regen mich dazu an, mir ihr Leben auszumalen. Worauf warten sie? Irgendjemand muss ihnen ja schließlich das nötige Geld geben, um sich eine Fahrkarte kaufen zu können?

Schließlich fährt der Bus los und während der einstündigen Reise drücke ich meine Nase gegen die Scheibe. Ich will nichts von der Landschaft verpassen, von der Geschwindigkeit, vom Himmel, der sich rot färbt, bevor es dunkel wird.

Nach und nach werden wir von der Nacht verschluckt, zumindest während der Wintertage ist es bei meiner Ankunft schon komplett dunkel.

Wenn der Bus, nachdem er die Vorstadt langsam durchquert hat, an Fahrt aufnimmt, betrachte ich mit der gleichen kindlichen Neugier die vorbeiziehenden Landschaften, die auf uns zuzukommen scheinen. Bis das Abendlicht immer schwächer wird, das, so stelle ich mir vor, prächtig hinter uns herumliegt und das diesen etwas kurzatmigen Bus mit dem stotterndem Motor in fahlrotes Licht hüllt.

Dann warte ich darauf, dass die erste Ansiedlung in Sicht kommt, wo wir nur selten anhalten – aber nach zwei oder drei Kreuzungen teilt sich die Straße und jedes Mal ertappe ich mich, dass ich insgeheim hoffe, der Bus würde einmal die andere Abzweigung nehmen, die kurvenreiche Straße, die sich in den nahen und bedrohlichen Atlas hinaufschlängelt, eine Straße nur für Abenteurer, denke ich. Doch da durchqueren wir bereits die Siedlung, in der Arbeitslose am Straßenrand hocken und bettelnde Kinder uns schweigend anblicken.

Im nächsten Dorf hält der Bus eine gute Viertelstunde lang (der Fahrer lässt Postballen und verschiedene Pakete abladen). Ich beobachte alles und vergesse darüber fast, dass ich auf dem Weg zu meinen Eltern bin. Es fehlt nicht viel, und ich könnte mich in diesem Welttheater verlieren. Die Dörfer, die ich kennenlerne, ohne jemals dort auszusteigen, die Menge der Männer und Kinder, die unabänderlich in zwei Arten aufgeteilt sind, was ebenso für die Orte gilt, an denen sie sich aufhalten. Einerseits die überfüllten, lärmenden, maurischen Cafés und andererseits, auf der anderen Straßenseite, meistens in der Mitte des Dorfes, am Platz mit dem Pavillon, ein paar europäische Brasserien mit sehr hohen Fenstern im Stil der Jahrhundertwende, mit

Spiegeln und Kronleuchtern, welche mich ganz besonders beeindrucken.

So sind auch die Gäste aufgeteilt. Auf der einen Seite die arabischen Bauern, die oft auf dem Boden hocken oder dicht zusammengedrängt stehen, auf der anderen Seite die Europäer, manche davon im Anzug und mit Melone, seltener mit einer Mütze auf dem Hinterkopf. Wieder andere sitzen mit ihren dicken Bäuchen vor einem Krug Bier oder einem Anisschnaps, oft halten sie Spielkarten in der Hand ... Sie fuchteln nervös mit den Händen, anscheinend reden sie dabei, doch ich sehe nur Stummfilmsequenzen. Ein bisschen weiter weg stehen andere, die mit gesenktem Kopf und großem Ernst den Boden untersuchen. Das sind Boules-Spieler, und ihre starre Haltung wirkt geheimnisvoll auf mich.

Bei jedem Halt steigt der Fahrer ein oder zwei Minuten lang aus dem Bus und verkündet den Namen des Dorfes. Oft sind es Namen von Städten in Europa, wo die napoleonischen Armeen eineinhalb Jahrhunderte zuvor Schlachten gewonnen haben, während die Einheimischen für dieselben Orte immer noch die Namen der in der Nähe lebenden Stämme verwenden.

Wenn ich ehrlich bin, wunderte ich mich zu der Zeit nicht darüber, dass die Haltestellen zwei so unterschiedliche Namen trugen – einen aus dem Land und einen, der noch nicht einmal aus Frankreich stammte –, doch zwei oder drei Jahre später sollte mich der Geschichtsunterricht dazu anregen, über diese Namen nachzudenken ...

Während ich nach draußen gucke und der dröhnenden Stimme des Fahrers lausche, kommt mir alles irgendwie unwirklich vor, was bestimmt daran liegt, dass ich allein reise und dass ich auf meinem erhöhten Platz schweigend und starr über dieser Welt throne, über den Dörfern, die wir durchqueren, und über den Straßen, auf denen nur

Männer zu sehen sind, die stets in zwei Gruppen aufgeteilt sind, die »Europäer« und die anderen. Doch nein, dies sind gar nicht die Worte, die ich verwende, denn diese »anderen«, das sind eigentlich »unsere Leute« – so spricht mein Vater über die »Einheimischen« (wie seine Kollegen sie nennen), wenn er sich auf Französisch mit mir unterhält.

Die »Unseren«: Diese Worte meines Vaters sind es, die ich in Gedanken wiederhole, während ich die ärmsten von »unseren« Gruppen vor Augen habe, doch ich spüre auch, dass sie – oder zumindest einige davon und zwar oft die, die am zerlumptesten aussehen – etwas von ehemaligen Herren an sich haben, die nun ruiniert und verbittert sind. In den folgenden Jahren werde ich oft die Gelegenheit haben, mich während der Fahrt am Samstagabend zu fragen, warum sie mich so faszinieren, obwohl ich mich gleichzeitig von ihnen abgrenze, nicht, weil ich die Tochter meines Vaters bin – genauso nennen sie mich, die Unseren, bei uns im Dorf: »die Tochter des Lehrers«. Es liegt daran, sage ich mir dann, dass sie sich in ihre Burnusse hüllen, als wären es Theaterkostüme. Oder, im Gegenteil: Wenn ich sie so sehe, auf dem Boden kauernd, ein Bein angewinkelt, den Ellbogen lässig auf das Knie gestützt, bin ich mir manchmal nicht mehr so sicher, ob sie mich ansehen (wenn der Bus steht) oder ob ich, mit meinem nur undeutlich erkennbaren, fast am Busfenster plattgedrückten Gesicht mit den aufgerissenen Augen, vielleicht die einzige reale Person bin, und sie, diese reglosen Grüppchen der Arbeiter, für mich zu einem flüchtigen Bild geworden sind, das ich mit einem Blick erfasst habe oder das für immer unverändert fortbesteht …

Endlich komme ich in unserem Dorf an, das im Winter dann schon in völlige Dunkelheit getaucht ist. Kaum öffnet sich die Bustür, springe ich als Erste hinaus und mein Vater macht einen Schritt auf mich zu, gibt mir die Hand und lächelt mich an:

»Das ist gut«, sagt er erleichtert, »der Bus ist pünktlich!«

Ich weiß jedes Mal instinktiv, dass ich mich zurückhalten muss und ihm nicht um den Hals fallen darf. Wir befinden uns schließlich draußen, alle können uns sehen. Und bei den »Unseren« ist es nicht üblich, den Vater auf beide Wangen zu küssen (davon abgesehen würde mein Vater sich auch nicht zu mir herunterbeugen). Nein, im Dorf küssen die Jungen mit frühreifem Ernst ihren Vätern respektvoll den Handrücken – der Hand, die ihnen demonstrativ hingehalten wird. Meinem Vater aber würde schlecht werden, wenn jemand diese Geste bei ihm ausführen würde, er findet sie unterwürfig. Woher wusste ich das? In meiner Familie gab es keine fest vorgegebenen Verhaltensregeln, deshalb musste jeder von klein auf seine Gesten umso genauer kontrollieren, bei der Begrüßung am Morgen ebenso wie beim Abschiedsgruß. Alles hat eine Bedeutung, alles ist wohlüberlegt und in meinem Fall heißt das vor allem, dass ich, schon damals mit elf Jahren, dann mit zwölf, draußen, vor den Augen von allen – den Franzosen in ihrer Gesamtheit und denen der »Unseren«, ausschließlich der Jungen und Männer, des versammelten männlichen Geschlechts –, schon damals muss ich, die von vornherein als Ausnahme betrachtet wird, ein Mädchen, das europäisch aussieht, es aber nicht ist, ich muss auf der Straße all meine Bewegungen dämpfen, selbst dann, wenn die Straße zufällig gerade völlig leer ist.

So wäre es zum Beispiel unschicklich, wenn ich mich auf die Zehenspitzen stellen würde, um meinen Vater in einem improvisierten, überschwänglichen Durcheinander freudig auf die Wangen zu küssen, ein Mal, zwei Mal, o ja, ganz flüchtige Küsse, Vogelküsse sozusagen!

Sicher, nichts davon ist mir ausdrücklich verboten worden, doch mein Vater würde niemals seinen großen Körper zu seiner Tochter hinunterbeugen, damit diese ihm – in der Öffentlichkeit! – solche Scheinküsse auf die Wange drückte, wie ein Fink oder wie eine Lerche, ganz egal. Dieses ganze demonstrative Gehabe würde er als geschmacklos ansehen, als Versuch, den anderen Clan nachzuäffen. So bleibt mir in dieser von der herannahenden Nacht verdunkelten oder wie von einem Kohlenfeuer zu unseren Füßen rötlich leuchtenden Straße nichts anderes übrig, als den Körper und die Schultern steif zu lassen und meinem Vater lediglich die Hand zu geben (mein Pfötchen in der großen Hand des Vaters), dazu meine Stimme, die flüstert: »Ich bin so froh!« Ich darf nicht sagen: »Dich, wiederzusehen, dich!«, denn ich weiß genau, was er antworten würde, wenn ich mich dazu hinreißen ließe – vielleicht, um sich einen Schutzschild vorzuhalten, oder, weil er mit mir gerne über die Liebe zu seiner Frau spricht –, ja, er würde wahrscheinlich flüstern, und zwar noch nicht einmal scherzend, weil er sich wie immer in der Öffentlichkeit zusammennimmt: »Und deine Mutter, hast du die etwa vergessen?«

Dabei weiß er, der Ehemann, dass ich in höchstens zehn Minuten, sobald wir zur Tür hereingekommen sind, meiner Mutter um den Hals fallen werde und dass das für mich bedeutet, zur Unbefangenheit der Kindheit oder der beginnenden Jugend zurückzufinden und dass meine Überschwänglichkeit meine junge Mutter nur noch schöner machen wird, die sich, ohne ihr bescheidenes Reich verlassen zu haben, von meiner Fröhlichkeit anstecken lässt.

Er ist es also, mein Vater, an dessen Hand ich durch die ersten Lichter der Nacht (nach und nach gehen in der Brasserie gegenüber die Öllampen an) die fünfzig Meter gehe, die mich noch von dem Gebäude mit den Lehrerwohnungen trennen. Übrigens bin ich mir sicher, dass meine Mutter hinter den nicht ganz geschlossenen Fensterläden ihres Zimmers auf der Lauer liegt …

Und so vergehen jede Woche ungefähr zwei Stunden von meinem Verlassen des Internats in Blida bis zu meinem Eintreffen in der Wohnung meiner Familie im Dorf.

3

Das Klavier

An die Sonntage dieses ersten Jahres habe ich keine Erinnerungen mehr. Ganz sicher ist meine Mutter damit beschäftigt, meine Wäsche zu waschen und zu bügeln. Der kleine Bruder wird wie gewöhnlich von »Khalti Khadidja« betreut, einer Kinderfrau aus dem Dorf, die fast schon zur Familie gehört. In meiner Erinnerung kommt der kleine Bruder kaum vor, vielleicht verbringt er seine Zeit auch schon draußen mit den anderen Kindern aus dem Haus oder sogar im Dorf mit einem der Söhne des Kaïd … Meine Schwester ist ein Mädchen, das weniger überwacht wird als ich, wenn sie mit den Kindern der anderen Lehrer spielt. Doch ich nehme gar nicht mehr richtig am Familienleben teil. Wie soll ich sagen? Damals schon hatte ich manchmal das Gefühl, nicht wirklich dort zu sein (im Schlafsaal, inmitten so vieler Französinnen, wo sich Abend für Abend so etwas wie der Beginn einer Unterhaltung mit Jacqueline entspinnt, die im Nachbarbett schläft), aber auch nicht richtig zu Hause anzukommen, während doch die wenigen muslimischen Mädchen, mit denen ich mich angefreundet habe, nicht wie ich jeden Samstag das Internat verlassen.

Ich muss bestimmt die neugierigen Fragen meiner Mutter beantworten, die wissen möchte, was ich »dort« wohl für Freundinnen habe. Schlägt sie in dem Jahr meinem Vater vor, mir ein Klavier zu kaufen? Er erklärt sich schnell dazu bereit, eine Musiklehrerin zu bezahlen. Diese wird mir im

Internat jede Woche zwei Stunden erteilen, die problemlos in den Stundenplan am Nachmittag integriert werden. Meine Mutter hegt sicherlich die Hoffnung, dass ich nach einem Jahr regelmäßigen Unterrichts in der Lage sein werde – sobald das Klavier da ist –, ihr ihre Lieblingsmelodien aus der traditionellen andalusischen Musik vorzuspielen.

In meinem ersten Jahr im Internat bin ich also eine folgsame Schülerin und meine Mutter gibt sich Illusionen bezüglich meines musikalischen Talents hin … allerdings geht es ihr dabei um ihr eigenes Vergnügen. Zugegeben, bis dahin habe ich nie an sie als in der Wohnung »eingesperrt« gedacht, sie, die vor allem darunter leiden musste, dass sie so weit von ihrer Heimatstadt entfernt lebte und zu ihrer Unterhaltung nur die Sendungen von *Radio Algier* in arabischer Sprache hatte, der oft lange am Stück folkloristische Musik ausstrahlte. Sehnte meine Mutter sich wirklich nach ihrem alten Leben, dort in Caesarea, nach diesem sozialen Leben der Frauen – häufige Besuche und bürgerliche Feste bei jeder Gelegenheit –, jenen Sitten, die wir am Anfang jeden Sommers im Haus ihrer Mutter vorfanden?

Was das Klavier angeht, so wird es schon im darauffolgenden Jahr gekauft und selbst ich bin wohl, zumindest am Anfang, stolz darauf gewesen.

Eine Erinnerung taucht auf. Jener Tag, an dem ich zusammen mit einer Gruppe anderer Mädchen aus dem Internat zum ersten Mal ein Konzert höre, das von den *Jeunesses musicales* veranstaltet wird. Der berühmte Samson François ist aus Paris gekommen und soll mehrere Werke von Chopin spielen.

Bis dahin hatte ich Musik nur im Radio gehört, wie meine Mutter, aber westliche Musik. Bach kam immer am Sonntagmorgen und, so scheint mir, immer in Verbindung mit der Messe, so dass ich eigentlich gar nicht richtig hinhörte, weil ich seine Musik auf Anhieb mit den katholischen Prozessionen verband, die an manchen ihrer Festtage unter unseren Fenstern vorbeizogen und uns heidnisch vorkamen, ein wenig wie die Überbleibsel eines primitiven Ritus, was vor allem an den zahlreichen Statuen lag, die deutlich sichtbar von Kindern in goldenen Messgewändern getragen wurden. Plötzlich kamen uns diese Europäer, die doch anscheinend so viel »moderner« waren als wir, wie große Kinder vor, oder sogar wie ahnungslose Götzendiener!

Bei diesem Konzert der *Jeunesses musicales*, meinem ersten Konzert (ich muss dreizehn Jahre alt gewesen sein), war alles neu für mich. Die Dunkelheit, in die der Saal getaucht war, die Verbeugung des berühmten Pianisten vor dem Publikum, wie er die Hände über das Klavier hielt und sich sammelte, dann die Klänge der Musik, die unmerklich begannen, an der Stille zu kratzen, und dann zu einer steigenden Flut anschwollen – als würde hinter dem Klavier, das ich kaum erkennen konnte, jeden Moment ein Wasserfall hervorschießen, der gekrümmte Schatten des Künstlers, aus dessen Fingern Ströme von Akkorden flossen, die einander in einer geheimen Ordnung überlagerten.

Ich schließe die Augen und lasse mich in das allmähliche Ansteigen dieses Stromes aus ineinander verflochtenen Tönen hineingleiten. Die Menge um mich herum, die ich nur noch schemenhaft wahrnehme, scheint ebenso angespannt zu sein wie ich, sie hält den Atem an, wird mitgerissen, ohne sich dagegen wehren zu können, und ich mit ihr, von diesen Wellen aus angeschlagenen Tönen, aus geschmolzenen oder vermischten Akkorden …

Wo bin ich? Der Musiker, ich vergesse, wer er eigentlich ist. Ist er nur der Interpret, oder ist etwa Chopin selbst auferstanden, der, wie ich bereits weiß, im Exil lebte und unglücklich war, ist er endlich unter uns, als komplizenhafter Schatten hinter diesem braunhaarigen Mann, der sich über sein Instrument beugt? Und ich, wo bin ich in diesem Wasserfall aus stampfenden Noten, die sich pausenlos ergießen, das Gehör eines jeden überschwemmen? Teppiche aus durchmischten Klängen, die ansteigen, fliegen, triumphierend, bevor sie plötzlich wieder herabfallen, doch nicht völlig, die Heftigkeit, mit der die Finger die Tasten niederdrücken, geht weiter (wegen der Ärmelaufschläge mit den leuchtend weißen Manschetten kann ich die Finger sehen), ganz kurz sehe ich das Gesicht des Pianisten – des Pianisten oder das von Chopin? –, dann sein Profil, wie es fast die Tasten berührt, als ob er sich dort ablegen wolle, oder, im Gegenteil, als ob er das Klavier selbst hochheben wolle, um schließlich aufzustehen, diese reiche Musik an sich zu reißen und mit ihr zu verschwinden, sie den Zuhörern für immer wegzunehmen.

Auf einmal erhebt sich eine anhaltende Welle von Klängen wie aus den Tiefen des Meeres und ergießt sich über uns, bevor sie langsam wieder schwächer wird. Und schließlich legt sich wieder Stille über diese schwebende Heftigkeit.

Mit einem Mal geht das Licht wieder an. Applaus und Vivatrufe schwellen an und ab. Der Künstler verharrt noch einen langen Augenblick zusammengesunken über den Tasten aus Elfenbein, dann erhebt er sich langsam, sieht uns fast traurig an, bestimmt – denke ich –, um sich an einen weit entfernten Ort zu flüchten, weit weg von allem – und ich frage mich erneut: Ist das der Interpret oder ist es Chopins Schatten persönlich, hinter demjenigen, der sich von uns verabschiedet und der vor unseren Augen gelitten hat?

Im grellen Licht mustert mich meine Sitznachbarin aus dem Internat und flüstert mir sanft zu:

»Nun wisch dir doch die Tränen ab!«, dabei lächelt sie mich beinahe mitleidig an.

Ich verziehe das Gesicht. Ich habe nicht einmal ein Taschentuch. In mir hallen immer noch die letzten Akkorde nach. Ich hatte vorher nicht gewusst, dass man sich auf diese Weise Musik anhören kann, in einem nackten Saal, in dem dennoch so viele Menschen versammelt sind wie für ein Fest. Für mich ist es kein Fest, vielmehr eine Offenbarung. Ich fühle mich nackt.

Ich trockne mir das Gesicht, so gut ich kann, doch ich bin immer noch aufgewühlt – in meiner schmalen Brust geht es immer noch weiter. Außerdem schäme ich mich. Schnell, mit dem ersten Menschenstrom, verlasse ich den Saal. Draußen angekommen saust es in meinen Ohren, ich höre weder die Menge noch die Stadt, die wir in Kürze durchqueren werden, auf dem Boulevard, der an den Kasernen entlangführt. Ich weiß nicht mehr, wo ich bin. Das ist mein erstes Konzert. Ich habe den Eindruck, als sei ich ganz allein hier draußen.

»Welche von den *Nocturnes* hat dir am besten gefallen?«, fragt mich eine affektierte Stimme, die einer der Pensionatsschülerinnen gehört, die mich eingeholt haben und die sich, jetzt wieder unter Aufsicht, wie ich auf den Rückweg zum Internat machen.

Ich bin still und angespannt und so verlegen, weil ich mich in der Öffentlichkeit derart vergessen habe.

»Ich habe die Tränen auf deinen Wangen gesehen, als das Licht wieder anging«, sagt eine meiner Klassenkameradinnen in fast schelmischem Ton.

Und dann fragt sie mich ernsthaft, ob ich Samson François »romantisch« gefunden hätte ... Ich starre sie an, als käme sie von einem anderen Stern. Vielleicht sollte ich ihr mitteilen, dass ich Chopin schon öfter gehört habe ... aber im Radio!

Aber nein, stattdessen denke ich bei mir, dass ich in ihren Augen trotz allem eine ... Barbarin bin!

War das der Grund dafür, dass ich die Illusion hegte, ich könnte so etwas wie der »Hauspianist« meiner Mutter werden? Woher hätte ich auch wissen sollen, dass die Tonleitern, die ich täglich übte, mir bei der traditionellen Musik – welche in den Augen meiner Mutter die Musik schlechthin war – von keinem großen Nutzen sein würden?

Wie der Jazz, so basiert auch jene Musik, die die Mauren und die spanischen Juden in unser Land gebracht hatten und die in Caesarea sehr präsent war, auf der Kunst der Improvisation. Es war also abzusehen, dass ich, auch ohne mein mittelmäßiges Talent als Klavierspielerin bereits vorwegzunehmen, und obwohl ich zumindest am Anfang eine ungebrochene Hartnäckigkeit an den Tag legte, meiner Mutter eine Enttäuschung bereiten würde.

Ich sehe mich noch vor mir, in diesem Unterricht bei Madame D., der Klavierlehrerin, die sehr schnell anfing, mich anzuherrschen und zahlreiche spitze Bemerkungen bezüglich meiner Finger zu machen, »zwar sind sie so lang, aber leider ziemlich steif und nicht sehr geschickt«, und die später mit verbitterter Stimme mehrmals sagte:

»Was nützt es Ihnen, wenn Sie in allen Fächern Erfolg haben, in den Sprachen wie in den Naturwissenschaften, wenn Sie bei den beliebten Klassikern trotz so vieler Tonleitern auch nach zwei oder drei Jahren kaum merkliche Fortschritte gemacht haben!«

Dann fügte sie noch hinzu, so säuerlich, als würde ich es mit Absicht machen:

»Und Sie sagen mir, dass Ihre Mutter – eine richtige Musikerin, da bin ich sicher – Ihren Vater dazu überredet hat, extra für Sie ein Klavier zu kaufen? Damit sie Ihnen zuhören kann?«

Diese Dame wurde immer entmutigender.

Jeden Tag verließ ich in der letzten Arbeitsstunde des Tages mit meinen Noten den Raum, durchquerte die riesige, halbdunkle Halle und befand mich dann allein ganz hinten in der Aula, um eine Stunde lang zu klimpern. Doch je länger ich jene späten Abendstunden diesen einsamen Bemühungen opferte, umso mehr belastete mich die Abneigung der Dame mit dem braunen Haar, die mit ihren schroffen Bemerkungen anscheinend alles tat, um einen Keil zwischen mich und die Musik zu treiben. Sie klopfte mit ihrem Stab auf meine Finger, die nicht gebeugt genug waren, ließ mir keinen einzigen Fehler durchgehen, bemängelte unablässig meine fehlende Geschmeidigkeit. In ihrer Gegenwart verstärkten sich meine Langsamkeit und meine Ungeschicktheit zusätzlich. Ich war sicher, dass sie mich nicht mochte, dass meine Eltern sie zwar bezahlten, damit ich lernte, wie eine banale Amateurpianistin zu spielen, doch – so dachte diese Dame wohl und machte es mir deshalb so schwer – wo hatte man denn schon einmal ein Mädchen gesehen, dessen Vater einen türkischen Fes trug und dessen Mutter in den wollenen oder seidenen Schleier der Maurinnen gehüllt ist, ja, wo hatte man je gesehen, dass es jemandem mit solch einem Hintergrund gelungen wäre, auch nur einzelne kleine Passagen aus dem *Wohltemperierten Klavier* zu spielen?

Ich glaube, ich ging drei Jahre lang zu dieser spröden und unwirschen Dame, damit sie mir ihren speziellen Unterricht erteilte. Im letzten Jahr wurde meine durch ihre Feindlichkeit oder ihre Vorbehalte hervorgerufene Entmutigung noch größer. Dennoch erinnere ich mich, es manchmal genossen zu haben, jeden Abend ganz allein für mich in dieser großen Aula zu spielen! Vermutlich hielten sich während der späten Stunde mehrere Internatsklassen gemeinsam in einem Raum auf, um dort unter Aufsicht zu lernen, mindestens fünfzig Schülerinnen. Jeden Abend stand ich auf und nahm mit meinen Noten unterm Arm den gewohnten Weg durch die dunklen Flure bis zur Aula, wo das Klavier auf mich zu warten schien.

In dem leeren Saal, wo ich nicht nur Tonleitern übte, sondern auch versuchte, das eine oder andere Musikstück zu entziffern, wirkte die Musik beruhigend auf mich. Inmitten dieses wüstenhaften Ortes strengte ich mich hartnäckig an – wiederholte drei, viermal diesen oder jenen Takt, stürzte mich eifrig auf die Musik, gab nicht auf, bis ich das Motiv in Gedanken hören konnte: ein zermürbender Kampf, der anschließend auch noch so schlecht von der strengen Dame belohnt wurde …

Irgendwann, was war das für eine plötzliche Weigerung, als hätte ich mich verfolgt gefühlt, als ich schließlich aufstand und mich geschlagen gab? Ich kann mich an keinen Streit erinnern … War es nicht vielmehr eine zermürbende Müdigkeit?

Ich glaube mich zu erinnern, dass ich eines Tages, im Anschluss an eine der zahlreichen schroffen Bemerkungen der Lehrerin, genug hatte. Ich schloss mit einer entschiedenen Geste die Partitur und stand auf. Ohne mich von der Musiklehrerin zu verabschieden, kehrte ich ihr einfach den Rücken und verließ aufrecht den Übungsraum.

An jenem Abend verkündete ich einer engen Freundin:

»Von jetzt an wird meine Leidenschaft das Lesen sein! Meine einzige …«

Ich empfand mein Aufgeben nicht unbedingt als Niederlage, das Schwerste daran war jedoch, dass ich meiner Mutter im Dorf klarmachen musste, dass die Hoffnungen, die sie in mich gesetzt hatte, vergeblich gewesen waren.

Ich selbst hätte mich gefreut, wenn es mir gelungen wäre – zumindest ohne Fehler –, ein paar Fugen oder Sonatinen von Mozart zu spielen, die einfachsten, aber auf dem Klavier Akkorde zu improvisieren wie am Hofe des Kalifen von Córdoba? Wer hätte mich in diese Kunst einführen sollen, wer hätte es mir zeigen sollen, vor allem, da die Stimmen sich uns in jener bis ins Mittelalter zurückreichenden Tradition so darboten, wunderschön, wie manchmal die Stimme der Mutter in ihrer bebenden Nostalgie.

Indem man sich an einen sogenannten klassischen Notentext hielt?

Ich hätte versuchen können, meiner Mutter zu erklären, dass es, um diese besondere folkloristische Musik auf dem Klavier spielen zu können, anderer Lehrer bedurft hätte. Ich war dazu nicht in der Lage. Es war eine Enttäuschung, die ich schließlich eines Samstags im Dorf bekanntgab. Der Versuch hatte mindestens drei Jahre gedauert, um dann mit einem Scheitern zu enden. Mir bleibt nur die hartnäckige Erinnerung an meinen eigensinnigen Ernst, während ich den großen Saal, den sogenannten »Festsaal«, voller Schatten, durchquere und ehrfürchtig die Lampe über dem Klavier anknipse.

Wenn ich auf das Klavier ganz am Ende des Raumes zuging, den Deckel hochklappte, bevor ich mich dann selbst die jungfräuliche Stille durchbrechen hörte, wenn ich über die elfenbeinernen Tasten strich, die im Halbdunkel glänzten – ja, jedes Mal regte sich dann von neuem die leise Hoffnung in mir, dass ich eines Tages gut genug spielen könnte, um meiner Mutter eine Freude zu bereiten. Vielleicht würde ich sie begleiten, sie in ihrer Vorliebe unterstützen können, ihr helfen, sich aus der Enge, dem Eingesperrtsein zu befreien. Vielleicht könnte ich die Erinnerungen an ihre Jugend wachrufen, ihre Träume. Es machte ihr so viel Freude, das jahrhundertealte Repertoire des andalusischen Exils zu singen. Warum habe ich nicht einfach versucht, sie zu begleiten, ganz zaghaft, um einfach nur ihre Stimme zu stützen, ihr eine Ablenkung vom Alltag zu ermöglichen, und letztendlich auch ihre eigene Freiheit?

Ich kann erst jetzt wirklich ermessen, wie bedeutsam und wie traurig dieser kleine Misserfolg war. Mir bleibt nur die Erinnerung an jene Augenblicke glücklicher Einsamkeit im Internat, als ich glaubte, dass meine durch Beharrlichkeit geschmeidig gewordenen Finger irgendwann über die Tasten laufen würden und mir dabei helfen könnten, in mir die klare Stimme meiner Mutter zu bewahren, die dort im Dorf rein und ein ganz klein wenig melancholisch erklang …

Vielleicht entwickelte sich anschließend an diesen Misserfolg – dessen bitterer Geschmack sich in mir ausbreitete und dann im Laufe des Jahres verblasste –, in der entstandenen Leere oder in meiner erneuten Einsamkeit, die erste Freundschaft, die ich zu einer Mitschülerin knüpfte, Mag.

Auf einmal tat sich ein ganz neues Terrain vor mir auf. Uns verband ein unstillbarer Hunger nach Büchern, die wir unermüdlich verschlangen und untereinander austauschten. Es war deshalb kein Wunder, dass wir uns gut miteinander verstanden.

4

Die erste Freundin

Mag war eine interne Schülerin in meinem Alter, die nicht in meiner Klasse war, weil sie den neusprachlichen Zweig gewählt hatte. Sie war ein »europäisches« Mädchen, wie wir in unserer Clique »einheimischer« Internatsschülerinnen sagten, wenn wir, zumindest während des ersten Jahres, als Gruppe auf dem Schulhof zusammenstanden.

Mein Herdentrieb war nicht besonders ausgeprägt. Schon sehr früh hatte ich mir angewöhnt, mich weder auf die Gruppe der Mädchen aus meiner Klasse zu beschränken, also auf die »Französinnen«, noch hielt ich mich ausschließlich an die, mit denen ich hin und wieder arabisch sprechen konnte – außerdem stammten diese Mädchen aus einer weiter entfernten Gegend und wenn sie über ihre Familien sprachen oder von ihrer Kindheit erzählten, dann erschien mir das so weit weg. Sie kamen entweder aus der Kabylei oder aus Orléansville und sahen ihre Familien nur im Abstand von mehreren Monaten, wohingegen meine Eltern in einem Dorf in der Nähe wohnten und ich daher das Glück hatte, das Internat jeden Samstag verlassen und jeden Montag in der Frühe zurückkommen zu können. Verglichen mit den Mädchen aus meiner Religionsgemeinschaft war ich offenbar privilegiert, während die Unterschiede zu den Europäerinnen aus meinem Dorf, die wie ich die Sonntage bei ihren Familien verbrachten, noch tiefer reichten.

Und doch hatte ich vom zweiten Schuljahr an in dieser

Welt, die noch stärker als die Gesellschaft draußen zweigeteilt war, eine echte Freundin. Ich weiß aber noch, dass in dem Jahr, bevor ich Mag kennenlernte, die eintönigen Unterhaltungen der arabischen Mädchen schon früh begonnen hatten, mich zu langweilen – sie beneideten die Europäerinnen um ihre Kleidung, um ihre Unterhaltungen und um die Selbstgefälligkeit, die manche von ihnen ausstrahlten, die meisten von ihnen Töchter von »Petits Colons«, denen es nicht gelang, ihre hübschen Kleider unter dem vorgeschriebenen blauen Schulkittel zu verstecken. Manchmal frustrierte es mich zu sehen, wie viel Neid die muslimischen Internatsschülerinnen offenbar gegenüber den Mädchen der anderen Gruppe empfanden. Ihre Bemerkungen erinnerten mich an das Gerede der Frauen aus dem Dorf im maurischen Bad, das meine Mutter früher verachtet hatte: »Schluss mit dem Geschwätz!«, befahl sie dann. Diese Gespräche erschienen mir ebenso banal.

Im zweiten Schuljahr änderte sich für mich alles, dank meiner Bekanntschaft mit Mag und dank der Bücher, die wir beide während der Lernzeit verschlangen, sobald wir unsere Aufgaben erledigt hatten. Ich weiß nicht, ob sie es war oder ich, doch eine von uns hatte irgendwann bemerkt, dass wir beide immer die einzigen waren, die sich beeilten, um ein bestimmtes Buch zu bekommen, und dass dieses Buch dann meist genau dasjenige war, das die andere auch haben wollte. Unsere Freundschaft erwies sich also als die zwischen zwei gleichermaßen begeisterten Leserinnen, hinzu kam, dass wir uns gegenseitig anspornten, und eine bei uns beiden fast gleich stark ausgeprägte Neugier, die durch den gleichen Hunger nach Büchern geschürt wurde.

Ich glaube, es war im dritten Jahr, als unsere Freundschaft dank zwei oder drei Werken noch enger wurde, über die wir ausführlich diskutierten. Diese Werke wurden für jede von uns zu exemplarischen Leseanleitungen. Es handelte sich dabei vor allem – Ironie des Schicksals, da in der kleinen Kolonialstadt alles Moderne so gut wie unbekannt war – um den Briefwechsel zwischen Jacques Rivière und Alain-Fournier, verfasst … zu Beginn des Jahrhunderts! Diese Briefe von zwei jungen Männern, die in Paris die Vorbereitungsklassen für die École Normale Supérieure besuchten, waren vor dem Ersten Weltkrieg ausgetauscht worden (in dem Alain-Fournier als Soldat fallen würde, nachdem er uns zuvor jedoch noch sein Kultbuch *Der große Meaulnes* hinterließ). Jene jungen Herren entdeckten kurz nacheinander zunächst, dank dem jungen Claudel, Rimbaud, dann Péguy, dann Gide, im Prinzip die ganze Literatur ihrer Epoche – bis auf den Surrealismus, der auch bereits heraufdämmerte … Ohne diese Begegnung hätte ich mich weiterhin brav an »meinem Alter angemessene« Bücher gehalten, sprich an Bücher für ein Mädchen, das in einer nach außen abgeschotteten Welt in einer Kleinstadt und dessen Eltern zurückgezogen im Dorf lebten. Doch so kam es, dass wir beide all die gewöhnlichen Abenteuer- und unterhaltsamen Jugendbücher links liegen ließen, die als »unserem Alter angemessen« galten! Stattdessen stießen wir, dank zweier achtzehnjähriger Studenten aus Paris, wir, Schülerinnen eines Collège in einer Kolonialstadt, fast ein halbes Jahrhundert später direkt und ohne Umwege zu Claudels katholischer Lyrik vor und bald auch zu Gides subversiven Büchern von 1900 oder 1910 (über den wir erfuhren, dass er früher durch unsere Stadt gekommen war)! Damals standen jene großen Autoren nicht einmal auf dem Lehrplan für die Älteren, die sich auf das Abitur vorbereiteten … Dies alles schicke ich voraus, um deutlich zu machen, wie sehr meine Freundschaft mit Mag mich aus der intellektuellen Beschränktheit herausholte, über die auch die Ältesten von uns nicht hinauskamen. Nach und nach wurde

Mag und mir bewusst, dass wir uns durch unsere reine Bücher-Freundschaft – genau wie Jacques Rivière und Alain-Fournier, die unsere Großeltern hätten sein können – von den anderen abgrenzten. Und vor allem, dass die Literatur nicht nur aus den großen Klassikern bestand (zuvor hatten wir beide gleichzeitig Dostojewski und Tolstoi, Stendhal und Balzac verschlungen), sondern – eine neue Erkenntnis, über die unsere Lehrer selten mit uns sprachen –, dass Literatur immer zuerst lebendig war und in der Gegenwart entstand. Wir begriffen, dass Autoren nicht zwangsläufig tot sein mussten; sondern einfach oft erst lange nach ihrem Tod zu Klassikern werden.

Letztendlich fühlten wir uns mit einiger Verspätung fast wie Zeitgenossinnen jener jungen Männer, die in ihren Briefen ausschließlich über Bücher sprachen. Auch für uns beide wurde das Lesen von »richtigen Büchern«, wie ich sie zu nennen pflegte, zu einer Quelle der Begeisterung und beeinflusste uns nachhaltig.

Ich möchte an dieser Stelle gerne von jener Mag erzählen, die ich mittlerweile aus den Augen verloren habe, die aber trotzdem die erste Freundin meines Lebens geblieben ist – eine Freundin, die mir überlegen war und die mich mit ihrer Begeisterung für Literatur und ihrer Ironie, die viel schärfer war als meine, sowie mit ihrer burschikosen Art aus meiner Einsamkeit und der kleinstädtischen Engstirnigkeit herausholte. Wir lasen. Jede von uns lieh sich zwei oder drei Bücher aus und dann tauschten wir sie untereinander. Unsere Unterhaltungen auf dem Schulhof waren ein wohltuender Ersatz für den körperlichen Überschwang, der mich dazu trieb, auf dem Basketballfeld pausenlos Körbe zu werfen – und so schürten wir gegenseitig unseren Ehrgeiz. Ich kann mich erinnern, dass Mags manchmal beißende Schlagfertigkeit mich anspornte, dass mein von Natur aus naives Wesen (was meine Mutter manchmal beklagte, und ihre Bemerkungen darüber versetzten mir oft einen Stich) dadurch wacher und spöttischer wurde … Es kann sein, dass sie älter war als ich, jedoch höchstens ein Jahr. Vielleicht war es auch einfach so, dass ich ein irrationales Bedürfnis hatte zu lesen, ohne Unterbrechung zu lesen, wobei mir aber das Hintergrundwissen über die »europäische« Welt fehlte, auf die diese Werke Bezug nahmen.

Doch nein, das ist nicht ganz richtig! Es kam mir oft so vor, als sei Mag meine Doppelgängerin, in einem Bereich mein *Alter Ego*, nämlich was das Vorstellungsvermögen anging, das sich allein aufgrund des Tauschens von Büchern erweiterte und aufgrund unserer kurzen Kommentare zu diesen Werken, in denen wir uns nicht immer einig waren, manche beurteilten wir sogar gegensätzlich …

Ich möchte Mag niemals vergessen und deshalb ist es Zeit für mich, sie zu beschreiben, von ihr zu erzählen, weil sie mir in dieser Zeit der intellektuellen Aufregung, die wir miteinander verbrachten, am nächsten war.

Später traf ich sie in Paris wieder. Dann verlor ich sie erneut aus den Augen, dann traf ich sie ein zweites Mal, als ich eine verheiratete Frau war und in der Vorstadt wohnte. Ich lud sie zu mir ein, als wäre sie eine Verwandte, denn ich hoffte, mit ihr ein wenig von unserer Jugend wiederzufinden, die wir zusammen erlebt hatten, beide gleichermaßen von Worten berauscht. Bei diesem Treffen war ich fast dreißig. Was für ein wundersames Aufeinandertreffen in der Pariser Metro, an der Haltestelle Saint-Michel, vor oder kurz nach den Unruhen von 1968 … Sie kam wirklich bis in die Vorstadt, wo ich wohnte. Sie erzählte kurz, wie sie und ihre Eltern – die italienischen Ursprungs waren – ihr Fischerdorf verlassen hatten … Nach 1962 waren sie nach Lyon ausgewandert. Sie schwärmte mir von dieser Stadt vor; sie hatte sich an ihr neues Leben gewöhnt. Von unserem Land sprachen wir kaum.

Trauer oder Groll waren ihr aufgrund des erzwungenen Weggangs ihrer Familie nicht anzumerken – ihr Dorf Castiglione erwähnte sie nur ganz kurz. Ihr Bruder war Jazzmusiker, mehr wusste ich nicht über ihn, und auch nicht über den Rest der Familie. Dass sie weder Verbitterung noch Nostalgie äußerte, geschah, das spürte ich, aus Rücksicht sich selbst gegenüber, und vielleicht auch ein wenig mir gegenüber, die sie ja im Exil antraf, auch wenn meine Eltern noch im Land wohnten und ich jeden Sommer dahin zurückkehrte.

Danach sah ich sie nicht mehr wieder. Dennoch hatte ich das Gefühl gehabt, dass zwischen uns die gleiche Vertrautheit geherrscht hatte wie früher. Für mich war jenes letzte Treffen wie ein Wiederaufleben unserer Jugend während der Epoche der Kolonialzeit gewesen.

Hatte der Algerienkrieg vielleicht trotz allem etwas Unausgesprochenes zwischen uns beiden hinterlassen? Eher eine unsichtbare Grenze, und hätte man darüber sprechen müssen, so hätte es ganze Nächte gedauert, bis wir einander alles erzählt hätten … Wäre unser Dialog weitergegangen? Ich weiß noch, dass sie nach Lyon zurückmusste, dass sie sagte, sie möge Paris nicht, das hatte sie mir früher schon einmal mitgeteilt, als ich dort studierte. Damals konnte unsere Freundschaft während einiger Tage weitergehen, sogar während einiger Nächte, in denen wir zusammen spazieren gingen und uns genauso lebhaft unterhielten wie zu unserer Zeit im Internat.

Nun, nach diesem Treffen im Jahr 1968, bei dem Mag mir auszuweichen schien (was mir jedoch erst im Nachhinein auffiel, als ich darüber nachdachte), verschwand sie wieder und ich vergaß, ich weiß nicht, warum, sie nach ihrer Adresse in Lyon zu fragen.

Sie war, durch die Bücher hindurch, meine erste Freundin gewesen, eine Freundin, wie ich danach keine mehr hatte. Meine Schwester in der Literatur, wenn Literatur zunächst Leidenschaft für Worte bedeutet – zu lesen, zu sprechen und erst später zu schreiben, um uns an ihrem Licht zu laben …

Mit Mag, die so etwas wie meine Verbündete war, entwischte ich, seit ich dreizehn war, immer wieder aus dem Internat, obwohl ich Angst vor meinem strengen Vater und das Gefühl hatte, mich an den unausgesprochenen »Vertrag« zwischen ihm und mir halten zu müssen.

Mein Vater hatte nämlich schon im ersten Jahr eine schriftliche Erlaubnis unterschrieben, laut der ich samstags um vier Uhr allein das Internat verlassen und den halbstündigen Weg zum Bus zurücklegen durfte, der die Dörfer des Sahel durchquerte. Und am Montag darauf kehrte ich in aller Frühe wiederum mit dem Bus zurück ins Collège …

Doch seit meinem zweiten oder dritten Jahr gelang es der schelmischen Mag – die mit ihrem Bruder ein wahres Bündnis der Komplizenschaft geschlossen hatte und die ungefähr zur gleichen Zeit wie ich in ihr Dorf Castiglione zurückkehren musste – immer wieder, mich zu kleinen Eskapaden in der Stadt Blida zu überreden.

»Es ist ganz einfach«, verkündete sie, »ich habe einen guten Plan für uns gemacht: Wir verlassen die Schule um zwei Uhr und dann gehen wir zusammen ins Kino, nicht weit vom Collège! Dort sehen wir uns einen amerikanischen Film an!«, versprach sie mir. »Wenn das Kino vorbei ist, ist es noch vor vier: Dann schlendern wir ins Stadtzentrum, um uns auf der *Place d'Armes* die Leute von nahem anzugucken, und dann«, fügte sie mit einem vielsagenden

Lächeln hinzu, »dann gönnen wir uns einen Besuch in der besten Konditorei!«

Und so traute ich mich oftmals, in ihrer Begleitung kleine Ausflüge zu unternehmen. Ich bekam jede Woche Taschengeld und fing an, es die ganze Woche lang aufzusparen, damit ich draußen nicht auf die Großzügigkeit meiner Freundin angewiesen war. Von diesen heimlichen Ausflügen, die im nächsten Jahr schnell zur Regel wurden, erinnere ich mich vor allem an einen riesigen Kinosaal, das *Empire*, der zur Zeit der Vormittagsvorstellung fast ganz leer war. Dort sah ich meine ersten Western, welche mir vor allem deshalb im Gedächtnis geblieben sind, weil mein Herz zumindest am Anfang so stark klopfte, vor Angst, mein Vater könnte mich dort überraschen oder irgendein Spion meines Vaters! Wenn ich mir diese Augenblicke im Nachhinein wieder ins Gedächtnis rufe, merke ich, dass die verrücktesten Szenen sich nicht auf der Leinwand, sondern in meinem Kopf, in der Phantasie eines »braven Mädchens«, abspielten.

Der zweite Schauplatz meiner Aufregung war die Konditorei. Auch dort musste ich darauf achten, mich vor Mag nicht lächerlich zu machen. Die ersten Male hat sie vermutlich für uns beide bezahlt. Sie bestand darauf, dass ich all meinen geheimen Wünschen nachgeben sollte (ich erinnere mich, dass sie behauptete, reich zu sein, weil ihr Bruder den Sommer über abends in Musikgruppen mitspielte). Schließlich gestand ich ihr, was ich gerne probieren wollte … *Babas au Rhum*! Und warum? Kindisch fügte ich hinzu, dass der Geruch des Rums mich anzog; und so sündigte ich mit zwölf oder dreizehn Jahren gegen die Regeln des Koran! Sie zuckte wahrscheinlich mit den Schultern, vielleicht antwortete sie auch mit einem Gide-Zitat (wir fingen gerade erst an, diese Welt in unseren gemeinsamen Lektüren zu entdecken). Auf jeden Fall bekannte ich mich jeden Samstag vor Mags Augen zu meiner Vorliebe für *Babas au Rhum*.

»Es lebe der Rum!«, rief sie ironisch, nachdem sie mich dazu verleitet hatte, gegen die muslimischen Gebräuche zu verstoßen. Ich sagte mir, dass diese lässliche Sünde überhaupt nicht im Widerspruch zu meiner religiösen Zugehörigkeit stand: Da ich auch nicht so weit ging, fünfmal am Tag zu beten, stellten diese geringen Verfehlungen im Bereich der Ernährung auch nur Lappalien dar ... Das änderte nichts an meiner Loyalität meinem Vater gegenüber.

Im Großen und Ganzen kam es mir weniger darauf an, eine orthodoxe Muslimin zu sein, als die »wahre Tochter meines Vaters« zu bleiben, von dem ich ja wusste, wie streng er war. Dennoch hätte ich mich wegen Mag, meiner Freundin und Komplizin, meiner Schwester in der Literatur, schuldig fühlen müssen ... doch ich sagte mir, dass ich ja nur dem verlockenden Duft des Rums nachgab und dem Blick auf die bewegten Bilder – völlig umsonst bewegt, fand ich – der lauten, amerikanischen Filme. Mehr nicht!

Meine Freundschaft zu Mag? Mir ist bewusst, wie sehr sie mich in der beengten und durch die Teilung der Kolonie geprägten Atmosphäre des Pensionats davon abhielt, mich allzu sehr in mich selbst zurückzuziehen!

5

Farida, die Unnahbare

Nach den großen Sommerferien konnten wir, die muslimischen Internatsschülerinnen, anders als die Europäerinnen, nicht mit Geständnissen aufwarten, die aufkeimende Liebschaften betrafen, geheime Briefe, heimliche, verstohlene Küsse abends am Strand – die Strände waren uns im Übrigen doppelt verboten, einmal, weil sie ohnehin den Europäern vorbehalten waren, egal ob arm oder reich, aber auch, weil unsere Männer, vorausgesetzt, man hätte sie dort geduldet, es als ungehörig empfunden hätten, wenn ihre Töchter, ihre Frauen sich dort im Badeanzug gezeigt hätten.

Selbst im Internat trauten wir uns kaum, sowohl die jüngeren als auch die älteren Mädchen, unser Kopftuch, unseren Schleier, abzulegen, diese ganze Verkleidung, so dass die vorgeschriebene blaue Schulbluse, die für die anderen Schülerinnen eine ungeliebte Uniform darstellte, für uns Musliminnen zum verheißungsvollen Vorzeichen einer späteren Entschleierung unseres heiratsfähigen Körpers wurde.

Für diese Schülerinnen im Kittel – selbst für diejenigen, die manchmal ein ganzes Trimester lang nicht rauskamen (sonntags führte man sie in Zweierreihen in die nahen Felder, damit sie frische Luft schnappen konnten) –, war ihr zurückgezogenes Leben ein so gut wie sicheres Zeichen dafür, dass sie vier oder fünf Jahre später, sobald sie die mittlere Reife oder das Abitur bestanden hatten, nicht von ihrem Vater oder ihrem älteren Bruder mit einem Bewerber »aus der Familie« zwangsverheiratet werden konnten, sondern die Chance bekämen, anschließend an der Universität zu studieren und später einen Beruf auszuüben.

Die Unabhängigkeit, endlich! Kaum wagten sie mit ihren dreizehn oder vierzehn Jahren, sich diese nahe Zukunft vorzustellen, allein der Gedanke daran versetzte sie in einen rauschähnlichen Zustand, als wären sie Weltentdecker.

Doch jetzt waren diese Mädchen zunächst einmal vorübergehend im Pensionat eingesperrt, was für sie jedoch hieß, dass sie weniger streng beaufsichtigt wurden als bei sich zu Hause, wo stets der aufmerksame Blick einer Haremswache auf ihnen geruht hätte. Sicher litten sie darunter, mehrere aufeinanderfolgende Wochen zwischen den Mauern der Schule verbringen zu müssen – doch litten sie wirklich darunter? Sie waren ja zusammen dort, ein wenig wie angehende Nonnen, die ihre Eltern zwei Monate oder länger nicht sehen konnten.

Hin und wieder ließ eine von ihnen, die der von der Familie erteilten Verbote überdrüssig oder darüber wütend war, mit bitterer Ironie eine Bemerkung fallen, die voll schwarzem Humor war:

»Bald sind Weihnachtsferien«, fing eine von ihnen an (ein braunhaariges Mädchen mit glänzenden Augen und zynischem Humor). »Weißt du, was das heißt? Wenn ich nach Orléansville fahre, dann tausche ich dieses Gefängnis, das Gott sei Dank ziemlich weitläufig ist, gegen ein anderes, das viel enger ist. Das war's!«

Und ein anderes Mädchen, das ein bisschen älter war, fügte hinzu:

»Ich bin ja schon froh, dass sie mich in Miliana das Abitur machen lassen!«

Eine Dritte, die schweigend daneben stand, schien optimistisch zu sein. Sie war üppig gebaut und hatte ein durchdringendes Lachen. Sie verbrachte oft die ganze einstündige Mittagspause mit mir, wenn ich auf dem Basketballfeld trainierte.

»Ich habe Glück«, gestand Messaouda (so hieß sie) »ich kann mich auf die Oster- und Weihnachtsferien freuen. Ich habe weder einen Vater noch einen älteren Bruder! Meine Mutter ist Witwe und trägt zwar einen Schleier, arbeitet aber als Krankenschwester … Sie wartet schon ungeduldig darauf, dass ich älter werde, damit ich ihr mit den Kleinen helfen kann!«

Und sie lachte. Wenn ich ihnen so zuhörte, bekam ich leichte Schuldgefühle, denn ich stellte fest, dass ich privilegiert war. Ein oder zweimal erzählte ich meiner Mutter von Messaouda. Sie schlug vor, sie solle mit mir den Bus nehmen, damit wir sie als unseren Gast begrüßen könnten. Doch dazu hätte ihre Mutter eine schriftliche Erlaubnis an die Schule schicken müssen.

»Zu kompliziert!«, behauptete meine Kameradin ausweichend.

Ich ließ nicht locker:

»Wann kommt diese Erlaubnis denn endlich?«

Außer unserer Gruppe von arabischen internen Schülerinnen, die gegenüber den Europäerinnen in der Minderheit waren, gab es noch die zahlreicheren externen und halbinternen Schülerinnen. Das waren ungefähr zwanzig Mädchen, später sollten es noch ein paar mehr werden, vor allem in den unteren Klassen. Da sie Musliminnen waren, die meisten von ihnen Töchter von Kleinbürgern aus der Stadt, bereiteten die täglichen Wege vor und nach der Schule ihnen zwangsläufig einige Probleme, so dass manche von ihnen uns hin und wieder darum beneideten, »nicht raus zu müssen«! Denn die meisten mussten einen Weg nehmen, der sie in einem Bogen um das Stadtzentrum herum führte, in dem sich mehrere Kasernen befanden. (Blida war eine wichtige Garnisonsstadt).

Ich kann mich an ein paar Schülerinnen in meinem Alter erinnern, die erzählten, dass sie sich aufgrund eines besonders strengen Bruders oder eines misstrauischen Vaters damit abfinden mussten, von einer Anstandsperson begleitet zu werden – manchmal war das der jüngere Bruder, der sich wenigstens nicht immer feindselig benahm.

Jeden Morgen betraten einige von diesen »Externen« entspannt oder sogar lachend das Schulgebäude. Sie hatten die Erlaubnis ihrer Väter erhalten, sich zu dritt oder viert zusammenzutun … mit nur einer einzigen Anstandsperson! Manchmal ereignete sich auf ihrem Weg – der sich durch den Umweg um die Kasernen stets verlängerte – ein unbedeutender Zwischenfall, der dafür sorgte, dass sie flüsternd oder von halbersticktem Gelächter geschüttelt zur Tür hereinkamen. Andere dagegen kamen zu uns in den Schulhof und schwiegen. Sie waren zu zweit oder zu dritt gekommen und hatten den ganzen Weg über auf der Hut sein müssen …

Kurz gesagt, Externe zu sein bedeutete damals für eine muslimische Schülerin aus der Stadt, dass sie täglich während ihres ganzen Schulwegs der Gefahr noch so unbedeutender Zwischenfälle ausgesetzt war, so dass sie ständig fürchten musste (nachdem alle die außergewöhnliche Erlaubnis erhalten hatten, weiter bis zur mittleren Reife, ja sogar bis zum Abitur die Schule besuchen zu dürfen), schließlich doch noch ein für alle Mal eingesperrt zu werden! Denn jede noch so harmlose Provokation von irgendjemandem in der Öffentlichkeit hätte noch am selben Tag in der Stadt Anlass zu Gerede gegeben. Und deshalb beneideten einige dieser Externen uns, die Internen, »denn ihr«, so meinten sie, »könnt euch wenigstens in aller Ruhe voll und ganz auf das Lernen konzentrieren!«

Während ich über das Schicksal meiner Mitschülerinnen von damals spreche, fällt mir ein Mädchen wieder ein, das älter war als wir und drei oder vier Klassen über uns und an das ich mich noch sehr gut erinnern kann.

Dieses Mädchen hieß Farida. Es war bereits mein drittes Jahr im Internat – und ich hatte mich schon daran gewöhnt, mir dank Mag jeden Samstag kleinere Freiheiten zu nehmen, ohne dabei ein allzu großes Risiko einzugehen –, als mir eine Schülerin aus der Stadt auffiel, die älter war als wir alle und schon bald Abitur machen würde.

Farida war eine halbinterne Schülerin und traf von Kopf bis Fuß in den traditionellen weißen Schleier gehüllt im Collège ein. Sie war ungefähr siebzehn Jahre alt. Ich sehe sie noch vor mir, wie sie früh morgens den Hof durchquerte, groß und schlank, mit ihrem dunklen Teint und einem geflochtenen Zopf, der bis zu ihren Hüften herabreichte. Sie fiel mir deshalb auf, weil sie so sanfte Augen hatte, vor allem aber, weil sie so still war. Jemand teilte mir mit, sie sei die einzige Tochter eines Offiziers der französischen Armee, vielleicht sogar eines Kommandanten – damals ein außergewöhnlich hoher Dienstgrad für einen Muslimen.

Aufgrund ihres Alters und weil sie bereits kurz vorm Abitur stand, mischte sie sich selten unter uns. Angeblich hatte sie in den Jahren zuvor, in denen ihr Vater einen Posten im Landesinneren gehabt hatte, Fernunterricht per Brief erhalten.

Die Internen aus unserer Gruppe bewunderten sie, obwohl sie anscheinend lieber für sich blieb beziehungsweise die Gesellschaft ihrer Philosophielehrerin bevorzugte, die ihr freundschaftlich zugetan war, eine Dame, die »aus Frankreich gekommen« war, hieß es. Ihr war es vermutlich auch zu verdanken, dass der Vater erlaubt hatte, seine Tochter dieses eine Jahr auf unser Collège zu schicken.

Farida tat uns leid, aufgrund der Einschränkungen, die sie jeden Tag erleiden musste. Sie musste die ganze Stadt unter einem wollenen Schal durchqueren (der nicht einmal aus Satin oder Seide war, wie der meiner Mutter im Dorf). Die Art, wie sie ihr Gesicht verschleierte, war die der Bäuerinnen, das heißt, dass sie nur mit einem Auge hinausspähen konnte – ganz anders als meine Mutter, die über der Nase nur einen leichten Gazeschleier trug –, doch solch ein Schleier, meinte Faridas Vater wahrscheinlich, hätte ihre wunderschönen, leuchtenden Augen mit den langen Wimpern zu sehr zur Geltung gebracht.

Nach dem, was meine Kameradinnen mir erzählten, musste Farida sommers wie winters (»Ja, wirklich!«, bekräftigte Khadidja, die immer voller Bitterkeit über unsere Gebräuche lachte), selbst bei großer Hitze, Wollsocken tragen, um zu verhindern, dass die Männer im Café, von denen man annahm, dass sie ihr auflauerten, errieten, wie schlank ihre Knöchel waren.

»Ist das wahr?«, wunderte ich mich angesichts solcher Strenge und musste an meine Mutter denken, die es, obwohl mein Vater so unnachgiebig war, erreicht hatte, dass sie im Dorf nichts an ihrer städtischen Eleganz verändern musste.

So erwies sich mein Vater, der mir bis dahin immer so streng erschienen war, als liberaler als der von Farida – obwohl der doch bei den Europäern Offizier war.

»Offensichtlich«, bemerkte eine Kameradin, die zu denen gehörte, die nur an Weihnachten und Ostern zu ihren Familien zurückkehrten, »wird sie von ihrem Vater, der ja Offizier ist, nicht nur nach den muslimischen Gesetzen behandelt, sondern obendrein auch noch mit militärischer Strenge!«

»Angeblich«, fügte eine andere schelmisch hinzu (ohne dass wir Farida ihre distanzierte Haltung uns gegenüber übelnahmen, war es doch so, dass wir, wenn wir uns über das ältere Mädchen unterhielten, das Gefühl hatten, noch stärker überwacht und eingesperrt zu sein), »ja«, fuhr die Schwätzerin fort, die so tat, als wäre sie eine gute Freundin von Farida und schon mehrmals bei ihr zu Hause gewesen, »anscheinend kontrolliert er jeden Morgen, bevor sie das Haus verlässt, das Aussehen seiner Tochter! Ja, sogar morgens und abends!«, schmückte sie ihren Bericht weiter aus.

Wie geheimnisvoll erschien sie mir lange Zeit, diese Farida! Ich stellte mir oft vor, wie sie sommers wie winters unter ihrem wollenen Schleier durch die Stadt lief und dabei aussah wie eine maskierte Bäuerin oder eine Sechzigjährige, wegen dieses Schleiers für alte Frauen, der ihre Gestalt viel plumper erscheinen ließ.

Es wurde auch erzählt, dass sie, wenn sie sehr früh am Morgen eintraf, lieber den Weg durch die beiden Empfangsräume nahm, weil die Concierge ihr dort eine Ecke reserviert hatte, wo sie ihr Joch ablegen konnte, den *Haik* einer Bäuerin. Dazu trug sie ziemlich grobe Schuhe und die Wollsocken. Dann nahm sie sich vermutlich Zeit, ihr Haar zu ordnen.

Wahrscheinlich erwartete man bei ihr zu Hause, dass sie auf ihr Äußeres achtete, vielleicht zog sie sogar jeden Tag ein neues Kleid an – es hieß auch, dass ihr Vater, der nur eine Tochter hatte, sie sehr liebte und stolz auf ihre schulischen Leistungen war, dass er jedoch durch und durch ein »Militär« sei, er, der es als Einheimischer zu solch hohem Rang in der französischen Armee geschafft hatte.

Wenn Farida morgens auf dem Schulhof erschien, groß und majestätisch mit dem geheimnisvollen und unnahbaren Ausdruck einer dunklen Madonna in ihrem Gesicht, dann bewunderten wir, ihre kleinen Religionsgenossinnen, sie. Es gelang uns fast nie, mit ihr zu sprechen. Sie gesellte sich lieber zu ihrer Freundin, der Lehrerin, von der wir annahmen, dass sie dazu beigetragen hatte, die Bedenken des Vaters zu besiegen, der, wer weiß, nach ihrem Abitur beschließen könnte, sie zu verheiraten.

Während dieses ganzen Jahres blieb sie für mich so etwas wie eine romantische Erscheinung, als ob der Schatten ihres Vaters, der sie unablässig bewachte, plötzlich zu einer Bedrohung für uns alle geworden wäre oder zumindest zum Schatten einer zukünftigen Bedrohung! In diesem Jahr stellte ich mir manchmal vor, Farida wäre meine ältere Schwester. Jeden Abend musste sie sich im Empfangssaal, geschützt vor den Blicken der anderen, von neuem unter den Schleier begeben, um anschließend unerkannt den Leuten auf der Straße entgegenzutreten … Wie sehr musste sie unter dieser ihr aufgezwungenen Verkleidung leiden!

Ich dagegen konnte, dank Mags Unterstützung, entwischen und mich frei bewegen! Samstags gingen wir jene Straße hinauf, die an den Kasernen entlangführte, ohne dass mein Vater, von dem ich ja wusste, dass er im Dorf geblieben war, auch nur ahnen konnte, was für unerlaubte Ausflüge ich unternahm …

Während ich Farida bemitleidete (mit der ich wohl höchstens ein paar Worte gewechselt habe), hatte ich zugleich das Gefühl, in dieser Stadt jede Woche eine Stunde lang, eine Stunde der Freiheit, die banale Rolle eines »westlichen Mädchens« zu spielen, und das dank Mag, meiner einzigen Freundin, die in meinen Augen zur Welt der »anderen« gehörte. Aufgrund dieser Freundschaft, die mir völlig ausreichte, konnte ich mich der Illusion hingeben, dass mein Vater – im Gegensatz zu Faridas Vater – trotz der Strenge, die er seinen Schülern gegenüber walten ließ, und ungeachtet seines unnachgiebigen Naturells sich niemals wie ein Gefängnisaufseher verhalten würde!

In gewisser Weise war Farida unsere Vorreiterin auf diesem schmalen Weg, der eng an den überlieferten Verboten entlangführte, sie, von der ich annahm, dass sie täglich darunter litt, wenn sie sich im Halbdunkel des leeren Besuchszimmers von dem Stoff befreite und ihre Frisur in Ordnung brachte, damit sie sich dann uns zeigen konnte, ihren jüngeren Gefährtinnen, die sie um ihre Freundschaft zu der Philosophielehrerin beneideten.

Selbst die internen unter den muslimischen Schülerinnen – die, die ihre Familien erst nach einem ganzen Trimester wiedersahen – zogen sicherlich das Eingesperrtsein im Internat dem Schicksal Faridas vor, die es in unseren Augen nicht verdient hatte, als Einzige in dieser Weise ganz früh am Morgen verstohlen durch das Schultor kommen zu müssen, ihr Körper unter diesem bäurischen Schleier vermummt, der sie verschluckte. Anscheinend hatte die Direktorin sich verständnisvoll gezeigt und erlaubt, dass Farida einen besonderen Empfang im Besuchszimmer erhielt. Dort konnte sie einen kleinen Bereich nutzen, den die Concierge diskret für sie bereithielt. Sie faltete und verstaute ihren Schleier, anschließend erschien sie im Hof und mischte sich wie selbstverständlich und mit wiedergewonnener Leichtigkeit, kurz bevor es schellte, unter die anderen Schülerinnen.

Ich hatte oft Faridas Bild vor Augen (ohne zu wissen, dass ich sie zwanzig Jahre später in Europa wiedersehen und dann eine vollkommen befreite Frau vor mir haben würde, letzten Endes sehr viel freier als ich selbst), ja, ich sah sie jeden Morgen ihren *Haik* aus Wolle zusammenfalten und die selbst mitten im Sommer vorgeschriebenen Socken ausziehen! Anschließend kämmte sie sich, öffnete ihr wunderschönes Haar, dann stand sie auf, reckte ihren anmutigen Körper und trat hinaus in den Hof, auf ihrem Gesicht lag ein leichtes Lächeln und sie strahlte so etwas wie gelassene Heiterkeit aus. Für sie war das kein Spiel, für sie war es ein Moment des Aufatmens. Ihre Freude wurde noch größer, als es Zeit war, in den Unterricht zu gehen. Jetzt verstehe ich, jetzt kann ich sie verstehen!

Jeden Tag wartete Farida ungeduldig auf den Moment, wenn sie das intensive, starke Gefühl ihres heimlichen Sieges durchströmte.

Ja, jeden Tag betrat Farida den Klassenraum. Sie würde lernen, zuhören, nachdenken, die anregende Atmosphäre um sich herum spüren. Sie war dort, zusammen mit allen anderen, nun konnte sie die Vorgeschichte vergessen. Der Vater, der im Morgengrauen ihre Kleidung inspizierte, sie beinahe beschnüffelte, das Fallen des Schleiers kontrollierte … und sogar ihren Gang, sobald sie draußen war! Wenn sie durch den Hintereingang des Besuchszimmers wie eine Ausgestoßene allein die Schule betrat und sich im Halbdunkel umzog, dann wirkten sich diese grauen, bedrückenden Augenblicke sogar auf ihre Atmung aus. Doch waren diese wenigen Minuten des Unbehagens überstanden, löste sich alles in Luft auf! Sie betrat die Klasse, als sei es ein Königreich, und nahm neben anderen Mädchen in ihrem Alter Platz. Sie genoss diese anregende Umgebung. Genau wie die anderen würde sie die Fragen hören, sie würde lesen, sich melden, die Zeit verging wie im Flug! Die kommenden Jahre standen ihr zum Studieren zur Verfügung, zum Wissenserwerb, doch auch, um sich draußen frei zu bewegen, und, eines Tages, auch unverschleiert!

Abends kehrte sie zurück. Wieder der Vater, das Haus, das Inspiziert-Werden – und danach? … Sie ging ihren Weg, sie würde eine Zukunft haben, Schritt für Schritt! Sie würde als Siegerin hervorgehen, oder zumindest als lebendige Frau, die sich frei bewegen konnte! Eines Tages würden sich unzählige Möglichkeiten vor ihr auftun …

Nun habe ich mir diese Mitschülerin nach so langer Zeit wieder ins Gedächtnis gerufen, die ich früher gerne zur Schwester oder zur Freundin gehabt hätte … Doch entweder hatte ich nie die Gelegenheit, oder ich traute mich nicht, in den Gruppendiskussionen mit ihr zu sprechen.

Wir, die »Kleinen« von damals, wir waren stolz auf sie. Irgendjemand musste uns wohl erzählt haben, dass sie gekämpft hatte, gegen die Vorschriften ihres Vaters, der sie mit dreizehn oder vierzehn Jahren aus der Schule genommen hatte, und dass sie anschließend passiven Widerstand geleistet, vielleicht sogar (das wurde vermutet, doch es traute sich nie jemand, sie danach zu fragen) vom Mittel des Hungerstreiks Gebrauch gemacht hatte! Ein jüngerer Bruder hatte ihr geholfen, indem er ihr heimlich Bücher brachte. Vielleicht hatte sie aber auch schon zuvor beschlossen, aus Protest über den Fastenmonat hinaus zu hungern, was ihrer Gesundheit schadete, so dass ihr Vater nachgeben musste.

Wie es dann weiterging, erfuhren wir nur am Rande. Nachdem sie lange Fernunterricht gehabt hatte, hatte der Vater-und-Sittenwächter ihr trotz dieser Unterbrechung von mehreren Jahren schließlich erlaubt, wieder in die Schule zu gehen, allerdings nur unter mehreren Bedingungen – eine davon war der Schleier, den sie tragen musste, bis sie das Schultor durchschritten hatte.

Wenn sie sich manchmal auf dem Schulhof zu uns stellte, ohne etwas zu sagen, dann vergaßen wir, dass sie am Morgen als weißverhüllte Gestalt durch das Eingangsportal gekommen war und ihre Wollsocken, die sie trotz der Hitze tragen musste, sie wie ein unbeholfenes Bauernmädchen aussehen ließen. Wahrscheinlich faltete sie sie mechanisch zusammen, um sie dann abends wieder anzuziehen, bevor sie die Schule verließ. Das Gleiche galt für die Art, wie sie sich verschleierte – bei der nur ein Auge freiblieb, das kaum zu sehen war und das nur dazu diente, ihr den Weg zu zeigen, als einäugiges Gespenst … Doch das war alles nicht wichtig, dachte sie wohl bei sich. Alle Verbitterung löste sich auf, denn jetzt war sie hier bei uns, sie war eine von uns!

Diese ganze Gespensterverkleidung schien ein dunkler Tribut zu sein, den sie zahlen musste. Doch ihre gute Stimmung tagsüber, ihre Lebhaftigkeit, ihr Lerneifer, halfen ihr darüber hinweg, im Philosophieunterricht, aber auch in Geschichte, in Chemie. Sie war hier, um alles begierig in sich aufzunehmen, es sich anzueignen, und das würde nicht aufhören, dessen war sie sich sicher. Darüber sprach sie in ihrem letzten Schuljahr mit ihrer Freundin, der Französin, die sie im Unterricht stets mit »Frau Lehrerin« anredete. Außerhalb des Unterrichts durfte sie sie sanft »Annie!« nennen. Es war das erste Mal, dass sie so vertraut mit einer Europäerin sprach, einer *Roumia*, wie ihr Vater sagen würde, der von der europäischen Welt, der Welt, der er diente und gehorchte, nichts kannte – und nichts respektierte –, bis auf seine Vorgesetzten und seine Untergebenen, die verschiedenen Dienstgrade; diejenigen, die mit der Hand an der Stirn und starrem Blick grüßten, in jedem Fall aber ausschließlich Männer – denn er hatte mit Sicherheit nie eine von ihren Frauen angesprochen, höchstens die spanische Putzfrau oder, als er jünger war, die Tochter der französischen Nachbarn (mit klopfendem Herzen und voller Scham, er hatte kaum gewagt, sich still und heimlich in sie zu verlieben!).

An all das dachte Farida abends in ihrem Bett, bevor der Schlaf kam und alles unscharf werden ließ. Sie war glücklich, lernen zu dürfen, sie fühlte sich nicht mehr allein. Sie hatte eine Verbündete gefunden und selbst die Direktorin der Schule, diese alte Dame, lächelte ihr wohlwollend zu und versprach leise, ihr zu helfen. Am Ende des Jahres beglückwünschte sie sie zu ihrem guten Abitur.

Farida … an dieser Stelle verliere ich sie aus den Augen! Sie hat die Schule beendet, sie verlässt das Land, um woanders zu studieren … und landet schließlich in Paris!

6

Im Speisesaal

Ich habe mich deshalb so lange mit jener Farida aufgehalten, die, obwohl sie so wenig Anteil am gemeinsamen Leben der rund zwanzig muslimischen Schülerinnen hatte, doch in gewisser Weise unsere Vorreiterin war – mit ihrer zweiseitigen Entwicklung: Einerseits war sie ein Sinnbild des Eingesperrtseins, andererseits stand sie für die Freiheit, die sie nach hartnäckigem Kampf schließlich errungen hatte –, weil die Erinnerung an sie mir den Zustand des Halb-Eingesperrtseins wieder vor Augen führt, in dem wir im Internat lebten.

So tauchen zum Beispiel einige Szenen aus dem Speisesaal wieder auf. Es sind Szenen, in denen die Aufteilung in zwei Clans besonders deutlich wurde – vor allem, wenn es um das Mittagessen und um Verbote bezüglich unserer Ernährung ging.

Zu jener Zeit und selbst in einem Collège der französischen Republik, die sich als »laizistisch« bezeichnete, gab es ungefähr einmal in der Woche, oft an christlichen Feiertagen, ein besonderes Gericht zu Mittag. Das bedeutete, dass die Gerichte, die an diesen Tagen vorgesehen waren, Schweinefleisch enthielten (z. B. Sauerkraut oder ein anderes Fleischgericht mit Schinken, gekochtem Schweinefleisch usw.).

An diesen Tagen ging, kaum dass wir zum Speisesaal hereingekommen waren, die Meldung durch die Reihen, die

Musliminnen sollten sich an die »Tische für Muslime« begeben, damit sie das islamische Verbot einhalten konnten. Also scharten wir uns um drei oder vier Tische, was mir die Gelegenheit gab, wieder einmal mit meinen Glaubensgenossinnen zusammen zu essen, weil ich mich sonst meistens neben Mag setzte und wir uns während des Essens weiter über unsere Bücher unterhielten.

Ich kann mich nicht erinnern, dass Farida davon betroffen gewesen wäre. Wahrscheinlich nahm sie ihr Mittagessen irgendwo separat zusammen mit ihrer Freundin, der Lehrerin, ein.

Wenn ich mich plötzlich an diesen Raum erinnere, in dem es so laut war und wo das Echo der Stimmen unter den hohen Decken widerhallte – fast wie in einer Bahnhofshalle, wo das Stimmengewirr der Menge auch dann von einem Besitz ergreift, wenn man dem gar keine Beachtung schenkt –, dann liegt das daran, dass dort die koloniale Zweiteilung zwischen den beiden Welten (der europäischen und der muslimischen) besonders deutlich zum Vorschein kam.

Eine Szene ist mir noch lebendig in Erinnerung, in der die Direktorin, die wir schon seit der Sexta heimlich, doch nicht in respektloser Weise, »Zehn-nach-zehn« nannten, die Hauptrolle spielt. Ungeachtet des Spitznamens, den wir ihr ganz unbekümmert aufgrund ihrer Art zu gehen verpasst hatten, gingen wir Musliminnen doch – und vermutlich zu Recht – davon aus, dass sie, von der es hieß, sie sei »Kommunistin«, uns gegenüber grundsätzlich eher wohlwollend eingestellt sei.

Jene Szene nun ereignete sich, als ich in der Quinta oder Quarta war. Ich bin höchstens dreizehn Jahre alt und meine muslimischen Kameradinnen müssen bereits festgestellt haben, dass ich es vorziehe, in den Pausen entweder allein auf einem der beiden Felder Basketball zu spielen oder mich in eines der Bücher zu vertiefen, die ich mit Mag austausche. Das führt dazu, dass ich meinen Religionsgenossinnen im Speisesaal nur begegne, wenn wir uns an unseren besonderen drei oder vier Tischen einfinden müssen, dann nämlich, wenn den Europäerinnen Schweinefleisch serviert wird.

Dieses Mal nun machte sich unter uns Musliminnen wegen des besonderen Essens, das für uns vorgesehen war, eine zunächst vage, dann immer konkretere Unzufriedenheit breit. Von allein hätte ich dem gar keine Beachtung geschenkt, wenn nicht eine meiner Tischnachbarinnen gleich zu Beginn darauf hingewiesen hätte, dass wir Grund zur Beschwerde hätten:

»Eine Scheibe Schinken und eine Portion Sauerkraut, oder Schinken mit Wurst und welcher Beilage auch immer, dazu ist das, was man uns serviert, ja wohl nicht gleichwertig!«

Ich sah die Protestierende an. Mir ging es beim Essen immer nur darum, es möglichst schnell hinter mich zu bringen.

»Was sollten wir denn stattdessen verlangen?«

(»Was für eine banale Unterhaltung!«, dachte ich voller Gleichgültigkeit.)

Die Kameradin besteht darauf. Wir müssen ein anderes Gericht verlangen!

»Wir bekommen immer zwei Spiegeleier mit Kartoffelbrei vorgesetzt. Aber die Französinnen kriegen schließlich Fleisch!«

»Schinken, Sauerkrauteintopf, Würstchen, das ist Fleisch! Wir müssen etwas Gleichwertiges verlangen!«, fügt eine andere hinzu.

Hier und da rund um unsere Tische für »Einheimische« regt sich Protest. Schnell wird eine Parole ausgegeben:

Streik! Das Essen wird nicht angerührt, und wenn alle aufstehen und gehen, bleiben wir einfach sitzen, und dann warten wir mal ab, was passiert!

Nun denn! Ich warte zusammen mit den anderen. An unseren Tischen erhebt sich Gemurmel, und die Unzufriedenheit wächst. Sollten wir uns vielleicht eine Strategie zurechtlegen?

Ich glaube nicht, dass ich damals zu den Anstifterinnen gehörte! Es kommt vor, dass ich mit einem Buch in der Tasche in den Speisesaal komme, und für gewöhnlich stehe ich als Erste auf, den Obstnachtisch in der Hand, weil ich es nicht erwarten kann, entweder wieder mit Mag zusammenzutreffen oder mich allein zurückzuziehen. Außerdem habe ich das Privileg, jede Woche nach Hause zu fahren. Wahrscheinlich gibt meine Mutter mir immer noch zusätzlich irgendwelche Leckereien mit, die ich in meinem Schrank aufbewahre.

Doch jetzt, da der Streik nun einmal beschlossene Sache ist, muss ich wohl oder übel mitmachen!

Ich glaube, es war Messaouda (die sich später als Krankenschwester dem geheimen Widerstand anschloss und dabei umkam), die diesen Streik anzettelte. Sie erinnert uns daran, dass sich bereits mehrere Male jemand bei der Schulverwaltung beschwert habe und dass wir diesmal, nachdem wir den Streik beschlossen haben, darum bitten müssten – sie verbessert sich: dass wir »verlangen« müssten, die Direktorin persönlich zu sprechen!

So sehe ich uns alle vor mir – die zwei oder drei Tische, an denen jeweils zehn muslimische Mädchen sitzen, die alle das Essen zurückweisen und schweigen. Vor den Augen der verwunderten Aufsicht werden die Teller unberührt zurück in die Küche gebracht. War es immer noch Messaouda, die unseren passiven Widerstand organisierte? Unsere Entscheidung ist gefallen: Wir bleiben sitzen und warten auf die Direktorin!

Als ob nichts geschehen wäre, geht das Stimmengewirr um uns herum weiter. In meiner Nähe höre ich, wie die eine oder andere, sicherlich, um sich Mut zu machen, murmelt:

»Warten wir nur, bis die Direktorin selbst kommt, um sich unsere Beschwerden anzuhören!«

»Wir bleiben sitzen, auch wenn die anderen alle aufstehen!«

Eine meiner Kameradinnen fragt:

»Und wenn die Direktorin dann hier ist?«

»Wir brauchen eine Wortführerin!«, schlägt sogleich ein anderes Mädchen vor.

Einige nennen daraufhin meinen Namen.

Ich reagiere erstaunt.

»Ich glaube nicht, dass man die Sache so aufbauschen muss, es geht doch schließlich nur darum, sie darum zu bitten, uns anstelle des Schweinefleisches ebenfalls ein Fleischgericht zu servieren!«

Doch es ist eine Frage des Prinzips.

Die anderen scheinen zu spüren, dass ich zögere. Also erklären sie mir – das sei im Übrigen wohlbekannt, wenn auch nicht mir –, dass die Direktorin mir wegen meiner diversen »Auszeichnungen für besondere Leistungen« in den letzten Jahren wohlgesinnt sei. Ich weiß nicht, wie ich mich aus der Affäre ziehen soll; mir fehlt auch der Mut, ihnen zu sagen, dass es mir womöglich an Überzeugungskraft mangeln könnte … Die anderen könnten das als fehlende Solidarität auslegen. Ich verstumme also und willige resigniert ein.

Also hungern wir stumm, verlangen, »Zehn-nach-zehn« zu sprechen, und ich bereite mich auf meinen Einsatz als Wortführerin vor.

Bei dem, was dann folgte, konnte ich lernen, dass es bei solch einer Aufgabe nicht immer auf die eigene Überzeugung ankommt, sondern, sobald man gezwungen ist, »im Namen der anderen« oder sogar »im Namen aller« das Wort zu ergreifen, man ganz von selbst eine Vehemenz an den Tag legt, die zuallererst den Effekt hat, einen selbst zu überzeugen!

Das Mittagessen im Speisesaal nimmt unverändert seinen gewohnten Verlauf – das übliche Stimmengewirr, das Echo der Stimmen, das von den hohen Decken zurückgeworfen wird, Essen wird serviert und abgeräumt, wobei unsere Teller alle unberührt zurück in die Küche wandern, der Nachtisch kommt – und die ganze Zeit über schweigen wir einmütig.

Jetzt steht Messaouda auf, um die Obstkörbe gleich wieder zurückgehen zu lassen – nun fangen die Aufseherinnen an, um unsere Tische herumzuschleichen, und wir werden immer aufgeregter, natürlich, ohne uns etwas anmerken zu lassen. Wir bleiben stumm!

Messaouda verkündet ziemlich laut:

»Wir wollen die Direktorin sprechen!«

Nach einer Pause fügt sie hinzu:

»Es hat keinen Sinn, die Dame von der Verwaltung zu holen«, dann fügt sie feierlich hinzu: »Wir sprechen nur mit der Frau Direktorin!«

Ich muss dabei an das Buch über die Französische Revolution denken, das meinem Vater gehörte – und das meine einzige Zerstreuung darstellte, damals im Dorf, mit elf Jahren, wenn ich während der Siesta nicht schlafen konnte und es wieder und wieder las …

»Ja«, denke ich, »Messaouda spricht wirklich in dem gleichen Ton wie Mirabeau, als er bei der Einberufung der Generalstände gegen die Aufteilung in drei Stände protestierte!«

Erschreckt entfernt sich die Aufsichtsperson; ich flüstere Messaouda zu, dass sie genau die Richtige wäre, um unsere Forderungen vorzubringen.

»Nein«, gibt sie zurück, »Du sprichst viel ruhiger als ich, dir wird sie zuhören!«

An den benachbarten Tischen wird es ganz still, alle warten gespannt. Die Aufseherinnen wirken ganz verdutzt, zwei von ihnen tuscheln miteinander, sie machen einen ratlosen Eindruck.

»Die Dritte«, flüstert Messaouda, die alles im Blick hat, »ist schon losgegangen, um ›Zehn-nach-zehn‹ zu holen. Die Aufseherinnen trauen sich nicht, den anderen Schülerinnen zu sagen, dass sie aufstehen und den Saal verlassen sollen. Ihr werdet sehen, das ist ein gutes Zeichen. Gleich kreuzt die Direktorin hier auf!«

Ich kann mich noch sehr genau daran erinnern, wie es mit unserer Mini-Revolte weiterging. Ich sehe die Direktorin auf uns zukommen, ihre hagere Gestalt ist wie immer ganz in schwarz gekleidet, aufgrund von privater Trauer, nehme ich an.

Mit eckigen Bewegungen nähert sie sich uns und überzeugt sich zunächst persönlich von unseren Tellern, die wir unberührt zurück in die Küche geschickt haben. Dann durchquert die Frau Direktorin, jetzt in Begleitung der Verwalterin – die angespannt wirkt, vielleicht, weil sie zugeben musste, dass in der Vergangenheit bereits mehrmals Beschwerden von uns eingegangen sind, die sie nicht weitergeleitet hat – den ganzen Speisesaal, in dem es auf einmal sehr still geworden ist. Mit ihrem hölzernen Gang kommt sie an unseren Tisch.

Wir – sowohl die Europäerinnen als auch die Musliminnen – sind natürlich alle aufgestanden.

Während sie zu uns herüberkommt – zu den drei Tischen der »Streikenden« –, gibt sie uns mit einem Zeichen die Erlaubnis, wieder Platz zu nehmen.

Alle Mädchen im Speisesaal setzen sich und warten. »Wie im Theater«, denke ich, aber trotzdem entgeht mir der angespannte Gesichtsausdruck von »Zehn-nach-zehn« nicht.

»Was wollen Sie? Was verlangen Sie, meine Damen?«, will sie sogleich wissen.

Also stehe ich auf und bringe in zwei Sätzen unser Anliegen vor. Ich habe mir vorher nicht überlegt, was ich sagen will. Ich tat mein Bestes, um die Situation zusammenzufassen. Die Dame in Schwarz blickt mich nur an, ich bin mir nicht sicher, ob sie mir überhaupt zuhört. Doch ich muss eine würdige Wortführerin für Messaouda und die anderen sein. Also muss ich so viel Überzeugungskraft wie möglich in meine Rede legen, die Rede eines Mädchens, das noch nie zuvor in der Öffentlichkeit das Wort ergriffen hat.

Sie mustert mich, hört mich schweigend an, diese Dame, der ich mit Achtung gegenübertreten sollte. (Mein Vater hat mir die zutiefst ungerechte Situation erklärt, in der einige Lehrer sich, »selbst bei ihnen«, »zu Pétains Zeiten« befunden hatten!)

Ich vernehme ihre Stimme, sie klingt gleichzeitig erstaunt und bedachtsam:

»Und Ihrer Meinung nach, Mademoiselle«, setzt sie an, und versucht so, aus dieser Meinungsverschiedenheit, die uns alle betrifft, einen Dialog nur zwischen ihr und mir zu machen …

Sie macht eine Pause, dann fährt sie fort und blickt mir dabei direkt in die Augen.

»Nun, was meinen Sie, Mademoiselle …?« (sie fügt den Namen meines Vaters hinzu, entweder bringt sie mir besondere Achtung entgegen oder sie hofft insgeheim auf einen Waffenstillstand zwischen uns beiden).

Ich spüre den leichten Druck, den sie damit auf mich

ausübt. In ihren Augen bin ich die gute Schülerin, nicht die »Wortführerin«. Doch ich gebe nicht nach.

»Ja«, wiederholt sie. (Und sie fügt erneut, mit beinahe sanfter Stimme meinen Namen hinzu). »Was schlagen Sie … der Verwalterin als Ersatzgericht für die anderen, die muslimischen Mädchen, vor?«

Das Ende ihrer Frage klingt heiter und sie dreht sich halb zu der Verwalterin um, die mir einen eisigen Blick zuwirft und sich ansonsten keine Regung anmerken lässt, eine starre, feindselige Gestalt.

Mir fehlen die Worte, auf die Schnelle fallen mir keine Gerichte ein, die ich vorschlagen könnte. Zu der Zeit achtete ich nicht darauf, was ich aß. Ich wollte nur schnell den Hunger beseitigen, um dann mit dem Obst in der Hand aufzustehen und zurück auf den Sportplatz zu rennen oder um mich mit Mag zu treffen und mit ihr zu diskutieren.

Doch ich muss ja etwas entgegnen. Die Kameradinnen an den zwei oder drei Nachbartischen erwarten von mir eine würdige Antwort, eine angemessene oder vielleicht sogar eine gewagte Replik. Vor meinem inneren Auge ziehen alle möglichen Gerichte vorüber, die gewöhnlich an den sogenannten »Feiertagen« serviert werden. Nein, kein Kuchen, kein Schweinefleisch, auch kein Couscous oder Lammbraten, der schmeckt hier nicht gut, ganz anders als bei uns zu Hause, bei unseren Festen, also schnell, was soll ich bloß sagen? … Als wir unsere Strategie besprachen, haben wir diesen Punkt nicht bedacht!

Die Direktorin wartet. Ihre Frage ist berechtigt, sie hat mir damit noch nicht einmal eine Falle gestellt …

Ich darf die anderen nicht enttäuschen, die mich zu ihrer »Wortführerin« bestimmt haben, deshalb befinde ich mich jetzt in der Not, mir schnell etwas einfallen lassen zu müssen. In meinem Kopf wirbeln die Bilder von zwei oder drei »Festessen« durcheinander, die uns im Internat bei besonderen Anlässen serviert werden.

Plötzlich habe ich eine Idee! Meine Stimme klingt fast triumphierend, als ich laut sage:

»Na ja, ich weiß nicht.«

Ich tue kurz so, als würde ich überlegen, bevor ich beinahe fröhlich ausrufe:

»Man könnte uns ja zum Beispiel … *Vol-au-vents* servieren, gefüllte Blätterteigpasteten!«

Dieses Gericht war in der Tat ein ganz besonderes Gericht; »*Vol-au-vents*« gab es nur ein oder zweimal im Jahr und es hatte daher bestimmt den gleichen Stellenwert wie zum Beispiel der traditionelle Weihnachtskuchen »*Bûche de Noël*«.

Die Direktorin – eine ehemalige Verfolgte des Vichy-Regimes – verzieht bei meiner Antwort das Gesicht. Sie wendet sich ab, perplex, kann kaum fassen, was sie da gerade gehört hat, offensichtlich hält sie meinen Vorschlag für völlig übertrieben. Sie stammelt, dann wiederholt sie, fassungslos und enttäuscht über den Hochmut, der aus meinem Vorschlag spricht:

»*Vol-au-vents*!«

Nachdem sie den ersten Augenblick der Überraschung überwunden haben, sind meine Kameradinnen begeistert. Das ist das Gericht, das wir am Seltensten bekommen, mit Fleisch, mit Pilzen, einer heißen Käsekruste, es ist also Hauptgericht und außergewöhnliches Dessert in einem … Sie greifen es auf und rufen, etwas leiser:

»Ja … ja … *Vol-au-vents*! … *Vol-au-vents*!«

Der Name des Gerichts macht jetzt auch an den anderen Tischen die Runde. Anscheinend habe ich mit meiner Forderung der Direktorin gegenüber einen Frevel begangen!

Diese wiederholt das Wort mit leiser Stimme. Dann sieht sie auf einmal unendlich müde aus, vor allem scheint sie enttäuscht von meinem anmaßenden Vorschlag, und sie wendet sich der Verwalterin zu, die mir vernichtende Blicke zuwirft.

Ich bleibe aufrecht stehen, verwundert über die Reaktion von »Zehn-nach-zehn«, die sich, ohne weiter abzuwarten, auf dem Absatz umdreht und geht, wobei sie vor sich hin murmelt »*Vol-au-vents*! *Vol-au-vents*!« und sich nicht wieder beruhigen kann.

Ich muss zugeben, dass dies der einzige Versuch war, meine Phantasie zu kulinarischen Zwecken zu entfalten: Ich kann mich beim besten Willen nicht daran erinnern, ob meine Rolle als »Wortführerin« von Erfolg gekrönt war. Meine Tischgenossinnen und ich bestanden auf einem sogenannten »Festessen«. Zeigten sie sich mit meiner spontanen Antwort zufrieden? Es fällt mir schwer, mich daran zu erinnern, und genauso habe ich vergessen, mit welchem Gericht wir uns schließlich einverstanden erklärten.

Gott sei Dank musste ich danach nicht noch einmal als »Wortführerin« bei Fragen agieren, die meiner Ansicht nach lediglich von symbolischer Bedeutung waren.

Wenn in den darauffolgenden Jahren der bewegliche Fastenmonat Ramadan (der sich nach dem Mondkalender richtet) in die Schulzeit fiel, fasteten wir, die Musliminnen, einfach tagsüber und folgten trotzdem weiterhin dem Unterricht. Abends – wenn es Zeit für das Fastenbrechen war –, wurde uns das Mittagsgericht serviert …

Dafür übernachteten wir während dieses Monats alle im selben Schlafsaal; und wenn es Zeit für *Shor* war, standen wir auf. Mitten in der Nacht gingen wir dann in Nachthemden und Bademänteln durch die langen Flure des Internats hinunter in den Speisesaal – damals waren wir ungefähr zwanzig, in den späteren Jahren ein paar mehr, als noch einige jüngere Schülerinnen neu dazugekommen waren …

Nachdem wir Couscous – dazu Gemüse und einen süßen Nachtisch – gegessen hatten, damit wir während des Unterrichts am Vormittag »durchhielten«, gingen wir hellwach wieder nach oben und vergaßen den Schlafsaal und die Schule und sangen oft bis zum Morgengrauen alte Lieder, und jede erzählte von ihrer Heimatstadt oder von ihrem Dorf oder von ihrer Großmutter …

Das Aufstehen am Morgen, nach ein oder zwei Stunden Schlaf, fiel einem dann immer sehr schwer. Doch dank jener Fastenmonate lernte ich einige meiner Glaubensgenossinnen im Internat besser kennen.

Es gab keinen einzigen Vorfall mehr zwischen der Verwaltung und uns, bei dem es um Ernährungsfragen ging.

7

Die Welt meiner Großmutter mütterlicherseits

Die Mutter meiner Mutter, das war jene stolze Witwe, die lange in ihrem schönen Haus in Caesarea zwischen den Bürgern der Altstadt thronte – meistens spielte sie die Rolle der Ratgeberin für die Damen. Jeder wusste, dass sie es vorgezogen hatte, sich von ihrem letzten Ehemann (meinem Großvater, den ich nie kennengelernt habe) zu trennen und die Verwaltung ihres Vermögens selbst in die Hand zu nehmen. Als ich noch ganz klein war, hörte ich sie im Herbst mit tiefer Stimme und in einer Sprache, die ich nicht verstand, in einem der unteren Zimmer mit einem ihrer Halbpächter diskutieren, der von den Hügeln heruntergekommen war, um sie darüber zu informieren, wie viele getrocknete Feigen, Oliven usw. er geerntet hatte. Sie, die Hausherrin, sprach berberisch mit dem Bauern, der auf dem Kopf einen zum Turban gewickelten bunten Schesch trug (und dem die Dienstmädchen zuvor respektvoll unser Tagesgericht serviert hatten).

Früher fürchteten wir Kinder uns vor der Dame, die wir niemals lächeln sahen, die immer so streng guckte und fast immer Trauerkleidung trug. Für uns war sie einfach »Mammané«. Nichts entging ihren angsteinflößenden, großen, schwarzen Augen, die auf uns gerichtet waren wie der Blick eines Vogels.

Ich habe Kindheitserinnerungen an sie, kurz bevor ich ins Internat kam. Damals kam sie regelmäßig zu uns ins

Dorf, um ihre Rechtsangelegenheiten bei Anwälten in der Nachbarstadt zu erledigen, die sich mit Geschäften befassten und bei denen muslimisches Recht galt.

Als sie einmal einige Tage lang bei uns wohnte und ich, damals noch sehr klein, plötzlich feststellte, dass meine Puppen verschwunden waren, wusste ich sofort, dass sie sich ihrer bemächtigt hatte, um sie in ihren Koffer zu stopfen und dann der Tochter ihres einzigen Sohnes zu bringen, die ihrer Meinung nach die Einzige war, die solches Prinzessinnen-Spielzeug verdient hatte.

Ich ging zu meiner Mutter, um mich bei ihr zu beschweren, doch sie bat mich inständig, nichts zu sagen und ihre Mutter zu verstehen. Sie erinnerte mich daran, dass meine jüngere Cousine unglücklicherweise ihre Mutter verloren hatte und ich deshalb meine Empörung angesichts des offenkundigen Unrechts für mich behalten sollte. Eines Tages, als ich zehn Jahre oder ein bisschen älter war, zog diese schreckliche Großmutter mich bei einem ihrer Besuche plötzlich im Schein einer Lampe an sich und betrachtete meine Augen, sie fing meinen Blick ein, den ich nicht vor ihr niederschlug. Anschließend wandte sie sich an meine Mutter, ihre »Jüngste«, die »m'azouzia«, wie man sagte, die sie früher anscheinend sehr verwöhnt hatte (das Gerücht kursierte in der Familie), und verkündete nach dieser Untersuchung, die ich über mich hatte ergehen lassen müssen, fast widerstrebend:

»Es stimmt, sie hat wirklich große Augen!«

Sie sagte das nicht im üblichen Tonfall eines Kompliments; sie spürte sehr wohl, dass ich mich zusammennehmen musste, um mich nicht gegen sie zu wehren oder sie herauszufordern.

Meine Mutter hinter mir spürte diesen schwelenden Machtkampf zwischen der alten Dame, die schon so lange daran gewöhnt war, Anweisungen zu erteilen, und mir, »sie scheint störrisch zu sein«, dachte sie, oder sogar »auf dieses Mädchen wird man später ein Auge haben müssen«, als ob sie mit ihrem misstrauischen Gespür bereits voraussehen konnte, dass mein Wesen für sie schwer einzuordnen sei.

Letztendlich unterschied sich ihr Misstrauen kaum von dem, das später im Internat die eine oder andere unserer Aufseherinnen an den Tag legte, wenn wir bei den Spektakeln, die wir, die internen Schülerinnen, traditionell zum Ende jeden Trimesters veranstalteten, einen Abschiedstanz erfanden. Dabei war es mir und zwei oder drei anderen Kameradinnen stets besonders wichtig, dass wir unserem Ruf als Anstifterinnen dieses stundenlangen Chaos auch gerecht wurden.

Ich kann mich noch an die fröhliche Energie meiner Beine erinnern, wenn ich im Klassenraum auf den Tischen herumsprang. »Dann tobt euch eben aus, wenn es sein muss!«, beklagten sich die Aufseherinnen, mal verärgert, mal nachsichtig. Resigniert ließen sie uns wild weiterfeiern. Wir sangen und dachten uns Indianertänze aus bis spät in die Nacht, während die meisten anderen Schülerinnen brav zurück nach oben in die Schlafsäle gingen.

Da fällt mir wieder ein, was meine Freundin Messaouda einmal zu mir sagte. Ich kann noch ihre Stimme hören, wie sie am Ende eines solchen fröhlichen Radaus in ironischem oder verbittertem Ton zu mir sagte:

»Wieso müssen die Französinnen sich denn austoben? Ihre Ferien sind doch richtige Ferien!«

Ich lächelte. Vermutlich hatte ich sie früher einmal gefragt:

»Und wir?«

»Wir?«, hatte sie erwidert. »Das Schuljahr über sind wir hier als Interne eingesperrt, und im Sommer sind wir dann wie unserer Mütter ans Haus gefesselt. Für uns ändert sich doch das ganze Jahr über nichts!«

Bei dieser Antwort, die sie dann später noch einmal für mich wiederholte, brach sie unweigerlich in ein kräftiges, fast männlich klingendes Lachen aus.

Schließlich gingen wir wie immer als Letzte zurück nach oben in den Schlafsaal, und ich traute mich nicht, ihr zu sagen, dass der Sommer, den ich in der alten Heimatstadt meiner Eltern verbrachte, für mich die Saison der Feste der Frauen war, geprägt von fröhlichen Zusammenkünften der Städterinnen, bei denen sie es genossen, miteinander darum zu konkurrieren, wer die schönsten Kleider und den schönsten Schmuck hatte, während zu ihren Füßen das Orchester der Musikerinnen saß. Ja, so verging der Sommer, mit Tanzabenden und Gesang, so schillernd wie in den Geschichten von *Tausendundeiner Nacht* …

Ich hätte ihr das Haus meiner Großmutter mit den hochgelegenen Terrassen beschreiben können, die oberhalb der anderen Häuser lagen und von wo aus man auch den antiken Hafen am Horizont sehen konnte. Dorthin zog ich mich im Sommer oft allein zurück, um mir den Sonnenuntergang anzusehen und zu träumen.

Die zahlreichen Hochzeiten, die immer im Sommer stattfanden, haben bei mir sehr gemischte Erinnerungen hinterlassen. Im Kontrast zu den Chorgesängen der Frauen, die wie heitere Fontänen hervorsprudelten, tauchen seltsam düstere Bilder auf. Zum Beispiel das Bild einer entfernten Cousine, die am Tag nach ihrer Hochzeitsnacht weinte und versuchte, ihr Schluchzen zu unterdrücken, und die mir damals, mit meinen zehn oder elf Jahren, so leidtat. Gleichzeitig bedrückte es mich, dass ich nicht genau verstand, worum es ging – mir schien es damals, als ob jede der überschwänglich gefeierten Hochzeiten irgendein dunkles Opfer von der Braut verlangte, die durch all den Schmuck und die Geschmeide in ein lebendes, ideales Bildnis verwandelt wurde, am nächsten Morgen jedoch mit ihrem unglücklichen Gesicht aussah wie eine islamische Iphigenie …

Trotzdem spielten die Musikerinnen am Morgen nach der Hochzeit einen fröhlichen Rhythmus. Und ungeachtet der noch von ihren Tränen geröteten Augen der frisch verheirateten Braut, des Braut-Idols, stimmten die Gäste einen Segensgesang an – alle, bis auf mich, die am liebsten mit dieser trauernden Braut geweint hätte … Meine Mutter flüsterte mir zu:

»Guck nicht so traurig, das gehört sich nicht!«

Und eine andere Dame fügte hinzu:

»Das bringt Unglück!«

Dann flüsterten ein paar junge Mädchen, Freundinnen der Braut, ihr etwas zu, ermahnten sie zur Geduld, und eine von ihnen begann, ebenfalls leise zu weinen.

»Das ist ihre kleine Schwester. Sie weint, weil sie von nun an getrennt sind!«, erklärte mir meine Mutter.

Ich schwieg, angesichts dieser Mischung aus Tränen und Gesängen war mir unwohl und beklommen zumute, dazu der Klang der *Tbel*, deren Rhythmus sich immer mehr beschleunigte, bis eine von den anwesenden Frauen, meist war es eine fröhliche, vielleicht eine etwas vulgäre Frau reiferen Alters, sich vor den Kreis der Musikerinnen stellte und anfing, ihren Körper hemmungslos zur Musik zu schütteln.

Ich versuchte Messaouda meine gemischten Erinnerungen an die Sommerferien in unserer alten Stadt zu beschreiben, nur damit sie sich ein Bild machen konnte von dieser zwar abgeschiedenen, doch zugleich bunten und kontrastreichen Welt der Frauen. Es waren Sommer, in denen eine Hochzeit auf die andere folgte, von einer Terrasse zur nächsten, und in denen die Freudenrufe das halberstickte Schluchzen der einen oder anderen übertönten ...

»Meine Mutter und ich wohnen in einem Dorf!«, seufzte Messaouda. »Abgesehen vom Hammam haben wir nicht viele Möglichkeiten, uns abzulenken, außer, wenn wir uns damit begnügen, durchs Fenster den Europäern zuzuschauen, wenn sie draußen auf dem Platz tanzen!«

»Bei meiner Großmutter«, erwiderte ich »sind unsere Ferien oft fröhlich und abwechslungsreich. Die besser gestellten Damen statten sich bei jeder Gelegenheit, natürlich verschleiert, gegenseitig Besuche ab!«

Warum konnte ich Messaouda nicht erzählen, wie mich das traurige Gesicht der jungen Braut verfolgte? Es half nichts, wenn ich im Dunkel des Schlafsaals versuchte, das Bild aus meinem Gedächtnis zu verjagen, manchmal sah ich ihre Tränen wieder vor mir, die das Gesicht der Jungfrau vom Vortag zuerst anschwellen ließen und dann entstellten (bestimmt war ich an dem lärmenden Hochzeitszug beteiligt gewesen, der sie dem Brauch entsprechend begleitet hatte!). Noch am Tag zuvor hatten Sterne auf ihrer Stirn gefunkelt und Goldstaub in ihrem Haar und auf ihren Lidern geglitzert … Und dennoch sah sie am nächsten Morgen so traurig aus! Ich versuchte zu verstehen, was für eine tückische Niederlage sie wohl erlitten, was für eine Tragödie sie durchlebt hatte, die bewirkten, dass sich ihr strahlendes Aussehen vom Vortag derart verändert hatte …

Auf einmal fand sie keine Worte, um ihre Enttäuschung auszudrücken, da war nur eine Traurigkeit, die ihr die Kehle zuschnürte, es war wie der Kummer einer kleinen Prinzessin, so dass das ganze minutiöse, ausgefeilte Zeremoniell, für das die Damen aller Altersstufen verantwortlich waren, welche sie am Vortag wie eine Prinzessin von Córdoba oder eine sagenhafte, aus den Märchen des Orients entsprungene Braut geschmückt hatten, bei Anbruch des Tages in unserem Beisein sogleich in sich zusammenfiel. Als Reaktion auf diesen Stimmungsabfall gab es weder einen beschützenden Segensspruch noch Seufzer des Mitleids! Der Anblick der seit einem Tag verheirateten jungen Frau, der Jungfrau von gestern, in deren Gesicht sich so deutlich die erlebte Enttäuschung abzeichnete, war herzzerreißend!

Es ereignete sich (jetzt erinnere ich mich genauer) bei den Nachbarn meiner Großmutter. Undeutlich konnte ich im Gesicht der Vermählten die pure Enttäuschung ablesen, der kindische Traum eines jungen Mädchens, der in einer einzigen Nacht gewaltsam zerstört worden war – bestimmt eine nicht wieder gutzumachende Verletzung.

Es kam sogar vor, dass die junge Braut mitten in den Hochzeitsfeierlichkeiten, am Tag nach der Entjungferung, während sie gefeiert wurde, plötzlich in Tränen ausbrach und schluchzte wie ein Kind.

Auch wenn es lange her ist – und obwohl sich diese Hochzeiten in meiner Kindheit ständig wiederholten, mit all ihrer Folklore, die von den älteren Frauen beflissentlich weitergeführt wurde, als ob sie dazu dienen sollte, die fatale Enttäuschung der ersten Nacht zu mildern –, habe ich nie eine entfernte Verwandte von mir vergessen können, die von rassiger Schönheit war. Das am Morgen nach ihrer Hochzeit von stummer Verbitterung gekennzeichnete Gesicht hat sich mir unauslöschlich ins Gedächtnis eingebrannt. Es hat mich damals verstört, ich war kein kleines Mädchen mehr und fing schon an, das geheimnisvolle Flüstern, die halblauten, vertraulichen Mitteilungen und dieses ganze komplizenhaft Getue zu verachten, weil ich es als demütigend empfand.

Doch wonach suchte ich schon damals? Oder vielmehr, wovor floh ich? Es war die desillusionierte Schicksalsergebenheit gewisser Frauen, wohingegen ich mich von Anfang an, aufgrund des stillschweigenden, hell leuchtenden Einvernehmens in der Welt meiner Eltern und der Liebe meines Vaters zu meiner Mutter sicher fühlen konnte. Nichts in meiner näheren Umgebung bereitete mich auf die Niederlage der Frauen vor, die bei den meisten dieser Hochzeiten zum Vorschein kam, die aber durch einen Rest orientalischer Pracht sowie durch das Spektakel der Riten und Trachten abgemildert werden sollte.

Von all dem habe ich nur den Schatz der Klänge im Gedächtnis behalten. Sowohl die zerrissenen Psalmodien, als auch die schmerzlichen Klagegesänge – ein Erbe, das zu gleichen Teilen aus Freude und aus Melancholie bestand und das sich über die Naivität meiner dreizehn Jahre legte und später über meine verträumte Jugend, wo sich außerdem die Heldinnen aus Claudels Theaterstücken und Giraudoux' Romanen tummelten.

8

Jacqueline … im Schlafsaal …

Obwohl seitdem so viel Zeit vergangen ist, versuche ich, mir ins Gedächtnis zu rufen, wie ich mich damals, mit dreizehn Jahren, entwickelt und verändert habe.

Welche Bücher habe ich gelesen? Verschlungen trifft es wohl eher, fiebrig überflogen, als hätte ich einem fernen Aufruf zu gehorchen, ich versteckte geknickte oder eselsohrige Seiten unter der Decke, in meinem Bett im Schlafsaal, las mit einer elektrischen Lampe in der Hand. Schritt für Schritt oder vielmehr Seite für Seite könnte ich nachvollziehen, wie sich das Vorstellungsvermögen dieser Internatsschülerin weitete, meiner Doppelgängerin, seit sie das kleine Mädchen von elf, zwölf Jahren gewesen war, das »brave Töchterchen«, das den Blick des Vaters auf sich ruhen fühlte, der sie vielleicht störte, sie vielleicht auch verkrampfen ließ, jenes Vaters, der oft auch von seinen eigenen Erinnerungen erzählte – er, der auf seine Herkunft als »Sohn eines Armen« ebenso stolz war wie auf die patrizische Abstammung der Familie seiner Frau.

Warum fühlte ich mich, bei dem zögerlichen Eintritt ins Jugendalter, in dem der Mensch so verletzlich, doch sich dieser Verletzlichkeit nicht bewusst ist, so anders, ja, warum hatte ich damals so sehr das Gefühl, anders zu sein, verglichen mit den Französinnen, mit denen ich in der Schule Umgang hatte, vor allem anders als Jacqueline, meiner Bettnachbarin?

Im Herbst, wenn die Schule wieder angefangen hatte, erzählte sie mir jeden Abend, noch ganz erfüllt von der Freiheit, die sie während ihrer Ferien am Meer genossen hatte, unablässig von ihren ersten Liebeleien. Sie sprach von »Flirts«, doch ich traute mich nicht, sie nach den Details dieser oder jener von ihr angedeuteten Szene zu fragen. Sie beschrieb mir eine ganze Welt voll merkwürdiger Sitten, wenn sie mir erzählte, was sich alles vor den Augen ihrer jungen Mutter oder eines wachsamen Bruders abspielte! Im Dunkel des Schlafsaales, in dem ihr Bett an meines grenzte, neigte ich mich zu ihr hinüber und lauschte ihren Erzählungen, und zum Glück konnte man mir mein Erstaunen in der Dunkelheit nicht anmerken.

Jacqueline begann:

»Ein Flirt ... willst du wissen, was das genau ist? ...«

Und dann stöberte sie in ihren Erinnerungen an den Sommer: die Meeresbrise, die Lichter des Musikpavillons, die allmählich schwächer wurden, ihre Mutter, die völlig in eine Unterhaltung mit ihren Freundinnen vertieft war ...

»Also«, murmelte Jacqueline mit aufgeregter Stimme, und dann schweifte sie ab und zog mich, ein junges Mädchen wie sie, in die Schilderung ihrer in rastloser Freiheit verbrachten vergangenen Tage mit hinein. »Du willst also genau wissen, was das ist, ein Flirt? ... Na gut ...«

Mit diesen Worten fing sie an zu beschreiben, ohne wirklich etwas zu beschreiben. Sie wurde ein bisschen aufgeregt, als sie sich alles wieder in Erinnerung rief, ich hörte ihre Stimme nah an meinem Bett flüstern, und sie fing an, von einem Treffen zu erzählen:

»Der Junge ...«

(Ich fragte mich, warum dieses Wort »Junge«, nein, es war bestimmt ein richtiger junger Mann. Ich hatte das Gefühl, als dürfte ich, wollte ich Jacqueline als Freundin behalten, nicht über sie urteilen, da sie ja Französin war – »Die Französinnen, die kennen doch überhaupt keine Scham!«, behaupteten die Frauen bei uns, und dann fingen die selben Tanten an, diese Fremden zu bemitleiden, anstatt ihr eigenes Schicksal zu bedauern!)

Ich lauschte Jacqueline, die nacheinander Bruchstücke ihrer Erinnerung hervorholte.

»Der Junge nimmt deine Hand, und dann wandern seine Hände bis zu deiner Armbeuge hoch! Dann flüstert er dir ins Ohr, und seine Stimme klingt so sanft: ›Gib mir einen Kuss! … Nur einen ganz kleinen Kuss!‹. Und dann, wenn wir allein sind, ja, dann küsst er mich, er zieht mich an sich und …«

»Und?«, fragte ich. Es war weniger Jacquelines Passivität, die mich verwunderte, sondern vielmehr verspürte ich gewisse Vorbehalte gegenüber diesen Sitten, die, so sagte ich mir, niemals die unseren sein konnten!

»Und trotzdem«, meldete sich eine andere Stimme in mir, »bewunderst du Jacqueline wegen ihrer Anmut und ihrer vornehmen Art!«

»Ja, dann hat er mich geküsst … und zwar ziemlich lange!«, seufzte sie sehnsüchtig.

Ich frage nicht weiter nach. Meine Neugier ist verflogen; Jacqueline hat sich mit einer Szene wichtig gemacht, die so unwahrscheinlich wirkt, dass man meinen könnte, sie hätte sich auf einem anderen Planeten ereignet!

Weder meiner Mutter noch meinem Vater werde ich davon erzählen, ihm erst recht nicht! In solchen Fällen fällt bei uns stets sofort das Wort »Ehre«. Außerdem komme ich mir – und wie sicher bin ich mir da! – sowieso unberührbar vor. In meinem Inneren suche ich nach dieser »Ehre«, um mich damit zu wappnen; ich denke das Wort auf Arabisch (vielleicht, um meine Freundin vor mir zu entschuldigen, die diese Sprache nicht spricht und der das Wort auf Französisch hochtrabend erscheinen würde, ein Wort, das lediglich in einem Corneille-Drama seine Berechtigung hätte).

Aber, denke ich und wundere mich über Jacqueline, die sich in der eben beschrieben Szene so gehenließ. Sie scheint auch noch stolz darauf zu sein! Ich dagegen, ich bleibe unerschütterlich und halte beharrlich an unseren Werten fest. Fast tut die Freundin mir sogar leid. Es kommt mir beinahe animalisch vor, seinen Körper derart den Armen eines anderen zu überlassen … Und die Reinheit, mein Fräulein? Und was ist mit dem Versprechen, dass eine Tochter – wenn auch niemals explizit – ihrem Vater gegeben hat? Ein Glück, dass mein Vater niemals dabei sein wird, im Schlafsaal, er kann Jacqueline weder hören noch über sie urteilen!

Und falls mein Vater doch eines Tages käme, um mich überraschend auf dem Schulhof des Internats zu besuchen, dann sähe er mich die ganze einstündige Mittagspause lang in der Nähe des Schulhofs auf dem Sportplatz mit dem Basketball in der Hand laufen und springen. Ich werfe sogar von der Mitte des Spielfelds aus und ich treffe den Korb ein ums andere Mal!

Doch stellen wir uns seinen unsichtbaren Schatten vor, der sich im Internat zwischen Jacquelines und mein Bett schleicht. Dann könnte er selbst die Geständnisse dieses europäischen Mädchens hören; aber dennoch könnte er in meinem Herzen lesen und würde mir sein Vertrauen nicht entziehen. Er weiß, dass ich »loyal« bin, doch wem gegenüber eigentlich? Gegenüber ihm, dem Vater und Bewacher, dem Vater und Richter, dem kompromisslosen Vater? Nein, dem Vater gegenüber, der mir bewusst meine Freiheit gewährt!

Gleichwohl finde ich Gefallen daran, als junges Mädchen im Schlafsaal Jacquelines belanglosen Geständnissen zu lauschen. Ihre Freiheit ist in meinen Augen Kühnheit, ein

Überschreiten der Grenzen ist es ganz bestimmt, vielleicht sogar ein richtiges Abenteuer! Es fehlt nicht viel, und ich mache sie zur Heldin eines westlichen Romans, also »von ihnen«! Und tagsüber folge ich ihr von weitem mit den Blicken, auf dem Schulhof oder im Speisesaal, wo sie mit ihrer Gruppe von Europäerinnen zusammen ist, während ich es vorziehe, allein zu sein und zu lesen oder mich dem kleinen Clan der »Musliminnen« anzuschließen, die auch im Internat stets unter sich bleiben.

Trotz der vorgeschriebenen, marineblauen Schulbluse kann jeder sehen, dass Jacqueline darunter die schönsten Kleider trägt. Sie achtet darauf, ihr vornehmes Aussehen beizubehalten, sie lächelt nicht, strahlt jedoch eine unverstellte Selbstsicherheit aus, ich würde sagen, sie verfügt über ein gesundes weibliches Selbstbewusstsein! Ich bewundere sie ein wenig. Unsere Freundschaft und die Geständnisse im Schlafsaal behalten wir für uns. Ihr muss bewusst sein, dass ich ihr wie von einem anderen Ufer aus lausche. Niemals könnte ich ihre Geheimnisse meinem Vater weitererzählen, noch nicht einmal meiner Mutter. Aber trotzdem habe ich wohl meinen Cousinen aus dem kleinen Dorf in der Nähe unserer Stadt Caesarea gegenüber Andeutungen darüber gemacht, was nach den Worten von Jacqueline ein »Flirt« ist. Obwohl sie in der Abgeschiedenheit ihres Dorfes leben, sind sie kaum überrascht. Anscheinend habe ich ihnen nichts Neues verraten.

Nach allem, was ihnen ihre französische Freundin erzählt hatte – ohne es überhaupt als etwas Verbotenes anzusehen –, die Tochter des Polizisten, eine junge Frau von bereits achtzehn Jahren, die aber nicht von sich selbst, sondern von ihrer Schwester gesprochen hatte, die sehr schön war und ein recht freizügiges Leben in der Hauptstadt führte, nun ja …

Doch ich höre schon nicht mehr zu. Jetzt mischt sich

meine älteste Cousine ein, sie ist auch achtzehn Jahre alt und wird bald heiraten. Sie hat das Glück – welches man in unserer Gesellschaft gar nicht hoch genug einschätzen kann –, ihren zukünftigen Ehemann schon zu kennen, weil er ihr Cousin ist. Sie sagt, sie würde die Französinnen eher beneiden.

Ich höre auf, von Jacqueline zu erzählen. Ich weiß, wenn ich mich dazu hinreißen ließe zu berichten, wie überrascht ich im Schlafsaal angesichts ihrer Geständnisse war, würde ich selbst in den Augen jener Cousine, die voller Ungeduld ihre Hochzeitsnacht erwartet, als »Unschuld vom Lande« dastehen.

Eine andere Nachbarin, die sich nur vorübergehend im Dorf aufhält und die in der Hauptstadt lebt, äußert ein scharfes Urteil.

»Die Französinnen? Die sind doch alle verdorben!«

Sie hat das Adjektiv auf Arabisch gesagt, das Wort kommt mir noch gemeiner vor als das französische Äquivalent, das mir meine gleichaltrige Cousine stattdessen leise zuflüstert! Ich bin betroffen. Jacqueline ist meine Freundin. Ich fühle mich verletzt. Ich schüttele den Kopf. Von jetzt an erzähle ich ihnen gar nichts mehr über das Internat. Aus Loyalität gegenüber Jacqueline werde ich ihre Geständnisse nicht mehr erwähnen. Und vergesse sie deshalb schließlich selbst.

Wie kommt es, dass sich aus dem Clan der »schönen Französinnen« in meiner Erinnerung so lange Zeit später ausgerechnet die Stimme und die Anmut der jungen, einen Hauch eingebildeten Jacqueline herauslösen? Sie kam aus dem gleichen Dorf wie ich, doch sie fuhr nicht wie ich jeden Samstag mit dem Bus zurück.

Ihr Haus – ihr Vater war mit Sicherheit ein »Petit Colon« – stand im Zentrum der Siedlung und war damit eigentlich gar nicht so weit von unserem Gebäude entfernt, in dem die Familien der Lehrer wohnten. Ich war niemals bei ihr zu Besuch, und sie auch nicht bei uns. Wahrscheinlich nahm ich, sobald ich zu Hause war, instinktiv wieder »meinen Rang« ein, den meiner Gemeinschaft, den der »Einheimischen«. Und was »sie« angeht, nun ja, wenn ich mit meiner Mutter (und ebenso mit den Frauen im maurischen Bad) arabisch redete, erwähnten wir sie kaum: »Sie«, das waren … einfach nur »sie«, nichts weiter!

Und so blieb die koloniale Teilung permanent bestehen. Eine Welt, die in zwei Hälften geschnitten worden war, die einander fremd waren, wie eine ungeschälte Orange, die man einfach so, ohne Sinn und Verstand, mit einem Hieb durchschneidet! Die Stücke sollte man danach besser verschmähen. Die auf diese Weise zerschnittene Frucht kann man nur noch wegwerfen, und so geht es immer weiter, bis zum bitteren Ende!

So sehe ich mich also niemals – weder mit zwölf noch mit dreizehn Jahren noch später – die Türschwelle zum Heim einer meiner europäischen Mitschülerinnen übertreten, selbst wenn wir, wie mit der hübschen Jacqueline aus dem Schlafsaal, oft bis spät in die Nacht miteinander flüsterten.

9

Ein Körper in Bewegung

Vor allem auf dem Sportplatz. Dort, nur ich allein, sonst niemand. Ganz allein im Sonnenlicht, mit kurzer Hose oder manchmal auch im Rock, ich springe, ich stoße mich ab. Dort, auf dem Sportplatz durchströmt ein Gefühl von Freiheit wie ein unsichtbarer und unerschöpflicher Wasserfall meinen Körper und meine Seele.

Der Basketballplatz befindet sich innerhalb des Schulgeländes, in einem der zwei oder drei Schulhöfe. Wenn der Unterricht für den Tag zu Ende ist, um sechzehn Uhr also, wenn die externen und die halbinternen Schülerinnen – also all die, die abends zu Fuß oder mit dem Fahrrad zu ihren Familien in der Stadt zurückkehren oder mit dem Auto abgeholt werden – weg sind, dann ist dieser eingefriedete Platz, zu dem nur die Internatsschülerinnen Zutritt haben, ganz leer.

Dieser Hof ist fast vollständig von Mauern umgeben, doch nicht ganz – zumindest auf einer Seite stehen hohe Wohnhäuser an einer schmalen Straße. So oder so stellte dieser Platz in meinen ersten Jahren am Collège für mich einen Freiraum dar, der mir riesig erschien. Denn zwischen sechzehn und siebzehn Uhr stand mir dieser behelfsmäßige Sportplatz zur Verfügung und manchmal war ich dort ganz allein.

Oft holte ich mir nicht einmal meinen Nachmittagsimbiss ab (Brot und eine Frucht oder ein Riegel Schokolade). Es kam vor, dass ich ihn aus Ungeduld verschmähte. Ich zog mir nicht extra eine Sporthose an, es sei denn, ich hatte direkt vor der Pause Gymnastikunterricht gehabt. Ich hatte es eilig, diesen verlassenen Ort zu besetzen. Manchmal war außer mir noch eine Kameradin dort.

In diesen Fällen reservierte ich mir einen Korb und eine Hälfte des Spielfeldes; das andere Mädchen tat dasselbe. Am Schluss warfen wir den Ball im Laufen zwischen uns hin und her, als ob wir beschlossen hätten, uns für irgendein unmittelbar bevorstehendes Spiel warm zu machen.

Meistens gab ich mich meinem Vergnügen allein hin. Mein Ehrgeiz bestand darin (denn ich konnte mich mir in einer Basketballmannschaft nur als Angreiferin vorstellen), bei jedem meiner Würfe, bei denen ich den Ball mit Kraft und Genauigkeit von der Mitte des Spielfelds aus auf den Korb warf, möglichst ohne Fehler zu treffen.

Ich laufe also, ich »dribble«, erst auf einer Seite, dann auf der anderen, ich stelle mir die gegnerische Spielerin vor, wende noch mehr Tricks an, um meine virtuelle Gegnerin zu überlisten. In gebückter Haltung beschreibe ich einen ersten Halbkreis, bewege mich hin und her, komme erst von einer Seite, dann von der anderen, bis ich meinen Körper schließlich mit einem Ruck und der letzten Anstrengung hochschleudere, in den blauen Himmel, die Beine strecken sich, die Hüfte, und die Arme recken sich dem Himmel entgegen, der sich plötzlich zu weiten scheint. Die Kraft der Muskeln, die sich auf diese Weise verzehnfachte, schleuderte den Ball mit der größtmöglichen Wucht, doch nicht immer mit der nötigen Genauigkeit. Entweder trifft der Ball direkt in den Korb, oder aber er verfehlt ihn ganz knapp!

In beiden Fällen mache ich unablässig weiter und zähle sowohl meine Treffer als auch meine Misserfolge. Ich musste also alle Rollen zugleich spielen. Meine Gegnerin, die versucht, mich beim Dribbeln zu stören, mich, wenn nötig, auch anrempelt, doch ich trickse, ich bewege mich rückwärts, komme über eine andere Diagonale zurück, immer in gebückter Haltung, ich beginne einen Zickzackkurs, kann den Ball gerade noch mit der rechten Hand wieder einfangen, oder mit der linken (auch wenn ich keine Linkshänderin bin). Das Wichtigste ist, den Wurf vorzubereiten, manchmal muss man sich dazu in schnellen, kurz aufeinanderfolgenden Halbkreisen vorwärtsbewegen. Außerdem muss es mir gelingen, unerwartet Anlauf zu nehmen – mein Blick misst bereits die Entfernung bis zum Korb! Eine Sekunde lang, wenn sich deine Füße am höchsten Punkt befinden, wenn deine Knie sich, allein durch die Kraft der Arme – die man auf einmal für Flügel eines Engels oder eines Teufels aus einem weit entfernten Wald halten könnte – mit der größten Energie strecken, dann schießen deine Handgelenke und Hände ein oder zwei Sekunden lang wie zum Gebet in den Himmel … Du schleuderst den Ball von dir, als wolltest du ihn in eine andere Welt befördern, und die ganze Zeit über hast du aus dem Augenwinkel heraus, so, wie es gut und klug ist, die gegnerische Verteidigerin beobachtet, die wie ein feindlicher oder brutaler Wall vor dir steht. Denn es muss dir gelingen, am allerhöchsten zu springen, damit sie dich nicht behindern kann, so hoch, dass deine Arme fast bis an den Korb, das Objekt der Begierde heranreichen!

Anschließend muss ich verschnaufen, ich muss erstmal wieder zu einer gleichmäßigen Atmung finden und am Brunnen etwas Wasser trinken, bevor ich weitermache und mein Spiel wieder aufnehme, zuerst langsam, dann immer schneller, doch dann ist die Pause zu Ende. Es klingelt und wir müssen uns alle vor den Klassenräumen einfinden.

Meistens treffe ich als Letzte ein und bin ganz außer Atem; es dauert eine Weile, bis ich meine Erschöpfung überwunden habe. Ich versuche, mir nichts anmerken zu lassen, denn eine der Aufseherinnen hat die Angewohnheit, mir vorzuhalten, ich würde mich zu sehr verausgaben, und die zwei Stunden Stillarbeit würden nicht ausreichen, um alle Hausaufgaben für den nächsten Tag zu erledigen. Doch die andere Aufseherin lächelt mir mit einem beinahe mütterlich vorwurfsvollen Ausdruck zu.

Im Arbeitsraum bin ich schnell mit meinen Aufgaben fertig, oft schon vor Ende der Stillarbeitszeit – zumindest in meiner ersten Zeit im Internat. Dann nehme ich meine Klaviernoten und gehe, um in der Einsamkeit der Aula Tonleitern zu üben. Dort erlebe ich eine andere Art von Begeisterung. Meine Finger müssen geschmeidiger werden, mein Rücken sich aufrichten, ein paar Takte lang zeichnet sich undeutlich der Beginn eines Traumes ab …

Doch leider endet dieser Lernprozess, wie man gesehen hat, vorzeitig, einerseits wegen zu großer Ungeduld und andererseits vermutlich auch aufgrund von nicht ausreichend vorhandener Begabung.

Manchmal ist es ein besonderer Gegenstand, ein Talisman, der eine bestimmte Erinnerung hervorruft. Ein Gegenstand? Nein, hier handelt es sich um einen Stoff, um ein leichtes Kleidungsstück! Ein Kleid, aber nicht irgendein Kleid, ein ausgeschnittenes Kleid mit einer passenden Jacke dazu, die meine nackten Schultern bedeckt!

Nackte Schultern, warum dieses Detail?

Ein Kleid zu tragen, das den Rücken und die Schultern frei lässt – aber nicht draußen ... Wenn du ohne Schleier auf die Straße gehst, ohne ein Tuch über den Haaren, ohne deinen ganzen Körper, bis auf die Augen, zu bedecken, dann bedeutet das für »sie« bereits, dass du nackt bist! Nun, bei diesem Kleid sind wirklich der Rücken und die Schultern entblößt, »ein etwas gewagtes Kleid«, meint die Schneiderin, als ob es das Kleid wäre, das etwas wagt, und nicht diejenige, die es trägt, ohne rot zu werden, ganz ungeniert!

Wie alt bist du zur Zeit dieser ... sagen wir, so weiblichen Erinnerung? Dieses Adjektiv – »nackt« – schwebt vor mir in der Luft (vor meinem Ich, das von durcheinanderwirbelnden Stimmen erfüllt ist), langsam kommt es näher und berührt meinen Körper. Es geht also um meine unbedeckten Schultern, doch zu welchem Anlass und in welchem Alter? Rüttele dein Gedächtnis wach, auf dass es sich schütteln soll! Hast du es vergessen?

Es handelt sich schließlich um deinen Körper, auch wenn

seitdem Jahrzehnte vergangen sind (es ist, als ob jedes weibliche Gedächtnis einen Körper benötigt, um sich daran festzuklammern, einen Körper, der nicht aus Holz ist, sondern aus Fleisch, aus Knochen und Haut! Selbst wenn er dazu bestimmt ist zu altern, im Augenblick noch bewegt er sich, er lebt!).

Jahrzehnte später fühle ich immer noch die Festigkeit des Stoffes (Leinen), die Glätte der Falten (Seide oder Satin). Ich sehe immer noch die Farben dieses Kleides mit passender Jacke vor mir: rote und violette Blumen auf schwarzem Grund. Das Kleid wurde nach deinen präzisen Anweisungen von einer Schneiderin genäht, die von deiner Mutter bezahlt wurde. Sie hat beschlossen, das Geld auszugeben, um dir eine Freude zu machen, du, die sich beschwert, dass deine Mutter dich nicht »wie eine Mutter liebt«, dieses Ende eines französischen Satzes stammt aus einer Unterhaltung mit Mag, in der du deiner Freundin davon erzählt hast, die sich ihre Verwunderung nicht anmerken ließ. So selten kam es vor, dass ihr beide nicht Rousseau und Diderot gegeneinander abgewägt habt, Balzac gegen Stendhal, Claudel gegen wen nochmal … Du fingst an, indem du Giraudoux sagtest, woraufhin sie, Mag, angesichts deines affektierten Geschmacks losprustete. Du erwidertest, dass sie ja gerne Claudel nehmen könnte, aber verstand sie ihn denn überhaupt, ohne praktizierende Katholikin zu sein, und warum nicht Gide, der doch immerhin durch »unsere Stadt« gekommen und sogar bis nach Biskra gereist war? Woraufhin Mag vielsagend schwieg, so als wollte sie sagen: »Gide, na ja, wenn du wirklich wüsstest, wegen wem, warum …«

Da sind sie ja wieder, die ständigen Wortgefechte zwischen Mag und dir! Denn du hattest ihr in diesem Herbst nach den Sommerferien unbedingt von deinem »ersten richtigen Kleid« erzählen wollen, dem Kleid, das deine Mutter dir im vergangenen Sommer geschenkt hatte, womit sie dir auf ihre Weise sagte: »Putz dich ruhig ein bisschen heraus, du hast das Recht dazu!«

Deine Mutter und du, ihr seid zu einem der jüdischen oder arabischen Händler in Blidas alter Geschäftsstraße gegangen und habt euch wertvolle Stoffe angesehen, ihr habt Seide und Taft zwischen den Fingern geprüft.

Bist du von Anfang auf der Suche nach einem etwas … auffälligeren Stoff gewesen? Nein, eigentlich nicht! Mit dem Finger hast du auf einen geschmeidigen, schwarzen Satinstoff mit roten und violetten Blumen darauf gedeutet. Etwas zu auffällig? Als du den überraschten Blick deiner Mutter gesehen hast, hast du gezögert; doch – so erzählst du es Mag – du hast sofort das fertige Kleid vor dir gesehen. Die Schultern komplett nackt und der Rücken nur zur Hälfte bedeckt, und dazu vielleicht ein Jäckchen, für draußen, um »anständig« auszusehen.

»Nicht nur draußen, meine Tochter!«, hat deine Mutter dich sanft ermahnt. »Sogar bei unseren Hochzeitsfeiern unter Frauen werden die meisten geschockt sein!«

»Aber bei euren Hochzeiten zeigen doch alle einen tiefen Ausschnitt!«

Auf deinen Protest hin hat deine Mutter dir erklärt, dass die Damen, sobald sie verheiratet sind, und vor allem, sobald sie Mütter geworden sind und ihre Kinder gestillt haben, ruhig etwas zügelloser auftreten durften. Zumal sie ja alle unter Frauen blieben! Aber dich, mit deinen vierzehn Jahren, dich fänden sie »schamlos«.

Ich hörte nicht weiter zu. Ich weigerte mich, die Logik dieser Matronen nachzuvollziehen, die sich zu Richterinnen über ihre Töchter oder die Töchter ihrer Freundinnen aufschwangen!

Mit unerschütterlicher Miene hörte Mag sich meinen Bericht an.

»Schließlich erklärte meine Mutter sich mit meiner Wahl

einverstanden«, erzählte ich. »Doch natürlich musste ich eine Jacke dazu anziehen, damit meine Arme und meine Schultern draußen bedeckt waren!«

Du bist stolz, dass du schließlich gegen deine Mutter gewonnen hast. Doch Mag macht sich unverhohlen über deine Eitelkeit lustig. Und so antwortet sie – auf dem Schulhof, als wir uns gegenseitig von unseren Sommerferien erzählten.

»Spar dir die Einzelheiten für deine Freundin Jacqueline auf, du hast mir doch gesagt, dass du sie wegen ihrer Schönheit und ihrer Kleider bewunderst!«

Sie zieht mich damit auf, dass ich so »widersprüchlich« sei, wie sie findet. Sie wendet mir den Rücken zu, damit ich merke, wie ungeduldig sie bei meinen Schilderungen wurde, die ihrer Meinung nach von meiner Oberflächlichkeit zeugen. Ich zucke mit den Schultern. Es stimmt doch, ich werde bald vierzehn. Meine Mutter hat mir schließlich diesen schwarzen Stoff mit den bunten Rosen darauf gekauft, warum sollte ich mich dafür schämen? Man kann schließlich nicht für immer im blauen Schulkittel herumlaufen!

Im vergangenen Sommer hatten mehrere Hochzeiten in unserer Stadt Caesarea stattgefunden, und ich hatte mir vorgenommen, auch bei diesen Festen der Frauen zu tanzen. Ich hatte mich nicht getäuscht: Das Kleid war wirklich wie gemacht zum Tanzen!

Jetzt kommt alles zurück, so lange Zeit danach. Zuerst das Auswählen des Stoffes und dann, zurück in der Wohnung im Dorf und nachdem ich einen großen Katalog aufgeschlagen habe, tippe ich mit dem Finger auf ein Modell.

»Hier, das ist genau das Kleid, das ich mir vorgestellt habe!«

»Rücken- und schulterfrei?«

Meine Mutter war ein wenig erschreckt. Plötzlich wird ihr bewusst, wie sehr ich mich verändert habe. Ich bin schon fast eine junge Frau und kein großes Mädchen mehr.

»Ja, dieses Modell! Rücken- und schulterfrei, warum nicht? Bei der Hochzeitsfeier sind doch nur Frauen … Und du siehst ja, es gehört auch eine Jacke dazu!«

»Du musst mir versprechen, versprich mir«, meine Mutter lenkt ein, doch gleichzeitig beschwört sie mich: »Versprich mir, dass du auf der Straße immer die Jacke anbehältst! Dein Vater …«

»Aber mein Vater kommt doch nicht dazu, wenn die Frauen unter sich die Hochzeit meiner Cousine feiern, oder etwa doch?«

Es folgt eine lange Pause, in der meine Mutter nichts sagt und ich immer aufgeregter werde. Sie weiß nicht, dass ich mir neuerdings angewöhnt habe, zu wechselnden Rhythmen zu tanzen, wenn ich allein in einem Raum bin. Und zwar einen von mir erfundenen, improvisierten Tanz, bei dem es mir nicht darum geht, mir selbst zuzusehen oder mich zu bewundern, sondern nur darum, dass ich fühlen möchte, wie der Strom der Klänge durch die Fußsohlen in meinen Körper eindringt und zuerst durch meine Beine und dann immer weiter in mir hochsteigt, langsam sucht mein Körper das Tempo, im Traum sehe ich mein eigenes Bild, wenn ich schlafe und nackt zwischen den Laken ausgestreckt daliege und träume und im Kopf vor mich hin summe. Auf einer Feier, vor zehn Paar, vor hundert Paar Augen von Matronen, von Männern, von Tieren, dort werde ich alles andere vergessen, alles bis auf diese Welle, die in einem langsamen oder lebhaften Rhythmus in mir aufsteigt, bis in die Lenden, den Rücken, die Schultern! Ja, selbst wenn ich in Sommernächten nackt zwischen den Laken liege, ohne Musik, selbst dann übe ich meinen Körper darin, sich zu drehen …

Während ich geträumt habe, hat meine Mutter mich die ganze Zeit schweigend beobachtet. Ich lächle sie an. Ich versichere ihr:

»Versprochen, Mma. Nie wird mein Vater mich mit nackten Schultern in diesem Kleid zu Gesicht bekommen! Er wird nichts sehen!«

»Und draußen auch nicht, richtig?«

»Weder draußen (ich umarme sie) noch auf der Straße!«

Ich sehe plötzlich wieder wie ein schüchternes kleines Mädchen aus und mache einen Schmollmund, und meine Mutter entschuldigt sich für ihre Ängstlichkeit. Endlich willigt sie ein.

Schon am nächsten Tag gehen wir zur Schneiderin. Eine erste Anprobe an einem Donnerstag, dann eine zweite. Endlich war das Kleid fertig. Es war Mitte Juni. Noch zwei Wochen, bis wir wieder nach Caesarea fahren würden. Es sind drei oder vier Hochzeiten in der Verwandtschaft und bei Freunden angekündigt, zwei oder drei Beschneidungen.

»Ich werde nur zu einer von euren Hochzeitsfeiern gehen!«, beschloss ich ein paar Tage später, als meine Mutter die Koffer packte, um im Haus ihrer Mutter mit ihrer Familie zusammenzutreffen.

Damals weiß ich noch nicht, dass dies der letzte Sommer sein wird, den wir dort verbringen.

»Hör mal«, sagt meine Mutter vorwurfsvoll, »werde jetzt nicht eingebildet!«

Sie hat sich damit abgefunden, dass ich jetzt fast eine junge Frau bin. Doch bestimmt hat sie Angst davor, was ihre Freundinnen sagen werden, mir dagegen ist das ganz egal!

»Ich suche mir eine Feier aus, bei der ich das Kleid tragen werde. Aber eure Hochzeiten und Feste, die ohne Unterbrechung drei, manchmal sogar sieben Tage dauern, glaubst du etwa, dass ich das aushalte?«

Ich gebe mich hochnäsig, vielleicht bin ich es auch ein bisschen. Insgeheim weiß ich, dass ich es kaum erwarten kann, mich in diesem Kleid mit freiem Rücken und Schultern zu betrachten, ein Kleid für eine »richtige junge Dame«! Ja, ich habe beschlossen, dass ich mich mindestens einmal, ein einziges Mal in den Kreis der Gäste stellen werde – plötzlich kommt eine Erinnerung aus meiner Kindheit wieder hoch. Ich bin noch ganz klein und befinde mich auf einem der Feste der Frauen, ich kauere zu Füßen meiner schönen Mutter. Damals konnte ich meinen Blick nicht von den verschleierten »Voyeurinnen« abwenden, die an der Schwelle der weit geöffneten Eingangstür standen, das waren Frauen, die nicht eingeladen waren, die aber das Recht hatten (unter dem Deckmantel der Anonymität, da sie nur mit einem Auge hinschauten), die gesamte Feier in Augenschein zu nehmen. Sie betrachteten jede der Damen, die dort in ihren neuen Kleidern und mit all ihrem

Schmuck behängt saßen, die zum Idealbild hergerichtete Braut, all das wurde von diesen anonymen Frauen, die dort verschleiert an der Tür standen, inspiziert. Die Schönheit der Braut, die Aufmachung jeder anwesenden Frau, ob das Orchester der Musikerinnen auch vollzählig war etc. Und schon am nächsten Tag machten ihre Kommentare dazu in allen Häusern der Stadt die Runde.

Auch sie werden mich also sehen, diese Spioninnen. Sie werden ein junges Mädchen sehen, das nicht einmal abwartet, bis es dazu aufgefordert wird (was scheren mich die heuchlerischen Konventionen), sondern das ganz von allein beschließt aufzustehen. In meinem schwarzen Kleid mit den roten und violetten Blumen erhebe ich mich und beginne, zunächst noch etwas steif und zögerlich, einen langsamen, herausfordernden Schreittanz, den ich mir ausdenke, und wenn der harte Rhythmus der Tamburine von meinem Körper Besitz ergreift, habe ich bereits Lust herumzuwirbeln, doch die Beschleunigung lässt auf sich warten, es sind die Musikerinnen, die das Tempo vorgeben. Ich werde vor allen tanzen, wie so oft in meinem Bett und manchmal in meinen Träumen …

Zunächst tanze ich langsam, ähnlich wie ein Pfau, anschließend mit leichten, anmutigen Gesten, wie eine orientalische Tänzerin, und am Schluss mit nervösen Bewegungen, ich wackele mit den Schultern, meine nackten Arme werden zu Lianen, die fast den Boden berühren, doch dann komme ich gleich wieder nach oben und mein schräger Körper schwankt träge hin und her, plötzlich werden nach und nach die unauffälligen Wölbungen der Brüste sichtbar, umgedreht, zum Himmel gekehrt, und diese Schwerkraft, diese Ohnmacht, dieses Entblättern, die Zuckungen dieses sich ein- und wieder aufrollenden Frauenkörpers, der erst noch geboren werden muss, der stillen Jungfrau, der lodernden Flamme, der noch nicht geöffneten Blüte …

Ja, dank dieses schwarzen Kleides mit den roten und ins Violette spielenden Tupfern konnte ich dieses aus reifen Frauen bestehende Publikum eine Minute oder eine ganze Stunde lang vergessen, diese Mütter, die befürchten, dass ihre jugendlichen Töchter zu früh aufblühen könnten, die plötzlich Angst vor dem bösen Blick bekommen, die schon denjenigen fürchten, der der Erste sein wird, der ihre Witterung aufnimmt, der sie umschlingen, ersticken wird, der mit seinem Gewicht diesen sich entwickelnden Körper einer Diana zerdrücken will – das alles ausgelöst durch den schimmernden Blick einer überschwänglichen Jugend, die noch nicht um ihre unabwendbare Veränderung weiß.

Immer noch außer Atem von meinem ersten Tanz vor diesem Publikum der Matronen, geselle ich mich zu dem Grüppchen der jungen Mädchen, die über meine plötzliche und einzigartige Verwandlung in eine orientalische Tänzerin ganz überrascht sind.

»Tanzt du so im Internat?«, will eine entfernte Cousine von mir wissen, die auf mein Leben als Pensionatsschülerin neugierig ist, das sie sich nicht als Eingesperrtsein vorstellt, sondern als eine Welt voller uneingestandener Freiheiten.

»Manchmal«, entgegne ich. »Meistens, bevor die Ferien anfangen. Dann tanzen wir zu dritt oder zu viert auf den Tischen wie wild gewordene Teufelinnen.«

»Das ist dann«, denke ich, »jedoch nicht mit der Anmut zu vergleichen, die diesmal dieser Körper ausdrücken wollte, der so schnell wächst.«

Als im Herbst danach die Schule wieder losging, bemerkte Madame Blasi mit aufrichtigem Erstaunen und in einem zärtlichen Tonfall der Vertrautheit, der ihr vermutlich einfach so herausrutschte:

»In diesen Ferien (sie war die Einzige, die mich bei meinem Vornamen nannte) sind Sie mindestens … zehn Zentimeter gewachsen!«

Von da an fangen die traditionellen Hochzeiten an, mir zu gefallen, aus dem einfachen Grund, weil ich dort tanzen kann. Ich gebe zu, ich warte nicht mehr darauf, dass man mich bittet aufzustehen. Kaum ertönt im Kreis der Eingeladenen – manchmal sind es einfache Dorfhochzeiten, bei denen die Damen auf der Erde sitzen – eine lebendige, rhythmische Musik, fühle ich schon, wie der Rhythmus mich ergreift – eher afrikanisch als arabisch oder »traditionell«, eine Musik, die es den Frauen jeden Alters erlaubt, sich zu wiegen, fast ohne dabei ihren Körper, ihre dicken Hüften zu bewegen, und dabei ihre majestätische Kopfhaltung beizubehalten, den Blick in unbestimmte Ferne auf irgendeine schläfrige Träumerei gerichtet, während ihre Füße regelmäßige, beinahe matte Tanzschritte ausführen.

Doch ich verachte die Apathie, die sie zu beherrschen scheint. Sobald der Rhythmus zu sprudeln beginnt, könnten diese Damen, von denen die meisten ein eingesperrtes Leben führen, erdrückt von ihren Gören, sich endlich einmal austoben, in rasender Freude, eine entfesselte Wut. Aber nein! Es scheint, als würde ein Gesetz des Anstands sie immer noch zurückhalten, selbst wenn sie unter sich sind, geschützt vor den Blicken der Männer.

Ich dagegen, ich tanze nur für mich. Wenn ich von nun an aufstehe – da können die Matronen die jungen Mädchen, die gerade erst in die Pubertät kommen, noch so misstrauisch beäugen – ja, wenn ich aufstehe, dann deshalb, weil der Rhythmus von meinem Körper Besitz ergriffen hat – ich bleibe niemals hocken, wie die meisten anderen. Entweder stehe ich ganz auf oder ich knie mich hin oder ich setze mich auf einen hohen Stuhl, denn dann kann ich mit dem Fuß den Takt schlagen und so den Kontakt zum Tempo halten, denn das Tempo ist das Einzige, was bei diesen Zusammenkünften zählt, bei denen man vor allem das Schlagen der *Tbel* und das Rasen der *Darbuka* vernimmt, dazu der zerrissene Gesang der Sängerin mit ihrer näselnden Stimme, die manchmal piepsig wird, weil sie ihre unheilbare Nostalgie nicht einmal hinter den bittersüßen Texten eines ägyptischen Liebesliedes verbergen kann.

Wenn ich einmal aufgestanden bin, vergesse ich das Publikum der Frauen zu meinen Füßen. Ich tanze schnell, nervös, ich habe das Gefühl, eigentlich unendlich viel Platz zu benötigen … Mir geht es nicht darum, meine Hüften oder meinen Hals zur Geltung zu bringen, nur manchmal meine Schultern, denn der Rhythmus bemächtigt sich meiner zwar zunächst durch meine Fußsohlen, anschließend aber wandert er durch meine Beine, dann durch meine Hüften und schließlich und vor allem durch meine Schultern …

Mehr als alles andere verachte ich ihren Bauchtanz!

Was ich anstrebe, ist der Tanz einer Jägerin oder, wenn möglich, einer Antilope (um vor ihnen und ihrer Passivität davonzulaufen?). Meine Füße bewegen sich im Takt, ich beuge mich vor und schlüpfe zwischen die anderen Tänzerinnen, die fast erhaben wirken. Ich will nicht allein tanzen, vor allen, denn der edle Tanz ist kein Schautanz, er ist Meditation, bis der ganze Körper bebt!

Ich tanze, weil ich dann das Gefühl habe, weit weg zu sein, und um mich vor diesen Damen zu verstecken, sie sollen mich für eine Flamme halten, während meine leichtfüßigen Schritte mich mit geschlossenen Augen in den Schatten führen, immer in die Dunkelheit, immer woanders hin … Ja, nur eine Flamme möchte ich sein! Ich setze mich wieder hin, doch immer noch lässt der Rhythmus meinen Körper erzittern, so stark, dass ich mich in der folgenden Nacht im Halbschlaf in eine Elfe verwandele, die sich jeden Moment in Luft auflöst!

In dieser Phase meiner Jugend kam es manchmal vor, dass ich beschloss, meine Mutter nicht zu begleiten, wenn sie das Dorf verließ, um zu Hochzeiten auf dem Land zu fahren, sondern lieber zu Hause blieb. Denn dann konnte ich allein vor den drei riesigen Spiegeln in ihrem Schlafzimmer tanzen.

Mein fröhlicher Körper, der sich zugleich verflüchtigt, als sei er überall im Dunkel meiner Träume verstreut. Eine unsichtbare Tänzerin, außer für mich selbst, so dass ich auch Jahre später noch, wenn ich plötzlich ohne erkennbaren Grund traurig wurde, wartete, bis meine Mutter die Wohnung verließ, damit ich tanzen konnte (dabei spielte der Rhythmus keine große Rolle, mir war jede Musik recht, sogar westliche). Ich tanzte, um ganz hinten im Spiegel mein Spiegelbild zu sehen und schließlich, wenn ich mich lange genug dem Staccato hingegeben hatte – zuerst noch recht langsam, dann etwas schneller, dann wild und schließlich mit rasender Geschwindigkeit –, dann sah ich am Ende nur noch mein Gesicht, das irgendwann weinte, als ob der Tanz nur ein Vorwand gewesen wäre, als ob der Körper versucht hätte, sich in mehrere Teile aufzuspalten, um den unbekannten Grund allen Kummers aus seinem Inneren zu verscheuchen.

Waren es die Trancen meiner Großmutter – die alt geworden und mittlerweile, dort in Caesarea, fast an ihr Bett gefesselt war –, die mich verfolgten? War es das, was von ihr in mir weiterlebte: Eine Fröhlichkeit, eine Wut, die so lange brauchte, um sich wieder zu legen und schließlich zu erlöschen, bis sie eines Tages dem umherspringenden Körper erlaubte, die Waffen zu strecken? Nicht als eine Niederlage, wie bei der Großmutter, nein, sondern als eine Pause, einen

Traum oder eine Suche, die ihn zu einer Besserung hinführt – ein Erbe, das für mich bestimmt war, für mich, die Enterbte, die aber dennoch diese latente, ungeahnte Energie empfing.

Wenn ich mir einige dieser einsamen Tänze wieder ins Gedächtnis rufe, die mich lehrten, mit meinen ersten Sorgen fertigzuwerden, dann sehe ich mich vor mir, wie ich der zuckenden Erregung meines Körpers mit leisem Weinen ein Ende bereite, manchmal auch schluchzend, und dabei mein Gesicht dem Schrank aus glänzendem Mahagoni im Schlafzimmer meiner Eltern nähere, bis ich es in Nahaufnahme vor mir habe.

Ja, jetzt fällt es mir wieder ein. Als Jugendliche gab ich mich in meinen einsamen Tänzen der Brandung der Rhythmen hin (damals, als mir meine kleinen Geheimnisse so schwerwiegend vorkamen), ich tanzte und tanzte, bis ich glaubte, an der Schnelligkeit zu ersticken, und dann, das Gesicht an den unteren Teil eines der Spiegel gepresst, sah ich mir selbst zu, wie ich weinte, sah mein platt gedrücktes Gesicht, das die Beschichtung dieser Spiegel, die mich als Kind so fasziniert hatten, verzerrt zurückwarf.

10

Die Operette

In dem Jahr sehe ich mich, nach einem Sommer, den ich mit meiner Familie in Miliana verbracht hatte, zunächst mein gewohntes Leben im Dorf wieder aufnehmen, doch trug ich neuerdings ein Geheimnis mit mir herum, das mich belastete. Da ich so vertieft in meine Bücher war und ungeduldig darauf wartete, ins Internat zurückkehren zu können, dachte ich an Mag und überlegte, ob ich ihr von meiner Angst erzählen könnte, von der ich wusste, dass sie kindisch war – die Angst, die ich hatte, wenn ich meine kleine Schwester in einem Wagen durch die Alleen des öffentlichen Parks in Miliana schieben musste (aus gesundheitlichen Gründen sollte sie die klare Luft dieser fast in den Bergen gelegenen Stadt einatmen). Die Sorge, die mich dabei beschäftigte, war die, dass ich versuchte, den Annäherungsversuchen eines jungen, muslimischen Lehrers auszuweichen, der jedoch meinen Vater kannte. Mein Vater hatte seinem jungen Kollegen in meinem Beisein erklärt, weshalb wir hierher gefahren waren, in diese Stadt, wo wir bei Freunden wohnten.

Ich wollte Mag gerne von der Panik erzählen, die mich in diesem öffentlichen Park überkam und die diesen erzwungenen Spaziergang für mich zu einer Qual werden ließ, so unwohl war mir bei dem Gedanken, dass jemand sich in dieser Weise für mich interessierte. Ich sagte mir, dass Mag, auch wenn sie sich über mich lustig machen würde, verstehen würde, dass mein Vater sich, hätte er von den Manövern jenes jungen Lehrers erfahren, unglaublich aufgeregt hätte, dass er getobt hätte …

»Aber inwiefern«, hätte Mag mir mit ihrem spöttischen Lächeln entgegnet, »bedroht dich dieser Unbekannte denn eigentlich? Und um wen hattest du Angst: Um dich oder um deinen Vater?«

Nein, entschied ich, wovon ich Mag erzählen konnte, das war vielmehr mein Beschluss, ein Tagebuch anzufangen, das mir dabei helfen sollte zu verstehen, welche Bücher von all denen, die ich durcheinander las, mir im Gedächtnis blieben, mir etwas beibrachten – doch was eigentlich? Zu leben? Nein … alle oder fast alle Bücher ermöglichten es mir, mir das Leben der »anderen« vorzustellen! Wenn ich wieder im Internat sein würde, würden wir uns darüber unterhalten können. Brauchte ich meine Träume, die von jedem Buch weiter genährt wurden, um die Gegensätzlichkeit der beiden Welten, in denen ich lebte, abzumildern? Das Eingeschlossensein, an das wir in unserem Alltag im Dorf gewöhnt waren, meine Mutter, meine Schwester und ich, und auf der anderen Seite die Wärme des weiblichen Lebens in Caesarea, von dem ich wusste, dass ich so ein Leben nicht würde führen können, später?

»Später, was soll das heißen?«

Ich dachte nicht viel weiter als bis zum Abitur. Anschließend käme mein »Studium an der Universität«, mein Vater hatte bereits bei ein oder zwei Gelegenheiten davon gesprochen. Mein Cousin, der Medizin studierte, erwähnte, wenn er uns besuchte hin und wieder, dass bereits drei oder vier junge Musliminnen Medizin studierten und sich sogar auf die Aufnahmeprüfung zur zweiten Phase des Studiums vorbereiteten, in der die Studenten im Krankenhaus arbeiteten. Als jener Cousin wieder nach Algier aufbrach, verkündete meine Mutter, ihre ältere Schwester müsse darauf verzichten, in Caesarea Ausschau nach einer zukünftigen Schwiegertochter zu halten. Nach den traditionellen Kriterien zählte dabei vielleicht auch ein wenig die Schönheit, aber vor allem versuchten die Matronen während der Hochzeiten im Sommer herauszufinden, ob die jungen Mädchen gut erzogen waren und ob sie ein sanftes Wesen an den Tag legten.

»Nein«, wiederholte meine Mutter und lächelte dabei fast verständnisvoll, »dieser junge Mann ist freundlich und gewissenhaft, doch ich spüre es: Er wird sich seine Verlobte selbst aussuchen wollen!«

Sie fing an, vor sich hin zu träumen … Ihre große Schwester, die für sie eher so etwas wie eine zweite Mutter war – mindestens zwanzig Jahre trennten die beiden –, würde vermutlich enttäuscht darüber sein, denn jede Matrone hielt eisern an ihrem unveräußerlichen Privileg fest, das ihr als Mutter normalerweise zustand: das Recht, ihre zukünftige Schwiegertochter selbst auszuwählen.

»Das Wichtigste ist doch, dass er glücklich ist!«

Ich weiß nicht mehr, ob sie wirklich so weit ging, dies vor uns allen als Argument anzuführen. Wahrscheinlich war es eher so, dass ich versehentlich mit anhörte, wie sie sich bei einem unserer Zusammenkünfte im Haus meiner Großmutter mit ihren Nichten über dieses Thema unterhielt. Zumindest kann ich mich an Gesprächsfetzen erinnern, in denen es um derartige Mutmaßungen über die Ehe ging. Plötzlich machte sich in der flüsternden Welt dieser mehr oder weniger jungen Damen, die alle ein eingesperrtes Leben im Unsichtbaren führten, unsichtbar sowohl für die Welt draußen auf der Straße als auch für die Europäer, Angst breit. Angst, dass ihre Söhne, Neffen oder Enkelsöhne bald Beziehungen zu westlichen Frauen knüpfen könnten, wobei es sich selten um Frauen aus der Kolonie handelte, sondern meistens um »Französinnen aus Frankreich« oder aber um Europäerinnen, die diese Männer auf Reisen in weit entfernten Gegenden kennengelernt hatten, ein Fall, der einem neuerdings recht oft begegnete. Dabei war es nicht meine Mutter, die diese Verallgemeinerungen äußerte, sondern vielmehr die Cousinen, die seufzten.

»Die Begabtesten unter unseren jungen Leuten, diejenigen, die später Ärzte, Rechtsanwälte oder Professoren sein werden, schleppen ihren Müttern die erstbeste Ausländerin ins Haus, die ihnen über den Weg läuft, nur weil sie ihnen gegenüber von den raffiniertesten, vielleicht sogar den zweifelhaftesten Verführungskünsten Gebrauch gemacht hat!«

Meine Mutter nahm es sich heraus, ihren Neffen, der ihr jüngerer Bruder hätte sein können und für den sie so etwas wie eine große Schwester darstellte, zu necken. Vielleicht, meinte sie, würde er, der aus der Hauptstadt zu uns auf Besuch kam und dessen »Gewissenhaftigkeit« mein Vater lobte, ja irgendwann eine emanzipierte Studentin kennenlernen, die »eine von uns« war?

Zugegeben, in diesem Fall wäre es an der Mutter dieses Cousins, enttäuscht zu sein. Aber, »wäre es nicht besser, wenn die jungen Leute von nun an selbst ihre Wahl treffen könnten?«, fuhr sie fort. Dennoch bin ich mir sicher, dass sie das Recht, später selbst eine Zukünftige für sich auszuwählen, anstatt sich von ihrer Mutter, ihrer Tante oder älteren Schwester verheiraten zu lassen, nur den jungen Männern zugestehen wollte. »Damit sie auch die Möglichkeit haben …« (Sie brach den Satz ab, von Skrupeln ergriffen. Schließlich verdankte auch sie es lediglich dem Zufall, dass sie einen Ehemann hatte, der ihr so zugetan war.)

Ich kann mich noch daran erinnern, was meine Mutter zu ihren Nichten sagte. Obwohl sie noch so jung wirkte und obwohl sie damals gerade anfing, sich auf Französisch mit ihren europäischen Nachbarinnen zu unterhalten, traute sie sich hier, unter arabischen Frauen, solche Überlegungen anzustellen, die einem zeigten, wie sehr unsere damalige Gesellschaft versuchte, sich weiterzuentwickeln oder aber, im Gegenteil, neue Mauern zu errichten.

Auf mich, die diese Gespräche zufällig belauschte, wirkte meine Mutter plötzlich wie eine große Schwester. Doch das reichte nicht aus, um ihr im vergangenen Sommer in Miliana von meiner kindischen Furcht vor dem »Ruhestörer«, wie ich ihn nannte, erzählen zu können oder von meiner Verwirrung, als ich wieder im ruhigen Dorf angekommen war und darauf wartete, ins Internat zurückzukehren.

In dem Jahr, das dann beginnt, werde ich fünfzehn Jahre alt. Dieses Jahr ist mir vor allem aufgrund der Feiern zum Schuljahresende im Juni im Gedächtnis geblieben, die durch ein außergewöhnliches Ereignis besonders hervorstachen. Niemand weiß genau, wer hinter diesem Bündnis steckte (oder hinter dieser Verschwörung, hätte ich beinahe gesagt), doch es entstand die Idee, in Koproduktion vom Jungengymnasium und unserem Mädchen-Collège eine Operette einzustudieren, bei der sowohl die Solistenrollen als auch der Chor mit Jugendlichen von unserer Schule und vom Jungengymnasium besetzt werden sollten.

Dieser Plan, den sich, wie ich annehme, die Musiklehrer unserer beiden Schulen ausgedacht hatten, vermochte die Provinzstadt Blida sehr schnell in helle Aufregung zu versetzen, die Stadt, in der im Jahrhundert zuvor der Maler Fromentin gewohnt und die einige Jahrzehnte vor unserer Zeit André Gide durchquert hatte.

Schon seit der Mitte des Jahres wurde uns davon berichtet, wie diese Feier aussehen sollte. So erfuhr ich von der Existenz einer Operette mit dem Titel »*Die Glocken von Corneville*«, die, so versicherte man uns, weltweit großen Erfolg gehabt hatte, seit ihrer Schöpfung im Jahre … 1877! Der Titel machte nach unserer Rückkehr aus den Winterferien ziemlich rasch die Runde. Im letzten Trimester sollten wir,

Mädchen und Jungen, dieses angeblich so bekannte Werk aufführen.

Jeder der beteiligten Lehrer würde Laiensänger auswählen und anschließend das gesamte letzte Trimester lang mit uns proben. Ich wurde ausgewählt, um im Chor der Bäuerinnen mitzusingen.

Gleich am Anfang fiel ich angesichts der lächerlichen Liedertexte aus allen Wolken, angesichts der unglaublichen Naivität – oder scheinbaren Naivität – der Handlung, die mir allzu flach erschien, wenn das Ganze auch zugegebenermaßen vom Schwung der munteren Musik, die voller Energie war, gerettet wurde.

Die meisten von uns waren noch zwei Jahre vom Abitur entfernt und mussten sich deshalb nicht vor bevorstehenden Prüfungen fürchten. Von Beginn der Proben an verwandelte sich meine anfängliche Überraschung in echte Verblüffung. Meine musikalische Bildung war so gering, dass ich mich nie gefragt hatte, worin eigentlich der Unterschied zwischen einer Oper und einer Operette bestand. Ich weiß noch, wie ich mit einem mitleidigen Lächeln auf den Lippen den Duetten der beiden Star-Sänger lauschte. Eine Bäuerin, die ihren Geliebten angurrte – denn so stand es im Libretto –: »Mes dindons … ons … ons!« (»meine Puten …«), woraufhin dieser, ein Schäfer, ihr mit einer warmen, sonoren Bassstimme antwortete: »Mes moutons … ons … ons!« (»meine Schafe …«). Als Chorsängerin fällt mir auf, mit welcher Wichtigkeit und mit welch großem sowohl stimmlichen als auch bühnentechnischen Aufwand ein derart belangloses Thema in Szene gesetzt wird und bin angesichts dieser Unverhältnismäßigkeit sprachlos …

Trotzdem stellen diese Proben, die sich über mehrere Wochen hinziehen, das gewohnte Internatsleben völlig auf den Kopf. Zumal die Wahl des Ortes, sowohl für die wöchentlichen Proben als auch für die Generalprobe, die am letzten Samstag des Schuljahres stattfinden soll, auf den Hinterhof unserer Schule gefallen ist, weil er größer ist als der des Jungengymnasiums, das zwar über einen repräsentativen Hof verfügt, der jedoch zu klein ist.

Ich berichte deshalb von dieser Aufführung am Ende des Schuljahres, weil die Arbeitstreffen an mehreren aufeinanderfolgenden Nachmittagen uns, die muslimischen Internen, richtig in Aufruhr versetzten. In Erwartung dieses Ereignisses wurden einige von uns von einer unguten Aufregung ergriffen.

Nachdem ich mehrere Abende hintereinander im Schlafsaal Jacquelines Erzählungen gelauscht hatte, in denen sie mir von den Sommerbällen in ihrem Dorf am Meer berichtet hatte, wo sich vor den Augen der Eltern, die ihre Kinder aus mehr oder weniger großer Entfernung beobachteten, Flirts abspielten und erste Beziehungen anbahnten, sollten sich nun auch für uns, die muslimischen Schülerinnen und Schüler aus der Stadt, derartige, bisher unvorstellbare Freiheiten auftun – obwohl das Wort »Freiheit« an dieser Stelle sicherlich zu stark ist, sprechen wir lieber von einer unerwarteten Aufhebung der Geschlechtertrennung.

Wir bildeten zwei Gruppen. Auf der einen Seite zehn oder mehr Mädchen zwischen vierzehn und sechzehn Jahren, die sich schüchtern in einem Kreis zusammendrängen, und auf der anderen Seite, nicht weit davon, ebenso viele Jungen, Religionsgenossen gleichen Alters, sowohl interne als auch externe Schüler.

Schon bei den ersten Proben im Hof unserer Schule merkte man, dass ein paar von meinen Kameradinnen sehr aufgeregt waren. Als besonders kühn erwiesen sich dabei die halbinternen Schülerinnen, diejenigen, die jeden Tag in ihre Mäntel eingezwängt in der Schule eintrafen und die immer sehr auf ihre Kleidung achten mussten. Auf einmal wurden sie weder von ihren Eltern überwacht noch von den Blicken der männlichen Spione auf der Straße, die sie trotz ihres Schleiers erkannten. Stattdessen konnten sie sich plötzlich, in Anwesenheit der muslimischen Gymnasiasten, völlig frei bewegen – was für ein Abenteuer!

Von nun an übernahmen jeden Donnerstag und Samstag die Gesangslehrer die Kontrolle über den Hof unserer Schule, in dem die Proben stattfanden. Schon bald hatte ich den Eindruck, dass die Minderheit muslimischer Schüler beiderlei Geschlechtes inmitten der kleinen Menge verloren wirkte, wenn über uns mehrere Stunden lang diese oder jene Melodie schwebte, der Klang einer Geige, die gestimmt wurde, oder ein vom Chor gesungener Refrain, der später von zwei oder drei Solisten noch einmal aufgegriffen wurde.

Normalerweise hätten die wenigen arabischen Jugendlichen beiderlei Geschlechts von einer solchen vorübergehenden Aufhebung der Kontrolle durch die Älteren nicht einmal zu träumen gewagt. Ich will versuchen, das Ganze zu rekonstruieren, während ich damals, sicherlich mit am meisten eingeschüchtert, vor allem damit beschäftigt war zu entdecken, wie wenig das Libretto dieser *Glocken von Corneville* mit der Erhabenheit der Oper zu tun hatte, während es aber dennoch die gleichen Anforderungen an den Stimmumfang der Sänger stellte, an die Phrasierung, die Verzierungen …

Ja, ich war eine wahre Analphabetin in diesen Dingen und lernte nun, was eine Operette wirklich war, auch wenn in den *Glocken von Corneville* lediglich eine banale, ländliche Geschichte erzählt wurde! Aus Schüchternheit oder schlichtem Herdentrieb hielt ich mich die ganze Zeit über an meine Religionsgenossinnen und vergaß darüber fast, dass ich, da ich ja Teil des Chores war, auch hätte weggehen können, um die Gegenwart der muslimischen Gymnasiasten zu meiden, von denen einige die plötzliche Nähe zu uns Mädchen sicherlich verwirrte, nachdem wir ihnen bisher immer unerreichbar erschienen waren.

An dieser Stelle unterbreche ich meinen ebenso harmlos wie altmodisch eingefärbten Bericht, um eine Figur einzuführen – ja, warum nicht, nehmen wir an, es handele sich um eine fiktive Figur … Ja, richten wir den Scheinwerfer auf ein anderes Mädchen in meinem Alter, vielleicht auch ein Jahr älter als ich, eine Mitschülerin, die zu den Halbinternen gehört. Ich denke mir einen Vornamen für sie aus – sagen wir, einen Namen, der an einen orientalischen Vamp denken lässt, zum Beispiel Mounira (was »die Verlangende« bedeutet). Mounira, der schwarze Schatten, wird für mich zu einer falschen Freundin … sie wird, jedoch erst später, zu meiner Rivalin.

Ich frage mich: Ist nicht jede Gemeinschaft von Frauen, die zur Gefangenschaft verurteilt sind, zunächst aus sich selbst heraus verdammt, weil jeder Konflikt durch die Rivalität zwischen ähnlichen Gefangenen zusätzlich verschärft wird? … Oder ist das der Punkt, an dem jener Traum zu bröckeln beginnt: Die Liebe des Vaters, die einen in den beneidenswerten Status einer »Tochter ihres Vaters« erhebt, den einer »geliebten Tochter«, so wie in unserer islamischen Kultur der Prophet, welcher nur Töchter hatte (vier an der Zahl und jede davon außergewöhnlich; die Jüngste, die Einzige, die ihn überlebte, starb vor lauter Kummer darüber, dass man sie enteignet und ihr das gesamte väterliche Erbe genommen hatte. Fast ist mir, als könnte ich sie mit leiser Stimme seufzen hören: »Ach! Nirgendwo im Hause meines Vaters!«).

Was für eine undurchsichtige Rolle will diese Mounira also in diesem Vorzimmer zu meinem Leben spielen und warum will sie gerade mir, der Einzelgängerin, näherkommen, und zwar wirklich viel zu nah?

Da ist sie, während einer Probe, umringt von einer Gruppe Schülerinnen, die einigen Gymnasiasten unserer Religionsgemeinschaft gegenüberstehen ... Ich kann mich gut an diesen Schulhof erinnern, über den sich langsam ein langer Sommerabend neigt. Dieser Sommertag war mir unendlich lang erschienen. Eine heimliche Erregung drängte uns dazu, uns von weitem gegenseitig zu beobachten; nachdem der Zufall es uns, den Jugendlichen beiderlei Geschlechts, ermöglichte, anlässlich der Vorbereitungen des Musikfestes einander zu entdecken. Es ist, als würde ein leichter Wind scheinbarer Freiheit wehen und die Atmosphäre bestimmen, die über diesen *Glocken von Corneville* liegt, die so wenig mit unserer Welt gemeinsam haben.

Ich sehe Mounira, sie macht sich wichtig. Sie geht von einer Gruppe zur anderen, benimmt sich wie eine Vermittlerin zwischen denjenigen, die sich noch nicht trauen, miteinander Kontakt aufzunehmen oder sich auch nur anzusehen, um so die jahrhundertealte Trennung zwischen den Geschlechtern zu überwinden, die selbst bei uns weiterbesteht, obwohl wir alle zukünftige Absolventen des französischen Bildungssystems sind.

Wie soll ich Mouniras Rolle definieren? Vor allem ist sie mutig und absolut nicht schüchtern. Ich bin eine von zwei oder drei muslimischen Internen, die in den Chor aufgenommen worden sind. Mounira weicht uns nicht mehr von der Seite, sie scheint von einer geheimnisvollen Energie angetrieben zu werden, als ob sie einen bestimmten Plan im Kopf hätte, den sie umsetzen will. Zunächst fällt mir nur auf, dass sie die ganze Zeit hin- und herläuft, dass sie nicht mehr stillsteht. Erst nähert sie sich den Jungen, dann kommt sie zurück zu uns, zu mir …

Langsam begreife ich, dass sie eine Intrige spinnt, hier, in dieser Umgebung, in der ein Lied nach dem anderen wiederholt und einstudiert wird, während die jungen Araber ratlos um sich blicken, unsicher, ob sie Statisten sind oder einfach nur Voyeure. Mounira plant, im Schatten der seichten Handlung der Operette – die im Bühnenlicht gesungen wird – eine zweite, ihre eigene »Geschichte«, die sich jedoch im Schatten abspielt …

»Eine kleine, banale Intrige ohne Bedeutung!«, dachte ich, nicht ohne Überheblichkeit.

Mouniras Verhalten, die ständig zwischen den Gruppen hin und her läuft, die sich nicht trauen, sich einander zu nähern oder miteinander zu sprechen, während sie darauf warten, auf der Bühne vor allen zu singen, deutet in der Tat darauf hin, dass sie die Rolle einer Intrigantin spielen wird, doch was hat sie für einen Plan?

Mouniras Selbstbewusstsein rührte daher, dass sie laut einem zu der Zeit recht verbreiteten Werturteil als »schön« galt. Auch wenn sie klein und eher rundlich war, konnte man über sie sagen, dass sie über ein »außergewöhnliches« Äußeres verfügte, und zwar aus dem schlichten Grund, da sie als Einzige von fünf oder sechs Schwestern fast so helle Haut hatte wie sonst nur blonde Menschen und dazu kastanienbraunes Haar. Während der Kolonialzeit war es in der Tat so, dass jede Einheimische, ob rothaarig oder blond, die auf den ersten Blick als Europäerin durchgehen konnte, innerhalb ihrer Gruppe aufgrund dieser besonderen Merkmale bevorzugt behandelt wurde, weil sie dem latent vorhandenen Wunsch der kolonisierten Gruppe entsprach, wenigstens dem Aussehen nach dem herrschenden Clan anzugehören.

(Unsere alten Damen, die sich manchmal auch als Heiratsvermittlerinnen betätigten, hatten hingegen einen sichereren Geschmack. Wenn sie die Schönheit einer heiratsfähigen Frau beurteilen sollten, sagten sie, wenn sie ein Lob aussprechen wollten: »Sie hat *Sirr*«, was bedeutete, dass das junge Ding im Gesicht oder aufgrund seiner Anmut über einen »versteckten« Reiz verfügte, der ihr auch im Alter erhalten bleiben würde.)

In den Augen ihres Vaters war Mounira also die Schönste von seinen Töchtern, weil sie die einzige mit heller Haut war. Genau wie Farida traf sie immer von Kopf bis Fuß in ihren weißen Schleier gehüllt in der Schule ein, doch in ihrem Fall war nicht die Rede von solch exzessiver Strenge, wie der Vater von Farida sie an den Tag legte.

Schon zu Beginn der Proben unterschied Mouniras Aufregung sich deutlich von der Unsicherheit vieler anderer. Sah sie sich auch, wie früher Farida, als Opfer der zwanghaften Strenge ihres Vaters? Wahrscheinlich hatte er ihr nicht erlaubt, an der Prüfung teilzunehmen, die darüber bestimmt hatte, wer in den Chor aufgenommen wurde. Trotzdem war sie da: Sie war Zeugin und sie machte sich bereit, aber wozu?

»Ich gucke zu«, hatte sie verkündet, »und helfe euch!«

Niemand wusste, wobei. Ich dachte, sie sei nur neugierig, mehr nicht. Vielleicht würde sie ja als eine Art *Vox populi* fungieren, die ihrer Mutter und deren, ich nehme an bürgerlichen Freundinnen, Bericht über den Fortgang der Probenarbeit erstatten würde, weil diese Frauen der Aufführung selbst nicht beiwohnen könnten?

Die Proben waren bereits seit zwei oder drei Wochen im Gange, als Mounira entschlossen durch das Tor in den Hof trat und sich schnell in der diffusen Fröhlichkeit wohl fühlte, die uns umgab, Mädchen und Jungen, alle noch überwältigt von den Versuchungen, die sich durch die plötzliche Aufhebung der Geschlechtertrennung vor uns auftaten.

In meiner Erinnerung löst sich ein bestimmter Nachmittag heraus. Ich sehe Mounira geschäftig umherflattern, erst kommt sie zu mir und wendet sich dann einer anderen Gruppe zu; die arabischen Schülerinnen und Schüler stehen sich mit geringem Abstand unbeweglich gegenüber, fast wie angewurzelt. Nur Mounira behauptet, alle zu kennen, und das stimmt auch irgendwie. Denn da sie aus der Stadt kommt, stehen ihre Eltern mit einigen der Familien der Gymnasiasten in Kontakt. Sie spricht mit der einen Gruppe, kommt wieder zu uns Mädchen zurück, dann geht sie zu den anderen – den Europäerinnen; sie macht der Star-Sängerin ein Kompliment –; kurz: Sie ist in ihrem Element. Es fehlt nicht viel und man könnte meinen, sie gehöre zu denjenigen, die die musikalische Leitung innehaben.

Bei den Proben gibt es viele Pausen, die mitunter recht lang sind. Mounira fühlt sich sichtlich wohl und nimmt ihre Rolle als Zeugin, Ratgeberin oder für manche auch als Vertraute sehr ernst. Ich bin eher scheu und halte mich abseits und beobachte sie manchmal. Plötzlich kommt sie auf mich zu und sagt: »Siehst du da bei den Sängern die Gruppe von Jungen, genau vor uns?«

Ich meine mich zu erinnern, dass wir mit den Chören immer für jede Stimme Einzelproben hatten.

»Ja«, sagte ich, »und, was ist mit denen?«

Sie lächelt, und ihre Augen funkeln.

Ich bin mittlerweile überzeugt, dass sie entschlossen ist, im Schatten der Geschichte, die wir auf der Bühne darstellen, selbst eine zweite Intrige zu spinnen, um die Liebesgeschichte zwischen der Gänsehirtin und dem dicken Sänger, der seine Schafe bewacht, auf ihre Weise zu würdigen!

Aber was, frage ich mich, haben wir, Jugendliche »zweiter Klasse«, eigentlich hier zu suchen, inmitten von Kindern französischer Bürger und in dieser unglaubwürdigen Geschichte über Bauern, dargestellt von ungefähr zehn Mädchen und ebenso vielen Jungen, von denen ein Teil diskriminierte Einheimische sind, so dass hier, ausnahmsweise und mit einer Operette als Vorwand, die koloniale Frage scheinbar an Bedeutung verliert?

Im Stillen nannte ich Mounira, die so vorwitzig, ja dreist zwischen uns hin und her lief, die »Verlangende«.

Ich bemerke auch:

»Angenommen, Mounira ist die Einzige, die sich bewusst ist, was diese geplante Aufführung für eine außergewöhnliche Unterbrechung darstellt, eine Atempause, die sich auf der Bühne ereignen wird – welche dadurch plötzlich zu einem neuen, neutralen Ort wird, der nur der Musik gehört und an dem die Geschlechtertrennung auf einmal aufgehoben ist, die zwischen den muslimischen Jugendlichen herrscht. Doch ist eine solche Veränderung überhaupt möglich in dieser Stadt voller Kasernen? Würden sich nicht als indirekte Folge gewisse latente Wünsche bei beiden Gruppen regen? Wird Mounira nicht ihrerseits zur Autorin einer anderen »Geschichte« – einer Geschichte, die, nachdem diese Jungen und Mädchen fast irrtümlich in diese Operette hineingestolpert sind, eine Gattung, die unseren Geboten so fremd ist, unseren musikalischen Darbietungsformen, unserer Folklore, unseren jahrhundertalten Gesängen, sie mit uns allen zusammenbringt, wir, beiderlei Geschlechts, die wir versuchen, uns zu befreien, doch über den Umweg über diese zweitklassige Musik, die aus ihrem »Mutterland« stammt, wie sie sagen?«

Nun, ausgerechnet jetzt kommt »unsere« Mounira, die die ganze Zeit so geschäftig tut, zu mir. Ich spüre undeutlich, dass sie genau überlegt, wie sie vorgehen soll – wie beim Schach oder wie bei einer Pferdewette? Ich frage mich: aus Neugier? Nein. Aus Langeweile oder zum Zeitvertreib? Ich beschließe, zunächst einmal ihr Spiel mitzuspielen … Mounira, die »Verlangende«, doch wonach genau verlangt es sie?

Ich lächle sie an. Ich warte. Sie kommt zu mir herüber und sagt mit lieblicher Stimme:

»Wusstest du, dass einige von den muslimischen Gymnasiasten, mit denen ich gerade gesprochen habe«, sie versucht, ihre Stimme vertraulich klingen zu lassen, »Externe sind wie ich: Ich kenne ihre Familien … Es sind alles angesehne Familien!«

»Und?«

Es fängt an, mir Spaß zu machen. Was führt sie im Schilde? Normalerweise wäre ich nicht auf sie eingegangen …

Die Probe ist zu Ende, zumindest für die Chöre. Allmählich zerstreuen sich die Gruppen. Plötzlich setzt sie ein gewinnendes Lächeln auf und fügt hinzu:

»Siehst du da das Grüppchen von Jungs, die alle ›zu uns‹ gehören?«, flüstert sie, als ob es sich um eine politische Zugehörigkeit handelte.

Sie blickt mir direkt ins Gesicht, fordert mich dazu auf, mir die Gruppe von Gymnasiasten anzusehen, und murmelt halblaut:

»Sag mal ganz ehrlich, welcher von ihnen dir am Besten gefällt! … Also, zumindest dem Aussehen nach …«

Aha, sie macht also einen auf Kupplerin! In einem Anfall von reiner Fröhlichkeit oder von Leichtfertigkeit denke ich »Warum soll ich nicht mitspielen?«, als ob in dem Moment eine unbestimmte Erinnerung an meine Unterhaltungen mit Jacqueline im Schlafsaal wieder in mir auftaucht, nachdem ich ungefähr zwei Jahre lang nicht mehr daran gedacht hatte.

Ich drehe mich um und betrachte demonstrativ die Gruppe von vier oder fünf sogenannten »arabischen« Gymnasiasten. Einer von ihnen, groß und schlank, ziemlich braun gebrannt, um nicht zu sagen dunkelhäutig, scheint mir eine gewisse »Ausstrahlung« zu haben.

»Es gibt da einen, der irgendwie … etwas hat, finde ich!«, sage ich mit ruhiger Stimme.

Es ist das erste Mal, dass jemand mich auffordert, einen Menschen nach seinem Äußeren zu »beurteilen«, deshalb habe ich ganz spontan geantwortet – mein Gott, ich habe einfach so mein Urteil gefällt, als würde ich eine nüchterne Bestandsaufnahme machen! Doch im selben Augenblick merke ich, vermutlich weil ich so kühn war, es laut zu äußern (doch schon im nächsten Augenblick empfinde ich meine eigene Offenheit als unverschämt), wie sich in mir etwas regt, ein Gefühl aufkeimt! Erstaunt über meine eigene Kühnheit (ein Teil von mir, ich würde sagen, es ist die väterliche Strenge, macht mir deshalb sogleich Vorwürfe!) stelle ich zugleich fest, dass der »Charme« des Jungen mich nicht kalt lässt – aus dem Augenwinkel betrachte ich immer noch die Gestalt, die Bewegungen, den dunklen Teint des unbekannten Gymnasiasten.

Ich höre Mounira schallend loslachen. Sie grinst, sie macht sich lustig … natürlich über mich! Aber auch über ihn. Sie nennt seinen Namen und fügt hinzu, dass er aus dem »Süden« stamme, vielleicht sogar aus einer weit entfernten Oase, deren Namen ich sogleich wieder vergesse – doch mein Gedächtnis wird diesen jungen Mann unter dem Spitznamen behalten, den ich ihm vom ersten Moment an gegeben habe. Ich nenne ihn den »Saharianer«.

Mounira scheint sich über mein Urteil zu wundern, offenbar enttäuscht es sie, wahrscheinlich ist sie wirklich mit einem Plan im Hinterkopf zu mir gekommen und hatte ihre Wahl bereits getroffen. Vermutlich wollte sie, als eine echte Kleinbürgerin, mir einen der anderen Externen aus ihrer Stadt anpreisen und dabei bestimmt auch auf die Familie des Jungen eingehen, einen Aspekt, der mich nicht die Bohne interessiert.

Ich werfe ihr einen kühlen Blick zu.

»Du hast mir eine Frage gestellt, also habe ich mich umgedreht und nachgesehen. Ich kann dir nur noch einmal sagen, ich finde, innerhalb dieser Gruppe hat nur dieser eine Junge … irgendetwas ›an sich‹! Also hab ich es dir gesagt«, schloss ich in unbekümmertem Tonfall, der jedoch nur dazu gedacht war, mein unvermittelt entstandenes, sehr reales Interesse, zumindest in ästhetischer Hinsicht, zu überspielen.

Denn soeben ist mir klargeworden, dass bei diesem Maskenspiel der Junge, den ich von nun an insgeheim den »Saharianer« nenne, mir wirklich gefällt (das ist ein ganz ungewohntes Gefühl für mich. Bis dahin war ich der Meinung, ich wäre immun gegen sogenannte »körperliche Reize«). Man darf mir meine Verwirrtheit nicht anmerken, ich muss sie verbergen und unterdrücken und, sobald ich wieder alleine bin, abtöten.

Mounira gegenüber lege ich, weil ich auf der Hut bleiben will (es ist das erste Mal, dass das andere Geschlecht mich durcheinanderbringt), eine leicht zynische Gelassenheit an den Tag. Innerlich möchte ich meine Fassung wiedergewinnen und wähle deshalb die Flucht nach vorn.

»Worüber wunderst du dich?«, frage ich ruhig. »Die schönsten Männer sind in meinen Augen die Tuareg und die Fulbe: elegant, schlank, hochgewachsen – darauf kommt es an, meine liebe Mounira!«

Jetzt spiele ich ebenfalls eine Rolle. Ich nehme mir ein

Beispiel an ihr. Ich verkünde Pauschalurteile über Männer. Dabei spreche ich in gleichgültigem Tonfall, wie eine Figur aus einem *Roman Mondain*.

Sie wirkt verdutzt, sie weiß, dass ich sonst eher naiv bin und unverstellt, ohne Hintergedanken. Doch was sie nicht weiß, ist, dass ich wegen ihr eine Schwachstelle an mir entdeckt habe und deshalb durcheinander bin und dass ich deswegen ebenfalls spielen muss und so tun, als sei ich genau so kühl und distanziert wie sie.

Dieses alberne Geplänkel ist also daran schuld, dass ich mich von einem jungen Unbekannten angezogen fühle und zwar, was noch erstaunlicher ist, ohne überhaupt je mit ihm gesprochen zu haben. Ich weiß, dass ich mir, sobald ich wieder allein bin, Vorwürfe machen werde und dass der Schatten meines Vaters mich dabei mit »fundierten« Argumenten versorgen wird.

Mounira wird auf einmal ganz aufgeregt. Sie wendet sich an die Gruppe junger Musliminnen und verkündet ungeniert:

»Sieh an, unsere beste Schülerin! Und jetzt ratet mal, welcher von unseren Jungs ihr am besten gefällt?«

Mounira spricht laut, fast schon vulgär, finde ich, und bin erschrocken. Ich verkrampfe innerlich.

Sie redet weiter:

»Wisst ihr, wen sie am liebsten mag von ›unseren‹ Gymnasiasten da hinten?«

Anschließend nennt sie den Namen des jungen Mannes, es klingt fast verärgert, und fügt dabei ein Urteil hinzu, das ihn in meinen Augen auf einmal noch mehr aufwertet:

»Und er ist noch nicht einmal ein guter Schüler, nein … ein ›Strolch‹!«

Auf einmal erscheint er mir, aufgrund dieses romantischen Ausdrucks »Strolch«, also, sagen wir, des »Tunichtguts«, nur noch interessanter …

Sie fährt fort:

»Ausgerechnet der, der immer so tut, als ob ihm alles egal ist!«, und sie sagt noch einmal das Wort »Strolch« …

Wenn Mag hier wäre, dann würden wir jetzt gemeinsam auf Rimbaud hinweisen, der alles hingeworfen hatte, Paris und seine Schriftsteller, und den literarischen Ruhm obendrein, um in Arabien das Leben eine »Strolchs«, eines Verfemten, zu führen!

Ich weiß nicht mehr genau, wann in den nächsten Tagen eine Geschichte sich anzudeuten begann. War meine von Mounira provozierte Indiskretion den Gymnasiasten bei der letzten Probe zu Ohren gekommen?

Während einer weiteren Probe merke ich, dass der Saharianer, der mit den anderen Jungen vor mir singt, sich mehrmals zu mir umdreht. Ich lasse mich davon nicht beirren. In der Zwischenzeit hat die väterliche Stimme in meinem Innern mir mein, sagen wir, »leichtfertiges Verhalten« vorgeworfen. Ich halte mich von Mounira fern. Wir singen, und dann gehen wir alle von der Bühne.

Ich bin ganz ruhig, ich bin ich selbst, spiele keine Rolle. Mounira ist vergessen. Auf der Bühne proben jetzt andere Sänger, die Stimmung ist fröhlich. Alle sind ganz entspannt. Um mich herum wird über die baldige Generalprobe geredet.

Ich halte mich etwas abseits und denke darüber nach, wie mir die musikalische Arbeit gefallen hat, die sich nun dem Ende zuneigt. Ich stehe mitten im Licht, und plötzlich steht der Saharianer vor mir, er zögert. Vielleicht habe ich ihn ja schon vergessen? Vielleicht aber auch nicht, denn ich erkenne ihn gleich wieder, obwohl er sich noch im Halbschatten befindet. Mounira ist nirgends zu sehen. Doch ich muss an sie denken, denn während der Saharianer immer noch zögert, kann ich hören, wie ein oder zwei von seinen

Kameraden ihm auf Arabisch etwas zuflüstern, um ihn zu ermutigen, etwas wie: »Los, geh schon!«

Ein wenig belustigt denke ich: »Aha, jetzt geht die Komödie von neulich weiter!«

Ich bleibe gelassen, bin aber dennoch auf der Hut.

Währenddessen kommt der junge Mann langsam näher. Sein nach innen gerichteter, konzentrierter Blick mahnt mich, vorsichtig zu sein. Ich denke:

»Ich habe es ja bereits festgestellt, dieser Junge hat Ausstrahlung!«

Jetzt bleibt er stehen. In mir meldet sich eine innere Stimme, die mich zur Vernunft ermahnt. Es ist bestimmt die Stimme des Vaters, der über mich wacht. (»Er darf auf gar keinen Fall erfahren, wie sehr er dir gefällt!«) Es ist eine eiserne Stimme: eine strenge Warnung! Nach außen hin wirke ich neutral, fast abweisend.

Er wirkt immer noch unschlüssig. Ganz kurz nehme ich wahr, dass seine Gestalt leicht schwankt, das verrät mir, dass er fürchtet, von mir zurückgewiesen zu werden, oder vielmehr die Worte, mit denen ich ihn zurückweisen könnte, wenn dies nicht in koketter Weise geschieht, sondern streng. Dieser Gedanke kommt über mich, während mein Blick weiterhin schnell und präzise wie ein Blitz jede noch so kleine Bewegung von ihm registriert, als wollte ich ihn anschließend in aller Eile zeichnen, eine Skizze von ihm anfertigen, damit ich ihn in seiner ganzen schlaksigen Anmut im Gedächtnis behalte …

Doch ich bin auch neugierig. Ich möchte gerne wissen, was er mich fragen will und wie er mich das fragen wird. Nach und nach werde ich in dieses Spiel hineingezogen – wenn ich auch zunächst noch distanziert bleibe.

Während hinter mir, auf der Bühne, die Sängerin und Gänsehirtin ihre Hauptarie mit den schönen Vokalisen singt, hat sich nach und nach ein kleines Publikum um mich und den Saharianer zusammengefunden. Einige seiner Freunde sind nähergekommen; es ist offensichtlich, dass sie ihn zuvor ermutigt haben: Was sich da vor mir abspielt, ist das Ergebnis eines »Stille-Post«-Spiels, bei dem Mounira und verschiedene dazwischengeschaltete Komplizen dafür gesorgt haben, dass der junge Mann seit dem Vortag von verschiedenen Leuten dazu ermuntert wird, seine Frage zu stellen – aber welche Frage überhaupt?

Nennen wir diesen jungen Saharabewohner Ali, und denken wir dabei ein wenig an den Helden Ali, als er um die Hand Fatimas anhielt, der Tochter des Propheten. »Niemand Geringerer«, denke ich – warum soll man sich nicht gleich ganz oben orientieren, bei dieser Szene, die ich mit meinem damaligen Hang zur Romantik gerne verklären möchte! Natürlich behagt es mir nicht, dass es alle mitbekommen, alle »von uns«, die arabischen Jungen und Mädchen beider Schulen, und dass die Szene dadurch einen öffentlichen, fast dramatischen Charakter bekommt. Das ist auch der Grund dafür, dass ich mir so wenig bescheiden die edelsten und reinsten Figuren als Vorbilder auswähle. So berühmt, wie sie sind, will ich mich natürlich nicht mit ihnen vergleichen, ich möchte nur, dass sie uns beschützen. Diese Gedanken schießen mir in wenigen Augenblicken durch den Kopf. Ich versuche, mich zu wappnen, damit ich nicht schwach werde, während ich sehe, wie dieser Junge Schritt für Schritt auf mich zukommt ... Deshalb nenne ich ihn Ali, denn mein Name ist Fatima, ich bin die »Tochter meines Vaters«.

Meine Gedanken überschlagen sich, und der Junge bleibt direkt vor mir stehen.

Ja, dieser Ali aus einer weit entfernten Oase mit dem hageren Gesicht, der in meinen Augen so schön ist und von dem ich, kühn und mit einem Hauch von Provokation, sogar zugegeben habe, dass er mir »gefällt«, dieser Ali, der mir immer noch gefällt und der bestimmt von seinen Freunden angespornt wird, auch wenn ich sie nicht sehen kann, macht noch ein paar Schritte auf mich zu und traut sich dann, mich zu fragen, natürlich auf Französisch:

»Darf ich dich fragen …, ob du einen Spaziergang mit mir machen möchtest?«

Neben uns sind die Bühnenlichter noch an, die Probe ist noch nicht zu Ende. Ich vermute, dass hinter uns irgendwo Mounira und andere Interne stehen und mich und Ali beobachten, der versucht, seine Verlegenheit zu verbergen, doch gleichzeitig spielt er auch eine Rolle, aber er spielt sie nur halb, weil er beginnt, sich selbst zu wünschen, dass wir diesen Ausflug wirklich unternehmen und uns unerlaubt entfernen, nun, da es ihm endlich gelungen ist, seinen Wunsch in aller Öffentlichkeit zu äußern. Werde ich mich trauen, ja zu sagen, fragen sich meine Kameradinnen, ich, die sich bisher immer nur – durch ihre Arbeit, ihre Ergebnisse – dem anderen Clan, sprich der Schule, überlegen gezeigt hat.

Obwohl mir bewusst ist, dass die anderen uns beobachten, und obwohl ich neugierig bin, so nah vor diesem Ali zu stehen – es war aber so, als könnte ich mich, nachdem ich einmal laut gesagt hatte, dass er mir gefiel, und anerkannt hatte, dass er Charme besaß, wieder davon distanzieren –, bin nun ich es, die sich diesem Publikum ausgeliefert fühlt.

Ich bin es mir schuldig, diese Herausforderung anzunehmen, denke ich – denn die Herausforderung geht nicht von ihm aus (ich spürte bereits, dass er ein Junge mit reinem Herzen war, und zwar eben deshalb, weil er ein »Strolch« war, wie Mounira behauptete …).

Ist es wirklich mein Gedächtnis, das dieses Geschehen rekonstruiert? Oder erfinde ich, ohne es zu wollen, so lange Zeit danach eine Geschichte, die so gar nicht passiert ist, und handelt es sich bei dieser Geschichte nicht einfach nur um den Bericht über die erste Versuchung? Ich gebe zu, dass ich, sofern wirklich eine Versuchung bestand, noch nicht wusste, wo diese mich hinzog …

Der Trotz, der mich ergriffen hatte, war das nicht genau das, was ich in den ersten Texten von Gide zu finden geglaubt hatte, die ich im Jahr zuvor verschlungen hatte. Eine Art Wette mit sich selbst, durch die man sich zu einem »acte gratuit« aufforderte, also zu einem Überschreiten sowohl von sexuellen als auch von allgemeineren Grenzen. Nein, meine Geste, das war nur ein trotziges Auflehnen, eine unbedeutende Tat, bei der ich mein Verlangen enthüllte, doch wonach verlangte ich? Ich wusste es nicht, und als ich da vor den anderen stand, wusste ich es noch weniger, doch jene so akute Entdeckung war, so wage ich zu behaupten, gänzlich unschuldiger Natur. Als ich befand, er habe »Ausstrahlung«, äußerte ich diese Einschätzung, als handele es sich dabei um eine objektive Tatsache.

Doch die Szene geht noch weiter.

Ich habe also gehört, wie er seine Frage stellte, während er wenige Schritte von mir entfernt unbeweglich dasteht, vor mir, die in dem Augenblick ganz allein ist, mitten im Licht (hinter mir befindet sich ein Scheinwerfer, in dessen schrägem Lichtkegel ich mich befinde). Obwohl es noch nicht lange her ist, dass er seine Frage gestellt hat, muss ich sie noch einmal hören, nicht zum Vergnügen, ich muss seine Stimme kennenlernen, er steht direkt vor mir und ich kann ihn erst beim zweiten Mal richtig hören, bloß seine Stimme, das Timbre seiner Stimme, und das leichte Zittern am Ende der Frage, was hatte das zu bedeuten? ... Innerlich lächle ich, ich bin bereits auf seiner Seite, oder bin wie eine Schwester, es sei denn, es handelt sich bereits um einen Liebestanz, um eine Pavane, die wir zusammen tanzen, und anschließend schießt das heftigste, das stürmischste oder leidenschaftlichste, das trügerischste aller Geheimnisse hervor?

Ja, ich wollte seine Einladung noch einmal hören, mitsamt der darin enthaltenen, schüchternen Furcht, denn die Voyeure sind anwesend, die Brüder liegen immer auf der Lauer, und was die Hauptrivalin angeht, die ihr Netz spinnt – sie dachte, es sei ein Spinnennetz, in dem ich mich verfangen sollte, doch siehe da, es stellt sich heraus, dass es aus gutem, ungebleichtem Leinen besteht, solide, warm und rau, vielleicht duftet es nach Lavendel, ein Laken jugendlicher Liebe –, was also Mounira angeht, die ist verschwunden.

Und ich, die von der ersten Versuchung träumt, hervorgerufen vom »Saharianer«, ich, die scheinbar »Hochnäsige«, in Wirklichkeit die Naive, die von Liebe träumt, von Liebelei oder verbotener Liebe, von poetischer Liebe, von gebrochenen Herzen, vom Sich-auf-die-Lippen-Beißen, von verspätetem Besitzen, auch von Keuschheit, vom Verlangen, das einem gespannten Bogen gleicht, von verhängnisvoller Leidenschaft, doch später, so spät wie möglich, es sei denn, das Vergessen hat schon gewirkt. Ich weiß von Anfang an, dass er auf dem Weg ist, dass der Saharianer, *mein* Saharianer, in seine Wüste zurückkehren wird und ich zu meinen hohlen Worten, zu meinem Bedürfnis, aus dem ein Bedürfnis »nach ihm« hätte werden können, zu meinem Trotz, den ich der Zeit, die zerstört, entgegensetze, der es aber nicht gelungen ist, diesen Abend zu zerstören, und auch diese Frage nicht, diesen vorgeschlagenen Ausflug, und auch nicht die beiden jungen Menschen, die einander gegenüberstehen, ungeachtet der kleinen Menge der Neugierigen und der lächerlichen Klänge der Dreigroschenoper mit ländlich idyllischem Dekor und der beiden charakterlosen Hauptfiguren, ich, die alles hervorgerufen und dann wieder vergessen hat, den jungen Mann eingeschlossen, der jeden Moment verschwindet – doch die nicht vergessen wird, ich habe es überprüft mit einer in meinem Herzen erstarrten Traurigkeit, einer Sehnsucht.

Er hat seine Frage wiederholt, vielleicht etwas leiser, weil er diesmal fürchtet, ich würde ihn mit einer Zurückweisung verletzen.

»Darf ich dich fragen …, ob du einen Spaziergang mit mir machen möchtest?«

Ich blicke zu ihm auf (in der Zwischenzeit hat er noch einen Schritt auf mich zu gemacht); ich sage nichts, doch mein Blick, meine Lider sagen ja. Ich lächle nicht einmal dabei – ich willige einfach vor den Augen aller ein, ungestraft.

Doch nicht aus Koketterie. Obwohl es das erste Mal sein wird, dass ich mit einem Jungen allein bin, habe ich keine Angst vor dem, was passieren wird. Wir werden draußen nebeneinander hergehen, bis zum Horizont, werden uns weit von der Stadt entfernen, kurz vor Einbruch der Nacht, während das Duo der Operettensänger auf der Bühne hinter uns nur als Anregung gedient hat.

Ich dachte ungeduldig: »Gleich haben wir die Nacht und die Stille ganz für uns allein …«

Hatte er dieses letzte Bild in meinen Augen lesen können, die zu ihm aufblickten?

Ich lächele nicht einmal.

»Warum nicht?«, antworte ich schließlich.

Ohne Mounira oder die anderen eines Blickes zu würdigen, sehe ich mich zusammen mit dem jungen Mann auf das offenstehende Tor des Hofes zusteuern und in Begleitung meines Kavaliers den Hof verlassen.

Draußen erwartet uns die Stadt kurz vor Sonnenuntergang.

Ich kann mich noch gut an diesen Spaziergang erinnern, bei dem wir den Boulevard entlangliefen, der quer durch die Stadt verläuft und uns bis zum Bahnhof führte und dann noch weiter. Es war derselbe Weg, den ich früher, mit elf oder zwölf Jahren, so oft allein hatte gehen müssen, um zur Bushaltestelle zu gelangen.

Und heute gehe ich dort mit Ali entlang, ein bald fünfzehnjähriges Mädchen, das ebenso ungezwungen wirkt wie eine westliche Jugendliche. Sobald wir die Schule verlassen haben, haben wir die anderen auch schon vergessen. Es macht mich stolz, neben dem jungen Mann herzugehen. Einen Augenblick hatte ich geglaubt, nur eingewilligt zu haben, um den anderen etwas zu beweisen; aber nein, es ging mir wirklich darum, weit wegzugehen, an seiner Seite.

Nachdem wir eine Weile geschwiegen hatten (ich glaube, ohne dass es einem von uns unangenehm gewesen wäre), begannen wir eine Unterhaltung. Es war mir wichtig zu zeigen, dass ich nicht eingeschüchtert war, und ich war es auch nicht. Vielleicht redeten wir über Belanglosigkeiten, vielleicht auch über ernstere Themen, was ich eher annehme, denn in der Zeit danach unterhielt ich mich mit jungen Männern aus meiner Kultur, sogar mit anderen als meinem heimlichen »Verlobten«, den ich zwei Jahre später hatte, immer am liebsten und mit großem Ernst über intellektuelle Themen, ohne Künstelei, ohne Verstellung.

Nachdem die Geschlechter innerhalb unserer Gesellschaft jahrhundertelang getrennt gewesen waren, war es nicht mehr üblich, offen und aufrichtig miteinander zu reden. Damals dachte ich zum ersten Mal: »Das muss für uns nicht gelten!«

Damals, mit Ali, den ich in der Dämmerung kaum erkennen konnte, war ich kein bisschen verlegen. Ich musste mich nicht überwachen oder meine Äußerungen zensieren. Ich war froh, mit ihm zusammenzusein. Er war weder ein Bruder noch ein Cousin; ich wäre gerne mit ihm verwandt gewesen, so sehr vertraute ich ihm auf einmal, spontan. Er erwähnte seine Heimatstadt weit weg im Süden. Meinte ich deshalb sofort, an ihm, innerhalb unserer Gesellschaft von Einheimischen, den Reiz der Fremde entdecken zu können?

Als wir am Bahnhof ankamen, gingen wir einfach noch weiter. Es wurde langsam Abend, doch es war Frühsommer und die Dämmerung setzte erst relativ spät ein. Unsere Unterhaltung spann sich fort. Ich kann mich an den Inhalt unseres Gesprächs nicht mehr erinnern, nur an das Vertrauen, das sich bei uns beiden eingestellt hatte, ich würde fast meinen, dass unsere Unterhaltung von vollkommener Unbefangenheit zeugte. Ja, daran erinnere ich mich – wie schön es war, sich so leicht und so gelöst zu fühlen.

Ich hätte noch unendlich lange weiter neben ihm hergehen können. An etwas anderes dachte ich gar nicht, weder daran, seine Hand zu berühren, geschweige denn, mich bei ihm unterzuhaken.

Ich fühlte mich völlig ausgeglichen in seiner Gesellschaft. Auf dem Schulhof, angesichts meiner Mitschüler beiderlei Geschlechts, hatte sich meine Kühnheit durchgesetzt.

Als die Nacht plötzlich dunkler wurde, war ich es da oder war er es, der das bemerkte, oder bemerkten wir es beide gleichzeitig? Wir sind wohl umgekehrt und den gleichen Weg wieder zurückgegangen, bis zu den Toren der Schule, und währenddessen ging unser Gespräch weiter, als wäre es um uns herum immer noch heller Tag.

Ich weiß noch, wie wir wieder an den Toren des Internats ankamen. Es war alles leer, die Menge der Schüler und Lehrer, all derer, die nacheinander auf der Bühne gestanden und gesungen hatten, war verschwunden.

Das Tor stand noch halboffen. Weiter hinten sah man undeutlich ein paar Lichter, die jedoch nur aus den Schlafsälen im ersten Stock kamen.

Ich hatte nicht gemerkt, wie die Zeit vergangen war. Lag es daran, dass ich Gefallen daran gefunden hatte, wie wir beide zunächst im Licht des Sonnenuntergangs und dann durch die Dunkelheit liefen? Ich kann mich nicht mehr an unsere letzten Worte erinnern, was nur bedeuten kann, dass unsere Unterhaltung sich vor allem durch ihre Natürlichkeit, wenn nicht sogar durch ihre Unschuldigkeit auszeichnete …

Und dennoch, wenn ich mir jene Vertrautheit zwischen zwei muslimischen Jugendlichen an diesem Sommerabend im Jahre 1951 wieder ins Gedächtnis rufe, diese beiden, die vor den Augen aller diesen Ausflug begonnen hatten, so ist mir vor allem der Moment des Abschieds noch besonders deutlich in Erinnerung.

Als ich da im Dunkeln stand und feststellte, dass das Publikum des Abends sich wie ein Traum in Luft aufgelöst hatte, überkam mich ein ungutes Gefühl. Ich muss schnell wieder hinein, also verabschiede ich mich von Ali. Ich gebe ihm nicht einmal die Hand, nähere mich ihm auch nicht.

Plötzlich bekomme ich Angst, dass die Türen zum Schlafsaal geschlossen sein könnten.

Welche Worte genau habe ich zum Abschied gemurmelt? Ich versuche, meine Unruhe zu überwinden, es ist, als wäre die Nacht ganz plötzlich über uns hereingebrochen. Ich habe dem jungen Mann bereits den Rücken zugekehrt und murmele.

»Ich hoffe, die Türen da oben sind noch offen!«

In dem Moment erlaubt sich Ali, mein Begleiter bei diesem kleinen Ausflug – vielleicht, weil es ihm nun so vorkommt wie ein Abenteuer, das sich nicht gelohnt hat – die einzige Dreistigkeit an diesem Abend. Warum? Weil er es wirklich will, oder, warum nicht, damit er etwas zu erzählen hat, wenn er wieder bei seinen Freunden ist, die bestimmt auf ihn gewartet haben? Wahrscheinlich wurde ihm plötzlich klar, dass bis dahin nichts zwischen uns geschehen war, und angesichts dieses »nichts« traute er sich.

Während ich erneut den Kopf nach den Fenstern des Schlafsaales dort oben reckte, merkte er, dass es für ihn gleich Zeit war zu gehen, und da greift er nach meiner Hand und zieht mich zu sich heran, und obwohl ich ihn gar nicht mehr ansehe, höre ich seine sanfte Stimme.

»Gib mir wenigstens einen Kuss!«

Ich bin mir nicht sicher, welche Worte er genau wählte; wie er seine Bitte formulierte, doch es war auf Französisch und endete mit diesen Worten: »Gib mir einen Kuss« – der Stil dieser Bitte würde, sage ich mir jetzt aus der Distanz, nach so vielen Jahrzehnten, mit Belustigung oder Rührung, zu einem Helden aus dem Mittelalter passen.

Prüde, wie ich damals war, fiel meine Reaktion entsprechend heftig aus und kommt mir im Nachhinein lächerlich übertrieben vor.

Ich war so stolz darauf, dass ich vor allen anderen so mutig gewesen war, und hatte mich anschließend freundschaftlich mit ihm unterhalten, und mir wagt er jetzt zuzuflüstern: »Gib mir einen Kuss«! Er versucht – ach, es gelingt kaum – meine Hand zu nehmen, um mich an sich zu ziehen! Wenn ich seinen kühnen Versuch hier schildere, dann deshalb, weil ich wieder genau vor mir sehe, was danach geschah. Kaum hat er meine Hand berührt, durchfährt mich ein heftiges Gefühl der Ablehnung, ich schrecke vor Kränkung zusammen.

Ich stoße seine Hand weg, als wäre sie ein glühendes Eisen, an dem ich mich verbrannt hätte. Das Wort »Kuss« kam für mich einer Beleidigung gleich, ich empfand es sogar als Entweihung – die passende Hyperbel, um meine heftige Reaktion zu begründen –, und doch sehe ich jetzt ein, wie unverhältnismäßig ich mich in dem Augenblick verhielt, als ich die Flucht ergriff. Ich sehe mich mit klopfendem Herzen weglaufen, ohne mich noch einmal umzudrehen, ich durchquere den kleinen Hof, der im Dunkeln liegt, und rase panisch in den ersten Gang hinein, dann, ohne Luft zu holen, die Treppe hinauf und während dieser Flucht werfe ich mir die ganze Zeit vor. »Das ist meine Schuld! Meine Schuld! …«

Im Schlafsaal angekommen gehe ich zu meinem Bett und ziehe mich mit klopfendem Herzen aus, immer noch im Dunkeln. Jacqueline im Nachbarbett schläft bereits.

Ich kuschele mich zwischen die Laken, geplagt von Gewissensbissen: Konnte ich meinen Körper, nachdem die unverschämte Frage des Jungen ihn lediglich gestreift hatte, danach noch als intakt ansehen, als unbefleckt? Bis tief in die Nacht hinein bekam ich kein Auge zu, die ganze Zeit über fragte ich mich ängstlich (lächerlicherweise), ob es nicht einfach so war, dass ich dem jungen Gymnasiasten erlaubt hatte – indem ich mich von ihm angezogen fühlte, was ich nicht vergaß –, sich mir gegenüber mit seiner »kühnen« Bitte … ja, sich mir gegenüber respektlos zu verhalten?

Irgendwann schlief ich vor Erschöpfung ein, geplagt von meinem schlechten Gewissen.

Am nächsten Morgen bereute ich diese unnötige, trotzige

Tat, zu der ich mich wegen Mounira hatte verleiten lassen. Ich schätze, ich habe mich in mich selbst zurückgezogen und zuckte, wenn eine meiner Kameradinnen im Internat eine Andeutung machte, einfach nur mit den Schultern. Habe ich meine nächtlichen Reuegefühle schließlich erstickt, habe ich versucht zu vergessen, wovon ich meinte, es sei meine »Schuld«? Ich erinnere mich nicht mehr.

Zu diesem kleinen Abenteuer, welches dem Geschehen nach so harmlos war, das aber in diesem Sommer, als ich fünfzehn war, noch lange in mir nachwirkte – ich, eine muslimische Jugendliche, deren Kopf voll von überschwänglichen Gefühlen aus Büchern war, deren Seele aber immer noch unter dem Einfluss der Tabus meiner Erziehung stand –, gibt es ein Postskriptum. Mehr als zwanzig Jahre später ereignete sich eine zufällige Begegnung, die jene Szene aus meiner Jugend wieder aus dem Vergessen hervorholte.

Ich sehe mich, wie ich mit ungefähr vierzig Jahren von Algier nach Paris fliege. Die Maschine ist voll. Schon beim Einsteigen hat mich eine Dame in meinem Alter gegrüßt, die ich kenne. Sie kommt aus der Stadt, in der ich aufs Collège ging. Ich werde sie Nadia nennen.

Wir wechseln ein paar Worte. Sie ist mit einer Gruppe von Freunden unterwegs.

Ich reise allein und sitze ein paar Reihen hinter ihr. Als ich Platz nehme, fällt mir ein junges Mädchen auf, das bei ihr und das von strahlender Anmut ist. Erfreut denke ich: »Das ist die hübscheste junge Frau im ganzen Flugzeug!«

Anschließend vergesse ich die anderen Passagiere und widme mich während des zweistündigen Fluges ganz dem Lesen. Plötzlich steht eben jenes Mädchen vor mir, lächelt und spricht mich schüchtern an:

»Madame, ich wollte Ihnen nur sagen …«

Sie zögert, ein unsicheres Lächeln auf den Lippen. Ich blicke sie an und bewundere schweigend ihren Anblick. Schließlich fügt sie hinzu:

»Nadia, die Sie ja kennen, hat mir gesagt, wer Sie sind! …«

Sie stockt, dann fährt sie fort und wird dabei rot:

»Ich wollte Ihnen nur sagen: Mein Vater – er ist Arzt in unserer Stadt im Süden –, mein Vater hat Sie, glaube ich, während seiner Zeit auf dem Gymnasium gekannt, und er spricht oft von Ihnen!«

Bei den Worten »Stadt im Süden« taucht aus der Tiefe meines Gedächtnisses, oder vielmehr aus den Tiefen des Vergessens, sogleich der Name des jungen Gymnasiasten auf, des »Strolchs«, doch es ist nicht das Wort »Strolch«, das mir einfällt, nein, es ist der Spitzname, den ich ihm gegeben hatte: der »Saharianer«. Mit ihm habe ich meinen ersten unerlaubten Ausflug unternommen, und seine Bitte (»ein Kuss«) hatte mir eine lange, unruhige Nacht beschert, in der mein Gewissen mir zusetzte.

Ich habe seinen Vornamen vergessen, und auch seine Tochter nannte ihn mir nicht, doch sie bescherte mir ein Glücksgefühl, da ich mich geschmeichelt fühlte, oder sie ließ vielmehr eine vergessene Empfindung wieder aufleben: »Also ist es hier ausnahmsweise einmal so, dass nichts vergeht, dass auch zwanzig Jahre später zwischen zwei Menschen nichts vergessen ist«, dachte ich. »Ist das wahre Liebe, eine Anziehung, die andauert, oder ist es einfach nur die aufregende Erinnerung an ein gemeinsam unternommenes Wagnis?«

Innerlich war ich noch lange danach aufgewühlt, an Bord dieses Flugzeugs von Algier nach Paris voller Touristen und Einwanderer, die aus den Ferien zurückkehrten.

Das junge Mädchen stand immer noch leicht nach vorn geneigt neben mir, der Vierzigjährigen, und sobald ich die erste, durch diese Reminiszenz verursachte Aufregung überwunden hatte, erwiderte ich das Lächeln der Tochter des »Saharianers«.

»Wissen Sie«, sagte ich mit ruhiger Stimme zu ihr, »was Sie Ihrem Vater und Ihrer Mutter bitte von mir ausrichten?«

Sie wartete zögernd, immer noch halb zu mir heruntergebeugt. Ich fuhr fort:

»Sagen Sie Ihnen, dass ich, schon bevor Sie mich angesprochen haben, mit mir übereingekommen war, dass Sie von allen Passagieren in diesem Flugzeug die Schönste sind, ja wirklich, das sind Sie!«

Sie wurde rot und ging zurück zu ihrem Platz. Ich gab mich noch eine Weile meinen Träumereien hin und dachte, ganz ohne Traurigkeit: »Dann hätte also aus jenem unschuldigen ›Flirt‹, damals, als ich fünfzehn war, meine schönste Liebesgeschichte werden können!«

11

Eine Melodie auf der Nay-Flöte

Das Buch, das ich an jenem Tag im Flugzeug las, war eine Übersetzung des Werks von Djalal od-Din Rumi, dem Mystiker aus Konya, der als Zeitgenosse von Franz von Assisi in Italien und des Andalusiers Ibn 'Arabi, dem er in Damaskus begegnet sein soll, in Kleinasien lebte. Sein Buch *Matnawi* ist seit langem bei den Muslimen sowohl im Osten als auch im Westen sehr bekannt.

In diesem poetischen Werk teilt Djalal od-Din Rumi uns mit, dass das Erste, was Gott schuf, das Schilfrohr war, und anschließend illustriert er diese Behauptung mit einer Geschichte, die mich immer wieder berührt. Ich will sie hier zusammenfassen, sie rechtfertigt den Titel, der sich mir für diese Durchquerung meiner Jugend aufgedrängt hat. »Das Unsichtbare zerreißen«, eine Aneinanderreihung langer oder kurzer Szenen, aus einer Vergangenheit, die sich manchmal wie ein gebückter Schatten zu mir herabneigt – so wie die Tochter des »Saharianers« von damals, den ich vergessen zu haben glaubte, ja, genau wie diese junge Frau, die so schön war wie eine Melodie auf der Nay-Flöte, eine nach vorn geneigte Silhouette am Himmel meiner Erinnerung.

Lauschen wir dem Mystiker aus Konya: Djalal od-Din Rumi erzählt uns, dass der Prophet eines Tages beschloss, seinem Schwiegersohn Ali Geheimnisse anzuvertrauen, und ihm verbot, sie anschließend irgendjemandem weiterzuerzählen. Ali war danach sehr durcheinander und spürte, dass er es nicht lange aushalten würde, diese Geheimnisse für sich zu behalten. Beunruhigt floh er in die ländliche Umgebung von Medina, wanderte lange ratlos durch die Wüste und machte schließlich an einem Brunnen halt. Er betete, zögerte kurz. Dann hob er mit der Hand die Abdeckung des Brunnens vom Rand, und plötzlich bückte er sich, verzweifelt, oder vielleicht, weil ihm eingefallen war, wie er sich von der Last erleichtern könnte, ohne sein Versprechen zu brechen. Er steckte seinen Kopf in die Öffnung des Brunnens, in dem ganz tief unten, so weit von seinen Augen entfernt, das Wasser glänzte!

Plötzlich verfiel er in einen mystischen Rauschzustand (da er zugleich Aufbewahrungsort der Last und die Last selbst war, sowohl seine Seele als auch sein Körper waren gänzlich von den Offenbarungen erfüllt). Er murmelte, skandierte, sang und wandte sich dabei nur an das glänzende Wasser in der Tiefe, das in der Stille der Erde schimmerte und glitzerte, und er befreite sich von seiner Last, indem er in die unergründliche Tiefe des Brunnens hineinrief, zur Erde, und sich so all der Mysterien entledigte, die der Prophet (»Er sei gesegnet!«) ihm anvertraut hatte.

Nachdem er alles weitergegeben und sich von seiner Last befreit hatte, fiel ein Tropfen seines Speichels wie eine Perle oder ein Samenkorn bis auf den Grund des in der Dunkelheit daliegenden Wassers hinab.

Der Legende nach begann ein paar Tage später ein Schilfrohr aus diesem versteckten Wasser emporzuwachsen, und es wuchs stetig und schnell und wurde jeden Tag höher. Ein Schafhirte kam vorbei und trennte mit seinem Messer das Schilfrohr ab, das so schnell so hoch geworden war. Wie jedem beliebigen Nomaden in der Wüste Arabiens genügte es ihm, einige Löcher hineinzubohren, und schon begann er, auf der Nay-Flöte zu spielen, und sogleich kamen die Schafe, die er hütete, heran und umringten ihn.

Es dauerte nicht lange, und der beinahe magisch reine Klang dieser Flöte zog Menschen und Tiere aus der Umgebung an. Die Menschen auf der Durchreise, ob Nomaden oder Menschen aus fremden Ländern, unterbrachen ihren Weg und konnten sich nicht wieder davon losreißen. Sie weinten sogar, aus Vergnügen und aus Wehmut – *oueh'ch* – zugleich. Selbst die Kamele ließen sich, anstatt ihren Karawanen zu folgen, in der Nähe des *Nay*-Spielers nieder und weigerten sich stur weiterzugehen.

Berichte von diesem Ereignis sprachen sich unter den Bewohnern von Medina herum und erreichten schließlich auch den Propheten selbst. Mohammed ließ den Schafhirten zu sich kommen. Als dieser anfing zu spielen, gerieten wiederum alle, die vorüberkamen, in Verzückung.

Nach einer Weile erklärte Mohammed mit ruhiger Stimme:

»Diese Melodien sind der Kommentar zu den Mysterien, die ich Ali zur Aufbewahrung anvertraut habe!«

Dann fügte er hinzu:

»Nur wer ein reines Herz besitzt, kann sich an der Melodie dieser Flöte erfreuen!«

Dann verkündete er:

»Der Glaube ist Vergnügen und Leidenschaft zugleich!«

Nachdem ich mich an meine weit zurückliegende Jugend erinnert habe, verstört und berührt mich diese Szene des Nay-Spielers in Medina, die ein Piero della Francesca mit seinem Pinsel hätte heraufbeschwören können. Ich sehe das Gesicht von Fatimas Ehemann in Großaufnahme, der randvoll ist mit all den mystischen Geheimnissen, die ihm anvertraut worden sind und die er so an das Wasser weitergegeben hat (nachdem sein Cousin und Schwiegervater sie in ein jüngeres Gedächtnis hatte geben, sie in das reine Herz des Erben hatte einschließen wollen, der ihm am nächsten stand, wahrscheinlich weil er seinen baldigen Tod vorausahnte – vielleicht geschah es gleich nach seiner Abschiedspredigt, nachdem er aus Mekka zurückgekehrt war).

Ja, ich, die diese Szene vierzehn Jahrhunderte später betrachte, ich behalte davon nur Alis Gesicht in der leeren Wüste, eine Nahaufnahme dieses laut deklamierenden Antlitzes in der Dunkelheit des Brunnens, dessen Deckel so auf dem Rand liegt, dass der Brunnen offen bleibt.

Ich sehe fortdauernd Alis Gesicht vor mir, noch bevor das Schilfrohr, das so schnell gewachsen ist, aus dem Wasser auftaucht, noch bevor der Hirte mit seiner Herde Kamele oder bevor schreckhafte Gazellen herbeigelaufen kommen, ja ich sehe, immer noch, Alis leuchtendes Gesicht über dem dunklen Brunnen vor mir und sehe, wie er in einem Singsang, der aus Versen zu bestehen scheint, das heilige Wort des erleuchteten Propheten Tropfen für Tropfen dem Brunnen anvertraut, das Wort, das jener bewahrt wissen wollte, weil er seinen baldigen Tod herannahen fühlte …

Das Wort in Tropfen, die langsam umgewandelt werden, ganz tief unten im Wasser, beschützt vom Dunkel und dem Schweigen der Erde.

Und nun die letzte Etappe, doch ab hier läuft es rückwärts. Verfolgen wir jene verwirrende Übermittlung der Botschaft wieder zurück. Rekonstruieren wir, ausgehend von dem einfachen Hirten, der zufällig stehen bleibt, wie die Verwandlung noch einmal geschieht, diesmal jedoch in umgekehrter Reihenfolge. Ein namenloser Junge bläst in den Hohlraum eine Schilfrohrs, das aus einem Brunnen emporgewachsen ist, und verwandelt damit das einerseits ertrunkene, andererseits gestärkte Vermächtnis der geheimen Worte des Propheten, die dieser seinem nächsten Erben anvertraut hatte, in Musik!

Endloser Kreislauf dieses Wortes, das entsprang, und dann, aus tiefer Beunruhigung heraus vom Propheten heimlich Ali anvertraut wurde. Eine menschliche Angst, allzu menschlich, des Nabi, der fühlt, dass sein Ende nah ist!

Und seit dieser Zeit drehen sich Rumis Derwische ohne anzuhalten, überall auf der Welt, selbst in den entlegensten Gegenden!

Ich möchte hierbei vor allem den verborgensten und einsamsten Augenblick näher betrachten. Ali, angesichts der verstörenden Last dieser Worte. Rumi spricht in Bezug auf Ali von der ersten Stufe der »mystischen Trance«, Ali, der noch so jung war und der in den Kämpfen von Anfang an als »Löwe Gottes« galt und der nun plötzlich verwundbar geworden war.

Aus der Geschichte erfahren wir nicht, ob der Cousin des

Propheten erleichtert war, ob er sich von einer Last befreit fühlte, als er das Wort an das stille, nun schwerere Wasser abgegeben hatte und nach Medina zurückkehrte … Andere Exegeten werden vielleicht vorschnell daraus schließen, dass Ali, der bis zum Schluss treu, als Verwahrer des Wortes jedoch verwundbar war, indem er das Vermächtnis der Geheimnisse preisgab … ja, gewisse »Politiker« oder Kommentatoren werden in der Erzählung von der mystischen Übergabe der heiligen Worte des Propheten in das Brunnenwasser und der späteren Verwandlung in die Musik der *Nay*-Flöte, ja, jene Verächter werden dies als Begründung dafür nehmen, dass Ali nach dem Tod des Propheten erst nach Abu Bakr, Umar und Uthman und nach vielen Wirrnissen zum Kalifen der Muslime gewählt wurde!

Was bleibt, ist nur der Klang der *Nay*-Flöte. Auch ein unbekannter Hirte kann sich, sogar ohne es zu wissen und vor allem, ohne sich etwas darauf einzubilden, an der Verwandlung der letzten Worte in himmlische Musik beteiligen, die aus dem *Nay* ausströmt, dem allergewöhnlichsten Schilfrohr.

Während er auf unbegrenzte Zeit seine Musik verbreitet, nunmehr für die Engel, komme ich auf mein bescheidenes Leben zurück. Was für eine Überlieferung oder was für eine Metamorphose war mir in diesem Unsichtbaren, das zerrissen werden muss, vorbestimmt, wie ich es hier habe skizzieren wollen?

12

Der Sommer der Ahninnen …

Nun fällt mir alles wieder ein. Von dem Sommer, als ich fünfzehn war, oder habe ich mich etwa in den Daten geirrt? Egal: Ich begnüge mich damit, dem Rhythmus der Reminiszenzen zu folgen, die in Kaskaden bunter und kontrastierender Ströme vom Himmel herabfallen. Es handelt sich hier keinesfalls um eine Autobiographie, sprich um einen chronologischen Ablauf, also gibt es auch keine im Nachhinein verordnete Chronologie!

Schreiben, kurze Szenen erneut durchleben, um zu welcher Bruchstelle zu gelangen, zu welchem Abflug oder, im Zweifelsfall, zu welchem Absturz? Was für ein vorläufiges Ende schleudert sich dem Horizont in plötzlichen Zuckungen entgegen, mitten im Sturm, der das Schicksal eines jeden schüttelt und erschüttert, das manchmal von dem- oder derjenigen, der oder die da hindurchmuss, vergessen wird.

Mein Gedächtnis wird plötzlich widerspenstig und bekommt, wie soll ich sagen, einen indirekten Blick, es bewegt sich quer, um ein paar Tage, ein oder zwei Wochen wieder hervorzuholen, in denen sich eine Veränderung abzeichnet, die ich noch nicht erkenne. Musste ich, die eine – in manchen Augen – zu brave Jugend verlebte, aufgrund der stürmischen und wirren Strudel, die ich meinem Tagebuch von damals nicht anvertrauen konnte, den Preis dafür zahlen? War ich mir selbst gegenüber blind, trotz meines nach innen gerichteten Blicks?

So war ich mir selbst während dieser letzten Etappe ein Rätsel, auch wenn ich mich »nackt«, unverschleiert vor die Spiegel der Welt gestellt hatte.

Das Gedächtnis des Körpers, wie eine zweite Haut, bloß innen liegend, es überdauert, zusammengekauert, blind, doch zäh. Als hätte sich in jenen Wochen oder Monaten des Kippens plötzlich das in viele Teile zerfallene oder zerbrochene Bild der Großmutter mütterlicherseits über die Spuren der Kindheit, die Strudel der Jugend geschoben, der Ahnin, der ich, als ich noch ganz klein war, zusah, fasziniert von ihren Trancezuständen, wenn sie heidnische Tänze tanzte und, während die Musikerinnen zu ihren Füßen saßen und ihre gequälten Klagelieder mit ihren Rhythmen begleiteten, versuchte zu genesen, wovon, wusste ich nicht …

Unterstützt von dieser Musik aus den Tiefen des uralten Afrika, ist es genau dieses wilde Keuchen, das immer kurz davor ist, nicht mehr kontrollierbar zu sein, es ist genau jene wütende Kraft dieser Ahnin, die vom Rhythmus der Trommeln damals eingerahmt wurde, bis sie stürzte – unvermitteltes Symbol nicht der Niederlage, auch nicht von Müdigkeit, sondern vielmehr von einer offenen Sanftheit, die hin und wieder zum Vorschein kam, während es schien, als sei ihr hochgewachsener, aufrechter Körper kurz davor abzuheben und fortzufliegen – ja, es ist diese Ahnin, von der ich unleugbar abstamme, es ist ihr Kielwasser, in das ich mich ganz und gar, mit Leib und Seele hineinbegebe, ich, ebenfalls wieder verwildert, denn die Revolte dauert so lang, dass auch alle Sonnen und die nahe Zukunft sie nicht stoppen können.

Jetzt begreife ich, dass ich auf meine wirre Art ihre Erbin bin, und ohne dabei wie sie das Glück zu haben, dass ein Frauenorchester zu meinen Füßen sitzt – doch ich, ich würde diese Kammerfrauen aufheben, würde sie aufstehen lassen, damit auch sie wie ich mit den Fersen stampfen, damit sie mich mit Jasmin und Weihrauch parfümieren und mich segnen, indem sie mir ihre bemalten Handflächen auf die Stirn legen!

Ich würde sie bitten, mich zu umringen, wenn nötig zu umzingeln, über mich zu wachen, wenn ich schlafe, sich an mir festzuklammern in ihren Gewändern aus fransigen Tüchern, mit ihrem offenen Haar. Dann, nachdem alle Düfte Arabiens verbrannt worden sind, sollen sie Anflehungen erfinden, die mir helfen, mich aufrecht zu halten, Segenssprüche, die mich vor mir selbst beschützen, sie sollen alle denkbaren Anrufungen erfinden, alle möglichen Beschwörungsformeln rufen, auch wenn sie gottlos sind, um mich davon abzuhalten, irgendwo anders hinlaufen zu wollen – »Wo willst du hin?«, würden sie unaufhörlich singen. Ja, es wäre ihre Aufgabe, die unwiderstehliche Versuchung von mir fernzuhalten, mich vor Abgründen zu bewahren, vor Wirbelstürmen, und davor, plötzlich das Gleichgewicht zu verlieren, mich gefangen zu setzen, mich wenn nötig mit ihrem Tag und Nacht ohne Unterbrechung andauernden Tam-Tam benommen zu machen. Und dann würden vom Himmel ganze Stücke von Bartok-Symphonien in Kaskaden herabfallen, wie ewiger Schnee des Aurès, wie das Galoppieren der Stuten vergangener Jahrhunderte …

Am Ende, wenn die Stille mich wieder benetzen würde, meine Wurzeln wiederfinden! Ich würde mich auf einen gewebten Teppich setzen und in den Sonnenuntergang blicken.

Dritter Teil

Die zum Meer läuft

Den Vogel berühren, wenn er fliegt,
ist das nichts?

Ibn Hamdis, arabischer Dichter aus Sizilien
(447–527 nach der Hidjra/1055–1133 n. Chr.)

1

Immer noch im Dorf

Ich unterbreche nun den Bericht meiner Jugend, weil mich plötzlich ein Zweifel quält: Wann, durch welchen Bruch oder welche Verwirrung, durch welche Angst oder welches dunkle Erwachen vielleicht, ja aufgrund welcher köstlichen oder zerstreuten Einsamkeit gar, durch welche schmale Tür gelangt man schließlich hinaus, verlässt man jene Morgendämmerung des Lebens und tritt aus ihrem Licht heraus, das man für das Licht eines Traumes halten könnte?

Also bleiben die letzten beiden Jahre meines Lebens im Internat in der Schwebe (vielleicht komme ich noch einmal darauf zurück, bei einer notwendigen Rückblende, oder wegen einer Erinnerung), die Jahre unmittelbar bevor meine Familie in die Hauptstadt zieht, die nur ein Jahr lang meine »wahre« Stadt sein wird – Algier, das damals im Begriff war, sich aufzuheizen, das sich weit geöffnet angesichts des Himmels und des Meeres erstreckt, wird für mich immer jene schräge Stadt mit den vielen Augen sein, die Tag und Nacht aufgerissen sind, doch worauf blicken sie? … *El Bahdja*, so nennt man sie auf Arabisch, Algier-die-Sultanin, bald wird sie von Schwindel ergriffen. Ich, die anschließend in Paris leben wird, in Tunis und in Casablanca, ich werde mir jeden Morgen wünschen, im gepeinigten Algier aufzuwachen, bevor ich dahin zurückkehre, als das Land seine Unabhängigkeit erreicht.

Dieser Bericht führt mich nicht bis zu jenen unruhigen

Jahren. Er kommt lange vor jener düsteren und bewegten Geschichte zum Ende, der Geschichte aller, egal, für welche Seite der Einzelne letztendlich Partei ergriffen hat. Meine persönliche Geschichte dagegen läuft an einem Herbsttag im Jahr 1953 auf Grund …

Da ich versucht bin, mich diesem Strudel anzunähern, im Vorraum meiner verträumten Jugend, sollte ich meinen Weg des Erwachsenwerdens vielleicht schlicht zusammenfassen, indem ich mir in Erinnerung rufe, welche Bücher ich gelesen habe, selbst wenn diese nicht vermochten, mich vom Gemurmel der Stammesfrauen zu befreien, vom Knäuel ihrer Stimmen, die arabisch sprechen (oder, in den Bergdörfern berberisch), flüsternde oder zerrissene Stimmen hinter jedem Fensterladen …?

Als Leserin so vieler Romane, Gedichte, Chroniken auf Französisch – diese meine schweigende Sprache –, ist es schließlich jene Flucht aus dem Alltag (ich hörte auch nachts nicht auf zu lesen, selbst mit vierzehn oder fünfzehn Jahren las ich im Schlafsaal mit einer Taschenlampe unter der Decke), ja, dieser Leidenschaft ist es zu verdanken, genährt durch meinen unstillbaren, nächtlichen Hunger nach Büchern, dass ich nach und nach reifer wurde.

Doch nein!

Nein, ich glaube nicht, denn ich versuche, oder ich möchte etwas verheimlichen … was verschweige ich eigentlich?

Die ersten Liebesbriefe, die ich bekam.

»Liebesbriefe« schreibst du, doch du zweifelst. »Waren das wirklich Liebesbriefe?« Jene Luken, durch die das Abenteuer hereinzog, der kaum wahrnehmbare Lufthauch deiner Freiheit? Warum nicht?

Nun gut, es ist beschlossene Sache, ich entscheide mich dafür, von diesem Übergang zu erzählen, der Übergang des »kleinen Mädchens«, das sowohl durch als auch *für* Bücher groß wurde, als sein Körper nicht mehr länger stillhalten kann, so scheint es, doch noch ist es eine Illusion, eine erfundene Geschichte, dieses Verlangen in dir – vielleicht haben es unbekannte oder verschwundene Frauen an dich weitergegeben, warum nicht die Ahninnen, die dir plötzlich so nah sind, die auf ihrem Orientteppich kauern oder auf ihrer Hanfmatte?

Auf einmal sehe ich sie vor mir. Schatten, direkt vor mir, mit unbewegten Mienen, die mich beobachten, mal lächelnd, manchmal, leider, mit unverhohlenem Misstrauen im Blick – sie halten die Hände an die Wangen und singen, oder sie tun so, als ob, nur damit sie sich für meine Beschützerinnen halten können, meinen Schutzwall. Vor ihnen erfinde ich mir zum Spaß Verehrer, gehemmte Anbeter, schüchterne, bebende Cousins, damit einige davon mich mit Schmeicheleien überhäufen, mit zärtlichen Worten, mit nachterfülltem Schweigen …

Doch nein!

Was verheimliche ich?

Die ersten Liebesbriefe, die ich bekam.

»Liebesbriefe«, räumst du ein. Wirklich, *Liebes*briefe?

Wenn du dich schon nicht in den Hüften wiegst, während du von dieser Übergangszeit erzählst, so unterlegst du deine Erzählung aber zumindest mit einem Rhythmus, indem du dein Gewicht von einem Fuß auf den anderen verlagerst. Als ob es, mit der Versuchung zu tanzen (mit den Füßen zu trampeln, dich abzustoßen, zu laufen, zu fliehen, dich am Ende hinabzustürzen, bis in die unsichtbare und unhörbare Unendlichkeit, und dort zu explodieren ...), der im Wachstum befindliche Körper ist, der nicht mehr stillhalten kann, im Halbdunkel der Wohnung im Dorf, weil du so lange, so unendlich lange, wie in deiner ganz frühen Kindheit, die »anderen« beobachtet hast, die vom anderen Clan, wie sie tanzen, feiern und manchmal in katholischen Prozessionen vorbeiziehen, die dir barock erschienen, mittelalterlich, heidnisch geradezu, wenn sie mit starren Gesichtern Statuen vom Gekreuzigten und seiner Mutter umhertrugen, zum Himmel blickend, und später, abends, wenn ihre kleine Gesellschaft – vor deinen Augen, die du im Zimmer der Eltern im ersten Stock an die Scheibe presstest – um den Dorfpavillon herum engumschlungen paarweise Walzer tanzten, sich wiegten, sich unaufhörlich unter den Lampions bewunderten und dabei aus den Schattenkreisen ringsumher beobachtet wurden, von den vielen Augenpaaren der Voyeure, der verarmten Einheimischen, derer, die der Erde ihrer Vorfahren beraubt waren, die angesichts des Festes der »anderen«, das begleitet vom Klang eines Akkordeons andauerte, lüstern zuschauten und barbarische Begierden hegten.

Damals gab es nur noch diese dörflichen Paraden, bei denen die »anderen« sich vor den Augen unserer zerlumpten Männer im Kreise drehten, die es faszinierend fanden zu erspähen, wie die Paare vom Walzer langsam hin und her bewegt wurden. Diese Paare zogen mich an, mich, das kleine Mädchen, das im ersten Stock ihr Gesicht an die Scheibe drückte, gleichzeitig verstörten mich die glänzenden Blicke der »Unseren«, jener Dorfbewohner, denen es verboten war, in das grelle Licht zu treten, die wie Fuchsrudel auf der Lauer lagen. Ich konnte trotz der Dunkelheit undeutlich das Leuchten ihrer Pupillen wahrnehmen. Niemals würden diese Männer mit ihren Frauen oder ihren Töchtern hierherkommen, sie würden noch nicht einmal, selbst wenn sie es gewollt hätten, ihre alte Mutter hierher ziehen, damit sie es mit eigenen Augen sehen könnte, damit sie vor ihrem Tod anfing, jene Sitten zu glauben, die die Männer beneideten, die die Alte jedoch verfluchen würde. Außerdem würde sie ihre voyeuristische Positur verdammen und kurz vor ihrem Tod begreifen, dass sie nichts anderes getan hatte, als Männer in die Welt zu setzen, die diese Menschen »ohne Scham und Anstand« um ihre »Lüsternheit« beneideten, das würde sie sagen. Und dann wäre sie, die Mamma, die hierher gezogen worden war, versucht anzunehmen, dass jene Paare von Ausländern, die sich schon beim Tanzen so eng umschlangen, sich am Schluss vor aller Augen begatten würden …

Während ich auf jene letzten Frühlingstage im Dorf zurückblicke, rufe ich mir diese Zuschauer wieder ins Gedächtnis, die rund um den Pavillon im Schatten kauern, und stelle mir vor, wie ihre Frauen ihnen gefolgt sind, die

Frauen, die ich früher traf, wenn ich als Kind mit meiner Mutter ins maurische Bad ging. Damals fürchtete ich ihren prüfenden Blick, wie den eines Raubvogels. Hier tauchen sie also wieder auf, bloß auf der anderen Seite des Pavillons, weil sie genau wie ich von den öffentlichen Bällen der Europäer angezogen werden …

Was mich angeht, in meiner Position als Beobachterin, die fasziniert jene Proletarier-Voyeure-Neider betrachtete, so ahnte ich, wie sie die sich unaufhörlich drehenden Paare mal drohend, mal voller Lüsternheit anstarrten. Indem ich mir ihren Blick zu eigen machte, ging ihre männliche Libido, die keiner der Tänzer und Tänzerinnen dort unter den Lampions bemerkte, allmählich auf mich über. Mir war, als würde ich meinerseits, indem ich die gleichen glänzenden Blicke auf die Leute warf wie die lüsternen Männer, die sich wie in den Kulissen eines Theaters aufhielten und hin und wieder bei einer der Tänzerinnen, die dort im Schein der Lampions, zu Füßen des Dorforchesters am wildesten umherwirbelten, ein Stück nackte Schulter erblicken.

Doch ich bin nicht mehr das kleine Mädchen im Dorf.

2

Ein zerrissener Brief

Ein zerrissener Brief. Wir sind immer noch im Dorf, es ist Anfang Juli 1952.

Ich glaube, es ist der Sommer, in dem ich sechzehn Jahre alt bin. Über dem Brief eines Unbekannten, der soeben zerrissen wurde, schwebt das wutverzerrte Gesicht meines Vaters. Ich weiß noch gar nicht, worum es geht. Voller Wut hat er den Brief in tausend Stücke zerrissen. Dann stellte er mir nur eine einzige Frage. Was ich vor einer Woche, am letzten Schultag, gemacht habe?

Ich antworte:

»Du warst doch da, am Vormittag, als wir unsere Preise bekommen haben! Am Nachmittag bin ich mit Mounira zu der entsprechenden Preisverleihung ins Jungengymnasium gegangen.«

Er hat die winzigen Schnipsel des Briefes in den Papierkorb geworfen und verließ schweigend den Raum.

Ich blieb zurück, wie betäubt angesichts der großen Wut meines Vaters. Ich habe wahrscheinlich angenommen, dass es sich um einen anonymen Brief handelte, vielleicht sogar um ein Schreiben, das voller Obszönitäten steckte. Ich verlasse ebenfalls das Wohnzimmer. Ich finde, ich müsste mich entweder schämen oder verletzt sein. Ich bin allerdings eher wie versteinert, scheint mir.

Während der Siesta, zwei oder drei Stunden später, fällt mein Blick wieder auf den Papierkorb in der Ecke. Darin, ganz unten, die Überbleibsel des Briefes. Heimlich, mit den kontrollierten, geschickten Bewegungen einer listigen Frau, setzen meine ungeduldigen Finger die Nachricht wieder zusammen.

Es ist ein belangloser Brief, der im Übrigen selbst bereits meine Unschuld beweist. Ein junger Mann aus der Stadt, in der ich im Internat bin, stellt sich mir als Student vor und will mit mir eine Brieffreundschaft beginnen. Das ist alles.

Also ist die erste Sünde, die ich begangen habe, meine Neugier. Das Schreiben zu lesen, das den Zorn meines Vaters heraufbeschworen hat. Ich finde kein besseres Wort dafür als »Zorn«! Der Ton, in dem der Absender vorschlug, eine Brieffreundschaft zu beginnen, war sehr förmlich. Wäre die heftige Reaktion meines Vaters nicht gewesen, dann hätte ich mich gewiss über den Ton lustig gemacht, den jener Unbekannte in seinem Brief anschlug!

Ich merkte mir seinen Namen; ich muss mir sogar irgendwo seine Adresse notiert haben. Da ich behalten hatte, dass er angab, in der Hauptstadt zu studieren, nahm ich mir vor, ihm im September, wenn die Schule wieder anfing, zu antworten und ihm mitzuteilen, dass ich mit der Brieffreundschaft einverstanden sei.

Meine zweite Sünde bestand darin, dass ich plante, ungehorsam zu sein. Während ich über diesen Vorfall nachdenke, auch wenn er sich damit erledigt hatte, denke ich (bezogen auf meinen Vater): »Es ist wirklich ungerecht, dass er mir so wenig vertraut!«

Ich wollte verletzt sein, in Wirklichkeit war ich nur in Versuchung geraten.

Ich kann mich daran erinnern, dass ich im Verlauf des folgenden Schuljahres – es war mein letztes Jahr vor dem Abitur – mit besonderem Eifer die philosophischen Texte studierte, die im Unterricht besprochen wurden. Schon in der ersten Woche nach Schulbeginn schickte ich meinen Brief an den »Studenten aus Algier« ab. Der Ton meiner Nachricht muss noch förmlicher gewesen sein als der seines Briefes, den ich nicht hatte behalten können.

Außerdem bat ich meinen neuen Brieffreund im Postscriptum darum, als Absender den Namen einer Freundin zu verwenden, die in Algier weiter zur Schule ging. Im Collège wurde unsere Post ziemlich streng kontrolliert. Somit bestand meine dritte Sünde darin, dass ich mir eine List ausdachte, ganz wie eine geübte Intrigantin.

Bei der Preisverleihung am Ende des vorigen Schuljahres war mein Vater zugegen und bestimmt stolz darauf gewesen, so oft meinen Namen zu hören. Mounira, die an dieser Stelle erneut auf der Bildfläche erscheint, hatte sich aus eigener Initiative heraus meinem Vater vorgestellt – und ihn gefragt, ob ich den Nachmittag bei ihr verbringen dürfte. Unsere Väter kannten sich und waren vermutlich beide stolz auf unsere guten Ergebnisse im ersten Teil der Abiturprüfungen, die damals noch in zwei Abschnitten absolviert wurden. Mein Vater, der, soweit ich mich erinnere, etwas in Algier zu erledigen hatte, willigte in Mouniras Wunsch ein. Anschließend sollte ich mit dem Abendbus ins Dorf zurückfahren.

So landete ich also bei ihr zu Hause. Es war nicht das erste Mal, dass ich bei ihrer Familie zu Besuch war – ich kannte ihre Mutter und ihre Schwestern, die damals noch recht klein waren. Sobald wir allein in ihrem Zimmer waren, eröffnete sie mir ihren Plan, den sie sich offenbar zuvor sorgfältig zurechtgelegt hatte.

»Wir beide, du und ich, wir gehen heute zur Verleihung der Preise in das Jungengymnasium!«

Ich willige ein und denke bei mir, dass sie ohne mich sicherlich nicht die Erlaubnis bekommen hätte, an diesem Nachmittag in die Stadt zu gehen.

»Aber danach, wenn wir das Gymnasium wieder verlassen«, teilte ich ihr mit, »dann nehme ich sofort meinen Bus zurück ins Dorf!«

Und so sehe ich uns beide wieder vor mir, Mounira und mich. Sie ist glücklich, dass sie sich, dank mir, ohne den traditionellen Schleier zeigen kann, den sie, sobald wir ihr Zuhause verlassen haben, abgenommen und zusammengefaltet hat. Auf diese Weise gönnt sie sich einen Nachmittag ziemlich aufregender Freiheit.

Ich habe sie nicht einmal gefragt: »Und warum das Jungengymnasium?«

Dabei hatte ich doch ein Jahr zuvor, bei den Proben für die Operette, das Gefühl gehabt, von ihr manipuliert zu werden. An diesem Tag begriff ich, dass meine Begleitung es ihr erlaubte, den weißen Schleier der Städterinnen, unter dem sie ihr Zuhause verlassen hatte, abzunehmen, bevor sie durch die Tür des Jungeninternats trat. Sie würde sich also ohne den Schleier zeigen, wie ich. Für sie musste dies ein geradezu fürstlicher Einzug sein – sie, deren Vater von ihr verlangte, dass sie sich verhüllte, eben weil sie seine Lieblingstochter war, sie, die als so schön galt und sich auch so vorkam …

Als wir dann, eine Stunde später, den Hof des Gymnasiums Duveyrier betreten, begegnen wir einer Gruppe von drei oder vier muslimischen Gymnasiasten. Während wir an ihnen vorbeigehen, flüstert Mounira mir ganz aufgeregt einen Namen zu:

»Drei Cousins aus derselben Familie …!«

Was interessiert mich das. Ich vergesse ihre Bemerkungen sofort wieder. Doch ein paar Tage später, als ich im Dorf den zerrissenen Brief wieder zusammensetze, werde ich mir sagen, dass diese Nachricht bestimmt die Folge unserer kleinen Eskapade an jenem Nachmittag war.

Warum habe ich, als die Schule wieder anfing, beschlossen, mit dem unbekannten Studenten einen Briefwechsel zu beginnen? Als ich diese Entscheidung traf, sah ich sie als eine Art Retourkutsche für die »Ungerechtigkeit« meines Vaters an (ich weiß noch, wie ich dieses Wort voller Inbrunst laut ausgesprochen habe). Ja, wirklich, auf die Ungerechtigkeit meines Vater mir gegenüber. Habe ich mich damals schon selbst belogen? So sehr, dass ich mir selbst nicht eingestand, dass es mindestens ebenso sehr Neugier war, die mich zu diesem Überschreiten der Grenzen verleitete?

Vielleicht sollte ich darin – doch erst jetzt und weil ich schreibe – viel eher eine Verwirrung von eigentümlicherer Art erkennen. Als ob in diesem Bericht, den ich fast vom anderen Ende meines Lebens aus abrolle, und weil mein Blick somit von so weit weg kommt, weder kühl noch getrieben, sondern eher forschend, von objektiver Schärfe, meine Befragung bitterer ausfiele, da dazwischen sozusagen ein komplettes Leben liegt? Der Versuch, meine vorübergehende Kühnheit als »wohlbehütete« Jugendliche einzukreisen, behütet nicht so sehr durch die Trennung der Geschlechter in meiner Gruppe, sondern vielmehr durch meine Unwissenheit, welche durch das jahrhundertelange Einsperren unserer Mütter von einst aufrechterhalten wurde …

Jene aufkeimende Verwirrung, das weiß ich noch, rührte

auch von einer merkwürdigen Frage her, die ich mir über mich selbst beziehungsweise über mein Aussehen stellte. Ich war also »sichtbar«, und ich wunderte mich darüber, denn nachdem ich stets von Frauen umgeben gewesen war, die verschleiert und maskiert waren, die sich unter Wolle, Seide, egal unter welchem Stoff verkrochen, fühlte ich mich in gewisser Weise ebenso »un-sichtbar«. Ich meine: Einerseits war ich natürlich »sichtbar«, für die andere Welt, die Welt des Gymnasiums, des Internats, unserer Lehrer, und sogar für die Leute auf der Straße, ich war sichtbar für diese »europäische« Welt, die meinte, uns zu sehen, uns aber gar nicht richtig sah, denn ich fühlte mich in jedem Fall der anderen Seite zugehörig. Ein »Mädchen der Nacht«, würden ihre orientalisierenden Dichter und Reisenden im Kielwasser von Pierre Loti sagen, welcher sich jedoch damals, als er die »Entzauberten« von Istanbul beschrieb, irrte. Das waren, wie wir später erfuhren, nur westliche Frauen, die sich verkleidet hatten, um sich mit der geheimnisvollen Aura des Verbotenen zu schmücken.

Wohingegen, wenn in jenem Algerien der Kolonialzeit, in der jede Gesellschaft nur ihre eigene Gruppe »sah«, sogar damals, oder eben aufgrund jener Grenzziehung, die von allen für unüberwindbar gehalten wurde, wenn ein junger Mann vom anderen Clan mir ebenfalls einen Brief geschrieben hätte, um mir auch eine »Brieffreundschaft« vorzuschlagen, so hätte mein Vater daraus kein Drama gemacht. Er hätte die kühne Nachricht weder zerrissen noch in den Papierkorb geworfen. Er hätte schlicht und einfach gar nicht mit mir darüber gesprochen.

In den Jahren zuvor hatte ich mir angewöhnt, mit der Basketballmannschaft – ohne meinem Vater etwas davon zu sagen –, zusammen mit den anderen Spielerinnen zu Wettkämpfen zwischen den Mannschaften der Gymnasien in unserem Departement zu fahren.

In dem ersten Brief, den ich von dem jungen Mann aus Algier erhielt – er hieß Tarik –, schlug er ein Treffen an einem Donnerstag in Blida vor, er würde dann, schrieb er, extra aus Algier kommen.

»Nanu«, lachte ich auf. »Was stellt er sich denn vor? Meint er etwa, ich könnte mich einfach so in einem Café in der Stadt mit ihm sehen lassen?«

Er hielt mich für emanzipierter, als ich es war! Ich antwortete, das sei unmöglich. Dafür schrieb ich, dass ich zum nächsten Basketballspiel, bei dem wir gegen das Mädchengymnasium in Algier spielen würden, in die Hauptstadt kommen würde. Ich schrieb, dass wir nach dem Spiel normalerweise alle etwa zwei Stunden Freizeit hätten. Ich würde ihm das Datum der Begegnung noch mitteilen.

Es verging ein Monat. Mein Drang, die Grenzen zu überschreiten, verblasste. Manchmal wachte ich mitten in der Nacht auf, weil mir klarwurde, dass ich wirklich einen »gefährlichen« Weg einschlug. War das wirklich ich, die sich so etwas trauen würde?, fragte ich mich, wenn ich mit offenen Augen in der Dunkelheit dalag, als könnte ich das junge

Mädchen aus dem vorigen Sommer in mir nicht mehr wiedererkennen. Nicht einmal meinen Cousinen in Caesarea hatte ich von meinem Entschluss erzählt, dass ich bald eine heimliche Brieffreundschaft beginnen wollte. Hatte ich mich als Jugendliche von sechzehn Jahren bereits anstecken lassen von der erstickenden Atmosphäre, die zwischen denen herrschte, die das ganze Jahr über eingesperrt waren? Oder ging ich im Gegenteil, getrieben von einer wilden Sehnsucht nach Romantik, die größten Risiken ein?

In jedem Fall bereute ich … Zum Glück machten mir meine Bücher und der Unterricht im Fach Philosophie, mit dem ich damals gerade anfing, großen Spaß. Ich las und las ohne Pause in meinem Bett im Schlafsaal. Manchmal schlief ich mit dem Buch in der Hand und der eingeschalteten Taschenlampe unter der Decke ein.

Manchmal hatte ich sogar nicht einmal Lust, am Sonntag zu meinen Eltern zurückzufahren: »Zuviel zu tun!«, gab ich vor, während der wahre Grund die Gewissensbisse waren, die mich quälten, weil ich einem Unbekannten geantwortet hatte.

Meine ersten Schritte auf verbotenem Gelände riefen in mir zum Teil bedrohliche Szenarien hervor.

Eines Tages im November teilte unsere Sportlehrerin uns das Datum mit, an dem das Spiel gegen die Mädchen vom Gymnasium in Algier stattfinden sollte.

»Ein wichtiges Spiel für unsere Gesamtwertung!«, sagte sie zu mir. »Ich zähle auf Sie!«

Sie fürchtete, dass ich mich, wie in den Jahren zuvor, im letzten Moment abmelden könnte. Ich hatte tatsächlich in der Vergangenheit oft im letzten Augenblick ein Unwohlsein, eine plötzliche Erschöpfung vorgetäuscht. Die Lehrerin wusste genau, dass ich log, doch wie hätte ich ihr gegenüber zugeben können, dass mein Vater schon ganz früh dieses Gesetz aufgestellt hatte. Ein muslimisches Mädchen darf sich, von elf oder zwölf Jahren an, und unbedingt danach, in kurzen Hosen nur auf dem innenliegenden Sportplatz der Schule zeigen.

Ich, für die das Basketballspielen zu einer Leidenschaft geworden war – gefolgt von Volleyball und auch von Leichtathletik (im Sommer) –, ich galt als eine der besten Angreiferinnen. Doch niemand ahnte, dass mich bei den Spielen, die donnerstags außerhalb der Schule und oft vor einem gemischten Publikum stattfanden, manchmal Panik überkam, weil ich plötzlich fürchtete, mein Vater könnte unangekündigt auftauchen.

An den Donnerstagen, an denen ich es für möglich hielt, dass er erscheinen könnte, zog ich es vor, eine plötzliche

Unpässlichkeit vorzutäuschen. Damals war meine Angst größer als mein Vergnügen oder sogar der Rausch, in den ich bei diesen Vorführungen geriet … Eine andere Furcht ergriff mich. Ich hatte Angst, dass die anderen den wahren Grund für mein Fernbleiben erraten könnten. Jenes Verbot hätte meinen Vater wie einen Barbaren oder einen rückständigen Puritaner erscheinen lassen. Ich stellte mir vor, wie meine Lehrerin sich über meinen Vater lustig macht und dann bissig hinzufügt: »Dabei ist er doch Lehrer!«, das hätte ich nicht ertragen!

Angesichts der Gefahr, das Tabu zu verraten, das bei den Meinen immer noch galt, nahm ich es lieber in Kauf, dass man mich für »bei Wettkämpfen nicht zuverlässig« hielt, wie meine Lehrerin es mir hin und wieder vorwarf. Es war mir wichtiger, das Bild, das die »anderen« von meinem Vater hatten, zu schützen.

Dabei hatte mein Vater seine Warnungen während meiner letzten Jahre im Internat nicht mehr erneuert. Wahrscheinlich hatte er sich irgendwann gedacht, dass ich mich über seine Ermahnungen hinwegsetzte, schließlich erhielt ich relativ oft Preise für meine sportlichen Leistungen. Vielleicht war ihm auch klargeworden, dass er, der Lehrer, der ein so überzeugter Anhänger der Idee des Laizismus war, sich, indem er das Tragen von kurzen Hosen bei Mädchen anprangerte, letztendlich mit unseren traditionellen, religiösen Zensoren in eine Reihe stellte, die er abschätzig als »alte Turbane« zu bezeichnen pflegte.

Die Tatsache, dass er in den Jahren zuvor niemals ohne Vorwarnung an einem Donnerstag aufgetaucht war – der Donnerstagnachmittag war für Sport reserviert –, war vielleicht gar nicht ausschließlich dem Zufall zu verdanken. Das hielt mich jedoch nicht davon ab, weiterhin bei jedem Spiel mit seinem unangekündigten Auftauchen zu rechnen.

Dennoch hatte ich dem »Studenten aus Algier« in meinem letzten Internatsjahr mit relativer Gelassenheit den Termin mitgeteilt, an dem ich zu dem geplanten Spiel kommen würde. Ich schlug ihm vor, sich am Ende des Wettkampfes im Mädchengymnasium auf den Hügeln der Hauptstadt einzufinden. Ich nahm an, dass wir eine Stunde oder etwas länger Zeit haben würden, um uns kennenzulernen, bevor ich den Bus zurück zum Collège nehmen musste.

3

Die erste Verabredung

Was ist mir von diesem ersten Treffen in Erinnerung geblieben? Es war ein Herbst- oder Wintertag im Jahr 1952. Ist Algier damals für mich bereits der Ort meines ersten »Rendezvous«? Nein, ich glaube, als ich an jenem Tag nach Algier fuhr, brannte ich ebenso darauf, das Spiel zu gewinnen wie zu »plaudern«, um herauszufinden, dachte ich, was für eine Art von Student dieser Unbekannte war … »Nach unserer Unterhaltung«, entschied ich, »werde ich wissen, ob ich mir weiter Briefe mit ihm schreiben kann.«

Wenn ich meine Aufregung vor einem Treffen, das alles in allem gewagt war, auf diese Weise herunterspiele, war dies wirklich meine Gemütsverfassung an jenem Tag, oder ist das nur der Effekt der zeitlichen Entfernung? Feststeht, dass etwas in mir nicht meine Einbildungskraft dämpft, die bleibt lebhaft, sondern vielmehr den Wunsch bekräftigt, mich an das mutige, romantische junge Mädchen von 15 Jahren zurückzuerinnern, das ich damals gewesen sein muss.

Ich stelle fest, dass ich dieses Mal, anders als bei der Episode mit dem »Saharianer« im Jahr zuvor, als wir im Internat die Aufführung der Operette probten, keine Kupplerin benötigt hatte – mit dieser wenig ehrenvollen Bezeichnung meine ich natürlich Mounira. Hatte ich mich von ihrem zwanghaften Drang zu intrigieren anstecken lassen, so dass mir, nachdem ich die Episode des Spaziergangs mit dem

»Saharianer« schon fast vergessen hatte, ein Treffen mit einem Unbekannten plötzlich frei von wirklicher Gefahr erschien …?

Ich nehme an, dass ich, da ich mittlerweile sechs Monate älter war, nach und nach aus meiner Welt der Träume und Bücher herausfand. Eine normale Entwicklung? War ich ein bisschen übermütig? Mir scheint, dass ich diesen Donnerstag vor allem deshalb ungeduldig erwarte, weil ich mich auf das Basketballspiel freue, (wir waren mehrere, die unbedingt gewinnen wollten!) und weniger darauf, dass ich mir eine Stunde der Freiheit mit einem Unbekannten gewähre, um ihn kennenzulernen.

Ich stellte mir vor, dass wir nebeneinander hergehen und uns natürlich auf Französisch unterhalten würden. Gleich beim ersten Mal arabisch miteinander zu reden, wäre mir vorgekommen, als würden wir uns vorschnell auf eine zu große Vertrautheit einlassen, und das nicht nur, weil man sich in meiner Muttersprache, einem Dialekt des gesprochenen Arabisch, meistens duzt. Die französische Sprache würde mir in ihrer Neutralität als eine Art Schleier dienen.

(Jetzt, wenn ich so lange Zeit später diese harmlosen Szenen wieder wachrufe, steigt ein Zweifel in mir auf. Was wäre geschehen, wenn der »Saharianer«, der mir so gut gefiel, dass ich es sogar laut und deutlich Mounira mitgeteilt hatte, mich in unserer Sprache um einen Kuss gebeten hätte. Vielleicht hätte ich dann nachgegeben, weil die Melodie seines südlichen Dialektes wahrscheinlich den Wunsch in mir geweckt hätte, ganz leicht seine Lippen zu berühren, oder sogar sein Gesicht. Er wäre mir plötzlich so fremd und zugleich so nah erschienen, fremd ganz sicher, doch seine leise gemurmelten Worte wären wie das Versprechen einer lautlichen Intimität gewesen, das uns beide gleichermaßen verwirrt hätte. Hätte ich mich seinem Gesicht genähert, so wie man sich am Rande des Abgrunds in einem Anflug von Schwindel vorbeugt? Nur geschwankt, ohne dem Wunsch nachzugeben ... Auf jeden Fall wäre ich nicht wie ein lächerlich erschrecktes, kleines Mädchen davongerannt, das sich schuldig fühlte, weil der Flügel des Verlangens sich zum ersten Mal auf mich herabgesenkt hatte.)

Doch im Bus, der unsere Basketballmannschaft zum Gymnasium von Algier brachte, hatte ich die Anziehung, die der »Saharianer« auf mich gehabt hatte, aus meinem Gedächtnis verbannt. Sechs Monate waren seitdem vergangen, mit anderen Worten ein Jahrhundert.

Ich war Kapitän unserer Mannschaft. Ich glaube, bei diesem Spiel haben wir, die Spielerinnen aus der Provinzstadt, gewonnen. Während des Spiels machte ich mir kaum Gedanken um das Publikum, und erst recht nicht um den jungen Mann, mit dem ich mich erst nach Ende des Spiels verabredet hatte.

Als ich aus der Umkleidekabine kam, mit feuchten Haaren, im Blick die ungestüme, strahlende Freude über den Sieg, den wir gemeinsam errungen hatten, hatte ich jenen Tarik schon fast wieder vergessen, bis er plötzlich vor mir stand.

Er war groß, mit breiten Schultern, einem selbstbewussten Gesichtsausdruck und hatte … einen Schnurrbart! Ich wandte den Blick ab und sofort schoss mir folgender Gedanke durch den Kopf: »Junge Männer mit Schnurrbart gefallen mir nicht!« Plötzlich der starke Impuls, ihn dort stehen zu lassen, das erschreckende Gefühl, einem völlig Unbekannten gegenüberzustehen.

Doch er stellt sich mir ganz unbefangen vor und gratuliert mir zu unserem Sieg.

»Einen Moment«, erwidere ich, ohne zu lächeln. »Ich hab was im Umkleideraum vergessen!«

Das war gelogen. (Ich wollte nur weg, ganz schnell weg!)

»Ich warte hier auf Sie«, gab er zurück, ohne zu ahnen, dass ich ihn loswerden wollte.

Ich vermute, dass es diese Worte waren, die ich benutzte, als ich in den nächsten Ferien meiner Cousine in ihrem Dorf in der Nähe von Caesarea von jener Szene erzählte. Sie reagierte sofort.

»Sein Schnurrbart? Eine unbedeutende Kleinigkeit! Du hättest ihn doch später bitten können, ihn abzurasieren!«

»Nein!«, antwortete ich.

War mein erster Eindruck richtig? Ich kehrte dem Unbekannten den Rücken zu und lief in den Umkleideraum. Dort blickte ich fragend mein Spiegelbild an, um das Für und Wider gegeneinander abzuwägen! Ich musste mich entscheiden. Fliehen oder mich mit ihm auseinandersetzen?

Die Situation entbehrte nicht einer gewissen Komik.

»Jetzt ist es zu spät« – ich halte mir selbst eine Standpauke –, »du kannst jetzt keinen Rückzieher mehr machen!«

Dann meldete sich meine Vernunft zu Wort:

»Gefällt er dir nun oder gefällt er dir nicht? Aber das ist ja auch ganz egal, er wird dich weder vergewaltigen, noch wird er dich auffressen!«

Anschließend fing ich an, mir vor dem Spiegel sorgfältig erst eine, dann zwei oder drei Grimassen zu schneiden – ein Versuch, mir selbst Mut zu machen und mir zu sagen: »Vor allem sollte ich mich über mich selbst lustig machen!«

Nachdem ich meinem Spiegelbild einen langen, letzten Blick zugeworfen hatte, kehrte ich ihm den Rücken zu.

Als ich zu dem jungen Mann zurückkehrte, hatte sich meine Stimmung wieder aufgehellt. Draußen gingen wir zunächst ein paar Schritte nebeneinander her. Als wir an unserem Bus vorbeigingen, blieb ich stehen und sagte:

»Gut, gehen wir ein Stück! Doch spätestens in eineinhalb Stunden muss ich wieder hier sein!«

Schon bei den ersten Schritten, die sie nebeneinander her gingen, hatte sie festgestellt, dass er einen Kopf größer war als sie. Er war vor ihr stehen geblieben und hatte sie ruhig angesehen, er schien alle Zeit der Welt zu haben. Sie hatte das Gefühl, dass sie, wenn sie spontan seinen Arm nehmen würde, stundenlang so herumlaufen könnten (sie hatte ihm einen kurzen Blick zugeworfen und dabei waren ihr seine tiefschwarzen, mandelförmigen Augen aufgefallen sowie die von ihm ausgehende abwartende Gelassenheit).

Nun fühlte sie sich endlich wohl, lächelte ihn an und nahm sich dabei vor: »Ja, eines Tages hake ich mich bei ihm unter!«

Schließlich schlug sie ihm vor:

»Wir könnten ins Stadtzentrum runter laufen … (sie zögerte kurz …) und ein bisschen miteinander plaudern, damit wir uns kennenlernen!«

Er sah sie von der Seite an und merkte, dass sie ihre anfängliche, steife Schüchternheit zugunsten einer neu gewonnenen Unbefangenheit abgelegt hatte.

»In einer Stunde kommen wir wieder zurück«, versicherte er. »Sie werden Ihren Bus nicht verpassen!«

»Sein Französisch klingt ganz anders als meins!«, dachte sie.

Diese Feststellung beschäftigte sie noch eine Weile, während sie neben ihm her ging. Eigentlich wusste sie, dass die

Jungen aus ihrer Welt großen Wert darauf legten – im Gegensatz zu den Mädchen, die ebenfalls in der Schule französisch sprachen –, das »R« zu rollen und jener Sprache, die nicht ihre Muttersprache war, demonstrativ einen anderen Rhythmus zu geben. Das taten jedoch nur die Jungen, nicht die muslimischen Mädchen! Und ihr Vater auch nicht, überlegte sie, doch bei ihm lag es an seinem beruflichen Pflichtgefühl, da er die französische Sprache ja unterrichtete, sie seinen »Jungs« beibrachte, die fast alle Söhne von Landarbeitern oder arbeitslosen Analphabeten waren.

Ich kann mich kaum noch daran erinnern, was ich damals sagte, als ich neben dem jungen Mann jene Straße hinunterging, die von den Hügeln Algiers herabführte. Wenn von Zeit zu Zeit eine Pause zwischen uns entstand, so ließ ich sie verstreichen, ich war viel zu beschäftigt damit, das Panorama der riesigen Bucht in mich aufzunehmen, die unter einem endlos weiten, strahlend blauen Himmel dalag, deshalb ist mir von unserer ersten Verabredung vor allem meine Begeisterung für jene Landschaft im Gedächtnis geblieben.

»Algier-die-Sultanin? O ja!«, dachte ich, während mich nach und nach ein visueller Rausch überkam, dank dem ich meine Verlegenheit angesichts meines unbekannten Begleiters, der mir plötzlich so nah war, überwand. Wir gingen mit gleich schnellen, schwungvollen Schritten den Abhang hinunter. War er genauso eingeschüchtert wie ich? Diese Frage stellte ich mir damals nicht.

Trotz des Schweigens zwischen uns, und weil der Abstieg zu Fuß recht lange dauerte, überkam mich allmählich ein Gefühl, das neu für mich war. So durch diese mir unbekannte Stadt zu laufen, sprich »in Begleitung«, stellte sich als eine aufregende Erfahrung heraus, die mir gefiel. Während es im Dorf üblich war, dass die französischen Mädchen nun »in Begleitung«, wie es hieß, spazieren gehen konnten, hatte dieser Begriff für uns, die Musliminnen im Internat, einen doppeldeutigen Sinn, so dass, wenn wir ihn unter uns verwendeten, dies stets in einem bitteren, spöttischen Tonfall geschah.

Denn wir beneideten die jungen Europäerinnen um diesen Luxus!

Wenn Jacqueline im Schlafsaal von ihren Ferien erzählte, kamen darin sehr oft Szenen vor, die im Sommer am Meer spielten, am Kolonistenstrand.

»Jeden Nachmittag, nach dem Schwimmen«, erklärte sie mir (damals war sie ungefähr dreizehn oder vierzehn Jahre alt) »machen wir anderen, also die Jugendlichen, eine *Promenade* den Strand entlang, *in Begleitung*!«

Dies war für sie ein erster Schritt in die Freiheit. Bald kämen dann die ersten Flirts dazu und später würden zwangsläufig die ersten Liebschaften folgen! Ich weiß noch, wie ich in scherzhaftem Ton, aber nicht frei von Neid zu ihr sagte:

»So, wie du mir von deiner beneidenswerten Freiheit erzählst, könnte ich einen Roman darüber schreiben, in dem du die Heldin wärst. Ich würde ihn dir widmen und wir beide könnten ihn dann *Sommer in Castille* nennen!«, schlug ich ihr vor (und dachte dabei auch kurz an meine engste Freundin Mag).

Das war ein Fischerort, zugleich aber auch ein Ferienziel, das ausschließlich von französischen Familien aufgesucht wurde. Ich erklärte Jacqueline, wenn wir einfach nur *Castille* anstelle von *Castiglione* schrieben, dann würde niemand auf die Idee kommen, dass es sich bei dem Autor um eine Maurin handelte!

Denn zu der Zeit wurde in der Literatur und sogar im

Kino das Bild vermittelt, dass alle maurischen Frauen in der Kasbah lebten und natürlich ausnahmslos »Freudenmädchen« waren!

Ich glaube, es waren jene vergangenen Geständnisse aus dem Schlafsaal zwei oder drei Jahre zuvor, die mich zu dieser Abschweifung verleitet haben. Als Jacquelines Stimme von Bett zu Bett in mein Ohr säuselte und dabei jene Worte »in Begleitung« wiederholte, die sie dann einfach im Raum stehen ließ, fragte ich anschließend zwangsläufig.

»In wessen Begleitung denn?«

Belustigt antwortete sie:

»Na, jede in Begleitung ihres Verehrers natürlich!«

Beim ersten Mal hatte der Gedanke an eine derartige Situation mir die Sprache verschlagen. Ich stellte mir die Mütter am Kolonistenstrand vor, der den Privilegierten ihrer Gesellschaft vorbehalten war, wie sie seelenruhig mit Blick aufs Meer sitzen blieben und zuschauten, wie und von wem ihre pubertierenden oder sogar noch jüngeren Töchter sich »begleiten« ließen!

Immer wenn wir, die muslimischen Mädchen im Internat, uns gegenseitig aufzählten, was uns alles an unserem Leben frustrierte, wenn wir uns mit den jungen Französinnen verglichen, dann waren es jene Worte »in Begleitung«, die den großen Unterschied zwischen unserer Lage (auch noch nachdem der Schleier bereits abgelegt war) und der ihren ausmachten.

Doch ich schweife ab, während ich mit der Kühnheit meiner fünfzehn Jahre zum ersten Mal »in Begleitung« spazieren gehe, ich, die Muslimin, mit einem jungen Mann, den ich zwar nicht kenne, der aber zumindest meiner Gemeinschaft angehört, was, trotz der gespielten Gelassenheit, die ich an den Tag legte, wirklich zu einem gefährlichen Wagnis wurde!

Wir sind sicher ins Stadtzentrum gelaufen, wo sich gegenüber der Universität Cafés mit nicht überdachten Terrassen im Sonnenschein aneinanderreihten. Wir setzten uns an einen freien Tisch. Ich bestellte mir einen Kaffee und eröffnete das Gespräch, indem ich ihn fragte, was er denn eigentlich genau in der *Medrese* von Algier studiere.

Er erzählte mir von seinem Studium und ließ nebenbei ein paar Worte über seine Familie einfließen. Er sagte, dass er väterlicherseits von den alten Türken abstamme, die noch vor der Eroberung durch die Franzosen nach Algerien gekommen waren. In meinen Büchern über die Geschichte Algeriens hatte ich schon einmal etwas über die sogenannten *Coulouglis* gelesen, von denen es immer noch einige gab, die in manchen Hafenstädten und in zwei oder drei der alten Städte lebten. In Tlemcen im Westen und, nicht weit von Blida, wo ich im Internat war, in Médéa.

Sein Vater sei Imam, erzählte er außerdem, in der einzigen hanefitischen Moschee der kleinen Stadt, in der sich mein Internat befand (die hanefitische Schule ist eine der vier Rechtsschulen, die gerade in der Türkei besonders verbreitet ist).

Während er mir in knappen Worten diese Besonderheit seiner Familie darlegte und hinzufügte, dass er muslimisches Recht studiere, um »Cadi« zu werden, beziehungsweise »Cadi-Notaire«, wie es damals hieß, erwiderte ich (ich glaube, ich wollte ihm zeigen, dass ich über die Geschichte des Landes Bescheid wusste):

»Sie mögen ja türkischer Abstammung sein, aber seit 1830 haben schon mindestens (ich rechnete schnell nach) … sechs Hochzeiten hier im Land stattgefunden! Das heißt, dass Sie höchstens noch ein Sechstel türkisches Blut von unseren ehemaligen Eroberern in sich haben, mehr nicht. Übrigens werden die *Coulouglis* eher als Berber-Türken definiert!«

Ich trat etwas besserwisserisch auf, lächelte jedoch dabei. Er wiederholte noch einmal – wie jemand, der sich damit brüstet, dass seine Familie, wenn auch ruiniert, darum doch nicht weniger aristokratischer Abstammung sei –, dass seine Vorfahren »in der väterlichen Linie Türken« seien.

Aus Freude am Widersprechen wollte ich ihn schon freundlich fragen, ob all jene Väter, die wiederum jeder einen Vater gehabt hatten, nicht zufällig auch eine Mutter gehabt hätten … und zwar eine Einheimische! Doch ich konnte mich gerade noch zurückhalten und schwieg stattdessen. Ich verkniff mir auch den Hinweis auf einen Umstand, der mir noch viel offensichtlicher erschien. Selbst vor 1830 hatten jene türkischen Soldaten, an die wir, die dem französischen Gesetz unterworfenen Einheimischen, oft voller Nostalgie zurückdachten, trotz allem bereits Kinder mit arabischen, berberischen oder andalusischen Frauen gezeugt!

Ich behielt jene Bemerkungen bezüglich unserer gemeinsamen Geschichte für mich. Eine Stimme in mir flüsterte, nicht frei von Ironie, dass meine mündliche Abiturprüfung in Geschichte gerade einmal sechs Monate her war. »Er wird denken, du willst ihm die gelehrte Frau vorspielen!«

Also verstummte ich, aber nicht um ihn zu verführen (nach dem Motto: »Sieh schön aus und halte den Mund!«). Vielmehr begann ich, mich zu fragen, woher eigentlich dieser Drang in mir kam, ihm ständig ironische Antworten zu geben. »Offenbar ist er sehr stolz auf seine türkische Herkunft beziehungsweise auf seine halbtürkische oder nur zu einem Sechstel türkische Herkunft!«

Schweigend trank ich den Kaffee aus, den ich bestellt hatte. Er, mir gegenüber, hatte sich ein Bier bestellt! Plötzlich merke ich, dass sein Glas genau vor meiner Nase steht. »Den Geruch von Bier finde ich ekelhaft!«, dachte ich und wich unwillkürlich davor zurück.

Er hatte zu einer Erklärung angesetzt, laut der es ihm, aufgrund seines familiären Hintergrunds und seines »hanefitischen« Glaubens – »verglichen mit den drei anderen die toleranteste Glaubensrichtung«, wie er hinzufügte –, erlaubt sei, Bier zu trinken, obwohl er Muslim war.

Ich überlegte, warum mussten zwei junge Menschen in unserem Land, die beide »von Geburt an« Muslime waren, wenn sie sich trafen, unbedingt die Kadaver ihrer Vorfahren ausgraben, und das sogar mir einer gewissen Begeisterung?

Ich nutzte den Augenblick, um – »zum Glück nur aus der Entfernung!« – einen düsteren Blick auf sein helles Bier zu werfen. (»Ich bin mir ganz sicher, selbst nach zehn Tagen, die wir zusammen in einer Zelle eingesperrt gewesen wären, könnte ich ihn immer noch nicht küssen, wegen dieses Geruchs auf seinen Lippen!«)

Während diese Flut von Gedanken durch meinen Kopf

strömte, sah ich bereits vor mir, wie ich mich dort im Stadtzentrum von ihm verabschieden und so schnell wie möglich wieder zum Bus hochlaufen würde. Wie eine Erwachsene!

Beim Gedanken an den Bus fragte ich unvermittelt:

»Wie spät ist es?«

Ich war beunruhigt. Diejenigen, die immer zu spät kommen, geraten immer dann in Panik, wenn sie noch viel Zeit haben, und wenn sie sich mal Zeit lassen, dann stellt sich natürlich irgendwann heraus, dass sie bereits viel zu spät dran sind.

»Wir haben noch genug Zeit, um ganz in Ruhe wieder hochzugehen!«, erwiderte er gelassen.

Dann fügte er hinzu und ließ dabei den »Gentleman« durchschimmern:

»Möchten Sie, dass ich Sie mit einem Taxi zurückbringe?«

Dabei warf er mir endlich ein Lächeln zu.

»Nein, danke!«, antwortete ich.

Nachdem wir uns erhoben hatten und mir wieder einfiel, wie viel Vergnügen es mir bereitet hatte, neben ihm herzugehen – mein Verstand, der die ganze Zeit über auf der Hut war, stellte klar: »Das hat nichts mit dem jungen Mann zu tun, sondern lag ganz allein an der Situation!« –, sagte ich:

»Gehen wir lieber zu Fuß, es macht mir auch nichts aus, wenn wir uns beeilen müssen!«

Diesmal lächelte ich ihn richtig an, denn ich wollte ihm zeigen, dass ich mir das auch zutraute.

Also gingen wir schnellen Schrittes die Straße hinauf. Doch ab der Hälfte der Strecke fand ich die Steigung ziemlich steil. Ab und zu blieb ich ganz stehen, um Atem zu holen, als ob ich allein wäre. Außerdem konnte ich so das Meer betrachten, den flüssigen Horizont, die weißen, schiefen Häuser, die so aussehen, als würden sie jeden Moment herunterpurzeln in den Hafen … Plötzlich verrenkte ich mir fast den Fuß, weil ich irgendein Hindernis am Bordstein übersehen hatte. Tarik konnte mich gerade noch am Ellenbogen festhalten.

»Danke!«, murmelte ich.

Die kurze Berührung hatte mich milder gestimmt und ich fragte ihn:

»Würden Sie mir bitte die Fächer aufzählen, in denen Sie in der *Medrese* Unterricht haben?«

Meine Neugier war echt, ich hatte mich nicht nur aus Höflichkeit erkundigt.

Ich hörte ihm zu, wie er mir von seinem Lehrplan erzählte. Er befand sich im vorletzten Jahr seines Studiums. Dann folgten die verschiedenen Untergebiete des muslimischen Rechts – Hochzeiten, Erbfolgen, Verstoßungen usw. –, doch ich hörte ihm kaum zu, weil ich mich die ganze Zeit über fragte, ob all das Wissen, das auswendig zu lernen war, wohl in klassischem Arabisch gelehrt wurde. Dann kam er zur arabischen Literatur und plötzlich hörte ich ihn ein Gebiet erwähnen, das …

»Wirklich?«, rief ich überrascht aus, »Sie haben Unterricht in vorislamischer Poesie, in einem speziellen Kurs und das ganze Jahr über?«

»Ja, natürlich«, antwortete er, »und zwar in jedem Jahr des Studiums!«

»Wie kann das sein, dass … dass Sie das lernen?«, fragte ich mit leichter Erregung in der Stimme.

Ich war am Straßenrand stehen geblieben und wollte es auf der Stelle wissen. Dieser Junge verfügte über einen Schatz, nach dem es mich schon oft verlangt hatte, zu dem ich jedoch keinen Zugang hatte, außer durch Übersetzungen, die ebenso farblos wie wissenschaftlich waren. Von hohler Schönheit, da das Französische nicht in der Lage ist, auch nur annähernd all die Alliterationen, die Anspielungen, den doppelten oder dreifachen Sinn eines zentralen Wortes, das innere Spiel der arabischen Reime wiedergeben zu können … Ja, wirklich, das Französische wird zu einer toten Sprache, wenn es nur den »Sinn« wiedergeben kann, jedoch ohne das Fruchtfleisch, ohne das Vibrieren der Reime! Der Sinn wird vollkommen prosaisch wiedergegeben, jedoch niemals zusammen mit dem darunter liegenden »Gesang«. Deshalb ist die französische Übersetzung der *Mu'allakat* leider nur eine vertrocknete Hülle. Und darunter litt ich, ich hatte das Gefühl, man hätte mir etwas genommen, mir etwas geraubt!

Einem plötzlichen Impuls nachgebend begann ich, ihm lebhaft von meiner großen Ernüchterung zu berichten, einfach so, trotz meiner sechs Jahre auf dem Collège und trotz jenes letzten Jahres, das ich gerade in Angriff nahm, und »trotz der Zufriedenheit meines Vaters«, fügte ich mit Nachdruck hinzu (eine Stimme in mir flüsterte: »Was hat denn dein Vater damit zu tun?«).

»Ich habe das Gefühl, etwas verpasst zu haben«, seufzte ich.

»Verpasst?«, erkundigte er sich mit sanfter Stimme.

Wir waren auf der Straße stehen geblieben, mitten in einer Kurve. Einem Fahrradfahrer, der gerade den Hang hinuntersauste, gelang es eben noch, uns in letzter Minute auszuweichen, er beschimpfte uns grob auf Arabisch.

»Gehen wir lieber zurück auf den Bürgersteig und ein bisschen langsamer!«, schlug Tarik vor.

In dem Moment wurde mir bewusst, dass der Vorname des Jungen auf Arabisch »Weg« bedeutete. Während ich seinem Vorschlag folgte, fuhr er in nachsichtigem, fast mitleidigem Ton fort.

»Gehen wir! Wir müssen uns gar nicht beeilen! Wir haben noch Zeit, keine Angst!«

Von da an war ich nicht mehr so widerspenstig, auf jeden Fall war ich nicht mehr die ganze Zeit in Alarmbereitschaft, beobachtete ihn nicht unablässig und machte in meinem Inneren nicht ständig Bemerkungen über ihn. Was danach passierte, habe ich komplett vergessen, bis auf eine Bitte, die mir schon mehrere Minuten lang keine Ruhe gelassen hatte.

»Bitte«, sagte ich, »wenn Sie im Unterricht in arabischer Poesie zunächst auswendig lernen müssen und sich vor allem auf den Rhythmus und die Reime konzentrieren …«

Wir gingen nebeneinander her und er schien im Geiste bereits nach einem Auszug zu suchen. Ich traute mich noch hinzuzufügen:

»Ich bitte Sie, tragen Sie mir doch auf Arabisch ein oder zwei Verse von einem jener Dichter-und-Räuber vor, aus der Zeit vor dem Islam … Zum Beispiel von dem Größten unter ihnen: Imra' al-Qais! Ich höre Ihnen zu, und anschließend sagen Sie mir, was es bedeutet … aber nicht unbedingt Wort für Wort! …«

Ich senkte den Kopf, ich war durcheinander und fürchtete, ihn in Verlegenheit gebracht zu haben. Er könne natürlich auch einen anderen Dichter auswählen, von dem er einige Verse auswendig konnte. Ich hatte plötzlich Angst bekommen. Dachte er womöglich, dass ich ihn testen wollte, indem ich ihm eine besonders schwere Aufgabe stellte?

»Es muss auch nicht unbedingt Imra' al-Qais sein«, murmelte ich und bereute meine Bitte bereits.

Er unterbrach mich und hielt mich plötzlich am Oberarm fest. Ich hielt den Kopf immer noch gesenkt und bereute mein Gesuch, das so vorschnell aus mir herausgesprudelt war … Doch er lächelte:

»Sie müssen sich nicht entschuldigen, Sie haben ja recht: Imra' al-Qais ist der Größte«, dann fügte er hinzu, »er, den man den ›wandernden Prinzen‹ nennt!«

Ich war erleichtert und spitzte die Ohren.

»Ich werde Ihnen nur zwei Verse vortragen, doch jeder Vers einer vorislamischen *Qasida* besteht aus zwei gleich langen Halbversen, wobei die beiden Hälften sich aufeinander reimen …«

Er sah auf die Uhr.

»Keine Angst, ich lasse Sie nicht zu spät kommen … Gehen wir weiter! Ich wähle zwei Verse aus dieser *Qasida*, weil sie zu einer wahren Geschichte dazugehören, die untrennbar mit diesem Zweizeiler verbunden ist! … (Er zögerte.) Zuerst muss ich Ihnen etwas über diese Geschichte erzählen …«

Doch dann blieb er erneut stehen und lächelte.

»Gut, fangen wir also mit der Geschichte an, dann trage ich Ihnen die beiden Verse auf Arabisch vor und dann die Übersetzung …«

Er kam mir vor wie ein Schauspieler, der sich damit abmühte, sein Programm zu entwerfen und anzusagen.

»Das alles für zwei Verse!«, dachte ich und fing an zu zweifeln. Traut er am Ende seinem Gedächtnis nicht mehr so ganz?

Doch in dem Augenblick setzte er sich, mich immer noch am Ellenbogen festhaltend, mit großen Schritten wieder in Gang. Da ich meinen Arm nicht wegziehen konnte, musste ich versuchen, mit ihm Schritt zu halten …

Im nächsten Moment hatte ich Herzklopfen, denn er sagte ganz leise, so, als sollte es niemand mitbekommen, meinen Vornamen und fügte hinzu:

»Hier also zunächst die Geschichte, doch wir müssen uns beeilen, damit Sie ihren Bus noch erreichen!«

Ich hörte ihm zu und die ganze Zeit, während er sprach, hielt er meinen Arm gefangen. Doch er sprach französisch, und ich fügte mich, obwohl ich es schon als ganz kleines Kind nicht hatte ausstehen können, wenn jemand mich direkt am Arm berührte (zum Glück war Herbst und ich trug einen Mantel mit langen Ärmeln).

Nachdem er einmal angefangen hatte, die Geschichte zu erzählen, hörte er gar nicht wieder auf. Währenddessen gingen wir mit großen Schritten die Straße hinauf, seine Stimme klang dabei mal dumpf, mal sehr tief und sonor.

Mein Arm war in seinem eisernen Griff gefangen und ich versuchte, mich seiner Geschwindigkeit anzupassen (doppeltes Unbehagen!), dennoch wartete ich gespannt auf den Moment, in dem er die majestätischen Verse des Dichterkönigs vortragen würde, in einer Sprache aus dem fünften Jahrhundert, die ich höchstwahrscheinlich gar nicht verstehen würde! Nach der auf Französisch vorgetragenen »Geschichte«, die als Einleitung dienen sollte, wartete ich darauf, dass die Stimme des jungen Mannes mir den andersartigen Klang, die uralte Sprache mit ihrem klangvollen Rhythmus, ihrem verborgenen Sinn, darbieten würde, während er sich noch in einem Französisch, das plötzlich immer leidenschaftlicher klang, mit den Präliminarien aufhielt.

Da konnte ich auf einmal die fünfzehn Jahrhunderte ermessen, die jene großen arabischen Oden überdauert hatten – Klangskulpturen, musikalische Pyramiden, Improvisationen von Qais und vier weiteren seiner Anhänger, alles Nomaden, die sich von der Wüste inspirieren ließen, deren einziger Reichtum diese Sprache war, nach der es mich verlangte … Und so kam es, dass mir diese Geschichte zuteilwurde, die sowohl Tarik als Einleitung diente, als auch allen anderen, die sich anschickten, jene *Qasiden* vorzutragen – jene schwingenden Verse, getragen von einem einzigen tiefen Atemzug, die ich mir wie in der Wüstensonne glänzende Schlangen vorstellte, die weder Treibsand fürchteten noch die Trockenheit der Sandstürme.

Während wir weitergingen, sah ich diese Bilder vor mir, die der Wind der Vergangenheit unaufhörlich vor sich her trieb. Mein Arm war immer noch gefangen (deshalb war ich nicht richtig entspannt), und er spulte seine Geschichte – oder seinen Vorwand – herunter, bevor er die beiden uralten Verse anstimmte.

Ich dachte im Stillen: »Es ist, als werde einer jungen Nomadin der Schleier abgenommen und als sei ihre Schönheit nur für einen Einzigen bestimmt!«

»Ich beginne nicht mit dem großen Dichter«, sagte er, »sondern mit dem, was die Überlieferung uns mitteilt. Ich erinnere daran, dass Qais fünfzig Jahre vor der Verkündung des Islam starb.«

»Ich höre«, murmelte ich, den Arm immer noch gefangen.

Schon wieder musste ich meine Schritte seinem Tempo anpassen, während wir weiter die Straße hochliefen.

»Laut einer Überlieferung, die uns von Ibn al-Kalbi aus der Zeit des Propheten berichtet wird«, begann er, »war eine Gesandtschaft von Jemeniten zu Ihm geschickt worden, doch als sie die Wüste durchquerte, verirrte sie sich … Das Wasser wurde knapp! Die Karawane zog lange suchend durch die Wüste. Bald waren die Reisenden so erschöpft, dass sie fühlten, dass sie am Ende ihrer Kräfte waren, doch sie gingen trotzdem weiter und wurden dabei immer durstiger und immer verzweifelter! Plötzlich tauchte auf einem

Hügel ein fremder Reiter auf, der sein Pferd auf sie zutänzeln ließ und dabei die folgenden Verse sprach ...«

Tarik blieb abrupt vor der Mauer eines alten Hauses stehen und wechselte plötzlich in die Originalsprache – »die Prächtige«, wie ich diese Sprache nannte.

»Als sie feststellte, dass seine einzige Sorge darin bestand, Wasser zu bekommen, und dass seine Drosselvene von Weiß zu einem grellen Rot gewechselt hatte, schlug sie den Weg zur Quelle nahe Daridsch ein, die von hohen Bäumen umstanden war, die mit ihren Schatten die Umrisse der Quelle verbargen!«

Der geheimnisvolle Reiter verstummte, dann fragte er die Jemeniten: »Wer ist der Verfasser dieser unvergesslichen Verse?«

Hier wechselte Tarik wieder ins Französische, um die Fortsetzung der Geschichte zu erzählen:

»Das ist Imra' al-Qais«, riefen sogleich einige von ihnen. Bevor er wieder verschwand, verkündete der Reiter: »Bei Gott, er hat nicht gelogen. Die Quelle von *Daridsch* liegt direkt vor Euch!«

Tarik ließ eine halbe Minute verstreichen, bevor er fortfuhr:

»Die Geschichte geht noch weiter. Taumelnd, da am Ende ihrer Kräfte angelangt, machten die Jemeniten einige wenige Schritte vorwärts. Und siehe da, unter hohen Bäumen sprudelt plötzlich eine ergiebige, frische Quelle hervor, die bis dahin im Schatten verborgen gewesen war. Sie entsprach ganz genau der Beschreibung des ›Dichterkönigs‹!«

Wir waren wieder oben auf dem Hügel angekommen, dort, wo wir uns getroffen hatten. Vor uns stand der Bus zur Abfahrt bereit.

Ich winkte, damit der Bus auf mich wartete. Im Ohr hatte ich immer noch die beiden langen Verse von Imra' al-Qais, in ihrer ursprünglichen Melodie, die mir die Stimme des jungen Mannes dargebracht hatte.

»Bitte«, sagte ich, »schicken Sie mir in Ihrem nächsten Brief den arabischen Text, aber auch die Übersetzung dieser Verse!«

Als er meine Hand nahm, um mir auf Wiedersehen zu sagen, lächelte ich ihn an, auf einmal wieder verlegen, und wiederholte:

»Bitte, schicken Sie mir den arabischen Text, aber mit Vokalen! Ich bin leider nicht gut im klassischen Arabisch! Ich hatte nie die Möglichkeit, meine Muttersprache so zu lernen, wie ich es mir gewünscht hätte!«

Die letzten Meter zum Bus rannte ich. Der junge Mann drehte sich um und machte sich auf den Rückweg.

Während der gesamten Heimfahrt versuchte ich einzuschlafen, doch ich hörte im Geiste unablässig Tariks Stimme die beiden Verse des *wandernden Prinzen* von einst skandieren.

4

Sogenannte »Liebesbriefe«

Tariks erster Brief erreichte mich im Collège. Auf der Rückseite stand als Absender Beatrice, also der Name der Freundin, die mir angeblich aus der Hauptstadt schreiben sollte. Der junge Mann hatte sich damit begnügt, einige Verse der berühmten Dichterin al-Khansa auszuwählen, die den Tod ihres geliebten Bruders Sakhr betrauerte. Er hatte beide Versionen aufgeschrieben, den Originaltext und die französische Übersetzung, und sie nebeneinander geschrieben. Mit klopfendem Herzen begann ich, zunächst die arabischen Verse zu lesen.

Ich glaube, ich hatte mich sogar in irgendeine Kammer zurückgezogen, um besser Vers für Vers den Rhythmus des Originaltextes aufnehmen zu können. Ich beschloss, das eher wehmütige Gedicht auswendig zu lernen. Ich überflog auch die französische Übersetzung, die davon angefertigt worden war und der noch einige Anmerkungen folgten. Anschließend machte sich ein leichtes Gefühl von Unzufriedenheit in mir breit.

Ich hatte mit ihm doch über die großen vorislamischen Oden gesprochen, die *Mu'allakat*, deren »epischen« Atem ich in mich aufnehmen wollte. Er war der Meinung, mir eine Freude zu machen, indem er diese Dichterin ausgewählt hatte, die in der arabischen Tradition zwar so berühmt war, die aber letztendlich nur eine Heulsuse war, die sich, mein Gott, anscheinend nicht über den Tod ihres Bruders hinwegtrösten konnte, falls ihre Trauer nicht ohnehin eigentlich ihrem Geliebten galt, den sie nur zur Tarnung ihren »Bruder« nannte.

Die *Mu'allakat* dagegen, jene berühmten Oden, entfalteten sich in einem lyrischen Ton, den ich mir rein und sinnlich vorstellte, und handelten, so dachte ich es mir jedenfalls, und dabei stieg fast gegen meinen Willen ein romantisches Gefühl in mir auf, von Liebe, von bedingungsloser Liebe. Jene Art zu dichten, die anschließend in Andalusien weitergeblüht hatte, hatte der Poesie der Troubadoure und später der »höfischen Liebe« des westlichen Mittelalters als Inspiration gedient.

Ich habe ihm in meinem Antwortbrief diese Argumente wohl in ziemlich strenger Form dargelegt, die ihm wahrscheinlich pedantisch erschien. Doch es half ja nichts, ich trachtete nun einmal danach, jene Sammlung poetischer Texte auf Arabisch kennenzulernen. Ich wollte sie in ihrer ursprünglichen Form entdecken, und gegenüber sollte die französische Übersetzung stehen!

Die *Mu'allakat*, und sonst nichts!

Nachdem ich meine Bitte formuliert hatte, zögerte ich wahrscheinlich kurz, welche Schlussformel die richtige wäre: »mit freundlichen Grüßen«? Nein, zu unpersönlich! »Herzlich?« Nein, dafür war es noch zu früh. Ich habe wohl drei oder vier Varianten ausprobiert, als ob einzig dieses Schlusswort dazu dienen könnte, ihm etwas von mir zu übermitteln.

»Deine?« Nein, bloß kein Entgegenkommen von meiner Seite, nicht einmal einen Hauch davon!

Alles, was ich von unserer ersten Unterhaltung behalten hatte, war die lebhafte Begeisterung, die mich überkam, als Tarik die Verse von Imra' al-Qais vortrug. Das Gedicht hatte sich mit einem solchen Schwung entfaltet, dass ich beim Gedanken daran immer noch bebte, als ob – war das der

Punkt, an dem die Falle gelegt wurde? – die Stimme von Imra' al-Qais die Stimme und sogar die Inspiration des jungen Mannes bei dieser Eskapade in Algier gestützt hätte.

Sein nächster Brief, die Antwort auf meinen, war kürzer. Ich las sofort das Gedicht. Er hatte ein oder zwei Zeilen mit hinzugefügt, in denen er sich entschuldigte und versprach, für den nächsten Brief sorgfältig eine *Mu'allakat* auszuwählen, die noch schöner wäre als diese.

Ich überflog die Verse, zuerst auf Französisch, und dann las ich mir ganz langsam, in derselben Kammer wie beim letzten Mal, laut die arabischen Verse des Dichters vor – welcher seinen Text in gewisser Weise selbst unterzeichnet hatte in diesem Brief von Tarik, der seinerseits diesmal vergessen hatte, mich am Ende seine Schreibens zu grüßen.

Doch mich interessierte vor allem, was er für mich abgeschrieben hatte. Diesmal hatte er mit dem Namen des Dichters begonnen. An-Nabigha adh-Dhubjani, einer der sechs – oder sieben – Autoren der berühmtesten *Mu'allakat*. Hastig las ich, was da stand, als wäre es der wiederauferstandene Dichter selbst, der mir eigenhändig geschrieben hätte und sich über die Jahrhunderte hinweg direkt an mich wandte.

Und selbst der Euphrat, wenn die Winde wehen, und seine Wogen die Ufer mit Schaum bedecken,
wenn ihn die vollen, tosenden Gebirgsströme anschwellen lassen, die Stücke von abgebrochenen Ästen und Gestrüpp mit sich führen,
wenn sich aus Furcht vor ihm der Schiffer am Ruder festklammert nach all seinen Mühen und Plagen,
ist niemals gewaltiger als er mit seinem Strom von Gaben;
und das Geschenk von heute steht dem von morgen nicht im Wege.

Es folgten einige Erläuterungen. Tarik nannte das Datum der ersten lateinischen Übersetzung, außerdem das der englischen, das der deutschen und der französischen Übersetzung.

Leise las ich den Auszug noch einmal, der meinen Erwartungen nicht ganz gerecht wurde … Tarik hatte keine weitere Erklärung hinzugefügt.

Als ich den Text am nächsten Tag noch einmal las, dachte ich perplex, entweder verbarg sich noch ein zweiter Sinn darin, oder aber, was ja auch möglich war, Tarik hatte genug davon, für mich den Lehrer in arabischer Dichtung zu spielen!

Ich beschloss, nicht zu antworten, nicht einmal, um mich bei ihm zu bedanken. Es gab ja schließlich keinen Grund zur Eile!

Indessen las ich noch einmal die letzten beiden Verse, zuerst leise, dann mit lauter Stimme:

Und das Geschenk von heute steht dem von morgen nicht im Wege.

Selbst auf Französisch klangen diese Verse stimmig. Ich fand, man hätte beinahe einen Tanzschritt dazu erfinden können …

An jenem Abend war mir leicht ums Herz. Als ich jene Verse im Schlafsaal immer wieder wie einen Refrain vor mich hin sagte (wurde dieser Briefwechsel nicht eigentlich langsam zu einem Spiel – vielleicht zu einem etwas undurchsichtigen Spiel?), fand ich langsam Zugang zu der Echokammer, die die vorislamische Poesie für mich darstellte.

Über diesem Gedanken schlief ich entspannt und gelassen ein.

Dann kamen die Winterferien, in denen ich zu meiner Familie ins Dorf zurückkehrte. Wie immer fuhren wir für ein paar Tage zu meiner Großmutter, der Mutter meiner Mutter.

Ich liebte es, mich allein auf die Terrasse im ersten Stock zu begeben und meinen Blick über die Terrassen der Nachbarhäuser schweifen zu lassen … Ich konnte sogar den alten Leuchtturm sehen, obwohl er weit weg war, dem alten Hafen vorgelagert … Bevor es dunkel wurde, wechselte ich ein paar Worte mit den jungen Mädchen aus der Nachbarschaft, die das ganze Jahr über dort lebten. Sie waren nicht traurig, noch nicht einmal wehmütig, und jede bereitete ihre Aussteuer vor, während sie auf Heiratsanträge warteten. Im Ganzen gesehen ein völlig anderes Leben. Sie waren vorübergehend eingesperrt, bis zu ihrer Hochzeit, bei der man sie feiern würde, zumindest am Anfang …

Meine Großmutter war schon sehr alt und saß den ganzen Tag gedankenversunken mit einer Gebetskette in der Hand in ihrem Zimmer. Meine Mutter sprach mit ihr und kauerte sich manchmal ganz nah neben die alte Dame auf den Boden. So wurde sie wieder zu ihrer aufmerksamen, respektvollen Tochter … Die Männer waren zusammen draußen. Hier schien die Zeit stillzustehen!

In dieser traditionellen Umgebung, wo sich noch nichts verändert hatte, kam mir meine begonnene Brieffreundschaft mit Tarik, dieses Überschreiten der Grenzen, beinahe unwirklich vor. Die arabischen Texte der letzten Gedichte, die ich bekommen hatte, trug ich stets bei mir. Ich sah sie als Talisman an und hatte Angst, sie zu verlieren. Ich verlor sie nicht. In dem im syrischen Stil eingerichteten Wohnzimmer hörte ich den arabischen Radiosender. Die besondere Atmosphäre, die in diesem Raum herrschte, hing für mich vor allem mit der Erinnerung an die erste, früh verstorbene Frau meines Onkels zusammen, die diese seltenen Möbel zur Hochzeit von ihrem Vater geschenkt bekommen hatte. Sie war noch so jung gewesen, hieß es! Der hohe Schrank mit den perlmuttverzierten Türen und die Stühle mit den eleganten Rückenlehnen in leicht byzantinischem Stil schienen mir ein kostbarer Schatz zu sein, der aus dem Orient hierher gebracht worden war und den meine Cousine, die Tochter der verstorbenen Ehefrau, einmal erben würde …

Als ich im Halbdunkel dieses exotisch anmutenden Wohnzimmers alleine war, wiederholte ich für mich die Verse der *Mu'allakat*, die nun zu meinem Schatz geworden waren. Wen würde ich eines Tages verlieren und dadurch zur Waise werden?

Als ich dann wieder im Dorf war und anschließend ins Pensionat zurückkehrte, fand ich auf einmal eine Rechtfertigung für meine kleinen Geheimnisse. Wieder ließ mir die Litanei der beiden Zeilen am Ende des Gedichts keine Ruhe. *Und das Geschenk von heute steht dem von morgen nicht im Wege*, murmelte ich im Halbschlaf, erst auf Arabisch, dann auf Französisch. Wäre ich Musikerin gewesen, dann hätte ich gerne ein Rondo oder ein Klagelied zu diesen uralten Versen komponiert!

Doch als ich wieder zurück im Internat und erneut mit dem Philosophie-Unterricht beschäftigt war, vergaß ich Tarik und seine Briefe nach und nach. Ich weiß noch, dass ich in den Pausen wieder zu meiner alten Leidenschaft Basketball zurückkehrte und fast eine ganze Stunde lang damit verbrachte, Körbe zu werfen.

Als die Aufseherin mir den vierten Brief »von Beatrice« übergab, hatte ich es nicht eilig und wartete ganz geduldig darauf, bis ich im Schlafsaal war, um ihn zu lesen ... und dann nochmal zu lesen. Aus Bequemlichkeit sah ich mir zuerst die französische Übersetzung an.

Was ich da las, verwirrte mich, mehr noch, es machte mich verlegen. Anschließend überflog ich den arabischen Text (wie früher, mit meiner Taschenlampe unter der Decke), wieder und wieder. Und ich kann mich deutlich daran erinnern, dass ich die ganze Nacht hindurch immer wieder halb wach wurde, eine Weile den Text in arabischer Schrift anleuchtete, versuchte, ihn mir einzuprägen, als ob ich es eilig hätte, dann wieder einschlief, dann wieder halb wach wurde. Schließlich träumte ich, dass die beiden Versionen, die in meiner Muttersprache und die in Nervals Sprache, ja, dass die beiden Klangformen, nach deren Spur ich unter der Decke tastete und deren Rhythmus, den des Arabischen und den des Französischen, ich immer wieder vernahm, als würden sie ganz nah an meinem Körper miteinander verschmelzen, in meinem immer wieder unterbrochenen, aber dennoch zufriedenen Schlaf zu den zwei Gesichtern ein und desselben Gedichts wurden, das meinen schlafenden Körper anstelle der Laken einhüllte, welche in diesem Internatsschlafsaal nicht einmal seidig weich waren, wie zu Hause, sondern aus grobem Leinen ...

Am nächsten Morgen, unter der fast kalten Dusche, kam ich langsam wieder zu mir und fand zu meinem normalen Leben zurück, dem Alltag einer fleißigen Schülerin. Unterricht nach einem streng geregelten Rhythmus, trotz der lärmenden Unterbrechungen durch die Pausen, in denen meine Gedanken erneut abschweiften, ich von neuem in die seltsame Träumerei der vorangegangen Nacht eintauchte … Und dasselbe im Speisesaal, wo meine Gedanken inmitten des Stimmengewirrs auf einmal wieder von arabischen Liebesworten beherrscht wurden und ich mich erneut entfernte – wohin, wusste ich nicht …

»Willst du nicht mitkommen, ein paar Körbe werfen?«, fragte mich ein Mädchen, ebenfalls Basketball-»Fan«.

Mir schwirrte der Kopf vor lauter arabischen und französischen Wohlklängen, die sich kreuzten oder aneinanderstießen, wie die Billardkugeln unter den hohen Decken der Brasserien in den Saheldörfern, die ich niemals betreten hatte, die mich aber immer fasziniert hatten, wenn ich sie durch die Fenster des Busses, der mich früher zu meinen Eltern zurückfuhr, betrachtete.

Im Frühling dieses Jahres, meines letzten Jahres im Internat, behauptete ich oft, ich müsste für die Prüfungen am Ende des Semesters lernen, um so selten wie möglich nach Hause zu fahren.

Nachdem ich ein oder zwei Wochen lang gezögert hatte, ob ich auf Tariks Briefe antworten sollte, bekam ich ein richtiges Liebesgedicht von ihm, das von so überwältigender Schönheit war, dass meine Ergriffenheit lange anhielt.

Jene, die am frühen Morgen aufgebrochen sind und dein Herz mitgenommen haben, haben in deinen Augen viele Tränen zurückgelassen, die immer noch fließen.
Sie wischten ihre Tränen fort und sagten zu mir:
»Wärst du doch nicht der Liebe begegnet, und wären wir uns doch nicht begegnet!«

Kitab al Aghani, *Das Buch der Lieder*

Dieser letzte Brief, das weiß ich noch, wurde mir von einer Internatsschülerin ins Krankenzimmer gebracht, nachdem ich mich drei oder vier Tage zuvor krankgemeldet hatte. Ich war wirklich krank, aber meine Krankheit hieß *wa'hch* – anders ausgedrückt Sehnsucht, Melancholie …

Im Beisein von Jedla – so hieß die Freundin, ein seltener

Vorname, der jedoch im Süden des Landes häufiger vorkam – riss ich hastig den Brief auf und las.

»Und, wirst du jetzt wieder gesund?«, fragte Jedla sanft, die noch so jung und so freundlich zu mir war.

Ich zuckte mit den Schultern.

»Du hast recht! Ab morgen gehe ich wieder in den Unterricht!«

Als ich wieder allein war, las ich kurz vor dem Einschlafen das Gedicht noch einmal und beschloss, dass ich keine weiteren Briefe mit dem Pseudonym Beatrice als Absender mehr bekommen durfte.

Dennoch bedankte ich mich bei Tarik für seinen Brief. Ich fügte aber hinzu, dass ich in der nächsten Zeit vollkommen mit Lernen beschäftigt sein würde, da der zweite Block der Abiturprüfungen näherrückte.

Am letzten Schultag des Jahres fand im Collège die alljährliche Verteilung der Preise statt, an der mein Vater dieses Mal nicht teilnehmen konnte. Dafür war aber Tarik gekommen. Nachdem die Zeremonie vorüber war und alle Jahrgänge ihre Preise bekommen hatten, war ich so mutig, ihn vor aller Augen zu begrüßen.

Im nächsten Augenblick erschien Mounira – dabei hatte ich sie in dem Jahr nur so selten gesehen – und baute sich vor uns beiden auf.

»Nicht bewegen, ihr zwei!«, rief sie. »Gleich kommt der Blitz!«

Obwohl es so lange her ist, habe ich dieses Foto immer noch, ich habe es aufbewahrt – es zeigt uns beide, wir stehen nebeneinander und warten darauf, dass der Blitz uns einfängt.

Jetzt befrage ich mein Abbild. »Schau dir dieses junge Mädchen an, es ist ihr siebzehnter Geburtstag! Es ist ein Wunder, dass dieses Foto so viele Schicksalsschläge überlebt hat, dass ich es immer noch habe, nachdem ich so viele Länder durchquert, so oft den Wohnort gewechselt und obwohl ich so viele persönliche Unterlagen verloren habe!«

Außerdem denke ich: »Richtig, an dieses Kleid aus braun gestreiftem Satin, das für die Zeit damals ziemlich eng geschnitten war, kann ich mich erinnern! … Aber mein Gesichtsausdruck?«

Ich habe mir ausgemalt, was dieses Bild von mir mitteilen könnte, was es mich noch einmal erleben lassen könnte, und sei es nur für einen ganz kurzen Augenblick. Doch ja, ich habe vergeblich nach einer Erklärung dafür gesucht, dass mein Blick an jenem Tag, und sei es nur für einen ganz kurzen Moment, so abwesend wirkte, mein halbherziges Lächeln so zerstreut.

Jetzt, während ich dies aufschreibe, so lange Zeit danach, sage ich mir, dass ich im Anschluss an diese Erinnerungsarbeit, das weiß ich, da bin ich sicher, das Foto dieses einstigen Paares zerreißen werde: ohne etwas dabei zu empfinden!

5

Die Familie in Algier

Kurz vor den Ferien, die dann begannen und in denen wir wie üblich vorhatten, den Sommer über nach Caesarea zurückzukehren, verkündete mein Vater eines Sonntags im Dorf, dass er in die Hauptstadt versetzt worden war und nach den Ferien dort seine neue Stelle antreten würde. An mich gewandt fügte er hinzu:

»Und du kannst dann dort zur Universität gehen, und zwar, ohne wieder ins Internat zu müssen!«

Ich erinnerte ihn daran, dass Madame Blasi mir empfohlen hatte, mich zwar an der Universität einzuschreiben, aber gleichzeitig die zweijährigen Kurse zu besuchen, die auf ein Studium an einer der Écoles Normales Supérieures vorbereiteten und die im Jungengymnasium in der Nähe der Kasbah stattfanden. Mein Vater gab mir seine Erlaubnis.

Da wurde mir plötzlich klar, wie sehr er sich verändert hatte. Immerhin erklärte er sich mit der Aussicht einverstanden, dass ich im nächsten Jahr eine »gemischte« Klasse besuchen würde, in der sich Jungen und Mädchen gemeinsam auf die Auswahlverfahren der Hochschulen vorbereiteten!

Es war eine richtige kleine Revolution, die da in meiner Familie stattfand, die zur traditionellen Bourgeoisie von Caesarea gehörte und die zuvor über fünfzehn Jahre lang den Kontakt zu der europäischen Gesellschaft im kolonisierten Dorf vermieden hatte! Allerdings hatte meine Mutter sich mit einigen der Ehefrauen der Kollegen meines Vaters angefreundet, und die Lehrer kamen damals zum Teil aus dem Mutterland Frankreich.

Es erscheint mir durchaus gerechtfertigt, unsere Ankunft in Algier wenige Zeit vor dem September 1953 als eine »Kleine Revolution« zu bezeichnen, und zwar aufgrund eines Details. Damals verwandelte sich meine Mutter, die kurz darauf ihren sechsunddreißigsten Geburtstag feierte, innerhalb von wenigen Monaten in eine westlich aussehende Frau von zurückhaltender Eleganz, stets gepflegt und gut frisiert. Vielmehr aus heimlichem Stolz denn aus Eitelkeit eroberte sie sich ihre Unabhängigkeit als Städterin und fiel mit ihrem neuen, europäischen Aussehen in unserem Viertel gar nicht auf, in dem sich das Leben der einfachen Leute um einen großen Markt herum abspielte. Und so wurde der schöne, seidene Schleier, der sie früher im Dorf vor allen Blicken geschützt hatte und den sie sogar im Auto anbehielt, wenn wir nach Caesarea in die Ferien fuhren, schon am ersten Tag ein für alle Mal zusammengefaltet und weit hinten in den Schrank verbannt.

Diese Veränderung im Alltag meiner Mutter erschien uns allen, ihrem Mann und ihren Kindern, so selbstverständlich, dass wir nicht einmal miteinander darüber sprachen. Ihr dagegen muss der ganz normale Ablauf eines jeden Tages, zumindest in den ersten Wochen oder Monaten, einer zweiten Geburt gleichgekommen sein. Vielleicht war es für sie aber auch, als ob sie mit einer Verspätung von etwa zehn Jahren auf einmal zu einer scheuen Jugend, einem von Neugier und Verzauberung erfüllten Jungsein zurückfand, etwas, das sie, als sie sich mit sechzehn Jahren mit meinem Vater verlobte und ihn mit achtzehn heiratete, niemals gewagt hätte, sich vorzustellen.

Ihre Aufgaben als Hausfrau und Mutter führte sie, dank

dieser unerwarteten Bewegungsfreiheit, an die sie sich nach und nach gewöhnte, mit großem Einfallsreichtum aus …

Ich kann mir ihre Gespräche mit meinem Vater vorstellen, nachdem wir ins Bett gegangen waren. Als Erstes begeisterte sie sich bestimmt über die ganz banale Neuerung, dass sie jetzt ganz allein auf dem Markt die Einkäufe erledigen konnte. Und so ließ jeder Morgen ihre Freiheit aufs Neue im Sonnenlicht erstrahlen!

Sie stand als Erste auf, um für uns alle Frühstück zu machen. Dann folgte sie meiner kleinen Schwester, die noch die Grundschule besuchte, mit den Blicken, wie sie durch das große Tor ging, das man von unserem Balkon aus sehen konnte. Manchmal begleitete sie sie auch, Hand in Hand, um sicherzugehen, dass ihre Kleinste im Gedränge, das entstand, wenn alle Kinder in den Hof strömten, nicht geschubst würde … Ihre Jüngste war ein kränkliches Kind gewesen. So konnte meine Mutter die Rolle des Beschützers anstelle des Vaters übernehmen, dessen Schule sich in einem anderen, weiter entfernten Viertel befand.

Ich ging als Erste aus dem Haus, weil meine Fahrt mit der Straßenbahn durch das ganze Stadtzentrum bis zur Kasbah manchmal bis zu einer Stunde dauerte.

Ich stellte mir oft vor, wie meine Mutter zur gleichen Zeit in ihre Küche zurückkehrte und das Stimmengewirr vom Markt mit sich hereinbrachte, die fröhlichen Rufe der Verkäufer, die den europäischen Hausfrauen galten, die von sich aus anzusprechen sie sich nicht traute.

So war also jedes Familienmitglied mit seinem neuen Universum beschäftigt, und der Rhythmus unseres Lebens hatte sich beschleunigt.

Im Gymnasium zeigte ich mich meinen Mitschülern gegenüber jedoch wortkarg und nicht besonders aufgeschlossen. Dazu trugen jene seltsamen Gebräuche bei, auf die mich niemand vorbereitet hatte, die »Bizutage« genannten Initiationsriten, die für mich fast zu einem traumatischen Erlebnis wurden, da einige »Khâgneux« aus der Klasse über uns versuchten, mich am Arm oder an der Schulter zu packen – es waren Jungen! –, um mich auf das Geländer zu heben. Alle Mädchen ließen diese Initiationsriten über sich ergehen. Nur ich, humorlos und außerdem aus schlichter Unwissenheit, weigerte mich entschieden, weil das Ganze in meinen Augen ein demütigendes Ritual war: »Nein, ich hab nein gesagt!«, und ich beharrte stur auf meiner Weigerung!

Wenn ich in den Briefen von Alain-Fournier und Jacques Rivière wenigstens einen winzigen Hinweis auf jene Gebräuche gefunden hätte, wenn ich dem Begriff »Bizutage« darin vorher schon einmal begegnet wäre, dann hätte ich mich nie wie eine Verfolgte aufgeführt, auch wenn ich aus Prinzip nicht daran hätte teilnehmen können (trotzig hätte ich hinzugefügt: »Nein, ich bin schließlich Muslimin!«). Insgeheim war ich entsetzt darüber zu sehen, wie meine Mitschüler diese Behandlungen freiwillig über sich ergehen ließen. Ihre gute Laune rührte einerseits daher, dass sie das Ganze als eine Art Spiel ansahen, andererseits spielte auch eine gewisse Eitelkeit eine Rolle, der Stolz darüber, von nun an zu den Schülern der »Classes Préparatoires« zu gehören.

Spiel und Eitelkeit. Das war das Motto dieser zwei oder drei Tage, in denen sich die Schüler auf sonderbare Weise abreagierten. Meine hartnäckige Weigerung wurde respektiert, doch dafür drohte man mir an, nicht mehr mit mir zu sprechen.

Dadurch wurde ich nur noch störrischer. »Ich werde auch nicht mit euch reden!«, beschloss ich. Dieses Unverständnis auf beiden Seiten trug dazu bei, dass ich mich in mich selbst zurückzog. Erst nachdem ein paar Wochen des ersten Trimesters vergangen waren, überwand ich mein mürrisches Einzelgängertum.

Dafür war die Fahrt mit der Straßenbahn jeden Morgen ein Erlebnis! Ich setzte mich immer in den ersten Wagen, wenn möglich nicht weit weg vom Fahrer, und konnte mich nicht sattsehen am Spektakel der erwachenden Stadt, bald fesselte der Strom der Fußgänger meine Aufmerksamkeit, dann faszinierten mich die Plätze, die wir einen nach dem anderen passierten, mit den Terrassen der Cafés, deren Gäste ausschließlich Männer waren, aber allen Bevölkerungsgruppen angehörten.

Und das Gleiche noch einmal am Abend … außer, wenn Tarik am Eingang des Gymnasiums auf mich wartete und ich eine Stunde Zeit hatte, um in seiner Begleitung am Kai entlang spazieren zu gehen.

Ich schreibe hier über die erste Zeit meines Lebens in der »Hypokâghne« in Algier, während der das anfängliche Missverständnis zwischen mir und meinen Mitschülern langsam verblasste und einige von ihnen schließlich echte Kameraden wurden. Dabei wollte ich eigentlich vor allem darüber sprechen, wie wenig ich damals von der viel tiefer reichenden Veränderung im Leben meiner jungen Mutter mitbekommen habe.

Sie war meine Mutter, jung und schön. Sie hatte sich in eine Frau von europäischem Aussehen verwandelt. Diese Verwandlung ermöglichte es ihr, jeden Tag tausend winzige Vorteile zu entdecken, die an sich zwar unauffällig und still sein mochten, für sie jedoch »revolutionär« waren. Mein Vater konnte damals als Einziger aufgrund ihrer abendlichen Gespräche im Schlafzimmer ermessen, wie sehr sie aufgeblüht war …

Ich verließ morgens sehr früh das Haus und kehrte abends ziemlich spät von meinen Streifzügen mit Tarik zurück. Außerdem fand ich Gefallen daran, in der Bibliothek zu arbeiten. Eine war nicht weit vom Gymnasium entfernt in einer Gasse in der Nähe der Kasbah in einem alten türkischen Palast untergebracht. Dort, in der Stille und dem baufälligen Charme dieses Ortes, vertiefte ich mich in die Bücher. Ich verbrachte ganze Nachmittage dort, und wenn ich wieder heraustrat, erfüllt von dem, was ich gerade gelesen hatte, dann verspürte ich oft Lust, mich allein in die Gässchen im Herzen der nahen Altstadt hineinzuwagen.

Herumlaufen, allein oder mit Tarik, aber Hauptsache laufen, darauf kam es an, ich konnte mich nicht sattsehen am Spektakel dieser belebten Hauptstadt, die trotz des Verkehrs und des herrschenden Lärms noch friedlich war. Ich war nur noch Blick, wie ein Fotograf auf der Jagd nach Motiven, der so lange sucht, bis er mit seiner Ausbeute zufrieden ist.

6

Auf der Straße

Ich kann mich noch gut an mein erstes Jahr in Algier erinnern, in dem ich endlos durch die Stadt streifte, und an den Rausch, in den ich damals geriet. Mit gesenktem Blick vorwärtsgehen, rot werden, wenn ich merkte, dass man mich für eine Europäerin hielt, denn damals kam es noch selten vor, dass Jugendliche es wie ich genossen, einfach nur um des Gehen willens zu gehen … Das Wichtigste war, draußen nicht die Sprache des eigenen Herzens zu sprechen, ich meine die Muttersprache. Wenn es einem gelang, dank der Französinnen, die um einen herum unterwegs waren, auf der Straße unerkannt zu bleiben, dann durfte man in Gegenwart eines arabischen Mannes vor allem nicht von jener Sprache der Intimität Gebrauch machen. Er würde einen sogleich prüfend anblicken, und sein automatischer Respekt für eine Europäerin, gleich welchen Alters, würde einem jungen Mädchen aus seiner Religionsgemeinschaft gegenüber in Feindschaft umschlagen. Er würde einen anstarren, so als wollte er sagen: »Die schamlose Person! Ohne Schleier, und sie bedeckt noch nicht einmal ihr Haar!«

Feindselig wären sie einem begegnet, die Angehörigen des eigenen Clans! Auf keinen Fall durfte man in ihrem Beisein den Schleier abnehmen oder seine Identität preisgeben. Doch eigentlich war man ja genau das: unverschleiert! Aber gleichzeitig auch »maskiert«, ja, die fremde Sprache diente einem als Maske! Wohingegen die Muttersprache einen draußen verraten hätte, sie hätte einen denunziert. Fast hätte man mit dem Finger auf einen gezeigt!

Wenn sie, die eigenen Leute, geahnt hätten, dass man wie sie einen arabischen Dialekt sprach, dann wären sie einem plötzlich voller Hass begegnet. Sie hätten einen beleidigen wollen, nicht zuletzt aufgrund der Jugend, wegen des nackten, unverstellten Vergnügens, das einem angesehen wurde, während man sich durch diese abschüssig daliegende, schillernde Stadt bewegte und mit seinen weit geöffneten Augen jede Ecke verschlang. Man stellte eine anstößige Leichtigkeit zur Schau, wenn es sich so anfühlte, als schwebe man gleichsam in der Luft, während man die vielen schrägen Gassen hinabglitt, sich am Sauerstoff berauschte und unzählige Treppen hinuntersauste!

Was für ein grenzenloses Abenteuer, in das intensive Blau der Luft einzutauchen. Auf diese Weise ein Leben draußen führen zu können und alle verschiedenen Altersstufen auszuprobieren, sich an einem Tag wie ein unbeschwertes, kleines Mädchen zu fühlen, ein andermal wie eine fröhliche, junge Frau, später wie eine alte Vagabundin – denn bereits bei meinen ersten Spaziergängen in diesem sonnigen, wenn auch kalten Herbst habe ich beschlossen: Ich will diese meine Stadt niemals wieder verlassen! Früher hatte ich von Genua, Palermo oder Marseille geträumt. Jetzt, seit diesem Herbst 1953, beherrscht mich der Gedanke, hier zu leben und zu sterben, in dieser weit geöffneten Stadt, die einem Schrei gleicht, der dem Himmel entgegengeschleudert wird, dieser Gedanke erfüllt mich mit einer Freude, die plötzlich greifbar wird, als würde ich mit offenen Augen träumen!

Doch da waren die Leute auf der Straße, ich meine die Jungs aus der eigenen Gemeinschaft, bei denen man, etwas zerstreut, leicht in Versuchung geriet, sich im gemeinsamen Dialekt zu unterhalten. Hat man es einmal gewagt, eine Frage an sie zu richten – einmal habe ich einige von ihnen, die vor einer Toreinfahrt auf der Straße spielten, in der »Schwester-Sprache« nach dem Weg gefragt, obwohl mein leichter Akzent aus Caesarea meine Sprache ein bisschen affektiert klingen lässt, eine Art »Vogel-Sprache« –, da haben diese Bengel sofort das Gesicht verzogen, mich misstrauisch beäugt, als sei ich, nur weil ich zu ihrem Clan gehöre und offensichtlich so viel Freude daran habe, mich draußen zu bewegen, sogleich verdächtig! Hinter meinem Rücken zweifelte man sicherlich an meiner Moral!

Ein Glück nur, dass diese Wahrheit mir wenigstens sofort klar wurde. Solange diese männlichen Personen zwischen sieben und siebenundsiebzig einen für eine Ausländerin oder eine Reisende halten, solange sie annehmen, dass man dem anderen Clan angehört, respektieren sie einen, doch dass man »eine von ihnen« sein könnte und frei, das ist für sie unvorstellbar. Dabei ist man eine Erscheinung der Morgendämmerung und sie ahnen es nicht einmal!

Also murmele ich, wenn ich draußen bin, in meiner Sprache vor mich hin, in der Sprache, die wirklich »meine« ist. Voller Unbehagen oder voller Unzufriedenheit, weil ich sie nicht hervorholen und dem Sonnenlicht aussetzen darf. Warum kann diese Sprache, meine Muttersprache, niemals genau so selbstverständlich ein Teil von mir sein wie meine Haut, eine Sprachen-Haut?

Doch ich muss es einsehen. Ich muss die so sanfte Sprache meiner Mutter für mich behalten, egal, wo ich gerade herumflaniere. Ich muss sie dort lassen, wo es warm ist, muss sie verstecken, darf sie nicht hervorholen, dieses Geschenk meiner Ahninnen und meiner Mutter-und-Schwester (bei uns spricht man seine Mutter oft mit »ya Khti« an, »meine Schwester«). Dabei würde ich diese sogenannte »Muttersprache« doch so gerne draußen umherschwenken, wie eine Lampe! Doch ich muss sie fest an mich drücken, als wäre sie ein verbotenes Lied … Ich darf höchstens in ihr flüstern, darf sie psalmodieren und dabei einen Kniefall machen oder auch nicht, ich verwahre sie sicher, sie ist den engen Räumen der Familie vorbehalten oder den Innenhöfen von einst …

Auf der Straße muss ich, während ich meinem Körper erlauben kann umherzustreifen, entweder schweigen oder französisch sprechen, oder englisch, oder meinetwegen chinesisch, wenn ich das könnte, doch auf keinen Fall darf ich meine erste Sprache in der Öffentlichkeit vorzeigen, die Sprache so vieler Frauen, die in Gefangenschaft leben.

Ich bin voller Ungeduld. Ich will raus, will, in ihren Worten, »nackt« aus dem Haus gehen, will meinen Körper draußen bewegen, ohne Strafe fürchten zu müssen, meine Beine sollen frei sein, mein Blick soll alles verschlingen. Doch diese Freiheit darf ich mir nur nehmen, solange ich meine Milch-Sprache verberge, sie fest an mich presse, sie, wenn es sein muss, zwischen meinen Brüsten verstecke!

Nachdem ich den Frust darüber überwunden habe, will ich nur noch laufen, laufen, bis es mich trunken macht! Manchmal, wenn ich erschöpft bin und mich nicht traue, mich ganz allein auf die Terrasse eines Cafés zu setzen – vielleicht stört mich auch der Gedanke, man könnte mich dann mit den lärmenden Gruppen der europäischen »Jeunesse dorée« verwechseln –, ruhe ich mich schließlich auf einem der kleineren, abgeschiedenen Plätze, die ansonsten Arbeitslosen und dösenden Bettlern als Aufenthaltsort dienen, auf einer Bank aus.

Das ist der Luxus, der mir als Spaziergängerin in dieser Hauptstadt zur Verfügung steht. Stundenlang schweigend und unerkannt umherzulaufen!

Endlich beginnt der Lehrbetrieb an der Universität. Von nun an nehme ich für meinen Weg von Ost nach West durch die Stadt täglich einmal am frühen Morgen und einmal am späten Abend die Straßenbahn. Das Leben lächelt mich an.

Die zwei Wochen, die ich auf den Beginn des Unterrichts am Grand Lycée wartete – das sich zwischen den Hügeln der Kasbah und dem alten Hafenbecken der Korsaren ganz unten befindet –, haben mir gereicht, um mich voll und ganz zu Hause zu fühlen, und wenn von Zeit zu Zeit ein literarischer Schatten durch meine Gedanken geisterte, dann war es nicht der von Albert Camus, über den zu der Zeit in Paris viel geredet wurde, sondern eher der von Cervantes, der früher, dreieinhalb Jahre zuvor, Sklave in den Straflagern dieser Stadt gewesen war.

Du, die in jenen ersten Herbsttagen des Jahres 1953 frei durch diese belebte, summende Stadt läufst, du bewegst dich nunmehr draußen unter einem Schleier, doch dieser Schleier ist jetzt die Sprache der »anderen« – eben jene Sprache, in der du jetzt schreibst, ich hätte beinahe gesagt: um die du jetzt deine Arme schlingst!

Wozu sich jene Verletzbarkeit wieder ins Gedächtnis rufen, jenes Unbehagen in einer Stadt wie Algier, wo man oft einen Ausblick hatte, bei dem einem schwindlig wurde, während es doch noch friedliche Zeiten waren?

Je länger du durch diese Stätte mit den steilen Abgründen streifst, die wie Schutzwälle der Freiheit sind, je mehr du dich anstrengst, für eine andere gehalten zu werden, weil du ohne Schleier unterwegs bist, also »nackt« – dieses Wort klingt grob auf Arabisch –, also nicht erdrückt von Stoffen aus Wolle oder makelloser Seide, desto mehr scheint in deinem Schweigen jene versteckte Sprache mitzuschwingen: die Sprache der Ahninnen, doch ebenso die Sprache der Schergen, die diese bewachten.

Doch du, dich ließ man in Frieden, inmitten des Stromes aus Männern, hielt man dich doch für eines der Mädchen vom Clan der Kolonisten. Das erfüllte dich manchmal mit Unbehagen, als ob du bewusst nach dieser Anonymität gesucht hättest, die dir deine Bewegungsfreiheit gewährleistete. Während es eigentlich eher Zufall war, dass du dich daran erfreuen konntest. Außerdem warst du trotzdem die meiste Zeit in Alarmbereitschaft!

Ganz am Anfang, als ich es noch manchmal wagte, in arabischem Dialekt nach dem Weg zu fragen, um eine Antwort in derselben Sprache zu erhalten, verrieten die Nuancen der Sprache mir etwas über meinen Gesprächspartner, der mir zum Beispiel im Dialekt von Bougie oder Jijel antwortete … Jene winzigen, kaum wahrnehmbaren Zeichen hätten zwischen den Menschen gleicher Abstammung ein brüderliches Einvernehmen herstellen können. Ja, dieser Wunsch übermannte mich hin und wieder. Auf meinen unermüdlichen Spaziergängen fühlte ich mich zugleich wie eine Spendensammlerin, eine Bettlerin – auf der Suche nach Solidarität!

Ich mit meinem kurzen Rock, dessen Saum oberhalb meiner Waden flatterte, ich hätte Lust gehabt, sie anzuherrschen, all diese kleinen männlichen Vertreter meines Clans:

»Ich bin eine von euch! Ich bin wie ihr!«

Sie hätten hämisch gelacht und mich beleidigt.

Dabei war es doch der Durst nach »ihrer« Anerkennung, der mich quälte!

Ich erinnere mich an meine damaligen, meiner jugendlichen Naivität geschuldeten Illusionen, die ich mir bezüglich derer machte, die ich meine »Brüder« hätte nennen können, wenn sie denn dazu bereit gewesen wären, mich in meiner neuen Freiheit zu begrüßen!

Doch das Wort »Brüder« sollte seine Bedeutung erst einige Jahre später erhalten, dann nämlich, wenn dieses Land sich blutig einfärben würde!

7

Spaziergänge am Hafen

Kurz bevor es zerriss … was zerriss? Die Erde oder der Himmel? Eher das Licht, das Licht, in dem ich mich draußen bewegte, oder das Blau des Himmels, von dem ich damals annahm, ich könnte mich eines Tages dort hineinstürzen, mit einem einzigen Schwungholen aus Glück oder aus Verzweiflung, ganz egal – als ob in jedem von uns, im Verlauf eines jeden Lebensweges, eine Beschleunigung vorgezeichnet wäre.

Nein, anstatt mich an Ort und Stelle aufzulösen, während einen die starren Blicke all der Voyeure, der Arbeitslosen, der gründlichen Beobachter verfolgen, stürze ich lieber davon, renne, galoppiere, bis ich nicht mehr kann!

Allein oder in Tariks Begleitung trat ich, sobald ich das Gymnasium verlassen hatte, dem fortwährenden Gesumm der heißen Stadt entgegen, ich ging die Arkaden entlang, die erahnen ließen, wo sich einst das alte Herz der Stadt befunden hatte. Die Altstadt, in die ich gerne hineingegangen wäre, ob allein oder in Begleitung des Verlobten, um unter den Arkaden eines anderen Jahrhunderts in das Gewirr der engen Gassen einzutauchen! Doch überall Augen, die Augen von Männern, die so feierlich dasitzen, dass man meinen würde, sie säßen schon seit Anbeginn der Zeit dort – seit der Zeit der Korsaren, der Raubzüge, der Gewalt. Heute scheinen diese wiederauferstandenen Zeugen der Vergangenheit nur noch da zu sein, um einen zu ärgern.

Es war, als ob wir, mein Verlobter und ich, stets am Rande eines untergegangenen Königreichs blieben …

Ich irrte allein umher, manchmal riskierte ich dabei, dass man mich für eine Touristin hielt, die sich verlaufen hatte, weil ich ihnen gegenüber meine Sprache nicht erklingen ließ – »Und warum nicht, mein Fräulein? Nur aus Scham oder Prüderie?«

Denn sobald sie meine Identität entdeckt hätten, wären sie versucht gewesen, verächtlich neben mir auszuspucken.

Manchmal kam es auch vor, dass ich mich alleine in den Ausläufern der Kasbah verlief, voller Bedauern darüber, dass ich leider ein junges Mädchen war und kein Junge und deshalb so viele der Gassen nicht betreten konnte, die, in denen die zum Verkauf angebotenen Kupferwaren glitzerten oder in denen sich eine dunkle Stille ausbreitete, die Sackgassen mit Säulen aus glänzendem Marmor.

Oft, wenn ein Kurs im Grand Lycée früher zu Ende war als vorgesehen, oder wenn mein Verlobter angekündigt hatte, dass er nicht kommen würde, konnte ich es nicht erwarten, wieder dort zu sein und mit meinen unersättlichen Augen alles zu verschlingen. Ich zögerte nicht, mich in diese Welt hineinzuwagen – »trotz allem ist es doch auch meine Welt!«, flüsterte ich –, also blieb ich vor einer niedrigen Tür stehen, hob den Klopfer an, das Haus wirkte abweisend, und ließ ihn gegen dir Tür schlagen. Dann, sobald die zederne Tür sich einen Spalt öffnete, sprach ich die Dame des Hauses auf Arabisch an und bat sie, mir den alten Innenhof zu zeigen, die verblichenen Mosaike. Gelassen ließ sie mich eintreten, um das Wasserbecken mit dem niedrigen Springbrunnen zu bewundern.

Manchmal aber hatte sie mich trotz oder aufgrund unserer gemeinsamen Sprache im Verdacht, irgendwelche undurchsichtigen Absichten zu haben, und schlug mir die

Tür vor der Nase zu, plötzlich vermutete sie hinter meinem arabischen Namen offenbar eine Kupplerin oder eine Intrigantin!

Vermutlich wäre es deshalb geschickter gewesen, wenn ich mich als westliche Frau ausgegeben und sie auf Französisch angesprochen hätte. Selbst wenn sie nur ein paar Fetzen verstanden hätte, wäre meine touristische Neugier ihr dann natürlicher erschienen.

Dennoch hätte sie anhand meiner Aussprache, anhand meines Dialektes erraten können, aus welcher entfernten Stadt ich stammte, eine Stadt mit einer glanzvolleren Geschichte als ihre. Nachdem ich diese Zurückweisung hatte einstecken müssen, kehrte ich unglücklich zu den sogenannten »europäischen« Straßen zurück, und es war, als wäre ich wirklich zu einer Fremden geworden, überall in dieser Hauptstadt!

Plötzlich steigt eine Erinnerung aus meiner frühen Kindheit in mir auf. Als ich einmal, noch sehr klein (ich schätze vier oder fünf Jahre), ein paar Tage im sogenannten Quartier de la Marine wohnte, das damals fast nur aus Ruinen bestand … Ein Onkel meiner Mutter lebte dort, aus der Linie ihrer Mutter. Er war sehr krank gewesen – langsam wird meine Erinnerung klarer –, und so hatten meine Mutter und einige Tanten und Cousinen die Gelegenheit genutzt, um ihn zu besuchen. Ich weiß noch, dass sie während dieses recht kurzen Aufenthaltes auf die Souks gingen, wo die Sticker und die Schmuckhersteller ihre Waren anboten. Der Onkel befand sich damals wieder auf dem Wege der Besserung. Von diesem fast vergessenen Tag ist bei mir nur ein wehmütiges Gefühl des Verlassenseins übriggeblieben. Ich war während der Mittagsruhe aufgewacht und hatte auf meine Mutter gewartet, die sich, nachdem sie endlich von ihrem Ausflug zurückkam, vor ihren Cousinen über mich lustig machte. Ich nahm es ihr übel, obwohl sie mir, glaube ich mich zu erinnern, irgendeinen exotischen Gegenstand mitgebracht hatte, den ich bald darauf irgendwo liegenließ …

Später dann, als Studentin, zögere ich, mich in die Kasbah hineinzuwagen, die mich an Babylon erinnert. Jenes geheimnisvolle Herz der Hauptstadt, das später zum Ausgangsort eines tragischen und großartigen Widerstandes wurde, blieb mir während meines ersten Jahres als Studentin fremd.

Mein Verlobter schlug, wenn er vor dem Grand Lycée auf mich wartete, meistens einen Spaziergang zu den Kais vor. Also wandten wir der Altstadt den Rücken zu, in der zu der Zeit sicherlich schon ein reges Treiben herrschte. Er zog mich mit sich, es war immer das gleiche Ritual. Wenn wir uns am späten Nachmittag trafen, streiften wir eine Weile als Paar durch die Stadt, bevor wir uns schließlich, nachdem wir eine Stunde aufs Geratewohl herumgelaufen waren, zum Hafen begaben.

Kamen wir dort am anderen Ende der Stadt an, schickte die untergehende Sonne gerade ihre letzten Strahlen in den Himmel. Im rötlichen Abendlicht suchten wir uns eine abgeschiedene Ecke, wo wir auf einem Metallgitter oder einem Poller sitzend miteinander plauderten, als ob wir uns auf der Terrasse von einem der Cafés da oben hinter unseren Rücken befänden (über unseren Köpfen zeichnete sich das Stadtzentrum ab). Entweder erzählte ich ihm ganz entspannt, was ich an dem Tag gemacht hatte, oder ich ließ ihn sich über ein aktuelles Thema von allgemeinerem Interesse auslassen. Ich hörte ihm zerstreut zu und beobachtete dabei die Schlange der Dockarbeiter, die zu dieser Zeit von den Schiffen kamen, deren Masten am Horizont sichtbar waren, während andere wiederum in kleinen Grüppchen auf dem Weg dorthin zu sein schienen. Schemen von Hilfsarbeitern, welche von »uns«, dachte ich bei mir – jene

Worte stiegen auf Arabisch in mir hoch. Damals kam mir die verschwommene Erinnerung an den Halbonkel aus der mütterlichen Verwandtschaft wieder in den Sinn. Das neu belebte Bild eines bereits vom Leben gezeichneten Mannes, die Frauen der Familie erzählten sich leise, was er für ein schweres Leben gehabt hatte – wir sollten von diesen Gesprächen nichts mitbekommen, sie haben aber dennoch eine dunkle Spur in meinem kindlichen Gedächtnis hinterlassen.

Zu der Zeit, als der junge Mann und ich uns näherkamen, empfand ich so etwas wie Sehnsucht nach dieser verschwommenen Vergangenheit in der Altstadt – wo ich nur einmal, als ganz kleines Kind, gewesen war. Doch ich schwieg, ich hätte ihm gerne gesagt, wie sehr ich mir wünschte, in diese weit zurückliegende Vergangenheit der Stadt zurückkehren zu können. Dazu hätte es genügt, den Namen jenes früh verstorbenen Onkels auszusprechen, dessen seltener Kosename mir wieder eingefallen war: »Khali Tadder«.

Jener Kosename »Tadder« – den ich, nachdem ich ihn wieder ausgegraben hatte, wohl zärtlich oder zaghaft vor mich hin sagte – war die Verkleinerungsform eines Vornamens, an den ich mich nicht mehr erinnern konnte. Dieser Onkel war der Halbbruder meiner Großmutter gewesen, der Mutter meiner Mutter, und er war mittlerweile verstorben. Plötzlich ließ die Erinnerung an ihn mich nicht mehr los, sie begleitete mich in diesem meinem Jahr in Algier bei meinen Streifzügen, während die Frauen meiner Familie ihn vollkommen vergessen hatten.

Ich habe oft gedacht, dass das Gedächtnis dieser Damen umso widerstandsfähiger würde, je mehr und je länger sie eingesperrt waren, wie ein Kaktus, der sich mit einem Minimum an Wasser zufriedengibt. Außerdem fand ich, in Bezug auf andere Familienangehörige, denen das Schicksal schwere Prüfungen auferlegt hatte und die vergessen worden waren, nachdem sie aus irgendwelchen Gründen verarmt oder in grausame Verbannung geschickt worden waren, dass diese Damen, die niemals das Haus verließen, diesen Unglücklichen hätten treubleiben müssen. So wie diesem Onkel, aber auch allen anderen, über die in der Familie nicht mehr gesprochen wurde. »Es wird einfach so getan, als hätte es ihn nie gegeben, sie haben ihn ein für alle Mal verleugnet und vergessen!«, klagte ich betrübt und strengte mich besonders an, mir das erstickte Seufzen wieder in Erinnerung zu rufen, das damals aus dem dunklen Zimmer drang, in dem Khali Tadder lag.

Während ich mich traute, durch entlegene Orte dieser Stadt zu laufen, ließ mich der Gedanke an den ärmsten von meinen Verwandten nicht mehr los. Er war wahrscheinlich als Arbeitsloser oder Deklassierter dort geendet, vielleicht, nachdem der Stamm ihm seinen Erbanteil verweigert hatte (war seine Mutter auf einmal verstoßen worden und hatte ihn allein aufziehen müssen?), die Verwandten, die unbeweglich in ihrem Innenhof verharrten, schwiegen jedoch darüber, weil sie meinten, es sei nicht »schicklich«, über die unvermeidlichen hässlichen und ungerechten Dinge in der familiären Vergangenheit zu sprechen …

Ich sank in jene nur noch in Fetzen vorhandene Erinnerung hinein, während die Dockarbeiter und andere arabische oder berberische Tagelöhner mit müden Schritten an uns vorübergingen. Hin und wieder vernahmen wir ihre Stimmen, die sie wie ein Rest erschöpfter Fröhlichkeit zu begleiten schienen. Der junge Mann neben mir schwieg, während der Himmel von den letzten rötlichen Strahlen der untergehenden Sonne beleuchtet wurde. Tarik ahnte nicht, wie weit weg ich war, als ich das Bild dieses vergessenen Onkels mit einem letzten Aufwallen von Ehrerbietung in mir begrub … Er schlang die Arme um mich, sobald es dunkel wurde und die Dunkelheit uns vor den grauen Schemen der zurückkehrenden Dockarbeiter verbarg.

Ich ließ mich von ihm festhalten, ließ die ersten Zärtlichkeiten in meinem Gesicht oder auf meinen Schultern über mich ergehen. Mir war plötzlich kalt und ich wollte aufstehen, ich kann mich an keine innere Regung erinnern, als wollte ich nichts anderes als schauen. Die letzten Lichter im Hafen, die Schlange der Arbeiter, die immer weniger wurden, und in der Ferne den Wald der Schiffsmasten, die ich nur als immer dunkler werdende Masse vor dem Hintergrund der brennenden Dämmerung ausmachen konnte.

Ich stand auf und erinnerte mich daran, dass ich zu Hause erwartet wurde. Das war die Zeit – jetzt lächle ich traurig bei dem Gedanken –, in der ich mir aus naiver Gleichgültigkeit einredete, dass das Verlangen nur bei jungen Männern erwachte. Und während ich von dem überspannten Wunsch ergriffen war, mit meinem Blick alles um mich herum erfassen zu wollen, »absolut alles« – die Stadt, das Meer, den Hafen, der nach und nach menschenleer wurde –, wehrte ich mich gleichzeitig nicht gegen das Gefühl liebevoller Nachsicht für diesen Gefährten, das mich überkam, als er mir mit leichtem Ärger in der Stimme sagte, dass er, nachdem er seine *Medrese* verlassen hatte, über eine Stunde an der Straßenbahnhaltestelle vor dem Grand Lycée auf mich gewartet hätte (hin und wieder kam er mit meinem Stundenplan durcheinander).

Er warf mir vor, dass es mir anscheinend gar nicht bewusst wäre, wie sehr er sich beeilt hatte, dass er sich davonstehlen musste, um diesen langen Spaziergang mit mir zu machen – der mir das große Vergnügen ermöglichte, durch so viele Räume in der Stadt zu laufen, an die ich mich allein nicht hätte wagen können. Für ihn, so endete er schließlich, seien diese Augenblicke, in denen Zärtlichkeiten möglich waren, doch so kostbar …

Bin ich mir jetzt wirklich noch sicher, dass er dieses Wort benutzte, »kostbar«? Ich weiß noch, dass wir französisch miteinander sprachen. In mir gab es immer noch einen gewissen Widerstand, oder eine Art Scham, das Französische war für mich zu einer neutralen Sprache geworden, wohingegen Liebesworte in meiner Muttersprache – die auch die seine war – mit ihm, meinem ersten Verehrer, unbeholfen gewirkt hätten. Die Verwendung der arabischen Sprache, um über Liebe zu sprechen, wäre mir, ohne zu wissen, warum, wahrscheinlich anstößig erschienen …

Die Sprache, die den jungen Leuten damals dazu diente, über Liebe zu sprechen, hatten sie wohl – das vermute ich heute – im Bordell aufgeschnappt. Freudenmädchen oder Damen reiferen Alters führten sie in die Liebe ein und sie verliebten sich dann in sie, nehme ich an. Was mich betrifft, so verbot ich mir strikt, mir das Leben meines »Verlobten« auszumalen, den ich gleich von Beginn an als diesen akzeptiert hatte, seit fast einem Jahr, aufgrund der Liebesbriefe – eine in arabischer Sprache verfasste Liebe also, doch die alte, überlieferte Sprache, Sprache der Poesie, verfügte immer noch über so etwas wie eine antiquierte Würde, nach der ich mich selbst während unserer Treffen sehnte.

Denn Tarik benutzte in meiner Gegenwart nie diese schillernden Worte aus früheren Zeiten, die er mir mit leiser Stimme hätte ins Ohr flüstern können. Dann hätte ich mich mit mehr Hingabe in seine Arme geschmiegt, während die abendliche Glut mich anstrahlte, auch wenn aus der Reihe der Dockarbeiter dort hinten uns plötzlich jemand prüfend hätte anblicken können und ich mich daraufhin geschämt hätte.

Lag es an diesen spät heimkehrenden Voyeuren, dass ich mich nicht der Umarmung des jungen Mannes überlassen konnte? Er spürte das. Und sofort machte er mir weitere Vorwürfe, ich weiß nicht mehr, mit welchem Inhalt (später gewöhnte ich mich an seine Vorhaltungen, an den scharfen Tonfall dieser eigentlich grundlosen Streitereien, schließlich fand ich sogar Gefallen an diesen Augenblicken, weil ich in dem Ausbruch dieser bedeutungslosen Streitereien einen Beweis für seine Liebe sah – ohne jedoch, dass ich dieses Wort dabei verwendete, ich hätte stattdessen, sagen wir, von der »besitzergreifenden Frustration meines Verlobten« sprechen können).

So entarteten diese seltenen Momente der Intimität meist und dienten bloß als Anlass für ein neues Wortgefecht, das sich anschließend zwischen uns entspann …

Ich erinnere mich an diese geteilte Einsamkeit zweier Menschen, am Hafen, angesichts der Boote, die am nächsten Morgen in die Ferne aufbrechen würden. Diese Momente, in denen Raum gewesen wäre für Zärtlichkeiten, ob in Verbindung mit Gesprächen oder schweigend, endeten als grundlose Streitereien, in denen der junge Mann stets ganz starr und stur wurde.

Ich verabschiedete mich von ihm, es war schon recht spät, und es wurde schnell dunkel. Ich konnte meinen Eltern bei meiner Rückkehr nichts anderes erzählen, als dass ich in der großen Universitätsbibliothek die Zeit vergessen hätte, was nur ungefähr jedes dritte Mal der Wahrheit entsprach. Ich vergaß den Studenten, dessen Unaufrichtigkeit, die er in unseren Wortgefechten an den Tag legte, mir der sichere Beweis für seinen verliebten Zustand zu sein schien. Sobald ich im Bett lag, verzieh ich ihm seine Launenhaftigkeit und redete mir ein, dass es vorübergehen würde. Eines Tages wären wir verheiratet, wie in den Groschenromanen, die ich nicht las, und an diesem noch weit entfernten Tag würde sich wirklich zu lieben bedeuten, dass man im selben Rhythmus lebte, dass wir unsere Launen gut aufeinander abstimmen würden, dass mir – durch irgendein plötzliches Wunder – nur noch die wahre Liebe zuteil werden würde, die »ewige« Liebe, wie ich damals wahrscheinlich nicht ohne Pathos hinzufügte …

8

Mounira ist wieder da

Eines Abends kam ich recht spät aus der Universitätsbibliothek und traf zufällig auf Mounira. Sie fragte mich sofort begierig, ob ich mich in Algier denn schon eingelebt hätte.

Innerlich zögerte ich. Wir hatten das gleiche Internat besucht, ein Gymnasium in der Provinz. Ich hatte versucht, mir einzureden, dass wir uns ganz einfach aus den Augen verloren hätten. Seit den Sommerferien waren erst drei Wochen vergangen.

Von einer Mitschülerin aus dem Internat hatte ich erfahren, dass Mounira von ihrem Vater die Erlaubnis erhalten hatte, in ein Studentenwohnheim für Mädchen zu ziehen und ein Studium des klassischen Arabisch zu beginnen. In diesem Fach war sie auf einem viel höheren Niveau als ich.

Außerdem erlaubte ihr Vater, der auf einmal zum »Befreier« geworden war – laut Djamila, so hieß die Mitschülerin –, ihr nun endlich, ein Leben wie eine westliche Frau zu führen, also ohne den traditionellen Schleier, der sie in der Kleinstadt behindert hatte. Jetzt war sie vollkommen frei und konnte sich in Algier ganz auf ihr Studium konzentrieren …

»Sicher«, hatte Djamila hinzugefügt »Mounira musste versprechen, jede Woche zu ihrer Familie zurückzukehren … und dort«, fuhr sie in sarkastischem Ton fort, »muss sie dann den alten Lappen von Schleier wieder anlegen!«

Dann hatte die Informantin mit lässiger Ironie noch hinzugefügt, in demselben Tonfall, in dem sie auch über ihr eigenes Schicksal zu sprechen pflegte, von dem sie mich aber auszunehmen schien:

»Du hast Glück, mit dir hat Gott es gut gemeint!«

»Ach was«, hatte ich entgegnet, »mein Vater vertraut mir einfach, das ist alles!«

»Ja eben, das ist doch viel!«, hatte sie geantwortet und war gegangen.

Ein paar Tage später stand Mounira eines Abends am Ausgang der Bibliothek plötzlich vor mir.

Ich hatte einen Text von Lukrez übersetzen müssen, den unser Lateinlehrer uns für den nächsten Tag vorbereiten ließ. Da ich wenig Vertrauen in meine Übersetzung hatte, hatte ich am Eingang der Bibliothek gewartet, bis ich an der Reihe war, um mich in eine Ausgabe der französischen Klassiker-Übersetzungen zu vertiefen. Ich wollte überprüfen, ob meine Übersetzung keine Missverständnisse enthielt (meine Leidenschaft für Lukrez hat auch nach so vielen Jahrzehnten nicht nachgelassen, sie ist reiner als andere Begeisterungen, als ob meine Phantasie, angeregt durch die Weltsicht des großen lateinischen Dichters – wie ein Himmel voller leuchtender Sternbilder – mich mit sich zog und in einen Zustand der Verzauberung versetzte …).

An jenem Abend, an dem ich ganz in Lukrez' Bann stehe – der mich in eine andere Welt befördert hatte –, völlig hingegeben an diese belebende Träumerei, treffe ich am Ausgang unerwartet auf Mounira. Zusammen gehen wir die breite Treppe hinunter, die oberhalb der Straße liegt, in der das Café ist, in dem ich ein Jahr zuvor bei unserem ersten Treffen mit Tarik gesessen habe.

Mit unverhohlener Neugier fragt Mounira mich, wie es denn »mit Tarik so laufe«! Das lebhafte Interesse, das aus ihrer Frage spricht, kommt mir fast zudringlich vor. Ich habe an dem Abend das Gefühl, ich wäre ganz woanders, immer noch in der Welt von Lukrez …

Als ich von Tarik erzähle, tue ich das ganz natürlich. »Wir sind schließlich nicht mehr im Internat, wo wir uns flüsternd Geheimnisse anvertrauten, die gestern noch so gefährlich waren!« An jenem Abend hatte ich, nehme ich an, meinen Eltern bereits im Voraus mitgeteilt, dass ich wegen dieser Recherche in der Bibliothek nicht vorm Abendessen nach Hause kommen würde.

Bei Mounira habe ich das Gefühl, sie durchschaut mich; warum sollte ich auch auf der Hut sein?

Stattdessen gratuliere ich ihr zu ihrem westlichen Aussehen.

»Du mit deiner hellen Haut und dem kastanienbraunen Haar, dich hält man doch bestimmt oft für eine Europäerin, oder?«

Ich frage sie das ohne Hintergedanken, in mir regt sich sogar erneut ein Gefühl von Verbundenheit.

Ohne Umschweife fängt sie an, mir traurig die Geschichte von ihrem »Flirt« im letzten Jahr anzuvertrauen (ich schätze, sie hatte mir davon berichtet), eine Beziehung, die sich auf dem Gymnasium aufgrund einer »Brieffreundschaft« weiter gefestigt habe, erzählt sie leise. Doch das ist vorbei, verkündet sie traurig, sie habe die Beziehung vor kurzem beendet!

Ihre Stimme klingt wehmütig, dabei hatte ich angenommen, sie aufgrund ihrer neu errungenen Emanzipation hier in Algier von freudiger Aufregung erfüllt anzutreffen.

Ihre Stimme klingt fast schrill vor Neugier, als sie anschließend von mir wissen will:

»Und wie läuft es bei dir, was macht deine Romanze?«

Mich stört ihr vertraulicher Ton, der in ihrer Frage mitschwingt. Während wir weiter die breite Treppe hinuntergehen, will sie unbedingt wissen, wie ich es anstelle, meinen

»Verehrer« zu treffen – das ist das Wort, das sie dabei benutzt. Zufällig war ich ausgerechnet für den nächsten Tag – einem Feiertag – mit ihm in einem Café nicht weit von dort verabredet, wir wollten bloß am späten Vormittag zusammen einen Kaffee trinken.

Mounira fragt mich weiter aus. Ich gebe nur widerwillig Auskunft. Da ich diese Treffen vor meinen Eltern geheim halte, spreche ich auch mit anderen Menschen ungern darüber.

Als ich schweige, verlangt sie:

»O bitte, du musst mir erlauben, dass ich auch in das Café komme. Ich will nur einen Kaffee mit euch trinken!«

Ich bin völlig überrumpelt.

»Wozu?«, frage ich und überlege gleichzeitig, was hinter ihrem aufdringlichen Verhalten stecken könnte.

Doch plötzlich schäme ich mich für meine Bedenken. Es kommt selten vor, dass Tarik und ich uns in diesem Café unter vier Augen unterhalten können, und wir machten dort nichts anderes als reden. Warum sollte Mounira nicht einmal dabei sein dürfen? Hatte sie sich uns nicht bereits damals aufgedrängt, an unserem letzten Tag im Internat, als sie nach der Verleihung der Preise zu uns beiden herübergekommen war und vorgeschlagen hatte, ein Foto von uns zu machen?

Mounira kommt ebenfalls auf diesen Tag zu sprechen, die letzte Spur unserer gemeinsamen Jahre auf dem Collège. Angesichts des betrübten Eindrucks, den sie auf mich macht, tut mir meine Reaktion schon wieder leid, gleichzeitig warnt mich meine Intuition.

Doch ich höre nicht auf mein Bauchgefühl und willige ein, sie am nächsten Tag wiederzusehen.

Als sie sich von mir verabschiedet, immer noch ein wenig aufgeregt, muss ich ihr noch einmal die Zeit und den Ort der Verabredung nennen.

»Wir erwarten dich im Café Victor Hugo, im ersten Stock!« Entschlossen füge ich noch hinzu: »Aber nur für einen Kaffee, danach trennen sich unsere Wege wieder, und Tarik und ich gehen woanders hin!«

Wenn das Wetter gut ist, wird Tarik vorschlagen, dass wir wieder zum Hafen hinuntergehen.

»Ach, es wird bestimmt so schön«, male ich mir den Tag aus, »wenn wir ausnahmsweise mal Seite an Seite unsere gewohnten Plätze entlangschlendern können, ohne uns beeilen zu müssen, rechtzeitig zurück zu sein. Wir haben den ganzen Tag für uns allein, um spazieren zu gehen und uns frei zu fühlen!«

Auf dem Rückweg zu meinen Eltern habe ich Mounira schon wieder vergessen. Ich glaube, ich vergesse an diesem Abend auf dem Heimweg sogar Tarik und die ganze Welt um mich herum. An jenem Abend lerne ich diese Verse von Lukrez auswendig.

»Wir empfinden auch stets, daß überall unsere Körper Lebensgefühle durchströmen, und sehen, wie er ganz belebt ist. Spaltet nun in der Mitte urplötzlich ein rascher Gewaltstreich Unseren Körper so, daß jede der Hälften getrennt liegt, Würde wohl sicherlich auch die seelische Kraft sich verteilen Und mit dem Körper zugleich auseinander gerissen zerstieben. Doch was sich spaltbar zeigt und in Teile beliebig zerlegbar, Muß natürlich verzichten, als ewiges Wesen zu gelten.«

Und ich wiederhole die letzten Verse im Original, ich kenne sie auswendig: *»Ad quod scinditur et partis discredit in ullas, scilicet aeternam sibi naturam ab nuit esse!«*

Lukrez' Text füllt mich vollständig aus, und ich passe meinen Gang dem Rhythmus seiner Zeilen an, während ich die Straße hinaufgehe, die nach dem Lieblingshistoriker meines Vaters benannt ist: Michelet.

Nach dem Abendessen erzähle ich meiner Mutter von meinem Treffen mit Mounira und füge hinzu, dass ich mich für den nächsten Vormittag mit ihr im Café verabredet habe.

»Und warum kommt sie nicht hierher, zu uns?«

»Sie hat so traurig auf mich gewirkt. Falls sie mir irgendeinen Kummer oder eine Enttäuschung anvertrauen möchte, dann wird sie das nicht machen, wenn du dabei bist!«, redete ich mich mit einer Halbwahrheit heraus.

Damit habe ich, ohne lange suchen zu müssen, einen Weg gefunden, am nächsten Morgen lange fortbleiben und mit Tarik zusammensein zu können. »Dann werden wir uns eben zu dritt unterhalten«, denke ich, »Mounira weiß schließlich Bescheid. Sie wird schon verstehen, dass wir dann nach einer Weile miteinander allein sein wollen!«

Falls ich an jenem Abend nicht einschlafen konnte, so lag das daran, dass mein Geist immer noch unter dem Eindruck von Lukrez' Versen stand. Als es Nacht wird, begleitet die Poesie mich in den Schlaf.

Ich schlafe nicht besonders fest. Mein Schlaf ist wie Watte, doch erholsam. Fröhliches Erwachen und Aufstehen! Gut gelaunt und ausgeschlafen unter der Dusche! Ich muss mich zusammenreißen, damit ich nicht anfange zu singen. Meiner Mutter entgeht nie etwas, sie würde sofort misstrauisch werden.

Beim Frühstück murmelt sie schlecht gelaunt, es schicke sich nicht, dass ich an einem Feiertag ausgehe. Als sie darauf besteht, dass ich Mounira mit nach Hause bringen soll, denke ich mir einen endgültigen Hinderungsgrund aus.

»Nein Mma, nach unserem Treffen muss Mounira zum Zug, weil sie die beiden nächsten Tage bei ihren Eltern verbringen wird!«

Beschwingten Schrittes mache ich mich auf den Weg, ich fühle mich federleicht, bin viel zu früh dran und komme mir sehr listig vor. Ohne es geplant zu haben, kann ich dank dem Vorwand, ich würde mich mit Mounira treffen, länger mit Tarik zusammen sein.

Ich weiß noch, wie warm die Sonne an diesem Herbsttag schien. In Gedanken bin ich bei meinem Verlobten, und plötzlich beschließe ich, dass ich heute netter zu ihm sein will, als ich es bisher immer war.

Denn sobald Mounira weg ist, gehen wir wieder zum Hafen hinunter, zum Meer, das unser Verbündeter ist.

9

Wir … drei!

Auf dem Weg zum Café bin ich guter Laune. Noch nie habe ich mich auf dem Weg zu einem Treffen mit Tarik so unglaublich frei und unbeschwert gefühlt.

»Dank Mounira, die mir als Ausrede dient, braucht meine Mutter heute nicht auf mich zu warten!«

Das Café Victor Hugo, mit seiner kleinen Loggia im ersten Stock, die meistens leer ist, ist neuerdings zu unserem Liebesnest geworden, ein Ort, der zu zaghaften Gefühlsbekundungen einlädt.

An diesem Morgen aber werden wir – zumindest am Anfang – nicht die einzigen Gäste dort sein, sondern … zu dritt!

Am Vortag hatte Mounira darauf bestanden, sich uns anschließen zu wollen. Auf meinem Weg zum Café an diesem Morgen meldete sich eine innere Stimme in mir, die entweder durch ein ungutes Gefühl oder durch einen neu gewonnenen Scharfblick geweckt worden war, und flüsterte:

»Mounira kommt nicht etwa, um Zeit mit dir zu verbringen, sondern weil sie sich vor deinem Verehrer in Szene setzen will!«

Dann fügte die Stimme bissig hinzu:

»Mounira wird das fünfte Rad am Wagen sein! Sie kommt, weil sie einem jungen Mann aus ihrer Heimatstadt schöne Augen machen will!«

Ich versuche, die Stimme zum Schweigen zu bringen.

Wovor sie mich warnt, ist doch nichts weiter als ein an den Haaren herbeigezogenes Szenario.

»Da stehe ich doch drüber!«, denke ich. »Wenn Mounira sich wirklich zwischen uns drängen will, dann soll sie's nur versuchen, sie wird schon sehen, was sie davon hat!«

Außer Atem erreiche ich das Café, wenige Minuten nach Tarik, der lächelnd bemerkt:

»Wie, diesmal kommst du mal nicht zu spät?«

Nachdem wir unsere Bestellung aufgegeben haben, setzte ich gerade dazu an, ihn auf Mouniras Kommen vorzubereiten, als sie auch schon hereingestürmt kommt, sie ist in leuchtende Farben gekleidet, ist geschminkt und hat unter den Augen einen blauen Lidstrich gezogen. Sie begrüßt mich kurz und setzt sich einfach dicht neben Tarik, der höflich aufgestanden ist.

In beinahe triumphierendem Tonfall sagt sie zu mir:

»Du brauchst mich nicht vorzustellen! Tarik erinnert sich ja bestimmt noch an den letzten Tag im Collège. Da habe ich Euch doch zusammen fotografiert!«

Der Kellner bringt die Getränke und verschwindet wieder. Mounira beugt sich zu Tarik hinüber und fängt an, arabisch zu sprechen. Ich höre erstmal zu und bin freudig überrascht. Sie spricht eine Sprache, die vornehm klingt und sich mit elegant klingenden Formulierungen schmückt, eine fast literarische Sprache, ein kleines bisschen gekünstelt, die mich an ein paar alte Damen aus meiner Kindheit erinnert, Verwandte von mir, die eine raffinierte, wenn auch leicht altmodische Ausdrucksweise pflegten.

Mounira spricht die ganze Zeit in Tariks Richtung, nur von Zeit zu Zeit neigt sie ihr Gesicht zu mir und lächelt mir kurz zu, dann wendet sie sich von neuem demonstrativ ausschließlich an Tarik, welcher, stelle ich fest, bisher kaum ein Wort gesagt hat.

Schließlich spricht sie nur noch Arabisch, mit dem Akzent ihrer Stadt, und wendet sich dabei nur an Tarik, den sie die ganze Zeit über anlächelt.

»Sie ist gekommen, um eine Rolle zu spielen!«, stelle ich fest. »Offenbar hat sie seit gestern dafür geprobt!«

Zunächst finde ich es noch amüsant. Sie gibt weiterhin die arabische Rednerin und hält einen nicht enden wollenden Monolog. Sie berichtet lang und breit alles, was sie über Tariks Familie weiß. Seine Onkel, seine vielen Tanten – welchen sie angeblich oft auf Hochzeiten oder im Hammam begegne. Sie führt sich ein bisschen so auf, als wäre sie plötzlich eine Cousine oder eine angeheiratete Verwandte, auf die Tarik gewartet hätte. Sie gefällt sich in dieser Rolle.

»Sie hat wirklich überhaupt keine Hemmungen«, denke ich, »erst zählt sie ihm seine ganze Verwandtschaft auf, und anschließend macht sie bestimmt das Gleiche mit ihrer eigenen. Damit hat sie das Thema gefunden, bei dem ich schon der Sache halber außen vor bleibe!«

Wahrscheinlich will sie ihm zu verstehen geben, indem sie beide Sippen heraufbeschwört, dass er seinen ersten Brief eigentlich an sie hätte richten müssen. Sie hört nicht auf, ihn anzuschmachten, und lässt ihn so wissen, dass sie seinem Charme erlegen ist. Ich schaue mir das Theater an. Tarik merkt sehr wohl, dass ich beschlossen habe, Zuschauerin zu bleiben! Mit einem unentschlossenen Lächeln hat er ihr zwei oder drei Mal in knappen Worten geantwortet.

»Ein Gutes hat diese Verabredung zu dritt«, denke ich, »jetzt weiß ich wenigstens, wie es sich anhört, wenn er unsere Sprache spricht!«

Ich nutze eine kurze Pause, um auch einmal zu Wort zu kommen, aber in der Sprache Voltaires, dabei sage ich zu mir selbst: »Eines Tages werde ich diesem jungen Mann sanfte Worte sagen, aber erst, wenn wir einmal unter uns sein werden, in Momenten der Zweisamkeit (in ferner Zukunft), dann aber in unserer Muttersprache!«

Süße Koseworte aus meiner frühesten Kindheit, geflüsterte Zärtlichkeit, leise und undeutlich zwischen den Zähnen gemurmelte Worte. Die ganze Liebe meiner Mutter, früher, wenn sie meine Haut streichelte, meine Wangen, meinen Körper eines kleinen Mädchens im maurischen Bad abtupfte, wenn sie mich abtrocknete, mich, nackt und schlotternd, in dicke Handtücher gewickelt, mitten im dunklen und heißen Herzen des Hammam. All das taucht plötzlich wieder auf, so deutlich, dass ich mir einen ganz kurzen Augenblick lang vorstellen kann, wie es eines Tages mit Tarik sein wird, wenn ich mich ihm hingebe, voller Erwartung, im Geheimen. Als ob die körperliche Liebe bei unserer Hochzeit unbedingt wieder an jenes erste Stammeln anknüpfen müsste, an jene Berührungen von Händen, Lippen, Stimmen …

Meine Gedanken haben sich entfernt, ich habe die beiden dort ganz vergessen. Sie ist noch näher an ihn herangerückt. Ich sehe, wie er sie anlächelt, sie unterhalten sich mit gedämpften Stimmen in der Sprache ihrer gemeinsamen Heimatstadt. Ich stehe auf. Vom Treppengeländer aus mache ich dem Kellner ein Zeichen, dass wir zahlen möchten. Ich höre seine Schritte auf der Treppe. In nüchternem Ton wende ich mich an Mounira:

»Ich habe dir ja gestern schon gesagt, dass wir jetzt unsere eigenen Pläne haben! Wir verabschieden uns also jetzt von dir!«

Während Tarik sich umdreht, um zu bezahlen, kommt sie näher und flüstert mit bittender Stimme, jetzt auf Französisch:

»Ich könnte doch vielleicht …«

Ich schüttele den Kopf. Ich greife nach Tariks Arm – oje,

als wäre ich bereits seine rechtmäßige Ehefrau! In diesem Augenblick muss ich einen sehr, sehr »unsympathischen« Eindruck machen, flüstert meine innere Stimme mir zu.

Ich lasse Tarik vor mir die Treppe hinuntergehen. Der sogenannten Freundin, die sich zwischen uns drängen wollte, winke ich lässig noch einmal zu.

»Adieu!«

Meine Stimme klang fest, als ich das warnende Wort aussprach.

Draußen biegen Tarik und ich in eine schmale Straße, die zu einem mir unbekannten Stadtviertel hinaufführt. Nachdem wir ein paar Meter schweigend nebeneinander hergegangen sind, hake ich mich bei ihm unter, nicht, weil ich mich auf ihn stützen möchte, sondern eher, um meinen Entschluss zu unterstreichen, Mouniras Unverfrorenheit ein Ende gesetzt zu haben.

Tarik bleibt stumm, er hält den Kopf gesenkt. Ich habe absolut keine Lust, hier draußen das Gespräch über diejenige zu beginnen, die ich fortan die »falsche Freundin« nennen werde.

Nachdem ich sie fortgeschickt habe (das war das Wort, das mir damals in den Sinn kam), kann ich nun auf der Straße endlich aufatmen – das Unbehagen, diese »Verabredung zu dritt« ist überstanden. Außerdem warte ich darauf, dass Tarik sich irgendwie dazu äußert.

Ich stelle mich darauf ein, ihm von meinem gestrigen Treffen mit der »Pseudo-Freundin« vor der Bibliothek zu berichten, als sie so sehr darauf drängte, sich uns anschließen zu dürfen. Außerdem muss ich mich dafür entschuldigen, dass ich eingewilligt habe. Er wäre durchaus im Recht, mir vorzuwerfen, dass ich ihm Mouniras Anwesenheit an diesem Morgen aufgezwungen hätte, ohne ihn vorher zu warnen.

Doch dann, mein Arm liegt immer noch auf seinem –

das habe ich sonst nur gemacht, wenn wir am Kai spazieren gingen, weit weg von den anderen Leuten –, da höre ich, wie er mich mit leiser Stimme fragt:

»Wie konntest du sie so fortschicken? Das gehört sich nicht!«

»Ich erklär's dir ein anderes Mal! … Lass uns einfach weitergehen«, sage ich.

Zu mir selbst sage ich: »Vergessen wir das Ganze!« Es ist so ein milder Herbstmorgen, wir sind noch nicht einmal an unsere gewohnten Plätze zurückgekehrt, wo wir endlich ein bisschen Ruhe haben …

An diesem Feiertag wirken die Straßen, auf denen es sonst vor Menschen wimmelt, wie leergefegt. Ich gehe weiter einfach geradeaus. Den Arm meines Begleiters habe ich wieder losgelassen. Wir beginnen, die Hauptverkehrsstraße hinaufzugehen, die auf die Hügel der Stadt führt. Tarik scheint unseren Plan endgültig verworfen zu haben, an unsere gewohnten Plätze am Hafen zurückzukehren.

»Am Meer! …«, seufzt eine betrübte Stimme in mir.

Während ich weiterschlurfe, weil ich plötzlich müde bin, oder aus Enttäuschung (wo ist meine Fröhlichkeit von gestern vor dem Einschlafen geblieben, wo ist die Beschwingtheit meines Herzens geblieben, als ich es so eilig hatte, zu ihm zu kommen, noch heute morgen), beschleicht mich das Gefühl, dass Mounira Miasmen in der Luft zwischen uns beiden hinterlassen hat – wenn nicht sogar in mir, denke ich, als mich eine vage Vorahnung überkommt.

Tarik ist mir ein paar Schritte voraus. Bin ich es, die so trödelt, ergriffen von plötzlichem Überdruss? Da geht er, mit gesenktem Kopf, was grübelt er? Dann wird er langsamer, damit ich ihn einhole. (»Wenn ich mich nur irgendwo hinsetzen könnte, verschnaufen«, denke ich. »Es ist nur eine Beklemmung, die sich nicht verscheuchen lässt.«) Tarik bleibt vor mir stehen. Mit nur mühsam beherrschter

Wut in der Stimme, die mich zutiefst erschreckt, befiehlt er mir ganz leise. (»Zum Glück sind wir allein!«, schießt es mir noch durch den Kopf, bevor ich ihm zuhöre. »Wir sind weder verlobt noch verheiratet noch Liebhaber! Denn was jetzt kommt, ist ein Ehestreit der allerhässlichsten Sorte!«).

»Das ist ein Befehl. Du gehst sofort zu deiner Freundin zurück«, verkündet er mit leiser, bebender Stimme, »und holst sie wieder zu uns, und dann …«

»Und?«

Ich glaube, ich mache mich wirklich über ihn lustig. Oder halte ich seine Worte nur für einen düsteren Scherz? Die Situation ist so lächerlich, dass ich in ein unkontrolliertes Lachen ausbreche. Gleichzeitig spreche ich mit mir selbst, und fühle mich seltsamerweise gestärkt. »Selbst wenn Gott, der Vater im Himmel, und wenn ich schon einmal dabei bin, mein eigener Vater noch dazu, wenn beide zusammen mir einen solchen Befehl erteilten, dann müsste ich nicht einmal mit Nein antworten: Eine Mauer würde sich in mir erheben, aus Bronze oder aus Erz: Auf keinen Fall würde ich nachgeben!«

Jetzt möchte ich wirklich am liebsten loslachen. Werde ich plötzlich verrückt? Ist es das Lachen einer Verrückten, die bis jetzt immer ganz normal wirkte? Ich weiß nicht, ob er mein Lachen überhaupt gehört hat – vielleicht ist es nur durch mich hindurchgegangen?

Ich straffe meine Muskeln, in meinem Trotz bin ich eisern. Eine Frage der Ehre! Gleichzeitig stelle ich überrascht fest, wie stark ich durch meine unmittelbar ausgesprochene Weigerung werde.

Später werde ich an meine Reaktion zurückdenken. Getrieben von der unbändigen Lust zu tanzen, hätte ich ebenso gut verzweifelt, aber triumphierend diesen seltsamen Gesang anstimmen können. »Dann tötet mich doch, o ihr

Unterdrücker! Tötet mich doch, aber ihr werdet mich nicht kriegen!«

Jene wenigen Augenblicke, die von dieser heftigen Überspanntheit getragen werden, haben den Modergeruch der Szene zu dritt vertrieben. Er, der Mann, der noch nicht einmal mein Verlobter ist und bei dem ich mich frage, was in seinem Kopf vorgeht, kommt mir also mit solchen Laschheiten, die er mir aufzwingen will. Und für wen? Für eine Intrigantin, die nur gekommen ist, um die Kokette zu spielen, um ihn mit ihren billigen Schmeicheleien zu umgarnen! Soll er doch zu ihr zurückgehen, soll er sich doch bei ihr entschuldigen, wenn er will, die Arme um sie schlingen, sie mit sich ziehen oder Leine ziehen …

Mein Wahn verwandelt sich in einen Bewegungsdrang, der mir heilsam erscheint. Die ansteigende Straße, der wir gefolgt sind, mündet auf eine Esplanade. Vor uns liegen breite Stufen, die zum Meer hinabführen. Den Rücken Tarik zugewandt blicke ich hinab auf die belebte Straße dort unten. »Dahinter«, denke ich aufgeregt, »wartet das Meer auf mich, nur auf mich. Vergiss den Mann, der nicht mehr ganz bei Trost ist! Geh einfach los, immer geradeaus, immer weiter … bis ans Meer!«

Ich habe gerade beschlossen, hinunterzugehen, und an diesem Oktobermorgen alleine meine Freiheit zu genießen, da greift Tarik, den ich nicht habe herankommen hören, nach meinem Ellbogen und murmelt leise:

»Komm! Ganz in der Nähe gibt es einen Hauseingang. Dort können wir reden!«

Seine Stimme klingt versöhnlich. Widerstrebend trete ich hinter ihm in ein bürgerliches Wohnhaus, dessen schwere Eingangstür nur angelehnt war.

10

Im dunklen Hauseingang …

»Wie der Verrückte,
dessen Körper auseinanderstrebt.«
Madschnun

Zehn Minuten oder etwas länger vor der »Tat« … welche Tat? Die verrückte Tat, die irrationale, unvorhersehbare, plötzlich aus dem Nichts entsprungene, ich weiß nicht, wie, weiß nicht, aus welcher Nacht oder aus welchem Brennen, bis ich geblendet wurde, ohne aber dass jene elektrische Spannung mir genommen wurde, die mich springen ließ, flüchten oder davonfliegen, ich weiß es nicht mehr, ich weiß nicht mehr, wohin.

Wie habe ich anschließend weiterleben können, weiter fühlen, weiter ausharren oder mich für etwas begeistern können, wenn tief in mir verborgen doch jene nie gelöschte Glut zurückblieb, die langsam vor sich hin schwelte, mich von innen her auffraß, oder nein, vielmehr eine wirbelnde Dunkelheit, die jahrzehntelang überdauert hat – ja, Jahrzehnte, in denen das Herz in Lähmung verfiel, nicht aber der Geist, und das Einfühlungsvermögen anderen gegenüber blieb offen und verwundbar.

Und hier bin ich nun und formuliere die einzige Frage, die ich glaubte, in mir ausgeschaltet zu haben, während diese Flammen, die nachts aufblitzen, immer noch rot glühen müssten: Wie konnte ich diesen langen Weg weitergehen, es sei denn, und ich vermute, dass es so ist, ohne in eine Art Versteinerung zu verfallen, die einen gleichgültig macht gegenüber der Zeit, der Abnutzung, der Ernüchterung? Wie habe ich weitergelebt trotz dieser Trübung, die in mir festsitzt und indem ich sicherlich nur mir selbst geschadet habe, ich würde sagen, dem weiblichen Teil meines Herzens?

Ich finde keine Antwort, obwohl dieser späte Versuch, sich zurückzuerinnern, sich nur deshalb in aufeinanderfolgenden Kreisen bewegt, weil ich versuche, nach und nach den Faden dieses vergrabenen Kokons wieder abzurollen.

Mir fallen zwei griechische Wörter wieder ein, die ich hier in ihrer ursprünglichen Schrift hinschreiben könnte – vielleicht würde eine einzige Arabeske genügen, um meine beiden Alphabete miteinander zu verweben. Das eine, das ich schon in der Kindheit lernte, damit ich einige Koransuren auswendig lernen und aufschreiben konnte, das andere in meiner Jugend, damit ich in Platons Text flüchtig Sokrates' Schatten sehen konnte: »gnothi seauton« … »Erkenne dich selbst«. O ja, hier möchte ich diesen Rat in arabischer Schrift hinschreiben, und dann male ich mir aus, dass ich gelassen in Averroes' Schatten kauern würde, dort, bei uns in Andalusien …

Ganz kurz vor der Tat, zehn Minuten davor. Mir kommt es so vor, als ob jener Tag für immer vor der stolzen Bucht von Algier schweben würde. Die ganze Zeit über, während wir die schmale Straße hinaufsteigen, führen wir einen abgehackten Dialog miteinander, wild gestikulierend, ich weiß nicht mehr, wer von uns angefangen und wer den Streit dann wieder neu entfacht hat. Doch dann sehe ich uns nacheinander – den jungen Mann und seine Verlobte – die Eingangshalle eines Gebäudes betreten und uns auf den ersten Absatz einer imposanten Treppe mit glänzendem, hölzernem Geländer begeben, die zu den oberen Stockwerken hinaufführt.

Ich kann mich in allen Einzelheiten an diesen Ort erinnern, genau so wie an die strahlende Herbstsonne, aus der ich nur ungern heraustrete – warm, ohne zu blenden. Ein paar abgeschwächte Strahlen schlüpfen zwischen uns hindurch, wir stehen im Gegenlicht.

War es Tarik, der meinen Arm gepackt hat und mich hierhergezogen hat? Plötzlich bin ich mir nicht mehr sicher. Von dem Moment an, als wir uns im Dunkeln gegenüberstehen, kann ich mich nur noch an zerstückelte, zerhackte Bemerkungen erinnern, die zwischen uns hin und her fliegen. Nicht ich bin es, die sie äußert, sondern hauptsächlich er.

Er scheint mir einen Befehl zu geben, den ich nicht höre. Ich sehe seinen geöffneten Mund, sein rotes Gesicht. Ich stehe da, mit hängenden Armen und flackerndem Blick. Seit dem ersten Augenblick, seit wir uns hier gegenüberstehen, weiß ich, ja fühle ich, dass es keinen Platz mehr für mich gibt! Mir bleibt nicht einmal mehr das Haus meines Vaters!

Ich kann mich kaum daran erinnern, was ich sagte, weder am Ausgang des Cafés, als wir anfingen, uns zu streiten, noch anschließend draußen, vor all den Fußgängern, die uns im Vorbeigehen streiften – ich kann mich immer schlechter aufrecht halten oder wieder aufrichten, doch ich weiß auch nicht, wie ich mich stattdessen in Luft auflösen könnte. Unvermittelt überkommt mich das Gefühl, von nun an keinen Ort mehr zu haben und auch keinen Raum zum Atmen …

Von dem ganzen Streit sind mir nur zwei oder drei Worte im Gedächtnis geblieben, die er äußert. Er wiederholt einen Befehl, und ich erkenne seine Selbstgefälligkeit, jenseits von Bestürzung oder gekränktem Stolz … In mir brabbelt etwas, das wie die Stimme eines Kindes klingt: »Ich traue meinen Augen und meinen Ohren nicht!«

Das Gesicht des Mannes, der da direkt vor mir steht, ist wutverzerrt, rot angelaufen, entstellt, denn er brüllt (er brüllt, doch ich höre seine Stimme nicht mehr). Trotzdem starre ich auf dieses Gesicht … oder auf den Mund, der befiehlt, oder auf die Stirn, die befiehlt.

Soll ich versuchen, ihm zuzuhören? Die Stimme ist mir unbekannt. Ich stehe vor einem Fremden. Dieses »Nein«, dieses einzige Wort, das mir bleibt, ist in aller Heftigkeit aus mir herausgebrochen, von überallher. Aus meinen Augen, aus meinem ganzen Gesicht, dem verächtlich verzogenen Mund …

Bin ich auf einmal die, die umherirrt, die durch die Straßen geht, die sich vor langer Zeit nie hat fragen wollen: »Warum habe ich eines Tages beschlossen, diesem Unbekannten zuzuhören?« Bin ich plötzlich zu der Person geworden, die sich in einer fremden Stadt in der Tür geirrt hat? Bin ich nun die, die umherirrt, habe ich mich ein für alle Mal verlaufen?

Die ganze Zeit über spricht der Mann. Ich glaube sogar, dass er an seinem Befehl festhält! Er hat keine Ahnung, dass ich von Anfang an den Ton ausgestellt habe! Ganz plötzlich, aus einem lebenserhaltenden Reflex heraus? Nein, meine Reaktion ist reiner Trotz.

Dann – schließlich sehe ich mich plötzlich einem Fremden gegenüber – beschließe ich, ihm zuzuhören. Ich versuche es aus Spaß mit dieser kindischen Taktik, ohne zu ahnen, was bereits in mir brodelt.

»Ich habe das Gefühl, mich auf einem anderen Kontinent zu befinden«, denke ich und versuche vor allem, mich selbst zu überlisten, doch ich beschließe. »Hör hin, denn ich weiß gar nicht, worum es geht, ich habe überhaupt keine Ahnung! Wie im Theater … Zwei Gespenster, die um sich schlagen, an diesem dunkelsten Winkel der Stadt, an diesem Morgen … Er befiehlt also!«, stelle ich fest. »Auf was für einem Podest wähnt er sich? Es ist alles ein großes Missverständnis, das ist es, worauf unser Briefwechsel hinausläuft, die sogenannten ›Liebesbriefe‹, die ich einen nach dem anderen dort, im Mädcheninternat, mit dem Pseudonym Beatrice empfing.«

Vor meinem inneren Auge zieht alles an mir vorbei. Bilder aus der Provinzstadt am Fuße des Atlasgebirges, die ich ein für alle Mal verlassen habe, und mein damaliges Herzklopfen – früher, es ist hundert Jahre her, beim Öffnen jedes Schreibens, mein Ehrgeiz, alles auswendig zu lernen (»auswendig und inwendig«, jetzt mache ich mich über mich lustig), zehn Verse aus je zwei Halbversen von Imra al-Qais ... Szenen, die blitzartig wieder auftauchen, in einem Rhythmus kalten Fiebers, zerknüllte Papiere unter dem Kopfkissen – ich erinnere mich und fühle mich auf einmal entwaffnet. Die Erinnerung ist gnadenlos.

Zu diesem Hauseingang zurückkehren? Wie lange hat unsere Auseinandersetzung im dunklen Flur gedauert, zehn Minuten, fünfzehn? Ich erkenne den Mann, oder vielmehr das wilde Tier, das seine Zähne fletscht ... Er redet, wird lauter. Die Worte, die er äußert, oder ihre Schwingungen, fallen vor mir nieder – ins Leere.

Er argumentiert und ich nehme das Brummen seiner Stimme wahr, ich sehe sein verzerrtes Gesicht, seine schmalen Augen, und nur die Linie der Brauen kommt mir bekannt vor, die sich darüber wölbt – ein Detail, das mich besänftigen könnte. Oft, wenn wir uns dort am Meer niederließen, war dies die einzige Zärtlichkeit, die ich mich auszuführen traute, mit dem Zeigefinger langsam den Bogen erst der einen Braue, dann der anderen nachzuzeichnen ... Noch gestern!

Alles zerreißt, als die Störung einsetzt – ein unbewegliches Unwetter –, weil ich dem »Mann« bis in diesen Korridor gefolgt bin, sagen wir, dem Gebieter, der versucht, zu ... was versucht er überhaupt?

Plötzlich, trotz dieser Viertelstunde seltsamer Taubheit oder Stummheit, bin ich mir – so viele Jahrzehnte danach – meiner langsamen und tastenden Erkenntnis sicher, die ich angesichts dieses aufgeblasenen Männchens, das sich einbildete, wer weiß was für eine Macht zu besitzen, gewann. Ich stelle fest, dass meine Sinne immer noch einwandfrei funktionieren. Mein Gehör, mein verächtlicher Blick, der voll kalter Nüchternheit ist ...

Ich höre ihn, den jungen Mann, der Woche für Woche für mich die langen Liebesgedichte abschrieb, die *Mu'al-*

lakat, jene poetischen Oden, die einst an den Masten »*Aufgehängten*«, mit denen die heidnischen Barden miteinander in Wettstreit traten, halb Banditen, halb Improvisatoren, jedoch alle verrückt, alles Diebe, die Bräute oder Pferde stahlen, alle inspiriert von einem unerschöpflichen lyrischen Sog – geduldig hatte ich ihre gewagten Strophen auswendig gelernt, die sie damals unter dem Himmel von Arabien deklamierten …

Wo soll ich meine heutigen Worte, Worte gereimter Verzweiflung, sei es auf Französisch oder auf Arabisch, wo soll ich meine Worte aufhängen? Die *Aufgehängten*: Müsste ich mich, um eine dieser einstigen Siegespalmen zu erringen, mit meinem ganzen Körper und mitsamt meiner Stimme aufhängen, mit ausgestreckten Armen, wenn nicht am Pranger, so doch zumindest an meinen hochgezogenen Schultern, an meinem in Ketten gelegten Hals, meiner durchstochenen Zunge, so dass mein Leichnam Wind und Wetter ausgesetzt wird, und zwar eben nicht nur unter dem Himmel Arabiens, sondern unter allen Himmeln der ganzen weiten Welt?

Mit durchstochener Zunge, ja, leider, aber würde ich dann wenigstens noch bruchstückweise jene großen Oden von einst singen, die ich aus Liebe auswendig gelernt habe, was ich auch nicht leugne, sei es aus Verzweiflung, sei es aus Reue?

So habe ich mehrere Augenblicke lang phantasiert, Augenblicke, die für mich zugleich Momente der Erkenntnis waren … Wenn auch nicht aufgrund meiner Eloquenz, könnte ich dann nicht aufgrund meiner Verzweiflung wenigstens eine kleine Trophäe aus diesen Wettbewerben der *Mu'allakat* anstreben?

Abgesehen davon, dass jenes Wort für mich von nun an mit Vorstellungen von Folter verbunden ist! Keine Spur mehr von der gestrigen Begeisterung. So war das nicht gedacht, es war alles ein Missverständnis, und zwar nicht nur, weil die Epoche und die Sprache sich geändert haben!

Und jetzt, im Hauseingang, der Mann, der vor mir steht, der ehemalige Schreiber, der jene uralten Gedichte einfach nur abschrieb, geschieht es etwa im Namen der Barden von einst, dass er es wagt zu befehlen?

Vor ihm steht ein verzweifeltes junges Mädchen, das bisher verträumt und folgsam war (der Schatten des Vaters entfernt sich, löst sich auf, verschwindet). Von nun an wohnt in ihr die leise Stimme einer unbekannten Schwester, die sich nicht einmal in einer hochtrabenden Sprache ausdrückt, sondern in meiner Muttersprache, leise murmelnd und rebellisch:

»Dieser Mann da, ist er es, mit dem du gestern meintest, *in Begleitung* auszugehen, wie deine Freundinnen im Internat es genannt haben? Du brauchst seine Hilfe überhaupt nicht, um die Schwelle zu überschreiten, deren Tür dir bereits halb offen steht, dir, die sich bereits allein in die Straßen von Algier hineinwagt, manchmal bis ins Herz der Kasbah! Von nun an wird die Anonymität deine einzige Rüstung sein!«

Die leise schwesterliche Stimme verstummt, doch dann kehrt sie zurück und flüstert:

»Dieser junge Mann, dessen geschwungene Brauen du gerne mit dem Finger nachgezeichnet hast, ist nicht dein Geliebter, du nennst ihn gerade mal – verhüllend – deinen ›Verlobten‹! Hat dieses Wort für dich denn überhaupt irgendeine reale Bedeutung? In der arabischen Sprache gibt es keinen ›Verlobten‹, zumindest nicht heutzutage, da jedes junge Mädchen, egal, ob es mit oder ohne Schleier aus dem Haus geht, vom Vater oder vom Bruder oder vom Bruder der Mutter bereits jemandem ›versprochen‹ ist … Nun, dieser junge Mann ist nicht einmal der ›Versprochene‹! Er ist höchstens der Störenfried (du erinnerst dich doch noch an den Brief, den dein Vater in Fetzen zerriss. Das scheint vor so langer Zeit gewesen zu sein!). Was machst du da, in diesem Hauseingang, mit diesem Fremden?«

Eine Sekunde lang träumst du von den unzähligen arabischen Worten, die es gibt, um von Liebe zu sprechen. Nicht eines davon hat dieser junge Mann je gebraucht – er hat sich gerade einmal die Zeit genommen, ein paar Halbverse von Imra al-Qais abzuschreiben! … In Gedanken durchsuchst du mehrere Sammelbände zum Thema göttliche Liebe, menschliche Liebe, die Werke von andalusischen Dichtern – die du im Original und in der Übersetzung gelesen hast – und die Mystiker des Orients, die dich zu deinen ekstatischen Tänzen angeregt haben.

Der junge Mann hat seinen Vortrag voller unterdrückter Wut wieder aufgenommen, sein Gesicht ist ganz verzerrt. Mit einer Beharrlichkeit, die an Besessenheit grenzt, wiederholt er:

»Ja, du gehst sie jetzt suchen, denn du hast sie ja schließlich weggejagt!«

Ich spüre, dass er jetzt einen Hintergedanken hat, doch ich begreife gar nichts, außer dass ich plötzlich den Eindruck habe, dass sich hier in allen Ecken Spinnweben befinden … Um mich zu fesseln?

Er wartet, der Mann, und ich starre ihn an, jedoch ohne ihn zu sehen. Zehnmal, nein, mindestens zwanzigmal bin ich in dieser Stadt das aufregende Risiko eingegangen, an seiner Seite spazieren zu gehen. Zehnmal, zwanzigmal habe ich aufgeregt vor mich hin gemurmelt: »Wenn mein Vater das erfährt, bringe ich mich um!«

»Was erfährt, dein Vater?«

Eine andere Stimme, Stimme der kalten Vernunft hätte erwidern können: »Erfährt, dass ich draußen an der Seite dieses jungen Mannes herumlaufe und dass ich sogar mit ihm in ganz normale Kinos gehe, wo ich oft die einzige Frau inmitten von lauter Jungen aus der Kasbah bin, alles, genau wie mein Begleiter, glühende Verehrer von Marlon Brando in *Julius Caesar* oder irgendeines anderen amerikanischen Westernstars …«

Ja, er steht vor mir und gibt mir Befehle! Stehen wir schon lange hier, seit mehreren Minuten? Oder strecken diese sich nur unendlich, als seien sie Stunden?

»Du kannst dich ja kaum auf den Beinen halten!«, stellte ich plötzlich in einem Anflug von Selbstmitleid fest.

In der Tat überkam mich ein leichtes Gefühl der Erschöpfung. »Was machst du denn nun hier in diesem dunklen Flur, vor diesem Mann, der offenbar nicht bei Trost ist …?«

Ich erinnere mich: Jemand, ich glaube, eine Frau (ein lautes Tacktack von Absätzen hinter meinem Rücken), schob sich, die Treppe herunterkommend, dicht an uns vorbei. Kaum hörbar murmelte sie: »Pardon!« Ich sah nur ihre Schultern, einen breiten Rücken, die nackten Arme einer Hausfrau. Dann war sie verschwunden.

Der andere, vor mir, der Unbekannte oder der allzu Bekannte, hat wieder mit seinem Satz angefangen, dessen Bedeutung ich kaum verstehe – ich hätte fast gesagt: Die Pfeile der Bedeutung. Ein Wort nach dem anderen dringt förmlich in meine Haut ein, bohrt sich hinein!

Und dann ergoss sich von oben eine weiße Helligkeit und lässt die beiden an dieser Szene beteiligten Figuren zu Statuen werden. Kaum konnte ich, einen ganz kurzen Moment lang, versuchen zu begreifen, wo dieses Licht herkam, das uns umgab, als mich so etwas wie ein Stromschlag durchfuhr, um mich vor der drohenden Versteinerung zu bewahren.

»Also«, (an dieser Stelle unterbreche ich meine Erinnerung), »was hast du gehört? Welche Worte waren es, deren feindliche Schwingungen du vernommen hast?«

Dieser Unbekannte, mit dem du in den vergangenen Wochen zusammen unterwegs warst und den du für einen Begleiter gehalten hast, für eine Vertrauensperson, für einen schmachtenden Verehrer, der doch nie geschmachtet hat, ist er es, der jetzt Befehle erteilt?

Plötzlich verwandelt sich das bleiche Licht, in das die Szene getaucht war, in eine Kraft, die in der Lage ist, Orte erbarmungslos aufzulösen. Die Mauern, die dich umgeben, das Halbdunkel da hinten, alles, was Geräusch war, deine Worte genauso wie seine, die wie Kiesel sind, die sich zu kleinen Haufen sammeln, um mit ihrer Bedeutung auf dich zu zielen und dich damit zu steinigen! Metamorphose des Ortes und der Beleuchtung dort, die Schultern und das Gesicht des Mannes vor dir ertrinken im farblosen Sonnenlicht.

»Sag das nochmal!«

Ganz ruhig und laut habe ich diese Worte ausgesprochen. Er blickte mir direkt ins Gesicht, dann verstummte er. Hat er verstanden, dass auch ich eine andere geworden war?

Hatten sich die Rollen geändert, die Masken, waren die Gespenster andere geworden?

Vielleicht war es meine Ahnin, die plötzlich in mir oder an meiner Seite aufgetaucht war, sie, die eines Tages dort oben, in der Nähe der Gedenkstätten der beiden Heiligen, der Schutz gewährenden Vorfahren, einen Entschluss fasste, ja, die eines Tages ihre Koffer packte, sich die Kinder schnappte, ihren Schmuck zwischen den nackten Brüsten versteckte – und dachte: »Los, wir gehen!«. Und sie hat es nicht nur gesagt, sondern sie hat es auch getan, vor den Augen ihres Ehemannes, der sich für den Herrn und Gebieter gehalten hatte! Und jetzt befindet sich ihr Schatten ganz in meiner Nähe!

Endlich befreit aus einem mehrere Monate währenden Traum von einer heimlichen Verlobung, wie aus einem Groschenroman, wiederholte ich mit energischer, fordernder Stimme:

»Sag das nochmal!«

Und er wiederholte, was er gesagt hatte. Und richtete sich in einer Rolle ein, die ihm offenbar zusagte. Kaum, dass er beginnt, sich über meine zweimal geäußerte Forderung zu wundern.

»Deine Freundin, die du weggeschickt hast, geh sie suchen! Du hast sie gekränkt! Ich befehle dir, dich bei ihr zu entschuldigen und …«

»Und?«, fragte ich barsch.

Ich starrte ihn an, plötzlich durchschaute ich ihn. »Unglaublich!« Dieses Wort übermannte mich förmlich. Ich begriff, wer er wirklich war. Ein junger Mann mit unsicherem Blick, dessen Züge auf einmal verschwammen … »Ich befinde mich hier in einem Stück, das ich mir nicht ausgesucht habe«, dachte ich »und zwar ist das ganz schlechtes Theater …«

Jahrzehnte später kommen diese Worte wieder zurück … Es soll alles wieder hochkommen, diese ganze Zeit, die sich unweigerlich auflöst. Auch wenn es zu spät ist!

Außerdem glaube ich – nein, ich bin mir sicher, ich bin überzeugt, dass die geschärfte Intuition, die dazu dient, die dunklen Wasser der Verzweiflung zu erhellen – ach, keineswegs aus Liebe zu diesem Mann (würde ich ihn wirklich lieben, in der Wüste der Jahre, in die wir uns damals hineinstürzen wollten?) –, ja, dass ich dank der Nüchternheit, die mit der bitteren Einsicht einhergeht, endlich begriff, was sein armseliges Motiv war!

»Er will mich zwingen, die falsche Freundin zurückzuholen, zu dem Paar, das sie beneidete, zu den beiden, zwischen die sie sich drängen wollte …«, dieser mehr als verschrobene Gedanke des jungen Mannes hat sich mir entschleiert. Innerhalb dieses Trios wollte er sich aufblasen, er sah sich bereits als Hahn im Korb …

Ich fing an, wie eine Wahnsinnige zu lachen, ich schämte mich für ihn, aber vor allem hatte ich ein unendlich schlechtes Gewissen mir selbst gegenüber!

Vielleicht, denke ich jetzt, ziemlich spät (oder zu spät), vielleicht wollte er, aus einem obszönen Drang heraus wissen, bis zu welchem Punkt ich ihm gehorchte? Was für eine hässliche Hypothese, die sich da abzeichnet! So muss sich eine Schauspielerin fühlen (auch wenn ich niemals eine sein könnte), die sich auf eine Rolle, sei sie auch noch so klein, in einer Tragödie vorbereitet hat und sich plötzlich gegen ihren Willen mitten in einem Melodram von miserabler

Qualität wiederfindet … Doch habe ich mich wirklich um mich gesorgt? An was für einen »zwielichtigen Ort« war ich da geraten? Habe ich geschrien? Bin ich nicht vielmehr in das schrille Lachen einer Verrückten ausgebrochen, einem beginnenden Wahnsinn ausgeliefert, in dem ich nur dank eines letzten Restes verzweifelter Willenskraft nicht versank?

Verharrte ich reglos – denn die Ernüchterung setzte langsam ein –, wurde ich zu Stein, ohne Stimme, ohne Tränen?

Plötzlich vernehme ich ein Lachen, das aus mir heraussprudelt und fließt und langsam wieder versiegt …

Mein nun angesporntes Gedächtnis liefert mir ein letztes Bild, noch nachdem meine Stimme bereits verstummt ist. Immer noch in jenem Hausflur, inmitten des Halbdunkels, hat eine Pfütze Sonnenlicht von draußen den Weg herein gefunden, in diesen Sumpf der Einsamkeit.

Zwei Menschen, die sich gegenüberstehen. Der Mann, der befohlen hat, das junge Mädchen, das ihn anschaut, doch aus einem Gefängnis heraus, das endlich weit offensteht. Wird sie, das junge Mädchen, voll und ganz von dieser Welle der Klarheit erfasst?

Ich, die dies hier so lange Zeit später schreibt, ich begreife. Ich bin in diesem Moment ein sehr wohl verwundbares junges Mädchen, das das ganze Jahr über, aufgrund ihrer heimlichen Liebesbriefe immer wieder wie einen Refrain vor sich hin sagt … ja, ich bin diejenige, die sich zugleich schuldig bekannte und diesen Spruch aufsagte, an der Grenze zu dem, was sie für die »Sünde« hielt, angefangen bei dem ersten Kuss unter dem Baum, im Regen. »Wenn mein Vater das erfährt, bring ich mich um!«

Ich wüsste nicht zu sagen, wie jener magische, jener verfluchte Satz in dieser Eingangshalle auftauchen konnte, in der sich das alles abspielte, wo ich diesem jungen Mann gegenüberstand, der mir dort für immer fremd wurde – und der dennoch der erste Lebensgefährte werden sollte. »Lebensgefährte«, hast du gesagt? Aber nein, Lebens*gefahr* wohl eher, Leichentuch!

Da ist sie wieder, die kleine Melodie jenes tragischen oder in gewisser Weise auch komischen Satzes, ein jämmerlich harmloser Satz, ein schlechter Scherz oder Ausdruck von Schwermut. »Wenn mein Vater das erfährt, bring ich mich um!« Die letzten vier, abgehackten Wörter müssen aus einer der Seiten der zehn oder zwanzig Bücher stammen, die ich im letzten Sommer in unserer Wohnung im Dorf verschlungen habe. Vielleicht hatte ich mich von einem deutschen Dichter inspirieren lassen oder aber von Giraudoux' Romanen, in denen die jungen Mädchen redselig sind, aber leicht, beinahe schwerelos.

Das Aufsagen dieser Melodie, die dazu bestimmt war, die Endgültigkeit meines Entschlusses zu unterstreichen, hörte auf, ein zwanghafter Refrain zu sein und näherte sich mir als Lasso, das über meinem Kopf kreiste. »Wenn mein Vater das erfährt, bring ich mich um!« Die drei letzten Wörter, zunächst Krone, dann Fessel um den Hals: »Ich bring mich um! … bring mich um!«, haben sich in eine Variante verwandelt, zu der man tanzen kann. »Wenn mein Vater das erfährt, bring ich mich um! Mein Vater … bring … mich um! Mein Vater … bring-t … mich um?«

Der Vater und der Tod. Der Vater, der zum Tode verurteilt. Wie Agamemnon. Nur, dass du nicht Iphigenie bist, und du hast auch nicht eingewilligt, dass du geopfert wirst … In deinem Fall gibt es keine königliche Flotte, die darauf wartet, dass die Winde sich erheben, um sich auf eine kriegerische Expedition zu begeben.

Mein Vater erschien mir immer wie der personifizierte Stolz. Eine aufrechte Gestalt, die sich gegen jede Art von Hindernis auflehnt … Vielleicht hast du dort mit diesem

Vater gedroht, damit du vor jenem Mann mit den verschwommenen Umrissen das Gefühl hast, dich selbst in den Vater zu verwandeln? Vielleicht war es das, was dir am unerträglichsten erschien, als unhaltbarer Zustand. Dass dieser junge Mann, der es wagte, Befehle zu erteilen, gar nicht wusste, wer du bist, und nicht einmal ahnte, wie grenzenlos und unbezwingbar dein Stolz ist – ein Stolz, der nur dann bescheiden wird, wenn er sich den wirklich Bescheidenen gegenüber sieht …

Dieses Drehen in dir, was für eine Verwirrung! Dieses Stampfen. Die Vergangenheit (das letzte Jahr im Internat), die unmittelbare Gegenwart (dieser »Kavalier«, wie man im »alten Frankreich« gesagt hätte, der nun bestenfalls noch dein »Leibwächter« war). Du meintest, dass du dank ihm die folgenden Monate und Jahre damit verbringen könntest, dein Bedürfnis danach zu stillen, durch diese unbekannte Stadt zu laufen, und – selbst wenn du dich dort, am Meer, küssen lassen würdest – so wäre er es, der dir ermöglichte, draußen überall hinzugehen, sei es als junges Mädchen »in Begleitung«, sei es mit dem berauschenden Gefühl, androgyn zu sein.

Du sagtest dir, dass dieser »Verlobte« dir die unsichtbaren Türen zu einer grenzenlosen Außenwelt öffnen würde und dass er letztendlich stolz auf diese Rolle wäre. Du würdest im Gegenzug seine Küsse akzeptieren, ohne etwas dabei zu empfinden. Das wäre dein sentimentales Geschenk an ihn. Selbst wenn du manchmal spürst, dass er unruhig ist, weil gewisse Wünsche sein Denken beherrschen, die er ja schließlich zügeln muss, so ist dir das egal.

Nun, was entdeckst du denn jetzt, abgesehen davon, dass alles ein Missverständnis war?

Der tragische oder melodramatische Satz fängt an, wild in dir hin und her zu schwingen, tick-tack. »Wenn mein Vater das erfährt, bring ich mich um!«

Du hättest innehalten und dich kühl fragen müssen: »Wenn dein Vater was erfährt? Von den Küssen, die du, wenn überhaupt, mit dem Schatten eines Schattens eines Anflugs von Verlangen über dich ergehen lässt?«

Dann ging alles ganz schnell. Das Gesicht des Mannes lief rot an: Ist es der Zorn, dich da stehen zu sehen, schon woanders, den Gespenstern ausgeliefert? Für einen flüchtigen Moment dachtest du an jene (die falsche Freundin), die hier offenbar – ein wenig wie in der Operette damals – die Rolle eines Katalysators gespielt hat. Sie hat dich – würden die abergläubischen Frauen deiner Familie sagen, jene, die ohnehin schon eingesperrt sind, sich aber noch zusätzlich in ihren Ängsten einsperren –, ja, sie, die falsche oder echte Verbündete, sie hat dich – so würden sie es nennen – mit dem bösen Blick angeschaut! Dieser so passende Ausdruck kam mir nicht in den Sinn, doch die rötliche Helligkeit, in die wir beide getaucht waren, sehe ich wieder vor mir. Diese Fülle aus Splittern, aus Bildern, aus wirren Empfindungen kann ich mit Leichtigkeit rekonstruieren.

Woher kommt diese dichte, schlammige Erinnerung, die in Schüben aus einem inneren Vulkan herausquillt, die aus uns heraussprudelt, ach, nur zwei oder dreimal in einem langen Leben? Diese Erregung, die nicht Lust ist. Dieser Schwindel, der nicht gehärtetes Glück ist. Und schließlich dieses Stampfen, von dem man sich nur durch blindes Schwungholen befreien kann, durch eine Flucht nach vorn in den grenzenlosen Raum, ins Draußen, das nun leer ist, nachdem die Menschenmenge plötzlich verschwunden ist …

Dann ging ich nach draußen.

»Weglaufen, so weit wie möglich, so schnell wie möglich, mich hinabstürzen, mich dort hinschleudern, verzweifelt, genau dorthin, wo der Horizont ertrinkt! Nicht stehen bleiben, bis ich da bin, wo das Meer auf mich wartet … auf mich wartet …«

Als ich mich wieder im Sonnenlicht befinde, bemerke ich die Treppenstufen zu meinen Füßen. Und als ich aufblicke, das Meer. So weit weg, so nah.

Einen Augenblick lang stehe ich aufrecht da, entschlossen, meinen Weg wieder aufzunehmen – was ist das Ziel? Die Stimme des Mannes hat nach mir gerufen. Zu spät! Der Faden ist gerissen.

Die Treppe zu meinen Füßen. Hinunter! Laufen, ganz weit weg, bis dahin, wo ich nicht anders kann, als anzuhalten. Zum Meer laufen, das auf mich wartet.

Keine Stimme hinter mir. Unendlich weit hinunterlaufen. Erst bin ich leicht, dann bin ich gehetzt. Fortfliegen, hinab, immer weiter hinab, ungeachtet des Getümmels auf der Straße, bis nach unten. Was den verhängnisvollen Satz von vorher angeht und seinen Rhythmus (»Wenn mein Vater …«), so werden seine Worte, dank des Windes, der an mir vorbeistreicht, endlich auseinandergetrieben und jagen mich hinaus …

Unendliche Weite, bald fließen Himmel und Meer ineinander … Ganz unten die lärmende Stadt, ihr Gesumm so nah an meinen Füßen, bis zur grünen Linie da unten … Azur und Nadir werden eins.

Zu einem Punkt im Raum werden!

Laufen!

Ich habe das Gefühl, immer noch zu laufen …

Das Mädchen ist die steinerne Treppe bis auf den Boulevard Sadi-Carnot hinabgestürmt. Ihr Beutel und ihre Sachen sind auf dem Boden liegengeblieben. Vom oberen Ende der Treppe aus ruft der junge Mann noch zwei, vielleicht dreimal nach ihr. Rennen … wohin?

Hat das Mädchen, als sie aus dem Hauseingang kam, den brummenden Lärm der Straße zu ihren Füßen gehört, das Meer am Horizont, dessen riesige Arme sich der Flüchtenden entgegenstrecken?

»Rennen … zum Meer hinunter!«

Sie stürmt die drei Treppenläufe hinab. Bald mit der Hand auf dem Geländer, bald …

Ich wende den Kopf nach rechts, als wäre ich eine ganz normale Spaziergängerin, und keine verzweifelte Verrückte, ohne Ziel und außer sich.

Blitzartig erfasst mein Blick die Straßenbahn, die gerade herangebraust kommt. Die Maschine ist in voller Fahrt, sie stürzt voran, seliges Monster! Mein Ziel, schließlich: Mich dort auflösen, da, wo das Meer so weit weg ist, um dort zu schlafen.

Die letzten Stufen hinab.

Ganz in der Nähe rast der Triebwagen entlang. Innerhalb von einer Sekunde hat sich mein Plan geändert. Die Schienen. Dort will ich mich hinlegen! Dann wird alles noch schneller gehen.

Ich komme unten an, entschlossen, fröhlich, alle Verzweiflung ist verflogen, werde ich die Straße überqueren? Nein, ich will mich dort hinlegen, quer auf die Schienen!

Im allerletzten Augenblick sehe ich meinen Körper, den Körper eines jungen Mädchens vor mir … in drei Stücke zerteilt!

Kreischen. Aufruhr. Stimmengewirr vermischt mit Schreien aus der Menge. Einige Minuten später, während das junge Mädchen, das unter dem Triebwagen hervorgezogen wird und nun ausgestreckt auf dem Rücken liegt, langsam wieder aus der Ohnmacht erwacht, ertönt über dem Körper mit geschlossenen Augen eine laut klagende Männerstimme. Es ist die Stimme des Fahrers (er ist bestimmt erschreckt), sie klingt eindringlich, bestürzt.

»Sie hat sich einfach vor die Bahn geworfen … Sie hat sich selbst auf die Schienen geworfen! Sehen Sie. Meine Hand zittert immer noch!«

Obwohl es so lange her ist, weiß ich, dass ich diesen Mann wiedererkennen würde. Ich würde ihn an seiner Stimme erkennen, seine Stimme, die kurz vorm Verzweifeln war, selbst inmitten der dichtesten Menschenmenge.

Manchmal werde ich noch heute mitten in der Nacht von der Frage geweckt.

»Wenn ich das nächste Mal vom Wind eines unausweichlichen Schwindels ergriffen werde, wird der Fahrer dann wieder da sein?«

11

Jener Morgen

Von jenem Morgen an bin ich den Meinen gegenüber verstummt. Vielleicht hatte der Cousin, der Medizinstudent, der ins Krankenhaus gerufen worden war, eine vage Ahnung, was passiert war, ohne aber daran zu zweifeln, dass es ein »Unfall« gewesen war. Er stellte mir keine einzige Frage.

Gegenüber dem »Verlobten« bin ich ebenfalls verstummt. Während der folgenden vier oder fünf Tage beschäftigte uns ein seltsames Duell. Ich lag auf dem Balkon der Wohnung meiner Eltern im dritten Stock auf einer Liege und tat so, als würde ich lesen oder vor mich hin träumen. Er stand stundenlang gegenüber, draußen, in der Nähe einer Toreinfahrt, mit dem Rücken an eine Mauer gelehnt, und war vermutlich der Ansicht, dass wir auf diese Weise – über eine Entfernung von zwanzig Metern – unsere früheren Treffen zu zweit wieder aufnehmen würden. Die stummen Auseinandersetzungen, die entstanden, wenn wir uns bei einer Meinungsverschiedenheit, egal wie unbedeutend der Anlass war, gegenseitig trotzig und kindisch anschwiegen.

Nachdem dieser Streit über die Distanz hinweg einige Tage gedauert hatte, stand ich auf und teilte meiner Mutter mit, dass ich mein Studium wieder aufnehmen wollte. Schon bald nahmen meine Studien mich wieder voll in Anspruch und gleichzeitig war ich von einem dauerhaften

Schweigen erfüllt. Das Seltsamste ist, dass ich mich beharrlich über jenen Morgen ausschwieg, selbst demjenigen gegenüber, der schließlich der Auslöser des Dramas gewesen war.

Was Mounira betrifft, die sich einen Augenblick lang eingebildet hatte, sie könnte in meiner kleinen Liebelei meine Rivalin werden, die sah ich nicht wieder. Nachdem wir uns am Ausgang des Cafés von ihr getrennt hatten, erfuhr sie weder etwas von unserem anschließenden Streit noch von dem angeblichen Unfall am Ende dieses Vormittags.

Wir haben einander noch einmal wiedergesehen, ungefähr zwanzig Jahre später in Paris, und zwar aus beruflichen Gründen. Damals kam es mir nicht in den Sinn, sei es auch nur unsere Zeit im Collège zu erwähnen. An dem Drama, das an jenem Vormittag seinen Höhepunkt erreicht hatte, war sie weniger beteiligt gewesen als eine Statistin; und auch mit meinem »Verlobten«, mit dem ich dann so viel Zeit meines Lebens verbracht habe, sprach ich niemals ein Wort über diesen Vormittag. Vielleicht glaubte ich, dass wir, wenn wir versuchen würden, das Geschehene in Worte zu fassen, nur wieder in ein auswegloses Missverständnis eintauchen würden. Vielleicht ahnte ich auch bereits, dass das, was sich an jenem Vormittag in mir abgespielt hatte, nichts weiter als eine einsame verrückte Tat gewesen war.

Was mich heute erstaunt und traurig macht und was mich aufwühlt, ist die Tatsache, dass ich nach diesem Oktobermorgen, sogar nach unserem mehrtägigen, romanhaften Duell, endgültig verstummt bin über den Wahn, der mich erfasst und mit sich gerissen hatte und der fast einen tödlichen Ausgang für mich gehabt hätte. Ich stelle das jetzt fest, weil ich mich direkt damit beschäftige anstatt nur andeutungsweise, auf dem Umweg über irgendeine Figur. Ich habe danach nie auch nur ein einziges Wort über die verrückte Tat verloren.

Nun, so viel Zeit später, zwinge ich mich dazu, über dieses Schweigen nachzudenken. Ich will diese Lücke ausfüllen, will mich dort hineinbegeben, als ob ich aus irgendeinem Grund dazu gezwungen wäre, ein stummes Gesicht mit forschendem Blick abzusuchen – mein Gesicht.

Da ist es also endlich, dieses Gesicht, ohne Blick, ohne Sprache, erstarrt in einer Befragung, ähnlich wie die, die über ein Neugeborenes oder ein verstocktes Kind, ohne Seufzer, noch Tränen hinweghuscht. Für mich begann eine lange Zeit der inneren Abschottung.

Es gäbe Gründe zu weinen … sich selbst zu bemitleiden, verzweifelt zu schluchzen, oder man könnte sich im Nachhinein, also vergeblich, über sich selbst erschrecken. Ist mir deshalb die Stimme des Straßenbahnfahrers – dessen Gesicht ich nie gesehen habe – über Jahrzehnte hinweg so lebendig im Gedächtnis geblieben? Diese Stimme eines Unbekannten, die immer noch bebt, nicht richtig erschreckt, eher … ruhelos:

»Sehen Sie, meine Hand zittert immer noch! Sie war es, sie! (Die Stimme schreit, ihr Echo hallt nach und setzt sich schließlich in mir fest.) Sie hat sich davorgeworfen …«

Er, der Straßenbahnfahrer, dessen Hand mich gerettet hat, wundert sich in meiner Erinnerung immer noch. Wird es später in meinem Leben als Frau noch einmal eine andere Stimme geben, die mir wenigstens ebenso lebendig erhalten bleibt, etwa die Stimme eines Geliebten, der entweder von seinem Verlangen spricht oder von … Die Angst und Verblüffung dieses Fahrers, dessen Blick ich niemals sehen würde, verzerrte seine Stimme und ließ sie dichter klingen. Es war, als ob das vielstimmige, diffuse Geschrei um sie herum ein Teil meines Körpers wäre, der nun hochgehoben und weggetragen wurde.

Danach konnte ich den Blick nicht mehr hinauf in den Himmel richten, den Himmel von Algier in jenem letzten friedlichen Herbst.

Seither, das stimmt, scheint die eine oder andere meiner Frauenfiguren, manchmal die, von der man es am wenigsten erwartet hätte, mir aus der Hand zu gleiten, aus der Hand, die schreibt und die die Figur entstehen lässt. Manchmal wirft der Schatten, den ich erfinde, mir ein spöttisches Lächeln zu – mir, dem Autor. Dann schießt so etwas wie ein Nervenschmerz durch mich hindurch. Diese Frau-und-Figur lächelt mir zu, bevor sie davonspringt (ich weiß es nur eine Sekunde, bevor sie es weiß) oder verspottet mich freundlich. »Siehst du, ich fliehe, ich fliege davon, ich reiße mich los.«

Schließlich habe ich ein Abwehrmittel dafür gefunden.

Eines Tages, während meiner zweiten Ehe, schlug ich den Koran an einer beliebigen Seite auf, denn ich war zutiefst verzweifelt und musste eine Entscheidung treffen und suchte unbewusst nach einer »Botschaft«, nach einem Vers, einer Zeile, die an mich gerichtet war. Ein Zeichen, ein Wegweiser!

»Keiner kann die Last des anderen tragen«, sagte der Vers in der Sure *Der Stern*, in dem Moment, als ich stumm um Hilfe flehte. Es war Gabriel, der dem Propheten diesen Spruch diktierte. Der Vers klang schön, er klang gewichtig. Ich saß damals gerade in einem Vorstadtbus. Als ich wieder zu Hause war, beeilte ich mich, verstört oder vielmehr aufgewühlt durch diese »Botschaft«, nun einen arabischen

Koran zu finden! Ich wollte den Vers laut und in seiner ursprünglichen Sprache lesen, ich wollte in der Lage sein, seine ganze Schönheit und seinen Wohlklang zu ermessen.

Ja, an dem Tag – aber erst so lange Zeit nach jenem Vormittag im Oktober 1953 – wurde mir durch diesen gehaltvollen Vers, durch seine Poesie und ein wenig auch durch meinen kindlichen Glauben die Hilfe zuteil, nach der ich gesucht hatte. Ich griff danach wie nach einem Licht, das mir half, den Weg aus der Dunkelheit zu finden.

Ein anderer Vers der gleichen Sure lautet: »Beim Stern, wenn er fällt …« Von Zeit zu Zeit lese ich sie wieder. Sie erinnert mich, wieder ruhig geworden, an meine allererste Verwirrung. Seitdem sucht jede weibliche Figur in meinen Geschichten, wenn sie in ihrer Freiheit eingeschränkt wird, schließlich blind und eigensinnig einen Ausweg, so wie ich es in meiner Jugend wohl auch tat. Wie komme ich hier raus? Wo kann ich hinrennen? Wie kann ich wieder zu neuem Schwung und neuer Leichtigkeit zurückfinden, und zu lebensfroher Trunkenheit – selbst wenn ich dabei weine?

»Keiner wird die Last eines anderen tragen!«, antwortet die Sure.

Wozu dieser ganze Umweg? Es ist eine seltsame Erfahrung für mich, noch einmal so tief in eine erste sogenannte »*Liebes*geschichte« einzutauchen, die zu lange gedauert hat, in der es aber eigentlich gar nicht um Liebe ging, auch nicht um Abhängigkeit, sondern um freiwilliges Sich-Hingeben meinerseits, aber auch um Geben, und das entgegen aller Vernunft, denn der wache Verstand blieb verborgen, arbeitete nur noch auf Sparflamme, während der Mann vor mir alle Deckmäntel der Eitelkeit anlegte, des Strebens nach »Erfolg«, während sich langsam sein Absturz vollzog, oder vielmehr seine Auflösung, ein unabwendbares Ereignis, das mich jedoch nicht entmutigte, sondern im Gegenteil dazu bewegte, solidarisch zu bleiben, nach außen hin das Paar aufrechtzuerhalten, sogar zu versuchen, dessen Schwachstellen zu flicken, dessen Löcher … All das für eine falsche Liebesgeschichte zwischen zwei Jugendlichen, die im Laufe der Jahre versiegen würde?

Aber Sie – ich spreche so zu mir, wie eine sarkastische Fremde es tun würde –, was meinen Sie dazu, Sie, deren Leben mit dem Eingreifen des Vaters begonnen hat, des Vaters und seiner vorgeblich geliebten oder wirklich geliebten Tochter – und die nun auf einmal fast vor der ganzen Welt verkündet:

»Nirgendwo im Hause meines Vaters.«

Enteignet? Wirklich, und was stachelt Sie dazu an, darüber zu schreiben? Warum es auf diese Weise in alle Winde hinausschreien?

Wenden wir uns lieber wieder der Person zu, die der Krankenwagen an diesem Vormittag im Oktober 1953 ins Krankenhaus bringt. Im Krankenwagen steht der »Verlobte« – den die Familie des jungen Mädchens noch nicht kennt – sicher selbst noch unter Schock. Doch das kümmert mich nicht, immer noch durchdrungen von der Entladung des Todestriebes, dem unwiderstehlichen Impuls davonzufliegen, in dem überspannten Wunsch, mich in der unermesslichen Weite der Bucht von Algier, deren verschwommenes Panorama das Einzige und Letzte war, was ich sah, in alle vier Winde zu zerstreuen.

Dagegen scheint mir die falsche Freundin, die sich kurz für meine Rivalin gehalten hatte, völlig bedeutungslos, sie, die in einer erbärmlichen Dreiecksgeschichte die Fäden ziehen wollte. Ebenso bedeutungslos erscheint mir der unbeholfene junge Mann, der vermutlich noch ganz benommen ist von der Explosion, die sich da um ein Haar vor seinen Augen ereignet hätte. Einen Augenblick lang hatte er meinen Körper vor sich gesehen, in Stücken; Blut und Knochen überall verstreut, aber der Fahrer mit der sicheren Hand hat ihn wie durch ein Wunder verschont.

Ich rekonstruiere jetzt, was wohl um mich herum geschehen ist, schließlich muss es dem jungen Mann ja ähnlich wie ein heftiger Windstoß in den Geist oder ins Herz gefahren sein, ihm, der später vor meinen Augen von einer wunderbaren Mutter und fünf Schwestern vergöttert wurde, die allesamt mehr oder weniger in ihn verliebt waren, in seine Schönheit, seine stattliche Erscheinung …

Ich jedoch, in was habe ich mich eigentlich verliebt, soweit wie ich eben »verliebt« zu sein glaubte, was ich nicht mehr glaube, wenn nicht in seine Briefe, die – in vokalisiertem Arabisch – die Verse der Helden-Dichter wiedergaben, der Sieger der vorislamischen Wettstreite! Die schönsten Liebesgedichte der beduinischen Gesellschaft aus der Zeit vor dem Islam, die Werke von Barden, die womöglich auch so etwas wie Räuber waren und die untereinander wetteiferten, wer die besten poetischen Improvisationen hervorbrachte – später würden wir von »Brautentführern« sprechen …

In ihrer Sprache, der Sprache dieser unvergesslichen Schatten, jenem Arabisch aus Homers Zeit, schrieb der Student aus Algier Seiten um Seiten für mich ab, die ich dann auswendig lernte. Wenn er mir einmal nicht die Übersetzung Vers für Vers mitlieferte, dann ging ich selbst in die Bibliothek, um danach zu suchen. Ich schrieb sie ab, ich lernte den arabischen Text, den er mir geschickt hatte, als wäre er selbst der Autor gewesen. Die Spannung und die Leidenschaft, mit der ich den Text las und lernte, verwandelte diese Schreiben in wahre »Liebesbriefe«, die Liebesbriefe eines Paares, das doch eigentlich im Hier und Heute lebte.

Das war es, worin ich mich verliebt hatte, in meinem letzten Jahr im Collège, während ich mich auf mein Abitur vorbereitete. In diesen letzten Monaten hatte ich das Gefühl, mich an zwei Quellen gleichzeitig zu nähren, als ob ich, weil ich seit Beginn meiner Ausbildung eine Dichotomie in mir trug, mich langsam vorwärtstastete auf einem möglichen, vereinigenden Weg: Einheit in der Schönheit und in der Einkehr. Naiv und kindisch frachtete ich all meine alten Wünsche auf einen Briefwechsel von Pseudo-Liebesbriefen!

Das war mein Geheimnis. Und zugleich die Schlinge. Von da an ergriff mich der Schwindel. Ihn lieben, diesen Unbekannten, diesen Leih-Schreiber im Schatten von Imra al-Qais? Habe ich ihm nicht mindestens einmal diese Verse vorgetragen, ihm, der mir vom Glanz dieser alten, arabischen Sprache umstrahlt zu sein schien? Meinte ich nicht, diesen Zauber zu spüren, wenn ich mich seinem Gesicht näherte, und bis in die Mulde seiner ersten Küsse? … Ein paar intensive, verschwommene Minuten lang in diesen beiden Welten leben, die ich mit aller Macht zu vereinigen suchte, auf der dringenden Suche nach einer einzigen Schönheit!

So begreife ich vielleicht endlich – doch zu spät –, in wen oder was ich damals verliebt war. In die verlorene Sprache, die im Gesicht des jungen Mannes, der diese Sprache von einst beherrschte, wieder zum Leben erwachte. Ich sah sie als die wiederauferstandene Dichtung der Kämpfe unserer Vorfahren an, wohingegen er nur ihren Aufbau und ihre Rhetorik studierte. Diese in der Wüste Arabiens »aufgehängten Gedichte«, zwischen all den Menschen und im Staub, vorgetragen von Dichtern-und-Räubern, die ganz bestimmt keine »Ritter« waren und »Minnesänger« noch viel weniger!

Ich habe mich also sechs Monate, acht Monate lang daran geklammert, ich wollte mich als Gefangene dieses Erbes sehen, während dieser Zeit, als ich im Internat eingeschlossen war. So sehr, dass ich eines Tages unter dem Baum im Regen meine Lippen zum ersten Kuss darbot und mich danach, wie im Märchen, kindischerweise »verzaubert« wähnte.

Eine verlorengegangene Sprache – deren Melodie und deren Hecheln ich dennoch vernahm – zeigte sich im Gesicht eines jungen Mannes von halb tatarischer, halb berberischer Schönheit. Sechs oder zehn Monate danach zerriss der wie ein Spinnennetz gewebte Traum. Mein Körper – als meine Seele und meine Träume versuchten, daraus zu fliehen – wurde plötzlich in diesem Blitz an jenem Vormittag nach vorn geschleudert, vor der riesigen Bucht von Algier. Und dann, Schmerz? Noch nicht einmal. Ein Traum war ausgeträumt – nichts weiter.

Der Vers, der mir ein ganzes Jahr lang keine Ruhe gelassen hatte, hatte plötzlich seinen geradezu teuflischen Rhythmus wieder aufgenommen. Bei jedem geheimen Treffen, zu dem ich ging, hatte ich vorher gesagt: »Wenn mein Vater das erfährt, bring ich mich um!« Von diesem zwanghaft wiederholten Satz, der mein einziger Antrieb war, gab es auch Varianten: »Wenn ein Freund meines Vaters mich in einer von Algiers Straßen wiedererkennt, wenn ich gerade mit diesem jungen Mann unterwegs bin, und wenn er das meinem Vater erzählt – wenn mein Vater mich dann zu sich ruft, um über mich zu Gericht zu sitzen, dann werde ich nicht erscheinen! …« Wie könnte ich ihm verständlich machen, dass mein Körper noch jungfräulich ist (seit Jahrhunderten die panische Angst unserer Gesellschaft), dass ich lediglich Küsse erlaubt habe (welche mich noch nicht einmal erregt haben, auch nicht durcheinandergebracht, doch der Regelverstoß und das damit eingegangene Risiko, o ja, und wie!). Wie könnte ich es wagen, dem Vater gegenüber auch nur eine Fußspitze auf dieses durch das Schamgefühl verbotene Terrain zu setzen? Jedes Mal wurde das Dilemma durch eine Schlussfolgerung beendet: »Wenn mein Vater mich zu sich ruft, vor sein Tribunal … dann bring ich mich um!«

Ich kann mich nicht einmal erinnern, ob dieser Refrain mich an jenem Oktobervormittag, einige Sekunden bevor ich losrannte, um mich dort am Horizont zu ertränken, wieder verfolgte.

War das mein erster Impuls gewesen? Ich erinnere mich, dass ich anfing, die Stufen hinunterzusausen, für einen

Augenblick zur Seite blickte und mitten in meinem kopflosen Rennen den Triebwagen der Straßenbahn erblickte, der rechts von mir scheinbar ungebremst vorwärtsschoss. Mein ursprünglicher Entschluss, am Horizont zu explodieren, über dem Meer, den Schiffen, den Dockarbeitern, den Menschen, wurde innerhalb einer Sekunde (mit Sicherheit auch begleitet von dem Spruch: »Wenn mein Vater ... bring ich mich um! Wenn mein Vater ... bring ich mich um!«), in der ich meinen eigentlichen Plan verwarf, nach vorn zu stürzen, ganz weit in der Ferne zu explodieren, unter der Sonne, über dem Hafen und dem unveränderlichen Meer, das mich verschlingen würde – ja, dies wurde in einer Sekunde zu: »Ich will meinen Körper quer über die Gleise legen: So kommt der Tod noch sicherer, die Maschine ist in Fahrt!«

In Fahrt ... in Fahrt ... »Wenn mein Vater das erfährt ... bring ich mich um ... mich um!« Ja, ich wollte quer über den Schienen einschlafen. Verstreut werden, eher zu Staub werden als zu einer blutigen Masse, in die Erde hineingepresst, mit dem Meer als erstem Zeugen, das mich aber umgeben sollte, das Meer, das sich mit dem Himmel vermischte, die riesige Bucht als Leichentuch, o Ruhm und glücklicher Tod!

Lärm, Bündel von Schreien ...

In meinen Sturz und meine halbe Ohnmacht dringen diese geschrienen Worte des Fahrers:

»Meine Hand zittert immer noch!«

Eine letzte Erinnerung, während der Krankenwagen kommt, man hebt mich hoch, die Stimme wiederholt ihre Worte: Eine Hand dieses Unsichtbaren richtet mich auf und drückt fest zwischen den Schulterblättern in meinen Rücken ... Immer noch Tohuwabohu, dann tiefe, selige Stille, frei von jeglicher Müdigkeit.

Im Krankenwagen, der mich wegbringt, die Stimme von … von wem eigentlich? Ist es immer noch der »Verlobte«, der Entführer, der Brautdieb, der Auslöser, derjenige, der den Vater ersetzt hat und der jetzt die Strafpredigt hält, jedoch mit einer Stimme, die irreredet, die nicht schreit, die schluchzt: »Im Islam ist es verboten, Selbstmord zu begehen!«

Selbstmord, ja, sicher, aber das Davonfliegen, das Zum-riesigen-Meer-Rennen, das »Wenn-mein-Vater-das-erfährt-bring-ich-mich-um«, die letzten vier Worte, die ich jedes Mal während der ganzen Zeit meines kleinen, harmlosen Abenteuers, meiner sentimentalen »Romanze« vor mich hin sagte?

Während der Fahrt grollt die männliche Stimme. Sie ähnelt der eines Imams. Doch es ist die Stimme desjenigen, der mich begleitet – sie lässt eine Moralpredigt vom Stapel. »Die Kinder, die Gläubigen … beim Gebet … sollen den Boden küssen, sollen den Rücken beugen, sollen …«

Im Krankenhaus angekommen, halte ich die Augen geschlossen. Ich nenne aber die Telefonnummer meiner Eltern. Der andere, der junge Mann, der plötzlich verstummt ist, verschwindet. Ohne die Augen zu öffnen, füge ich hinzu, dass ich einen Cousin habe, der im Krankenhaus arbeitet. Er soll kommen … Entweder versteht er nicht, oder er versteht nur zu gut. »Ein Unfall!« Ein ganz normaler Unfall … Ich höre, wie er sich mit der Krankenschwester unterhält. Ich sei wohl mit dem Absatz in der Rille der Schienen hängen geblieben, wahrscheinlich bin ich aus Leichtsinn gerannt, um noch vor der Bahn die Straße zu überqueren, die in voller Fahrt herankam …

Der Cousin bringt mich im Taxi zur Wohnung meiner Eltern, im Zentrum von Algier. Meine Mutter ist tränenüberströmt. Und ich stumm.

Während der folgenden vier Tage liege ich auf dem Balkon im dritten Stock. Drei oder vier Tage lang postiert sich der junge Mann – der den Titel »Verlobter« wieder annimmt – auf der gegenüberliegenden Straßenseite. Dort steht er stundenlang wie angewurzelt.

Er ist da, der Jäger. Er bewacht seine Beute.

Doch der Beute ist alles egal. Ihre Leidenschaft hat sie »bis zum Äußersten« getrieben. Nun hat die Leidenschaft sich aufgebraucht. Das junge Mädchen wird tatsächlich nie wieder sagen: »Wenn mein Vater das erfährt … bring ich mich um!« Sie wird einfach in den Tag hinein leben, dieses sogenannte »sentimentale« Leben. Bedeutet es überhaupt leben, so zu leben? Oder ist es eher träumen und dabei wissen, dass man immer weiter träumt … und man dabei in dichtem Nebel an einem Abgrund entlangläuft?

Wie dem auch sei, das Paar wird von Oktober 1953 bis September … 1974 zusammenbleiben! Einundzwanzig Jahre … Ich habe es gezählt, ich zähle noch einmal nach, ich lese die Zahl erneut, diesmal mit weit geöffneten Augen. Ja, einundzwanzig Jahre, fünfzehn davon verheiratet!

Ich, die dies heute schreibt, die soeben die Sekunden und die Minuten dieses Mädchens an jenem Morgen im Detail noch einmal nacherzählt hat, das vom oberen Ende der Treppe oberhalb des Boulevards am Meer losgelaufen ist, sich dann hingeworfen hat, sich auf die Schienen vor die Straßenbahn gelegt hat, die mit voller Geschwindigkeit herankam, ja, ich heute, die mit den Worten der französischen Sprache jene Sekunden und Minuten rekonstruiert, in denen sich ein gähnender Abgrund auftat (Abgrund wozwischen? zwischen der Liebe des Vaters und der des sich nähernden »Brautdiebes«), ich heute, angesichts dieses klaffenden Abgrunds, dieses falschen Dramas, dieser Gefahr eines Todes, der tanzte und dann wieder verschwand, finstere Ballerina, ich auf dem Boden, ich, deren Körper aufgehoben und in den Krankenwagen getragen wird, ich bin eine nüchterne Zeugin und stelle unerbittlich fest, dass es für mich besser gewesen wäre, wenn der Arm des Straßenbahnfahrers nicht so zuverlässig gewesen wäre, dass er mich hätte überfahren sollen, ohne ein schlechtes Gewissen zu haben, diesen Körper in die Erde drücken oder ihn als Staub davonfliegen lassen – so wie ich es mir gewünscht hatte, als ich losgestürzt war, stürmische Verrückte, Wahnsinnige, um mich in der berühmten und majestätischen Bucht von Algier aufzulösen …

Es hätte ein vorsätzliches Ende sein sollen! Ich wäre über der kreischenden und dann gleichgültigen Menge verschwunden. Ein logisches Ende, folgerichtige Fortführung des letzten Jahres meiner Jugend – meiner Begeisterung für Philosophen und Dichter, meines Treueschwures meinem Vater gegenüber, der nur an meine Studien dachte, keineswegs an die Überspanntheit, die mich gepackt hatte.

Ein verfrühtes Ende, sicherlich, ein zufälliges Ende, so wie jedes Ende. Doch was sich mir plötzlich aufdrängt – ich, die heute die Erzählerin dieses Lebensweges ist –, ach, das sind die einundzwanzig Jahre, die dann folgten. Nicht aufgrund meines Schreibfiebers. Doch mein Sehnen nach einer verlorengegangenen, dann wieder auferstandenen Schönheit war nur eine lange bestehende Fata Morgana, und ich hielt an der Illusion fest, dass ich sowohl die Kraft als auch die Ganzheit einer Liebe erlebte, ohne die Sprache dafür zu besitzen ... Der Ritter war nicht echt, Madame! Die Romanze war aus Pappmaché, mein Fräulein! Und so verstärken sich die guten Gründe und die schlechten Begründungen gegenseitig und bringen das ganze Gebäude zum Einsturz.

Über meinem Körper einer Jungfrau hätte man an diesem Morgen, nachdem man ihn unter der Bahn hervorgezogen hatte, eigentlich zwei Schuldige für das Scheitern anführen müssen: Den Vater, Opfer seiner Unwissenheit und Strenge und der Vorurteile seiner Gruppe, und vor allem den besagten »Verlobten«, den falschen Ritter, der den Schatten von Hexen oder Neiderinnen ausgeliefert war, von Engelsfrauen und Huren, die ihn umringt, umgarnt und zermürbt hatten.

Was bringt es noch, zum Wendepunkt zurückzukehren. Soll ich von nun an schreiben, um mich gleichzeitig an die Stelle des Richters und des Schuldigen zu setzen? Und die Zeit danach, diese einundzwanzig reglosen Jahre, die folgten und die aus dem jungen Mädchen erst eine junge Frau und dann eine reife – oder augenscheinlich reife – Frau machten, einen Menschen, der allenfalls durchdrungen ist von Träumen, von Dunstschwaden und Illusionen? Einundzwanzig eingefrorene Jahre, Madame!

Dieser Oktobertag im Jahre 1953 ging um zwölf Monate der Explosion eines Landes voran, des ganzen Landes, das Algerien heißt.

Epiloge

1

Das Schweigen oder die Grab-Jahre

Ist dieser Bericht ein Roman über eine gestorbene Liebe? Oder die nicht besonders aufregende Romanze eines jungen Mädchens, beinahe hätte ich geschrieben »aus gutem Hause« –, aber eben nicht frei – aus dem Süden, aus irgendeinem Land am Mittelmeer?

Die Skizze einer Ouvertüre, das Vorwort zu einer umfassenderen Autobiographie?

Diese »ersten Erinnerungen« haben sich mir nur aus einem plötzlichen – wenn auch verspäteten – Bedürfnis heraus aufgedrängt, mir selbst – hier Figur und Autor zugleich – eine selbst-mörderische Handlung erklären zu wollen. Die sogenannte »Liebesgeschichte« setzt sich fort, dauert an – andauerndes Scheitern.

Ich beginne gerade erst zu begreifen, dass das Schlimmste mein Schweigen war – mein Schweigen über diesen Trieb, der, ohne dass ich es wollte und in mir herangereift war. Es geht also von Anfang an noch mehr um den Vater – den Vater, der stirbt, ohne zu erfahren, dass seine älteste Tochter um ein Haar gestorben wäre, in diesem Herbst vor dem Algerienkrieg. Sie ist nicht gestorben, doch warum entlud sich dieser düstere Drang, der so lange latent vorhanden war, plötzlich in dem Blitz eines unüberlegten Triebes?

Jetzt, da ich diese Episode aus nächster Nähe noch einmal erlebe, wenn auch so viel Zeit später, da ich alle Zügel schießen lasse und mich von den Erschütterungen jenes unbändigen Voranstürmens der Erinnerung leiten lasse, die wie ein edles Stutenfohlen losgaloppiert, das gerade freigelassen wurde, drängt sich mir eine Schlussfolgerung auf: »Nirgendwo im Hause meines Vaters!«

Jenes »Haus meines Vaters« wurde zunächst um einen Hauptträger herum errichtet. Die Liebe des jungen Ehemannes zu seiner Frau (eine beständige und diskrete Liebe) – eine kleine Revolution in jener Gesellschaft, die soeben erst aus einer jahrhundertelangen Erstarrung zwischen den Geschlechtern herausgetreten war.

In diesem Bericht ist die Mutter bereit für eine schrittweise Verwandlung, die nicht mehr zum Stillstand kommen wird. Eine Frau in Bewegung, dank ihrer eigenen Kraft, dank ihrer Intelligenz, aber auch dank dem heimlichen Selbstbewusstsein, das die Liebe ihres Mannes ihr verleiht. Der ist unnachgiebig, und er hat seine Rolle als beschützender Ehemann angenommen, als Sohn armer Eltern, der auch zum Unterstützer seiner Mutter und seiner Schwestern wurde.

Und seine Rolle als Vater? In dieser Rolle tritt er auf. Trotz seiner Ansichten und seines Glaubens an die Französische Revolution, überzeugt von den offensichtlichen Vorzügen der Bildung für sich selbst und für die Seinen, trotz dieser Einstellung wird er in seiner Eigenschaft als »Vater« – insbesondere seiner ältesten Tochter gegenüber – gegen seinen Willen oder ohne es zu wissen wieder zum »Bewacher des Gynäkeions«. Als Ehemann entwickelt er sich stetig weiter, für seine Zeit sogar sehr schnell. Als Vater ist es seine Tochter, die ihm erst einmal vorauseilt, aber, zugegeben, »Hand in Hand mit dem Vater«.

Doch als sie älter wird? Sie fährt fort zu suchen, will den freien Raum umarmen, sucht den Umbruch, die Erweiterung des Horizonts. Doch das kann sie nur tun, wenn ihr Vater sie nicht sieht. Fürchtet sie sein Urteil? Nein, noch nicht einmal! Vielmehr fürchtet sie die Zweifel, die er, der Vater, womöglich bezüglich ihrer Integrität, ihrer Jungfräulichkeit haben könnte …

Als Lösung fällt ihr zunächst nichts anderes ein, als das zu verstecken, was sie für ihre »Liebe« hält, und was sich dann nur als »Liebelei« erweist (die lediglich vom Licht des eingegangen Risikos, das in ihren Augen riesig ist, angestrahlt wurde). Und eben während sie dieses Risiko eingeht, wiederholt sie den tragischen Refrain. »Wenn mein Vater das erfährt, bring ich mich um!« Was für eine Angst, Hyperbel der Transgression, obwohl das Einzige, dessen sie sich schuldig weiß, Küsse sind, die sie erlaubt hat, ein paar Zärtlichkeiten – sowohl ihr Körper als auch ihr Herz sind immer noch jungfräulich.

»Ich bring mich um.« So oft hat sie diesen Schwur vor sich hin gesagt, dass sie beim ersten Misslingen der Beziehung (die eifersüchtige Freundin ist nur eine Randfigur, die verschwindet) dazu getrieben wird, um den jungen Mann herauszufordern, zu laufen, immer weiter, bis ans Meer.

Aus welcher versunkenen Vergangenheit ist dieser Wahnsinn in ihr entsprungen?

Dieselbe Person, die diese Beziehung nun mehr als fünfzig Jahre später aufschreibt, hat gerade erst begriffen, dass sich mit der Besudelung dieses Oktobervormittags ein kleines Drama auf zwei Ebenen abgespielt hat. In jenen Minuten füllte, hinter dem eingebildeten jungen Mann und zusätzlich zu dessen Rolle als Auslöser, dann als entsetzter Zuschauer, der auf einmal riesige Schatten des Vaters die Bucht von Algier aus. Der Vater, der heute tot ist und der nie erfahren hat, dass er beinahe der Fahrer des Totenkarrens gewesen wäre. Ein ebenfalls blinder, aber unerbittlicher Fahrer.

Die Frau, die jetzt schreibt, behauptet, sie würde die einundzwanzig erstarrten Jahre der nur scheinbar wahren Liebesgeschichte, die sich daran anschloss, bedauern. Vielleicht hat sie sich in ihrer Abrechnung geirrt. Vielleicht müsste sie auch die folgenden Jahre hinzuzählen und in Jahrzehnten rechnen.

Vielleicht müsste sie sich anklagen, (selbst wenn sie diesen Bericht nicht geschrieben hätte), dass sie das Schweigen über sich selbst nie gebrochen hat – jenes Schweigen aus Seide, nein, vielmehr aus Ruß, Regen, Nebelmassen …

Vor welchen Folgen hat sie sich gefürchtet, vor welcher Entdeckung? Oder war da nicht nur, wie sie behauptet, falsche Scham, die eigentlich nur verkleidete Feigheit ist? Ist sie vor einer brutalen Beleuchtung zurückgewichen, vor einem gleißenden Licht, das blendet, ein blindes Licht – so wie man sagt »blind schießen«? Das sind die Fragen, die aufkommen, denn schließlich kommt die Selbstbefragung ganz schön spät, zu spät. So viele Jahre sind seit Oktober 1953 vergangen, ein Ozean von Jahren.

Zugegeben, würde sie aus einer widersprüchlichen Position als Angeklagte heraus argumentieren (angeklagt von ihrer eigenen Vernunft oder Unvernunft). Sie, die dies heute schreibt, hat das ein halbes Jahrhundert ununterbrochen getan. Vor allem Geschichten über Frauen, junge Mädchen, die sich alle befreien wollten, ob nach und nach oder plötzlich.

Nun, jetzt zerreißt die Fiktion, sie bekommt Löcher. Jetzt perlen Blutstropfen, trotz der Tinte, die so oft vergossen wurde. Jetzt zeigt die Autorin sich so, wie sie ist … Nur weil der Vater tot ist? Der geliebte und idealisierte Vater? Der Vater, der auch Richter war, wenngleich er Befreier war, und zwar ein gezwungenermaßen strenger Richter?

Die befragte Autorin würde versuchen, sich zu verteidigen – mehr schlecht als recht.

»Ich habe mich mit siebzehn Jahren, an jenem Herbstanfang, in das weite Panorama der Bucht von Algier geworfen. Vor meinem Vater lief ich weg, ich fürchtete mich vor seinen Vorschriften. Ich wollte so weit weglaufen wie möglich, um nicht zugeben zu müssen – aber was, welche Schandtat?«

Die Verwirrung bleibt. Ich glaubte, sie auflösen zu können, und jetzt, während des Schreibens in der Gegenwart, entdecke ich noch Schlimmeres. Es ist nicht mehr mein Gedächtnis, das mich anstachelt, sondern das Drängen des

Schreibgriffels, der Zeichnung, die erfasst, was übrigbleibt, die ausgräbt, was unscharf blieb.

Und so ist das Schlimmste, das Traurigste nicht einmal dieser irrationale Impuls – die ungebremste Kraft der Jugend, die sucht, sich selbst sucht, bis hinein in ihre Muskeln, ihre Beine, ihre Füße und nicht nur in ihren Worten oder ihren Schreien. Das Unverzeihliche für meine Entwicklung zu einer jungen Frau, für mich, Opfer und Richter, schuldig und rebellisch, schwach, aber stark, zumindest in der Improvisation – ja, der Fehler war, dass ich mein Schweigen aufrechterhielt: *danach.*

Ich bin versunken, indem ich verstummte.

Verstummt? Man könnte sogar sagen, ich hätte mich »eingemauert«! Vor dem Verlobten und Ehemann? Vor den anderen, aber wer sind diese anderen? Noch so jung, was hättest du tun können, mit wem hättest du sprechen können, wen hättest du bitten können, mit dir gemeinsam zu suchen, an dir zu zweifeln, selbst im Nachhinein?

Sich selbst gegenüber zu verstummen. Das war das Schlimmste.

Die Bücher, die erfundenen Geschichten, die Theorien, die Epen, die große Begeisterung für Lyrik, all dies Brodeln hat dir also nicht dazu gedient, dich anzuregen, dich aufzurütteln, zu läutern … sondern nur dazu, dich schläfrig zu machen, dich in die Schwaden der Einbildung zu flüchten, dich aufzulösen – auch nicht, dich anzutreiben, dich zu ermuntern, den Maschinen zu trotzen, dem Sturm, der Geschwindigkeit: nein, nur dazu zu schlafen …

Vergiss den richtigen Vater, den falschen Verlobten, die Zeugen, die vom Vater geliebte Mutter, vergiss die anderen, aber nicht dich selbst! Die Worte haben dich verlassen, die toten Sprachen haben dich begraben, die Mumien werden schon lange versteigert, werden noch nicht einmal mehr bewacht, geschweige denn verehrt. Du legtest dir eine starre

Hülle zu, insgeheim brodelte es in dir, und all deine Romane, deine Gedichte, deine Worte einer Einzelgängerin, die auf dem Papier getrocknet sind, waren nichts als lächerliche Heilmittel, Fluchten, die sich nicht als solche zu erkennen geben, ein Frieden, der so wenig verdient ist, weil er nicht das Ergebnis einer unermüdlichen, stechenden und gewissenhaften Suche ist.

Du schreibst (es ist meine Doppelgängerin, die mich plötzlich schüttelt, mich wachrüttelt), die Erinnerung ist keine Wiege, es sind auch keine Lieder, damit man besser ertrinken kann. Du hättest es lieber in die Wüste hinausschreien sollen, wie so viele Einsiedler, von denen es ausgerechnet im Lande deiner Vorfahren viele gegeben hat, die allen Religionen angehörten …

Du bist eine Minute lang vorwärtsgestürzt, anschließend warst du außer Atem, du hast gebebt und vorgegeben, alles vergessen zu haben, doch das war nur eine falsche und gewollte Amnesie! Wozu dieses halbe Jahrhundert des Schreibens und der Stummheit zugleich, was ist dieses Unsichtbare, das mich verfolgt und das endlich gegen meinen Willen zerreißt, das mich zerreißt, mich in schmale Stoffstreifen einhüllt wie eine Pharaonin, mich, die ich früher, vor so langer Zeit, die kleine Prinzessin meines Vaters war?

Ich habe kein »Haus meines Vaters« mehr. Ich habe dort keinen Ort mehr, und zwar keineswegs nur deshalb, weil mein Vater gestorben ist, entkräftet, in diesem angeblich befreiten Land, in dem alle Töchter ungestraft von den Söhnen ihrer Väter um ihr Erbe betrogen werden.

Ich habe dort keinen Ort mehr, seit jenem Tag im Oktober – ein Jahr und ein paar Tage bevor eine andere Explosion in demselben Land losbrach. In tausend Stücke zerfiel dieses Stück Erde, und seitdem reihen sich Ausweisungen, Morde, Heldentode und barbarische Tode aneinander, Hoffnungen werden niedergetrampelt und erwachen immer wieder von neuem …

Suche ich seit jenem Morgen im Jahr 1953 in dieser oder jener der einstigen Korsarenstädte, suche ich wirklich in dieser unermesslichen Weite, in diesem Winkel der Kindheit, dort, an dem Ufer, wo die Ruinen sich majestätischer und sonnendurchfluteter erheben als die Wohnungen der Lebenden – suche ich dort unermüdlich nach dem kleinen, dem dunklen Haus meines Vaters?

2

Das wilde Mädchen

Ich bin wieder aufgestanden, an jenem Morgen im Oktober 1953. Drei oder vier Minuten lang blieb ich aufrecht stehen, auf beiden Seiten gestützt, ich weiß nicht von wem? Unbekannte, die gerade auf dieser Straße am Meer unterwegs waren … Auch mein Verlobter war dabei, glaube ich, doch ich blickte ihn nicht an. Ich hörte nur seine Stimme, die sich vor Schreck überschlug. Ich bin mir sicher, dass ich ihn nicht angesehen habe – und in all den folgenden Jahren würde ich ihn auch nie richtig ansehen. Ein Schemen neben oder vor mir.

Ich stehe da, aufrecht, bevor man mich zum Krankenwagen trägt, der angefahren kam. Und drum herum das Durcheinander, die Straßenbahn, die Fahrgäste, die ausgestiegen waren und sich nach und nach zerstreuten.

Auch das kann ich aufschreiben, ich kann die Szene anhalten. Ich, von beiden Seiten gestützt – aber unbeteiligt, mit starrem Blick. Augen, die nichts sehen, oder sehen sie … was denn nur? Was – etwas Unsichtbares, das Jenseits? Das kann ich nicht sagen.

Schon als ich kurz darauf im Krankenwagen liege und weggebracht werde, verstehe ich, dass ich nie wieder auf diese Weise davonfliegen werde. Nie mehr laufen, geblendet, um mich ins Meer zu stürzen, dort, ganz weit hinten! Welches Meer und warum laufen, mit dem Verlangen nach was für einem Bruch, was für einem Zerreißen?

In dem Tumult um mich herum, in der Stille und der Leere, die sich in mir aufgetan haben, wie ich da zwischen zwei Unbekannten stehe, gibt es diese Anspannung, die immer noch in mir zittert, diesen Vogelflügel, der mich erst eine Sekunde zuvor gestreift hatte. »Freude«, denke ich in diesem Augenblick und später auch noch einmal, »eine Freude, die so hart ist wie Kristall, ein schwarzer Diamant, nach dem ich das ganze vergangene Jahr über gesucht habe!«

Ich stehe da, fast schief, dann liege ich im Krankenwagen, ruhig oder enttäuscht, ich weiß nicht recht (ich wollte irgendwo anders sein, wo, das weiß ich nicht, für immer woanders). Dann bin ich nüchtern oder neu gestärkt. Angelangt auf was für einer undeutlich wahrgenommenen Schwelle, wo führt sie hin? Eine marmorne Stufe, dort, inmitten von Abfall oder eher von Ruinen.

Zu welcher Schwelle gehört der Stein, zu welcher Treppe ist er die unterste Stufe?

Kurz zuvor, als ich noch schwanke, aber aufrecht stehe, und meine Hand automatisch meinen Rock glättet und über meine Stirn streicht, halte ich die Augen gesenkt, ich will keine Aufmerksamkeit erregen. Bin ich inmitten der Gruppe, die um mich herumsteht, diejenige, die man anstarrt wie eine Wilde, die aus irgendeinem dunklen Wald gesprungen kam?

So lange Zeit später, gewissermaßen ein ganzes Leben später, kriecht manchmal, in Schüben oder im Halbschlaf, vor allem im Traum, »diese ganze, lange Zeit« in bunter Unordnung unter meine Haut und lässt endlich die nicht vergossenen Tränen in mir aufsteigen.

Jedenfalls, müsste ich hinzufügen, habe ich sie nicht über mich selbst vergossen, und nicht aus Bitterkeit!

Ein Gefühl setzt sich hartnäckig in mir fest. Am Ende dieser Erzählung angekommen, bedaure ich, ja, ich bedaure, dass der Fahrer, den ich nie zu Gesicht bekommen habe, dessen Stimme sich mir aber, mit ihren betroffenen Fragen, ihrer Machtlosigkeit bis heute eingeprägt hat, als ob sie mir fortan Schutz gewähren sollte, ich bedaure, dass das Schicksal, oder das Glück oder der Zufall, welcher dem Wesen nach neutral ist, ja, wirklich, ich leide darunter, dass der Straßenbahnfahrer an jenem Morgen auf dem Boulevard Sardi-Carnot seine Maschine, die in voller Fahrt herankam, nicht einfach weiterfahren ließ! Dann hätte man meinen Körper in Stücken darunter hervorgezogen, während nur meine Augen weiterhin weit geöffnet in den reinen Herbsthimmel geblickt hätten.

Ich rufe mir die Szene wieder vor Augen, unzufrieden mit ihrem wirklichen Ende: »… ein misslungenes Ende!«

Jemand, eine junge Frau rennt, wenige Sekunden, nachdem sie ihren Tod herbeigesehnt hat, los und wird in letzter Sekunde gerettet. Na gut, soll sie es doch noch einmal versuchen!

Doch ich habe es nicht noch einmal versucht, als ob der Todestrieb, der mich ganz durchdrungen hatte, plötzlich versiegt wäre.

Warum also dieses Bedauern? Aufgrund der Nutzlosigkeit der folgenden Jahre, während deren mein Inneres die ganze Zeit über eingefroren war und ich scheinbar dieselbe war, und zugleich unwiederbringlich eine andere. Eine andere, das heißt, eine ruhige Person, die nach außen hin friedlich wirkt, mal verträumt und gelassen, und die dann wieder die Zähne zusammenbeißt und diese oder jene Aufgabe in Angriff nimmt und zu Ende bringt, egal, um welche Aufgabe es sich handelt und was ihr Zweck ist – Pascal sprach von »Zerstreuung«.

In Wirklichkeit hat der Wunsch, davonzufliegen, mich niemals verlassen, mich im Blau des Himmels aufzulösen oder eben in dem Abgrund, der zu meinen Füßen gähnt, ich weiß es auch nicht mehr genau. Ich habe immer noch ein aufgewühltes Meer in mir, sein Wogen verlässt mich nicht, sondern begleitet mich während der ganzen Reise, ein Wogen oder eher eine Angst oder vielleicht eine Erinnerung, die in hinterhältiger Weise dafür sorgt, dass ich einen nach innen gerichteten Blick behalte, abwesend, aber worauf gerichtet? Als ob auf jeden Fall etwas anderes auf dem Spiel stünde, endgültig etwas »anderes« als das, was in der Wirklichkeit, der scheinbaren Wirklichkeit, erscheint … Als würde ich wirklich leben, woanders, absichtlich, und mich dabei tief in mir drin anstrengen, wirklich da zu sein! Das Spiel mitspielen. Sozial, ästhetisch, was noch? Als ob »leben«, ich meine »wirklich leben«, eine andere übernommen hätte, deine Doppelgängerin, aber woanders, dort, hinter dem Horizont!

Wenn ich mich mir zuwende, quält mich immer noch diese Frage ohne Antwort, ich spüre es, und ich versuche, die Distanz in mir zu überwinden, zu verstehen, mich zu verstehen. Plötzlich wahnsinnig geworden, ein einziges Mal, aber verschont geblieben, sich bewusst in Gefahr gebracht, aber gerettet worden, und trotzdem immer noch nicht zurückgekehrt, immer noch nicht wirklich aufgewacht, aus welchem Wahn, aus welchem »Zauber«? Warum kannst du dir in der letzten Phase deines Lebens nicht mit so etwas wie Gelassenheit, mit sanfter oder gleichgültiger Akzeptanz dessen, was ist, sagen: Wäre es nicht endlich an der Zeit, wenn auch nur allmählich, das Glimmen zu ersticken, das niemals gelöscht wurde? Eine Frage, die sicherlich nicht nur du dir stellst, sondern auch alle anderen Frauen von dort, vom südlichen Ufer des Mittelmeeres …

Warum, warum nur haben ich und all die anderen Frauen keinen Platz, »nirgendwo im Hause meines Vaters«?

3

Den Schwindel erfinden

Schreiben, bald unter Tränen (Tränen der Wut, der Niederlage, des Einfrierens, des Entsetzens …), bald um einen Rhythmus zu erfassen, seit jenem Herbsttag im Jahre 1953 bis … bis 2007, mehr als ein halbes Jahrhundert später.

Es waren Jahrzehnte der Reglosigkeit, die mir plötzlich wie Gräber erscheinen. Natürlich keine Steingräber, auch keine Gräber der Einsamkeit, dank der Freundschaft zwischen Frauen, die sich in einem beiläufigen Gespräch zeigt, oder auf der Straße, wenn bei einer Begegnung mit Unbekannten (Männer oder Frauen) plötzlich unerwartet etwas aufleuchtet, oder mit sogenannten Vertrauenspersonen (ein instinktives Vertrauen, das sofort da ist, das weder Worte noch Schwüre benötigt), die sich plötzlich öffnen oder denen man sich mitteilen kann (für sich, vor sich selbst, wenn plötzlich die Wahrheit durchscheint und alles plötzlich zu fließen beginnt, der Körper leicht wird, Schwung in die Beine kommt, der Blick sich zum Himmel richtet, ja, all die Jahrzehnte, die eigentlich bis zum Überlaufen voll waren mit Unterhaltungen, mit blitzartig, sekundenlang aufscheinendem Vertrauen, und was macht es, wenn die Illusion anschließend wieder verfliegt, denn man kann schließlich nicht immer Monologe halten, wie eine Verrückte, eine, die verfolgt wird von den Stimmen anderer Orte, den Seufzern anderer Zeiten, die vielleicht vom Schmerz der anderen durchdrungen ist, der anderen Frauen meine ich, manchmal auch von den Ausdünstungen der anderen – von ein oder zwei Männern, die man nicht verachtet hat, die einem lediglich »blockiert« vorkamen, amputiert, gelähmt, oder die einen berühren wollten, anfassen, befühlen, streicheln, oder andernfalls schlagen, stoßen, nur um sich davon zu überzeugen, dass man aus Fleisch und Blut ist und nicht nur aus Worten, Nebelschwaden, Träumen, Gerüchen …

Mit all den Jahren hinter dir wirst du älter oder du gehst einfach nur weiter, allein, tastend, unerschrocken oder einfach nur unglaublich unwissend. Du weißt nichts, kennst nur deine Triebe. Mit versteinertem Herzen und aus schierer Dickköpfigkeit gehst du einfach weiter, durch welchen dunklen Wald?

Am Anfang hast du geglaubt, dass in deiner Heimat und nur dort ein Missverständnis vorlag – in deinem Land, dem Land der Ahnen deiner Mutter, der kleinen Landbesitzer von den Dahra-Bergen, die so stolz waren, als kämen sie vom Himalaya herab oder als wären sie mit Don Quichotte verwandt gewesen, die aber nicht ausgewiesen wurden, sondern die sich den Europäern entgegenstellten, welche bis dahin unbesiegt waren, die sich (die Ahnen) dem Feind entgegenwarfen und den Kampf verloren, die sich von ihren Frauen oder ihren Müttern oder am liebsten ihren Schwestern in ihrer ruhmreichen Niederlage besingen und beklagen ließen, sie, die Ritter, die alle vom gleichen weißen Pferd gestürzt waren, ließen sich von den Frauen mit ihren kehligen Stimmen beklagen, bis ihr »Juju« nicht mehr nur Totenlied war, sondern ein sanftes, taubenähnliches Gurren wurde – du, das kleine Mädchen von einst, du lauschst ununterbrochen diesem Threnos, und als junges Mädchen tanzt du dazu, um diesen Totengesang in eine Klage des unerfüllbaren Verlangens zu verwandeln …

Nun begreifst du, da du endlich zu jenem Morgen im Oktober 1953 zurückgekehrt bist, als du vor der riesigen Bucht von Algier standst, genau ein Jahr vor der geplanten Erhebung des ganzen Landes, in jener Nacht des ersten November 1954, die das Sterben von Männern, Frauen und Kindern auf beiden Seiten nach sich zog, sowohl von deinem Clan als auch vom anderen, während du selbst fortan nirgends mehr herstammst. Doch das weißt du noch nicht, du meintest sogar, weiterhin an den eingebildeten jungen Mann gebunden zu sein, das war auch der Grund oder der Vorwand für euren Streit oder für deine Weigerung, und er war anschließend Zeuge deines blinden Laufs, deines Sturzes, des Auftauchens der Straßenbahn in voller Geschwindigkeit, die gerade noch in letzter Sekunde vor deinem auf dem Boden ausgestreckten Körper zum Stehen kam.

Nachdem dieser wieder unter der Maschine hervorgezogen worden war, ist es fortan die Stimme des Fahrers – diese aufgeregte Stimme, während die Kraft seiner sicheren Hand dir das Leben gerettet hat –, ja, diese Stimme eines Unbekannten ist es, die du wieder vernimmst, jedes Mal, wenn du dich (zwei oder drei Jahre später) in ein blindes Schreiben stürzt, so willkürlich wie ein Tanz, ein bewegliches Schreiben, aber zerkratzt, geritzt, nur zum Spaß, glaubst du, oder einfach nur aus der reinen Phantasie heraus oder als Luxus vielleicht? Du sahst deine erste Geschichte nur als ein Spiel der Schwalben in der Luft an, und dann, süchtig geworden nach dieser Ausdehnung, ersannst du gleich darauf eine zweite und dann eine dritte …

Nun »schreibst« du also, und du meinst, du würdest alles frei erfinden, aber nein. Natürlich ist es »schreiben«, aber nicht richtig! Spielen vielleicht? Nein, wohl kaum, denn eine gewisse Ausgelassenheit hat sich schon früh wieder gelegt. Schreiben mit Beklommenheit im Herzen und im Körper? Aber nein! Mit beweglichem Körper, aber ersticktem Herzen? Auch nicht! Du fühltest dich stark genug, um zu schreiben, mit beweglichem Körper und offenem Herzen … zum Zerspringen. Du musstest dich nur mit dem Kopf zuerst hineinstürzen in die herabfallenden Schatten oder in eine Gegenwart vom Anbeginn der Welt!

Du hast geschrieben, hast erfunden – mal lachend, mal unter Tränen –, aber sozusagen »wartend«! … Und stets hättest du dich daran erinnern können, dass du jene Freiheit, jene Erfindungsgabe – was letztendlich das Gleiche war wie die Leichtigkeit von Körper und Kopf – nunmehr dem korsischen Straßenbahnfahrer verdanktest, oder dem sizilianischen, oder maltesischen, oder aus der Provence eingewanderten, warum nicht aus der Bretagne, kurz, einem »Pied Noir«, der aber über ein kräftiges Handgelenk verfügte, welches dich, innerhalb von zwei oder drei Sekunden, rettete.

Im Übrigen liegt es daran, dass du endlich begonnen hast, dich jenem Wendepunkt wieder zu nähern (»gebrochener Schwung« soll man es so nennen?), an jenem Herbstmorgen auf dem Boulevard Sadi-Carnot – ein Übergang, der über deinem gestürzten Körper, dann über deiner wieder aufrechten Stirn schwebte –, jenem Morgen, den du vergessen wolltest und den du schließlich tatsächlich auch vergessen hast.

Danach fing jede deiner Geschichten an zu kippen, nach rechts und links zu schwanken, und jedes Mal endete es unerwartet damit, dass diese oder jene der Frauenfiguren aus deiner Hand – gegen Ende der Geschichte, der Novelle oder des Romans – dir entwischte, von dem Weg abwich, der am Horizont für sie vorgesehen war, auf einmal sahst du sie laufen, ziellos manchmal, blind draufloslaufen, lachend, aber verzweifelt, mitten in einer Menschenmenge, aber allein, trunken zugleich vor Einsamkeit und vor mörderischer Unbändigkeit, aber manchmal auch freudig …

Nun, ein anderes Auge folgt ihr, ein schwesterlicher Schatten mit wachsamem Blick. Das bist du, du wachst, fast mütterlich, doch was siehst du voraus, was weißt du? Dass sie glücklich ist, dein Geschöpf aus Worten, wie sie da ausgelassen entlangläuft, und was will sie, dieser ausreißende Schatten, der alle Leinen durchtrennt hat, in jenem Raum, der nicht mehr so spielerisch ist, zwischen Traum und Realität, zwischen Freude und Albtraum – denn dein Gedächtnis unter deiner selbstbestimmten Hand, es arbeitet, es lässt dir keine Ruhe, es erwacht, beschleunigt, versucht schließlich, dich aus deiner Rolle der Erzählerin herauszuholen, der Autorin, der Manipulatorin. Dann lässt du gegen deinen Willen die Figur dem Horizont entgegenlaufen, es ist wie ein alkoholisches Getränk, das du probierst oder stehenlässt (aus Vorsicht, aus Reue?), um im letzten Augenblick das Ruder herumzureißen und wieder geradeaus zu richten!

Auf einmal beendest du diesen Mechanismus des Erfindens oder Erinnerns. Das ganze Gerüst fängt an zu wanken, es neigt sich wie der Turm von Pisa. Du leitest das Spiel, die Erzählung, um. Das Ende kann keine Schlinge sein, man verlangt gar nicht so viel von dir, du musst auch nicht die Maske herunterreißen, musst auch nicht die Lichter löschen, denn es gibt keine Bühne mehr.

Denn du kannst dich hin- und herdrehen, solange du willst, dich in Schräglage bringen, in einem beinahe unkontrollierten Rhythmus, du willst kein Spiel mehr. Du willst schlafen können, und du schläfst, und du vergisst, und du blickst vor dich, und hinter dich. Die Hand, die schreibt, erwartet von deinem Kopf – Traum-Maschine – den Impuls, die Startgeschwindigkeit. Aber keine Spinnweben mehr an der Decke!

Wenn das Feld geräumt ist, brichst du einen Monat später oder manchmal ein Jahr danach auf (ein träges Jahr, ein Jahr der Zerstreuungen, so viele Nächte, um zu tanzen, um …). Die Einsamkeit hüllt dich wieder ein. Du hast keine Angst, nein, aber, wie der (französische) Dichter René Char sagte, der, allerdings im Anschluss an seine Jahre in der Résistance, sprach: »Ich habe keine Angst, nur Schwindelgefühl!«

Das ist also *dein* Schwindelgefühl. Es erfinden oder es glauben, so wie damals, als kleines Mädchen, als du Springseil gesprungen bist und Fahrradfahren lernen wolltest. Wer wird diese Spiele plötzlich unterbrechen? Nicht mehr der Vater, auch noch nicht der Begleiter, den der Zeitvertreib eifersüchtig macht!

Daraufhin fliehst du die anderen, oder den anderen, dem du plötzlich zu viel gegeben zu haben meinst: deinen Körper, deine Nächte, manchmal deine tägliche Arbeit. Doch in dir hält die Vorsicht, mit weißen Pupillen und den verbrannten Augen der Blinden, weiter Wache, die Erweckerin letztendlich, die Teufelin, wer nochmal, die Neugierige mit ihrer Gier, die falsche Phlegmatikerin, die Leidenschaftliche, die sich selbst den Mund verbietet und sich beruhigen möchte, als sie sich plötzlich, von einem Moment auf den nächsten, aus welchem Sinnesumschwung heraus auch immer, auf dem Kriegsfuß befindet, und du hast geglaubt, dass es die Vorfahren von vor drei Generationen sind, die in dir weiterleben mit ihrer wütenden Raserei, ihren schnellen Pferden, ihrer tödlichen Verrücktheit, ihrer lächerlichen Unterzahl, ihrer Unterlegenheit, was die Waffen anging, nicht aber, was Gewandtheit und Kühnheit anging … Sie fallen von der Höhe des Traumes herab, der sie für einen Augenblick wieder aufgerichtet hatte, zu theatralisch, zu schweigsam – nur die Frauen, vor allem die weiblichen Ahnen, selbst wenn sie blind sind und nicht einmal mehr ihre *Bendir* wärmen, sie, die Mütter der Mütter aller besiegten Väter und ihrer Söhne, die noch nicht geboren sind, die sich noch nicht mit einem Schlag erhoben haben und sich dann in brudermörderischem Wetteifer entzweit haben, die Ahninnen hinter dir, vor dir, geben zuckend Rufe von sich und führen uns ins Theater zurück, zur reglosen Bühne einer Zeit, die endlich stillsteht.

Du schaust und zugleich erinnerst du dich, doch du befragst auch, im Inneren deines leeren Herzens, diese riesigen Schatten des Grolls, der aufrechten, hyperbolischen, stürmischen Niederlage. Und endlich bist du stumm!

Endlich Stille. Nur du allein und deine offene Erinnerung. Und du reinigst dich mit Worten aus Staub und aus Glut. Dann gehst du, tätowiert, ohne zu wissen, wohin, dem Horizont entgegen, der genau vor dir liegt.

Das ist es, bis zum Horizont!

New York: November 2005 – Februar 2006
New York und Paris: November 2006 – Mai 2007

Nachwort

Seidiges Schweigen
oder das flüchtende Schreiben*

Ich hätte diesen Text *Seidiges Schweigen* nennen können, als ob diese raue Aufgabe, wenn man sich traut, über sich selbst zu schreiben, diese Bußübung (wie das Cilicium, das Tag für Tag, Nacht für Nacht die Haut des Asketen abschürft, der sich unaufhörlich, bei jedem Gebet, seinem Gott gegenüber entblößt), dieser Vorgang des Wiedererinnerns, mit seiner Anstrengung der schrittweisen Aufspaltung, mich zu etwas »Seidigem« hinführen würde und nicht zu etwas Quälendem.

Aber wie kann es gelingen, dass diese zurückblickende Selbstanalyse »seidig« wird und damit beruhigend, zu einer Quelle der Einsicht, vielleicht sogar der Gelassenheit? Und wie, angenommen, dies gelänge, könnte man die Zerknirschtheit verhindern, die unvermeidlich mit solcher Selbsterkenntnis einhergeht?

Diese Beichte (und ich bemerke gleich, dass die muslimische Kultur, aus der ich stamme, diese Enthüllung, zumindest einem Priester gegenüber, nicht kennt oder ablehnt) kann mich trotzdem dazu verleiten, »mea culpa« zu

* In diesem Nachwort spielt die Autorin mit dem Gleichklang der französischen Wörter »soi« und »soie«. »Le soi« bedeutet das Selbst bzw. sich (selbst) oder auch Ich, »la soie« bedeutet Seide. »Écrire sur soi(e)« kann also bedeuten: »über sich (selbst) schreiben« oder: »auf Seide schreiben«. Anm. der Ü.

rufen und vielleicht dabei meiner Eitelkeit als Schriftsteller zu schmeicheln. Als Schriftstellerin, in meinem Fall mit der weiblichen Endung, die leicht zur Selbstgefälligkeit verleiten könnte, schlimmer noch dazu, vor dem Spiegel umherzustolzieren …

Zugegeben, hinter der »Seide« dieses Schweigens verbirgt sich das »Selbst« oder das Ich, das sich schreibend bindet, während es sich in die Furche der Schrift begibt, in die Falten der Erinnerung und zu deren erster Erschütterung – ein »Selbst-Ich« (»soi-moi«), nur anonymer, weil es schon halb ausgelöscht ist …

Fünfzig Jahre Schreiben. In diesem langen Tunnel verbirgt, verhüllt und sucht sich der Körper eines kleinen, dann eines älteren Mädchens, das nun, heute, als reife Frau den ersten Schritt dieser Selbst-Enthüllung entwirft. Dabei handelt es sich weder um ein zwanghaftes Bedürfnis, sich zu entblößen, noch um das lockende Gespenst der Autobiographie – diesen »säkularisierten« Ersatz für die Beichte in der westlichen Literatur. Im arabischen Schrifttum – um nur bei den Meistern meines »Okzidents« zu bleiben – dient jede Autobiographie, auch die großer Autoren – Ibn Arabi der Andalusier, Ibn Chaldun der Maghrebiner – dazu, die spirituelle oder intellektuelle Entwicklung aufzuzeigen. Eine Niederschrift der verschiedenen Entwicklungsstufen des Innenlebens, mystisch für den einen, intellektuell und politisch für den anderen.

In meinem bescheidenen Fall gibt es für dieses »Schreiben über sich selbst« – diese zersplitterte Darstellung eines Lebenswegs, in Bruchstücken dargeboten – keinen zwingenden Grund, zumindest keinen dringenden … Handelt es sich, wie bei Hannah Arendt, um eine »Ungeduld der (Selbst)-Erkenntnis«?

Ein erster Kreis von Erinnerungen – die Kindheit, dann die Jugend, die in meinem siebzehnten Jahr plötzlich in eine unmotivierte Tat, einen »acte gratuit« mündete –, ein Aufblitzen, wahnsinnige Tat, aus der Verdichtung weniger Minuten entsprungen, an einem Oktobermorgen, heftiger Impuls, ungeplante Explosion, die sich dennoch unbemerkt über ein Jahr lang in Gedanken vorbereitet hatte.

Dieser »erste Kreis«, nicht Bewegung – Schwung, Abflug oder irrer Lauf –, eher ein »Aufbruch-ohne-festes-Ziel«, ein Anlauf-ohne-Absprung, aber wohin, was für ein mächtiger Trieb hat sie erfasst, sie, »die zum Meer läuft«? Und wie war es möglich, dass das Meer in der Ferne einen Augenblick lang für sie die ganze Landschaft überflutet hat, für sie, die Wahnsinnige, die Davongeflogene, die auf einmal völlig außer sich ist, und somit außer allem, und die sich am Ende dieses Laufs – um die Freude wiederzuerlangen – vom Meer aufgesogen sieht, vom Meer, dem Ursprung, Ort der Geburt und der Wiedergeburt?

Es gibt zwei Arten von Büchern, sagte ich mir plötzlich, als ich fast am Ende dieser Unternehmung angekommen war. Zum einen die Bücher, zwischen deren Seiten sich irgendwo unsichtbar, aber dennoch hartnäckig der Körper des Autors selbst befindet. Zum anderen all die Bücher, ob groß oder klein, inspiriert oder einfach nur gut gemacht und mitreißend, geschrieben in den tausendundein Sprachen dieser Welt, den lebendigen wie den ausgelöschten, die für immer unlesbar geworden sind. Die Bücher der ersten Kategorie, die wir mit dem dumpfen Gefühl lesen, dass der Autor oder die Autorin, auch wenn er/sie sich längst zur ewigen Ruhe gebettet hat, dennoch mit uns gemeinsam die Seiten umblättert, sind sie es, die als Einzige zur Kunst gehören (ich meine die Literatur, egal, welches Niveau sie anstrebt)? Wiegen sie nicht aufgrund ihrer spezifischen Dichte schwerer, oder vielmehr, weil sie derart irreversibel sind? Wir treten in sie ein und verlassen sie wieder, manchmal mit beklommenem Herzen, als ob der Autor/die Autorin vor unseren Augen, die wir nicht von den Seiten losreißen können (was, wenn das tatsächlich der Fall ist, keineswegs an der berühmten »Spannung« liegt, die nur ein beruflicher Kniff ist), als ob der Autor dabei wäre, hundertfach den Preis dafür zu zahlen!

Welchen Preis? Und warum »zahlen«, wenn man doch annehmen könnte, dass er sich im Gegenteil schreibend befreit, erleichtert hat?

Diese »Bücher besonderer Art« könnte man »Trauerbücher« nennen, denn es ist, als ob der oder die Schreibende sich die Stimme nach und nach aus seinem Hals gerissen hätte, aus seinem Körper – Letzterer zerfällt langsam am Boden zu Staub. Ist dies das Bild, das uns hinterhältig die ganze Zeit während des Lesens umschlingt? Ja, zu Asche zerfallen, der Autor und sein Gedächtnis, trotz dieser Stimme, die unbeirrt Worte in die Stille geschnitten hat. Eingegraben, eingezwängt oder steif vor Feierlichkeit, als wären sie mit einem Pinsel gemalt worden, der das dünne, naturweiße Papier zerkratzt – eben jene Stimme, die auf der letzten Seite für immer verstummt.

Wir, die Leser, die das Ende des Tunnels erreicht haben, werfen einen scharfsichtigeren Blick auf das sinnlose Trümmerfeld, das dieser sich breitmachende Autor (diese Autorin) hinterlassen hat, der sich vor uns hinstellt und bedauert, dass es ihm nicht gelungen ist …

Warum ist sie nicht einfach zum Meer gegangen und hat sich ertränkt – ja, sich darin ertränkt?

Doch die Autorin, deren ausgestreckten, zerstückelten oder eben aufgelösten Körper wir jeden Moment erblicken könnten, teilt uns mit – während sie sich die ganze Zeit am Rande der Unvernunft bewegt –, dass sie sich letzten Endes lieber der Hybris des Schreib-Geständnisses ergeben möchte, des flüchtenden Schreibens … und des schluchzenden.

Auch wenn die Erzählerin selbst aus diesem Schreibprozess, in dem sie versucht, sich eine ferne Vergangenheit Stück für Stück wieder ins Gedächtnis zu rufen – wobei sie eine zweigespaltene, koloniale Gesellschaft wieder auferstehen lässt –, kaum erhellt hervorgeht.

Schweifen wir nicht ab. Ziehe ich die Kreise auf einer seidenen Hülle oder direkt auf meinem Selbst, auf der lebendigen Haut, die sich nach und nach unter den Tätowierungen, dem Kratzen auflöst?

Ich komme wieder auf dieses mein Ich von einst zurück, mein verstreutes Ich, das in meiner Erinnerung wieder auflebt, und das, indem es sich dem Wind des Schreibens überlässt, dazu neigt, sich selbst zu bezichtigen, weil es sich nicht verleugnen oder vergessen kann!

Sich selbst Lebewohl sagen.

Der Kreis, den dieser Text beschreibt, ist der erste Schritt des Vorhabens.

Da sich mir diese geometrische Figur aufgedrängt hat, stelle ich plötzlich fest, dass es mindestens drei davon geben wird … Wie die Lebenszyklen des Schmetterlings, dessen Nacht im Inneren des Kokons bald zu Ende ist. Nunmehr überkommt mich die Vorahnung, dass der letzte, wenn er sich öffnet und wieder schließt, ganz dicht mit meinem letzten Atemzug zusammenfallen wird.

Kreise, die langsam ausgebreitet werden müssen oder in aufblitzenden Schüben, parallel zu dem, was noch zu schreiben übrig ist … Somit wird das zweite »Werk« (im Sinne von Gesamtwerk) die »schwierige«, also bewusste Seite meiner Schreibarbeit werden. Roman, Theaterstück oder Essay, aber keine Autobiographie mehr, eher erfundene Konstruktionen, Wind und Wetter ausgesetzte Entwürfe, mit Figuren aus der Vergangenheit oder jenen, die ich zufällig getroffen habe, die ich beobachtet habe, die ich witterte. Auf jeden Fall die, die ich hätte lieben können oder begehren oder denen ich mich zumindest gern genähert hätte, diese oder jene zeichnen, sie zum Leben erwecken, ihnen neuen Atem einflößen (nur meinen eigenen), Dank hierfür gebührt der heiligen Fiktion (so, wie man früher von der Heiligen Allianz sprach), Dank gebührt auch meinen literarischen Musen, eine heilige Fiktion im Wandel, immer im Wandel, das heißt in Skizzen, Zufälligkeiten, Unsicherheiten, in eigenständiger Bewegung …

Jeder Autor fiktiver Texte (und erst recht von Poesie) kennt den wunderbaren Moment, wenn im unerwartetsten Augenblick dank eines Details die Figur oder die hinter einer Maske agierende Kraft einem entgleitet, zwischen den Fingern hindurchschlüpft, aufhört, mechanisch zu sein – plötzlich sind Sie selbst da, Sie sind nicht mehr der Autor, sondern Sie folgen den Spuren, fühlen sich in der Pflicht, dienen, lieben, im Schatten, den die andere wirft, dieser Schemen, diese Schatten-Schwester, diese Feindin aus Worten und aus Stimme, die Sie sind, aber nicht nur Sie …

Das Leben – selbst, wenn es nicht echt ist, nicht aus Fleisch und Blut, sondern auf bewegliche Worte reduziert –, dieses Leben, das Sie sich trauen, oder das Sie meinen, wieder aufleben zu lassen, Sie, die sich für eine Sekunde in Gott-den-Vater und Gott-die-Mutter zugleich verwandeln, in die Autorin also, die erfüllt ist vom Samen oder vom Schmerz des Heranreifens und seiner anschließenden Hervorbringung – ja, das Leben des Textes sträubt sich, es protestiert, rebelliert. Am Ende Ihres Vorhabens werden Sie plötzlich, mitten im Entstehen des Werkes auch zum Leser (zur Leserin), aus Demut und Hingebung an dieses Gemisch, an dieses Magma. Ein Buch, eines von Tausenden, Millionen, die die Zeit anschließend zu Staub werden lässt oder zu einer spinnwebartigen Architektur, die aus unzähligen Schweigen besteht, zur Symphonie eines geplatzten, aber eines dennoch nicht loslassenden Traumes.

A. D. – 2006–2007 – New York–Paris

P.S. Jedes Schreibprojekt dehnt sich in Schweigen aus. Das flüchtende Schreiben, wie ich es hier skizziert habe, war sich dessen von Anfang an bewusst. Das macht zugleich seine Kühnheit und seine Bescheidenheit aus. Seine Vergeblichkeit?

Inhalt